Der Heiler vom roten Fluß

Tay-bodal ist ein Niemand unter den Kiowa. Er hat keine Familie und keine Freunde und verbringt seine Zeit lieber mit Heilkräutern als auf der Jagd. Doch als vor der Wahl eines neuen Häuptlings ein Mord geschieht, ist seine Stunde gekommen. Da Tay-bodal als Außenseiter keinem Klan angehört, soll er den Mörder finden. Mit höchst ungewöhnlichen Methoden macht der Heiler sich an die Arbeit. Zuerst seziert er den Leichnam des ermordeten Kiowa-Indianers und stellt höchst erstaunliche Dinge fest.

Mardi Oakley Medawar gehört dem Stamm der Cherokee an und vermag daher die Welt der Indianer wie kaum jemand sonst zu beschreiben. Sie lebt in North Carolina.

Mardi Oakley Medawar

DER HEILER VOM ROTEN FLUSS

Historischer Roman

Aus dem Amerikanischen von Wolfgang Neuhaus

ECON Taschenbuch Verlag

Veröffentlicht im ECON Taschenbuch Verlag

Der ECON Taschenbuch Verlag
ist ein Unternehmen der ECON & List Verlagsgesellschaft

Deutsche Erstausgabe

First published in the United States of America
Titel des amerikanischen Originals: Death at Rainy Mountain
Aus dem Amerikanischen übersetzt von: Wolfgang Neuhaus
Umschlagkonzept: Büro Meyer und Schmidt, München – Jorge Schmidt
Realisation: Init GmbH, Bielefeld
Titelabbildung: AKG, Berlin
Lektorat: Birgit Förster/Rn
Gesetzt aus der Cochin, Linotype
Satz: KompetenzCenter Josefine Urban, Düsseldorf
Druck und Bindearbeiten: Ebner Ulm
Printed in Germany
ISBN 3-612-27373-6

Für
Debbie Oakley-Ray und Helen Oakley-Wilson
meine Schwestern
und für meine adoptierte Navajo-Schwester
Toya Anderson
verbunden mit meinem Dank für die Jahre
der Ermutigung und Zuversicht

Anmerkungen der Verfasserin

Wenngleich dieser Roman frei erfunden ist, gibt es die Namen und die Mehrzahl der Personen tatsächlich, und diese Arbeit stützt sich auf das wirkliche Leben dieser sehr realen Menschen. Ich habe das mit Absicht so gehandhabt. Bei zu vielen Gelegenheiten sind die Namen dieser Menschen mißbraucht und ihre außergewöhnlichen Leben verzerrt dargestellt worden. Ich bin bloß eine Geschichtenerzählerin, und als solche ist es nicht meine Aufgabe, eine Fülle von Fehlern auszubügeln. Doch indem ich meine Geschichte erzähle, kann ich meinem Volk seine Helden zurückgeben und die Namen dieser Helden wiederherstellen.

Mardi Oakley Medawar

1.

Man sagt, wir stammen von den Crow ab. Und zuvor von den Mandan. Vielleicht stimmt das. Ich selbst glaube es nicht. Ich glaube an die Geschichten, die von einer Zeit erzählen, bevor die Lakota aus dem Land im Norden kamen und als wir, die Kiowas, unweit der Black Hills zu Hause waren, wie auch die südlichen Cheyenne. Seit den Zeiten des Großvaters meines Großvaters leben wir in dieser Gegend, einem grünen Land gleich im Norden des Red River – ein Fluß, der unser Land von Texas trennt. Schon für meinen Großvater war dieses Land sein Leben lang die Heimat. Und der heiligste Ort in unserem Heimatland ist der Regenberg.

Im Sommer 1866 war ich Anfang Dreißig. Zweiunddreißig, dreiunddreißig vielleicht, aber nicht älter. Ich kann mich noch genau erinnern, wie schrecklich dieser Sommer war. Alles Unheil fing damit an, daß Kleine Klippe starb, unser oberster Häuptling. Dreiunddreißig Jahre lang hatte Kleine Klippe dafür gesorgt, daß wir unabhängige, unbeugsame und durch und durch eigenwillige Menschen geblieben waren, die nicht einmal im Ansatz begriffen, was das Wort *Kompromiß* bedeutete. Wir waren zu einem Volk vereint, einer Nation. Dann aber, zu unserer großen Bestürzung, starb Kleine Klippe. Nicht auf dem Schlachtfeld, obwohl er einen Heldentod, der seinen Ruhm hätte mehren können, tausendfach verdient hätte. Er starb im Schlaf wie ein müder, verbrauchter alter Mann. Zu seinen Ehren versammelten sich die sechs Hauptstämme und die vielen Unterstämme, die Klans, am Fuße des Regenbergs, wo der Boden von der brütenden Hitze des Sommers ausgetrocknet ist. Sie kämpften gegen die

Stechmücken und – wie es meist der Fall war – gegeneinander.

Wir Kiowas haben nie so gelebt, wie der weiße Mann uns dargestellt hat: in großen Gruppen, in einem gewaltigen Dorf, das sich über die Prärie ausbreitet. Das ist zwar eine sehr romantische Vorstellung, aber dumm. Man braucht sich bloß die tatsächlichen Gegebenheiten vor Augen zu führen. Jeder Stamm, jeder Klan hatte seinen eigenen Häuptling sowie Unterhäuptlinge. Ein Stamm umfaßte für gewöhnlich so viele Mitglieder, daß sie in sechzig bis achtzig Wohnwigwams lebten; bei einem Klan waren es zwanzig bis dreißig. Als die gesamte Sioux-Nation zusammenkam, bot sich der eindrucksvolle Anblick tausender Wigwams, die sich entlang des Flußufers hinzogen. Doch zusammenleben konnten wir auf diese Weise nicht. Hätten so viele Menschen dieselbe Wasserstelle benutzt, wäre das Wasser sehr schnell aufgebraucht gewesen, und den großen Pferdeherden wäre das Weideland ausgegangen. Überdies bestand die Gefahr, daß ein einziges großes Dorf durch feindliche Krieger oder Krankheiten vernichtet wurde, was das Ende unseres Volkes bedeutet hätte. Daß die Häuptlinge einander bekämpft hätten, wenn ihre Dörfer nicht räumlich getrennt gewesen wären, ist ein weiterer, selten angeführter Grund dafür, daß ein Zusammenleben nicht möglich war. Die Häuptlinge waren uneingeschränkte Macht gewöhnt und teilten diese nicht gern.

Aus all diesen Gründen, die einzig dem Selbstschutz dienten, lebten die Klans üblicherweise getrennt. Das gesamte Volk der Kiowas traf nur einmal im Jahr zusammen, beim jährlichen Sonnentanz. In diesen zwei Wochen religiöser Zeremonien, die zu Beginn des Frühjahrs stattfanden, wurden Eheschließungen bekanntgegeben und Jagdgruppen für den Sommer zusammengestellt. Dann trennte das Volk sich wieder; jeder Klan ging seinen eigenen Weg. Es mußte schon ein besonderer Grund vorliegen, daß das Volk sich nach dem Sonnentanz wieder zu einer Gesamtheit vereinte. Nun gab es einen solchen Grund. Der Sonnentanz des Jahres 1866 war als »Sonnentanz des Silbers« im Kalender der Kiowas eingetragen worden. Er hatte damals bereits stattgefunden; die verschiedenen Klans hatten sich wieder zerstreut; Jagdgruppen streiften durchs Land, und die sommerliche Bisonjagd war im Gange. Dann wurde Kleine Klippe tot in seiner Schlafstätte gefunden.

Läufer wurden losgeschickt, um das Volk wieder zusammenzurufen. Den Häuptlingen wurde mitgeteilt, mit ihren Klans zum Regenberg zu ziehen und an den Ufern des kleinen Flusses zu lagern, der den Namen dieses Berges trägt. Der Fluß am Regenberg mündet in den Washita, ein Strom, der mitten durch das Herz unseres Landes schneidet. Weiter den Washita hinunter, ein Stück vom Fluß entfernt in den Washita-Bergen, errichteten die Blaujacken, die Krieger des weißen Mannes, eine neue Festung, die sie Fort Sill nannten. Noch zwei Jahre zuvor war das Verhältnis zwischen den Kiowas und den Blaujacken einigermaßen friedlich gewesen. Die ganze Zeit gaben die Weißen uns Geschenke; denn sie befanden sich tief in unserem Land. Überdies hatten wir mit ihnen gemeinsam gegen die Graujacken gekämpft, die Soldaten der Konföderiertenarmee. Bei diesem kleineren Krieg, den wir gegen die Konföderierten geführt hatten, war es um den Stamm der Caddos gegangen. Die Kiowas und die Caddos waren nie gut miteinander ausgekommen. Unsere Feindschaft wurde noch verschärft, als die Graujacken den Caddos Waffen und Munition lieferten, die sie gegen uns einsetzten. Unsere Häuptlinge beriefen einen Kriegsrat ein, auf dem einstimmig beschlossen wurde, die Lieferungen an die Caddos zu unterbinden. Unsere Krieger griffen die Frachtwagen der Graujacken an und erbeuteten die Ladungen, die für die Caddos bestimmt waren. Unseretwegen mußten die Graujacken zwei Kriege führen – den einen im Norden, den anderen als verheerenden Feldzug in den abgelegenen Teilen ihrer Stammländer Louisiana und Texas. Den Blaujacken gefiel das. Ihnen gefiel allerdings nicht, daß die Krieger der Kiowas sie ebenfalls angriffen und ihre Pferde und Maultiere stahlen. Die Blaujacken machten ein großes Geschrei darüber, daß sie ihre Tiere verloren, besonders als die Kiowakrieger die Frechheit besaßen, ihnen die eigenen Pferde und Mulis, die sie dringend benötigten, zu Wucherpreisen zurückzuverkaufen. Die Blaujacken schimpften, stießen Drohungen aus und machten uns keine Geschenke mehr.

Das war ein großer Fehler.

Unsere Krieger schlugen zurück, griffen Versorgungstrecks der Blaujacken an und nahmen sich die Geschenke, die ihnen, wie sie meinten, zustanden. Alle Häuptlinge waren sich einig; sie weigerten sich, ihre Krieger zurückzurufen, als die Blaujacken offiziell protestierten. Kleine Klippe wies die erzürnten Offiziere darauf hin, daß seine Krieger sich nur die Bezahlung nähmen, die ihnen für die Benutzung unseres Landes zustehe, auf dem die Blaujacken ihre Forts errichteten. Seither schossen die Blaujacken auf die Kiowas, doch es gab stets zu wenige weiße Soldaten im Territorium, als daß wir uns hätten sorgen müssen. Wir Kiowas hielten diesen Krieg sogar für einen Spaß. Überdies waren die Blaujacken und Graujakken viel zu sehr damit beschäftigt, sich gegenseitig zu bekämpfen; deshalb ließ das Volk der Kiowas sie meist in Ruhe, so daß die Weißen damit fortfahren konnten, einander zu töten. Was die weißen Männer einander antaten, war uns egal. Wir hatten genug eigene Sorgen; denn in diesem schrecklichen Sommer mußten wir nicht nur die herzzerreißende Trauer über den Tod von Kleine Klippe, die gefräßigen Insekten und das unbarmherzige Wetter ertragen – es gab noch weitere schlimme Dinge. Die bösen Geister der Gier, der Wollust, des Ehrgeizes und des Mordes waren aus den verschiedensten Gründen aus den Herzen der Menschen hervorgebrochen.

Irgendwie hatte ich, Tay-bodal, in den etwa dreißig Sommern meines Lebens nie mit solchen Widrigkeiten kämpfen müssen, so daß ich nicht auf das vorbereitet war, was ich später erleben mußte. Dieser Sommer veränderte mein Leben genau so, wie er dem zukünftigen Schicksal unseres Stammes beinahe eine neue Richtung gegeben hätte. Doch irgend etwas oder irgend jemand erwählte mich, diese Entwicklung aufzuhalten. Vielleicht ein leitender Geist. Wer weiß. Doch in meinem Innern gibt es keinen Zweifel, daß es etwas Mächtiges war, was immer es gewesen sein mochte. Denn zu diesem Zeitpunkt meines Lebens war ich der unwahrscheinlichste Anwärter für diese Aufgabe. Damit ihr ermessen könnt, wie gewaltig meine Mission war, braucht ihr nur zu wissen, was mein leitender Geist an mir hatte.

Ich will gar nicht lange herumreden: Ich war ein Einzelgänger und wurde allgemein als unbedeutender Mann betrachtet. Selbst mein Name, Tay-bodal, ist alles andere als erhebend. Wörtlich übersetzt bedeutet er »Fleischträger« (wobei das Hinterteil eines Bisons gemeint ist, um genau zu sein).

Als ich Anfang Zwanzig war, rafften die Pocken meine ganze Familie dahin. Nachdem ich die Trauerzeit beendet hatte, wurde mir klar, daß ich nun vollkommen frei und unabhängig geworden war. Niemand konnte mich mehr an irgend etwas hindern oder mich für irgend etwas verantwortlich machen. Ich konnte meine eigenen Wege gehen, mein Schicksal selbst in die Hand nehmen. Ich war jung und selbsttrügerisch und gelangte tatsächlich zu der Ansicht, es wäre meine eigene Entscheidung gewesen, nunmehr ganz allein zu sein, keiner Familie, keinem Klan mehr anzugehören. Was mir widerfahren war, *mußte* ich als gut und richtig betrachten, sonst hätte ich den Verstand verloren. Eine andere bittere Wahrheit über mich: Ich wurde in jenen Jahren von allen als absonderlich betrachtet. Zu absonderlich, um von den anderen Mitgliedern meines Klans in einen ihrer Bünde aufgenommen zu werden, und viel zu absonderlich, als daß man mich gar aufgefordert hätte, in eine der Kriegergemeinschaften einzutreten.

Oh, als Junge war ich in den Kinderbünden gewesen, zuerst bei den Kaninchen. Was ein Kinderbund war? Im Grunde bedeutete es nichts anderes, als daß eine Horde kleiner, blähbäuchiger Jungen durch die Gegend rannte, gefährlich mit Pfeil und Bogen bewaffnet, und auf alles schoß, was atmete. Wir wurden ermuntert, Kaninchen zu jagen, doch meist waren wir hinter Zielen her, die sich nicht so schnell bewegten, zum Beispiel nichtsahnende ältere Schwestern, wenn sie ein Schwätzchen hielten oder sich eitel aufplusterten, oder schlafende Hunde, die bei uns im Lager lebten. Bei religiösen Zeremonien, wenn die Männerbünde tanzten, sprangen wir Kaninchen lärmend um sie herum und betätigten uns ganz allgemein als Störenfriede. Als nächstes kam der Bund der Hirten, in den man im Alter von etwa zehn Jahren eintrat, was als große Ehre betrachtet wurde, in Wahrheit aber bloß mehr Arbeit bedeutete; denn es war Aufgabe der Hirten, die Pferdeherden zu bewachen und sich um die Tiere zu kümmern. Dem Hirtenbund gehörten die Jungen bis zum Alter von neunzehn bis zwanzig Jahren an; dann wurden aus den Hirten vielversprechende Kandidaten ausgewählt und eingeladen, den Kriegergemeinschaften beizutreten. Daß ein derartiges Angebot in Form einer Einladung vorgebracht wurde, spielte allerdings keine Rolle. Wurde ein Kandidat angesprochen, mußte er sowieso gehorchen. Kein Vertreter eines Klans oder Bundes oder einer sonstigen Gemeinschaft sprach mich jemals an; weiter als bis zum Hirtenbund brachte ich es nie.

Daß ich übergangen wurde, bedeutet allerdings nicht, daß ich nicht mit Waffen umgehen konnte oder daß man mich für einen Feigling hielt. So etwas hat nie jemand von mir behauptet. Man hat mich lediglich als sehr eigenwilligen Menschen bezeichnet. Und das war ich auch. Pflanzen und ihre verschiedenen Verwendungsformen haben mich stets fasziniert. Gleiches galt für den Aufbau des Körpers von Mensch und Tier. Für mich war jede Lebensform voller Wunder und Rätsel. In meinem Innern brannte ein heißes Verlangen nach Wissen: Ich wollte erfahren, weshalb Tiere und Pflanzen so verschieden waren und sich dennoch auf so einzigartige Weise glichen. Deshalb zerlegte ich das erste Kaninchen, das meinem Pfeil zum Opfer fiel, statt es abzuhäuten und meiner Mutter zu übergeben, wie es sich für einen braven Sohn gehörte. Während die anderen Mütter der Kaninchenbund-Mitglieder stolz ganze Kaninchen brieten, mußte meine Mutter mit den Einzelteilen meines Tieres vorlieb nehmen, die sie uns mit dem für die Jahreszeit üblichen Gemüse sowie angebratenen Stücken Bisonfleisch vorsetzte, wobei sie meine ziemlich langatmigen Vorträge über die Größe des Herzens, der Lunge und der Leber eines Kaninchens über sich ergehen lassen mußte.

Als Mitglied des Hirtenbundes konnte ich bei jeder Geburt eines Fohlens meine überschwengliche Freude kaum verbergen. Doch als ich an meinem siebzehnten Geburtstag ein totgeborenes Fohlen aufschlitzte, um es von innen zu betrachten, wurde meine Absonderlichkeit zum Gegenstand von Besorgnis und Mutmaßungen, die hinter vorgehaltener Hand geäußert wurden. Doch was mir endgültig zum Verhängnis wurde und den normalen Übergang vom Jungen zum Krieger verhinderte, geschah erst ein Jahr nach dem Vorfall mit dem totgeborenen Fohlen.

Wer in der Lebensgeschichte Christi bewandert ist, kennt die Episode, wie der junge Jesus mit gelehrten Erwachsenen zusammentraf und sie mit seinem Wissen und seiner Weisheit in Erstaunen versetzte. Auch wenn ich damals noch kein Wort über Jesus gehört hatte, tat ich es ihm in gewisser Weise gleich. Ich hockte mich in den Kreis des Bundes der Bison-Heiler, als diese sich berieten, und auch in den Kreis der Eulen-Heiler. Wegen meiner Dreistigkeit und meiner selbsterdachten Theorien erregte ich bei beiden Heilerbünden die allergrößte Verwunderung. Überflüssig zu sagen, daß die Heiler meinen Worten nicht gerade voll ergriffenem Staunen lauschten und daß meine Theorien sie schlichtweg kaltließen. Sie staunten bloß über meine Frechheit. Und als ich ihnen auch noch den Vorwurf machte, nicht auf dem laufenden und altmodisch zu sein, was ihre Heilmethoden betraf, wurden sie sehr wütend. Reumütig bot mein Vater den beleidigten Heilern Geschenke an, um für das schlechte Benehmen seines einziges Sohnes Wiedergutmachung zu leisten; dennoch war ich von nun an als unverbesserlich gebrandmarkt, und der übliche Aufstieg vom Jungen zum Krieger fand in meinem Fall ein abruptes Ende.

Ich habe noch immer ein schlechtes Gewissen, wenn ich an diese Geschichte denke; aber nur meines Vaters wegen. Er war ein stolzer Mann. Er hatte einen besseren Sohn verdient. Doch das Leben eines Menschen zu führen, der als unbedeutend gilt, erwies sich als das befreiendste Erlebnis meiner Jugendzeit. Als unfähig abgestempelt, war ich nun nicht mehr den älteren Kriegern unterworfen, die mir zuvor bei jeder Gelegenheit gesagt hatten, was ich tun und lassen sollte, und die über meine halbherzigen Bemühungen, ihren Anweisungen zu folgen, geschimpft hatten. Mit neunzehn Jahren war ich von allen Fesseln befreit, konnte meinen eigenen Weg beschreiten und nach Herzenslust Pflanzen und Tiere studieren. Mit neunzehn ist man noch sehr sorglos und überschwenglich. Ich war so glücklich über meine neue Freiheit, daß ich nie daran dachte, was mein Vater eigentlich dabei empfand. Bis zu dem Tag, als wir allein in der Adlergrube waren.

Mein Vater war ein stiller Mann. Er sprach nur, wenn es nötig war. Sein häufiges Schweigen hatte zur Folge, daß meine von Natur aus redselige Mutter oft nahe daran war, Tränen der Verzweiflung zu vergießen. Doch irgendwann – ich glaube, ich muß ungefähr acht Jahre alt gewesen sein – gewöhnte sie sich daran; denn sie redete einfach drauflos, worauf mein Vater beim Essen dann und wann mit einem Kopfnicken reagierte. Das ist meine deutlichste Erinnerung an die Kindheit: Wir drei sitzen beim Abendessen, Mutter redet, und Vater nickt mit dem Kopf. Nur wenn er sich räusperte und damit zu verstehen gab, daß er etwas sagen wollte, verstummte Mutter schlagartig; ihr Mund klappte blitzschnell zu und blieb so fest geschlossen wie das Maul einer Schildkröte. Dann warf sie mir einen warnenden Blick zu, der mich zu tiefstem Schweigen ermahnte.

Vater will etwas sagen.

Mutter und ich wappneten uns für dieses seltene Ereignis und betrachteten Vater voller Spannung, bis er gesagt hatte, was er hatte sagen wollen. Ich brauchte nicht erst neunzehn Jahre alt zu werden und in einer Adlergrube zu sitzen, um zu erkennen, weshalb Vater so schweigsam war. Der Grund dafür war sein Beruf. Mein Vater war Adlerfänger, müßt ihr wissen. Er fing die braunen Adler, nicht die mit den weißen Köpfen. Weißköpfige Adler brachten ihm nichts ein; denn bei uns, den Kiowas, waren nur die Schwanzfedern des braunen Adlers etwas wert. Weißköpfige Adler besitzen nicht die Schnelligkeit, den Mut und die Gerissenheit der Braunen, und da wir Kiowas Bewunderer des braunen Adlers waren, trugen wir nie die Federn seines weißköpfigen Bruders, zu keinem Anlaß. Jedenfalls war der Adlerfang ein Beruf, der lange Stunden der Geduld und des völligen Schweigens erforderte. Als mein Vater die traurige Kunde erhielt, daß keiner der Bünde Interesse daran hatte, mich in seine Reihen aufzunehmen, faßte er den Entschluß, mich zu seinem Lehrling zu machen. Er war der Meinung, der Adlerfang sei wenigstens eine sinnvolle Beschäftigung, die mich davon abhielt, Pflanzen zu sammeln und unangemessen viel Zeit damit zu verbringen, tote Tiere zu zerlegen.

Der Beruf des Adlerfängers ist harte Arbeit. Ein brauner Adler darf niemals mit einem Pfeil oder einer Kugel erlegt werden; denn wenn sein Blut vergossen wird, strömt die Zauberkraft aus ihm heraus, und wenn seine Federn besudelt werden, sind sie so wertlos wie die des weißköpfigen Adlers. Ein brauner Adler mußte lebend gefangen und dann ohne Blutvergießen getötet werden. Zu diesem Zweck muß man in sehr festem Boden eine tiefe Grube graben, denn Adler sind klug; sie bleiben im Hochland, wo der Untergrund hart und felsig ist. Ich war in meinem neunzehnten Lebensjahr, als mein Vater mich zum Adlerfang mitnahm. Oh, ich war zuversichtlich und von der Überheblichkeit der Jugend erfüllt. Ich war fest entschlossen, dem stillen Mann mittleren Alters, der mein Vater war, meine überlegene jugendliche Kraft zu beweisen.

Nachdem mein Vater die Breite der Grube abgeschritten hatte – sie mußte breit genug sein, daß wir beide darin sitzen konnten, ohne einander an den Schultern zu berühren –, stellten wir uns Rücken an Rücken in die Mitte der abgemessenen Fläche, beide mit hölzernen Schaufeln bewaffnet. Ich attakkierte den felsigen Boden mit blindem Eifer, schaufelte wie ein flüchtender Dachs, so daß die Erde in alle Richtungen flog. Mein Vater arbeitete bedächtig, ließ sich Zeit, verursachte weder einen Sandsturm noch einen Schweißstrom. Nach ungefähr einer Stunde war ich dermaßen erschöpft, daß ich Unsinn zu faseln begann. Mein Vater sprach kein Wort, als ich schließlich phantasierte und unser Wasser verschwendete, indem ich es mir über den Körper goß, der von einer Schicht aus Schweiß und Schmutz überzogen war. Vater grub still weiter. Allein. Anschließend zerrte er den Körper seines bewußtlosen Sohnes von der Grube weg. Das tat er aber nur, damit er weiterschaufeln konnte; denn der Körper seines Sohnes, dessen Arme und Beine ausgebreitet waren, lag ihm im Weg. Wäre ich außerhalb des abgemessenen Bereichs in Ohnmacht gefallen, hätte er mich einfach liegen lassen. Doch ich war ihm leider genau vor die Füße gefallen.

Nachdem mein Vater die Grube allein ausgehoben hatte, hieb er lange Äste von den Bäumen, brachte sie zur Grube und legte sie darüber. Inzwischen konnte ich ihm wieder helfen und ging ihm zur Hand, als er große Mengen Grasbüschel schnitt und die Äste damit bedeckte. Dann begleitete ich ihn, als er einen Kojoten jagte und erlegte. Kojoten sind der beste Köder, weil ihr durchdringender Gestank sich im Umkreis von vielen Meilen verbreitet. Mein Vater legte den Kadaver auf das Gras, unter dem sich die Grube verbarg. Dann sagte er etwas zu mir, das mich in Angst und Schrecken versetzte.

»Du zuerst.«

Also erwartete er von *mir*, daß ich in diese Grube hinunterstieg und mich unter den übelriechenden toten Kojoten setzte.

Der Gestank war unvorstellbar. Man kann es mit Worten nicht beschreiben. Die Stunden, die wir zusammen in dieser Grube saßen, in völligem Schweigen, wobei wir die vom Kojoten verpestete Luft atmeten, kam mir wie eine ganze Lebensspanne vor. Und wie um dieses Erlebnis noch leidvoller zu machen, ließ sich trotz des Köders kein Adler blicken. Bei Anbruch der Dämmerung krochen wir schließlich wieder ins Freie. So schnell meine verkrampften Beine mich tragen konnten, rannte ich die Hügelflanke hinunter, an deren Fuß ein knietiefer Bach plätscherte. Ich stürzte mich hinein und wusch mir wie besessen den Kojotengestank und die unzähligen Flöhe vom Körper. Daß mein Vater mir nicht folgte, ließ einen Anflug von Entsetzen in mir aufsteigen. Ich hatte ihn stets als Menschen gekannt, der auf Reinlichkeit bedacht war. Daß er sich nicht ebenfalls wusch, verwunderte mich sehr. Als ich zu ihm zurückkehrte, erlaubte er mir nicht, ein Feuer zum Trocknen zu entfachen. Bei unserem einzigen Gespräch an diesem Tag erklärte er mir in seiner stockenden, leisen Sprechweise, daß ein Feuer – sogar der schwache Geruch eines erloschenen Feuers – die Adler vor unserer Falle warnen würden. Sie würden fortbleiben. Also saß ich zitternd da, ließ mich vom Wind trocknen, aß ein Stück getrocknetes Fleisch und wachte in dieser ungemütlichsten Nacht meines Lebens immer wieder auf. Und erfuhr am nächsten Morgen zu meinem Entsetzen, daß mein Vater wieder von mir erwartete, in die Grube steigen.

Drei Tage. Drei Tage hockten wir zusammen unter dem verwesenden, von Maden zerfressenen Körper des Kojoten. Nach dem zweiten Tag machte ich mir gar nicht mehr die Mühe, baden zu gehen. Was nutzte das schon? Wenn man gebadet hatte, waren die Ausdünstungen des verfaulenden Kojoten um so schlimmer. Am dritten Tag erschien ein Adler und packte die Beute. Das Eingesperrtsein hatte mich halb verrückt gemacht, und mein Geruchssinn war vom Gestank betäubt. Als der Adler angriff, hätte ich vor Schreck beinahe laut aufgeschrien. Doch das rasche Handeln meines Vaters war meine Rettung. Er packte meinen Kopf und zog mich an sich.

»Erst schaut er«, flüsterte mein Vater.

Der Adler schaute noch öfter, wobei er jedesmal im Flug nach dem Kadaver hieb oder schlug und uns mit einem Regen aus Staub, verdorrtem Gras und anderen Dingen überschüttete, an die ich in dem dunklen Loch lieber gar nicht erst denken wollte. Der Adler wollte nachsehen, wie tot der Kojote war. Schließlich landete er, grub die Krallen tief in den Kadaver, zerrte an dem fauligen Fleisch, und drehte dabei die ganze

Zeit den Kopf in alle Richtungen, bereit, bei Gefahr sofort die Flucht zu ergreifen. Da mein Vater und ich inzwischen genauso stanken wie der Kojote, rechnete der Adler nur mit einer Gefahr, die von oben kam, nicht aber von unten. Als seine Wachsamkeit nachließ, streckte mein Vater die Arme zwischen den Ästen hindurch, packte die Beine des Adlers ganz fest und zerrte ihn zu uns in die Grube herunter.

Ich weiß nicht, wer von uns am lautesten schrie, ich oder der kämpfende Adler. Ich weiß nur, daß ich wie ein Verrückter in der Grube herumgesaust wäre, hätte ich Platz genug gehabt; denn der Adler wehrte sich heftig, schlug meinen Vater mit den Flügeln und riß ihm mit den Krallen den Arm auf. Und in dem Augenblick, als die Äste in die Grube fielen, fiel auch das genau auf mich herunter, was von dem verwesenden Kojoten noch übrig geblieben war. Mein Vater, den das alles kalt ließ, packte den Hals des Adlers. Die Höhle war zerstört, der Sonnenschutz verschwunden. Die grellen Strahlen brannten auf uns herunter. Mein Vater schaute seine Beute an und dann mich, seinen einzigen Sohn, der sich wimmernd und zusammengekauert an eine Wand der Höhle preßte, von Kopf bis Fuß mit Kojotenblut übergossen.

Es war das einzige Mal in meinem Leben, daß ich meinen Vater lachen hörte.

Nachher badete er mit mir. Wir verbrachten mindestens eine Stunde damit, uns sauber zu schrubben. An diesem Abend machten wir ein Feuer, und ich behandelte Vaters Wunde, vernähte sie, schmierte sie mit Talg ein und wickelte einen Breiumschlag darum, um einer Blutvergiftung vorzubeugen.

»Das kannst du sehr gut«, sagte Vater, als ich ihn behandelte.

Ich sonnte mich in seinem Lob, so gut mein Zustand es erlaubte, und machte besonders behutsam weiter.

Er beobachtete mich schweigend; dann sagte er: »Ich glaube, du solltest solche Arbeit tun. Du bist kein besonders guter Adlerfänger.«

Unsere Blicke trafen sich, und er lächelte. Ich war sprachlos. Ich mußte an die vielen Enttäuschungen denken, die ich ihm bereitet hatte. Doch zugleich erkannte ich, daß ich trotz meiner zahllosen Fehler seine uneingeschränkte Liebe besaß. Diese Erinnerung an meinen Vater werde ich mein Leben lang im Herzen bewahren. Zwei Jahre darauf nahmen die Pocken ihn mir fort.

Ich war einige Tage im Verzug, als die große Zusammenkunft des Volkes der Kiowas am Regenberg stattfand. Ich hatte mich mit neuen Theorien beschäftigt, die Heiler anderer Stämme entwickelt hatten. Ich besaß große Achtung vor diesen Männern, und ihre Erkenntnisse kamen auch den Angehörigen meines eigenen Stammes zugute – zumindest denen, die sich mir anvertrauten. Jedenfalls war ich so sehr in meine Studien vertieft, daß die Nachricht vom Tod Kleine Klippes mich beinahe zu spät erreichte. Nun sah ich mich vor die beschwerlichen Aufgaben einer Reise gestellt. Meiner Vorliebe für Behaglichkeit und meines Berufs wegen besaß ich mehr Dinge, als ein einzelner Mann besitzen sollte, der auch nur einen Funken Verstand hat. Da ich keine Frau hatte, die meine Sachen packte, und keine Söhne, die meine kleine Herde treiben konnten, kam ich jedesmal zu spät, wenn die Stämme ihre Lager versetzten. Die einzige herrliche Erleichterung in meinem sonderbaren Dasein bestand darin, daß ich beim erstbesten Stamm oder Klan, dem ich begegnete, mein Lager aufschlagen konnte. Schließlich war ich Heilkundiger; obendrein hatte ich ja keine Frau, durch die ich an angeheiratete Verwandte gebunden wäre. Als ich schließlich am Lagerplatz einer kleinen Gruppe hielt, die sich am Rande des Hauptlagers niedergelassen hatte, konnte ich nicht einmal ahnen, daß ich diesen kleinen Luxus zum letzten Mal genießen durfte. Mein rundum erfreuliches Leben als Waise, Junggeselle und Einzelgänger neigte sich seinem Ende zu; die Tage, die mir noch blieben, konnte ich an den Fingern einer Hand abzählen. Hätte ich das gewußt – ich glaube, ich hätte die Flucht ergriffen.

An jenem Tag, als ich den Mann, der einer meiner besten Freunde werden sollte, zum ersten Mal sah, ließ ich in stummem Leiden die Mittagsglut über mich ergehen. Der entsetzlichen Hitze wegen trug ich nur einen Lendenschurz und ein Paar alte Mokassins. Der Boden war so heiß, daß ich mich nicht hinsetzen konnte, weil die hartgebackene Erde mir die Haut verbrannte. Statt dessen hockte ich auf den Fersen und hatte die Hände wie ein Schutzdach über die blinzelnden Augen gelegt. Nur mein langes Haar, das wie ein lästiges Gewicht von meinem Kopf hing, schützte meinen Rücken vor dem entschlossenen Angriff der Sonne. In der schattigen Ferne, vor den sengenden Strahlen geschützt, hatten sich bereits die wichtigsten Männer des Rates an ihren Plätzen eingefunden und saßen in halbkreisförmigen Reihen, ihrer Bedeutung entsprechend.

In der ersten Reihe saßen die obersten Häuptlinge der sechs Stämme. Hinter ihnen befanden sich die Unterhäuptlinge sowie die Häuptlinge der Klans und kleinerer Bünde. In der dritten Reihe hatten sich angesehene Mitglieder der beiden Heilerbünde niedergesetzt, der Büffel- und der Eulen-Heiler. Ab der vierten Reihe bis in unergründliche Ferne saßen die Krieger des Volkes, die unterschiedlich hohe Ränge innehatten. So blieb für mich nur ein ungeschützter Platz in der prallen Sonne – *hinter* den Reihen der Jungen, die Mitglieder des Hirtenbundes waren. Die Jungen saßen gleich außerhalb des verlockenden Schattens, den die Bäume über jene Männer warfen, die am Rat teilnahmen. Dann und wann, wenn der

Wind den luftigen und duftigen Baldachin bewegte, den die Eichen, Ulmen und Birken bildeten, glitt der Rand dieses verführerischen Schattens über die Jungen hinweg, und jedesmal durchlief ein lauter, wohliger Seufzer ihre Reihen. Ich hätte diese Jungen umbringen können, jeden einzelnen.

Die Beerdigung von Kleine Klippe hatte bei Sonnenaufgang stattgefunden. Ich hatte diesen Häuptling sehr geliebt. Er war ein tapferer Mann gewesen. In meinen Jugenderinnerungen sah ich ihn stets auf dem Rücken eines dahinpreschenden Pferdes, wie er einen Angriff führte, um eine feindliche Kriegshorde zurückzuschlagen, die unser Dorf bedrohte. Der Gedanken an Kleine Klippe ließ mein Blut vor Stolz darüber, daß auch ich ein Mann war, schneller durch meine Adern strömen – um so mehr, als ich schon in jungen Jahren erkannte, daß unser beider Männlichkeit ein unsichtbares Band zwischen uns darstellte, und daß dieser Held im Grunde mein älterer Bruder war. Nun gab es ihn nicht mehr, und tief in Trauer versunken, blieb ich für mich allein, bis es an der Zeit war, Kleine Klippe zu Grabe zu tragen. Da ich mich von den anderen abgesondert hatte, wußte ich nichts von der zweiten Tragödie, die sich kurz vor der Beerdigung zugetragen hatte. Erst eine Stunde später erzählte mir eine Frau, daß eine nachmittägliche Ratsversammlung stattfand, an der Frauen und Kinder nicht teilnehmen durften. Weshalb man die Versammlung einberufen hatte, sagte die Frau nicht, und Fragen zu stellen wird bei unserem Volk als unhöflich betrachtet. Ich nehme an, die Frau ging davon aus, daß ich den Grund für die Versammlung bereits kannte – oder daß sie keine Zeit hatte, mir Näheres zu sagen. Verwirrt machte ich mich auf den Weg und überließ die Frau ihren häuslichen Arbeiten. Während ich rasch ausschritt, um mich zur Ratsversammlung zu gesellen, wußte ich nur eines: Diese Versammlung war nicht einberufen worden, um den neuen Oberhäuptling zu wählen; denn diese Wahl konnte ohne die Stimmen der Frauen nicht stattfinden. Also ging es um etwas anderes. Und was es auch sein mochte, es mußte eine sehr ernste Angelegenheit sein.

Ich kauerte mich nieder, als ich am Ziel war, suchte fluchend die bequemste Körperhaltung und hörte kaum, wie der Name von Cheyenne-Räuber gerufen wurde. Im Laufe meines Lebens hatte ich den Namen dieses Mannes, der nicht zu meinem Klan zählte, viele Male vernommen. Er gehörte zu jenen besonderen Kriegern, über die man Gesänge machte. Ich hatte Cheyenne-Räuber nie zuvor gesehen; deshalb hatten die Gesänge mich nie besonders interessiert. Überdies glaubte ich nicht an die außergewöhnlichen Geschichten, die in den Liedern über ihn erzählt wurden. Ehrlich gesagt, hatten einige dieser Geschichten meine Vorstellungskraft überstiegen. Vier Männer bildeten Cheyenne-Räubers Eskorte; zwei gingen vor ihm, zwei hinter ihm, und alle waren schwer bewaffnet. Als ich beobachtete, wie sie Cheyenne-Räuber nach vorn führten, sah ich, daß er an einen Balken gefesselt war, den er auf den breiten Schultern trug; seine Arme waren weit nach beiden Seiten ausgestreckt, die Handgelenke an die Enden des Balkens geschnürt. Vor Erstaunen klappte mir der Mund auf.

Cheyenne-Räuber als prächtigen Mann zu bezeichnen wäre eine Untertreibung. Er war mehr als prächtig. Er war das schönste menschliche Wesen, das ich je gesehen hatte. Als ich ihn nun zum ersten Mal zu Gesicht bekam, war ich dermaßen überwältigt, daß ich aufsprang und ihn anstarrte. Er mochte gut fünfzehn Jahre jünger gewesen sein als ich. Mit meinen fast ein Meter achtzig hatte ich mich stets als beeindruckend großen Mann betrachtet, doch er war mindestens zehn Zentimeter größer als ich. Meine Arme und Beine waren dünne Stöcke im Vergleich zu seinen muskelbepackten Gliedmaßen. Doch am meisten beeindruckte mich sein Gesicht. Seine Züge waren vollkommen makellos, die Haut glatt und rein. Er war so schön, daß er beinahe überirdisch wirkte.

Unbewußt betastete ich mit den Fingerspitzen eine Seite meines Gesichts, spürte die tiefen Falten um den Mund und die Landschaft aus Narbenkratern, die von den Pocken stammten, die ich überlebt hatte. Weil viele Angehörige meines Volkes die gleichen Narben tragen, kam ich mir deshalb nicht häßlich vor. Nun aber erkannte ich, daß mein Gesicht im Vergleich zu dem des Cheyenne-Räubers ein bißchen wölfisch war, daß meine Wangenknochen zu deutlich hervortraten und daß meine Augen kleiner waren und weiter auseinanderstanden. Seine schmale Nase fügte sich makellos in die Proportionen seines Gesichts. Meine Nase dagegen besaß einen knochigen Rücken und war so kurz, daß sie viel zu weit über der Oberlippe endete. Die Lippen des schön geschnittenen Mundes von Cheyenne-Räuber waren vor Zorn geschürzt; mein Mund war von Natur aus so, als würde ich ständig eine leicht verkniffene Miene zur Schau tragen. Meine Selbsteinschätzung endete, als Cheyenne-Räuber den Kopf drehte und der Blick aus seinen kohlenschwarzen Augen für eine flüchtige Sekunde dem meinen begegnete, während die Anklage gegen ihn verkündet wurde. Dann setzte ich mich. Besser gesagt, ich fiel; denn mir wurden die Knie weich, und ich landete mit einem ziemlich unsanften Aufprall auf dem Hinterteil.

Mord.

Dieser einzigartige Mann wurde von den Verwandten des Ermordeten, Wandelnder Kojote, dieser Tat beschuldigt. Ich saß mit gesenktem Kopf da, während die Sonne gnadenlos mein armes Hirn marterte. Dann schaute ich mir wieder das tragische Schauspiel an. Cheyenne-Räubers Onkel mütterlicherseits, der Kriegshäuptling Weißer Bär – bei den Weißen als Satanta bekannt, nach seinem indianischen Namen *Set-*

Tainte –, war der Widersacher des obersten Anklägers, Vogel-der-tritt, ebenfalls einer der führenden Häuptlinge. Vogel-der-tritt war nicht nur der oberste Ankläger, er war überdies der Onkel mütterlicherseits des Ermordeten. Was diese gefährliche Situation noch gefährlicher machte: Weißer Bär, Vogel-der-tritt und ein dritter Häuptling – Einsamer Wolf – waren seit langer Zeit Gegner, und jeder dieser drei alten Feinde wollte als Nachfolger von Kleine Klippe zum neuen Oberhäuptling des Stammes gewählt werden.

Als die ganze Tragweite dieser Situation sich in meinen überhitzten Hirn herauskristallisierte und mir die damit verbundenen Probleme deutlich wurden, fühlte ich mich noch elender. Ich stand auf, suchte mir einen Weg zwischen den Sitzenden hindurch und wankte in den Schatten. Dort ließ ich mich neben meinen Kollegen nieder, den Heilern, die in der dritten Reihe saßen. Schließlich war ich – und bin es noch jetzt – einer von ihnen. Damals wollte kein Heilerbund mich öffentlich als vollwertiges Mitglied anerkennen. Doch verstoßen wurde ich von meinen Kollegen auch nicht. Ich hatte meinen Beruf schon zu viele Jahre ausgeübt und immer wieder unter Beweis gestellt, daß ich die *Gabe* besaß. Doch weil ich ein überheblicher kleiner Köter war, hatte ich verkündet, keiner Heilergemeinschaft beitreten zu wollen, selbst wenn ich gefragt würde. Überflüssig zu sagen, daß ich nie gefragt wurde.

Ich habe mich deshalb nicht den Eulen-Heilern angeschlossen – den mystischen Heilern –, weil ich der Ansicht war, daß sie zu großes Gewicht auf Gebete und Visionen legten. Die Bison-Heiler – die praktischen Heiler – kamen meinen Vorstellungen schon näher, doch stimmte ich mit ihnen nicht darin überein, daß alle Krankheiten und Wunden auf das Blut zurückzuführen seien. Bereits in jungen Jahren, und später als Mann, hatte ich mich heftig gegen die gefährliche Behandlungsmethode ausgesprochen, Kranke zur Ader zu lassen. Ich war zutiefst erstaunt und enttäuscht zugleich, daß die Bison-Heiler hartnäckig bestritten, daß ein Patient sich zu Tode bluten könne. Ich jedenfalls habe Wunden stets vernäht, gebrochene Knochen gerichtet und innere Krankheiten mit Heilkräutern behandelt.

Die Heiler waren alles andere als erfreut, als ich bei ihnen erschien und mich niederließ. Der Kluft wegen, die zwischen uns bestand, hatten sie sich stets darauf verlassen, daß meine guten Manieren mich davon abhielten, mich unaufgefordert zu ihnen zu gesellen. Für gewöhnlich hielt ich es auch so und blieb ihnen fern, doch an diesem Tag sehnte ich mich zu sehr nach dem Schatten, den die anderen Heiler im Unterschied zu mir genießen konnten. Ich beachtete ihre Seitenblicke und ihre gemurmelten Unmutsäußerungen nicht. Es war herrlich kühl im Schatten. Und weil ich mich nun näher am Puls des Geschehens befand und alles hören und sehen konnte, was ich über meine boshaften Kollegen vergessen hatte, beugte ich mich vor und lauschte gespannt den Worten von Weißer Bär.

In jenem Sommer war Weißer Bär in mittlerem Alter – ein Mann wie ein gewaltiger Felsblock. Er hatte praktisch keinen Hals; wie ein Witz ragte sein Kopf zwischen den mächtigen Schultern empor. Im Laufe der Jahre waren mir einige sehr unfreundliche Bemerkungen über Weißer Bär zu Ohren gekommen. Die unfreundlichste besagte, daß er trotz seiner legendären Tapferkeit und seines hohen Ansehens in Wahrheit dumm wie eine Kuh sei. Der Mann, von dem dieser Ausspruch stammte, hat den lebenden Weißen Bären nie gekannt und sich bei seiner ungerechten Beurteilung vermutlich auf ein Foto gestützt, das im Jahre 1870 aufgenommen wurde. Offenbar handelte es sich bei dem Mann um einen Historiker, der die fotografischen Möglichkeiten der damaligen Zeit nicht berücksichtigt hatte: Damals war es erforderlich, daß die Person vollkommen regungslos vor der Linse verharrte. Für einen Mann wie Weißer Bär war dies eine unlösbare Aufgabe. Ich war dabei, als das Foto aufgenommen wurde. Ich weiß, weshalb sein Abbild gewisse – wie soll ich sagen? – kuhähnliche Züge aufweist. Für Weißer Bär war es dermaßen ungewohnt, still dazusitzen, während der Fotograf sich mit seiner Kamera abmühte, daß er eindöste. Und in dem Moment, als das Blitzlichtpulver explodierte, wurde Weißer Bär aus dem Schlummer gerissen. In diesem Moment des Erschreckens und Erwachens hob Weißer Bär einen Mundwinkel zu einem unheilträchtigen und ziemlich dümmlichen Anflug eines Lächelns. Dieser Augenblick wurde von der Kamera in der Zeit eingefroren; das Foto wurde in Museen und Geschichtsbüchern gezeigt und als Postkarte für Sammler vervielfältigt. Was das Foto aber niemals zeigen wird, sind die Sekunden, die nach der Blitzexplosion folgten, als wir alle grölend lachten, auf Kosten des gutmütigen Weißer Bären. Hätte einer von uns gewußt, daß dieser lustige Vorfall mit einem »offiziellen Porträt« enden sollte, hätten wir die Waffen auf den Fotografen gerichtet und von ihm verlangt, es noch einmal zu versuchen. Aber wir wußten es nicht, und so entstand das offizielle Porträt. Später habe ich die Leute oft sagen hören: »Die Kamera lügt nicht.« *Doch, tut sie.* Sie ist eine notorische Lügnerin.

Als Überlebender jener Jahre will ich euch die Wahrheit über Weißer Bär erzählen. Er bewegte sich so rasch wie ein Sturmwind. Er konnte schneller denken, als eine Gatling Gun zu feuern vermag, und er war so wortgewaltig, daß er selbst auf dem Höhepunkt des fünfzehn Jahre währenden Krieges zwischen dem Volk der Kiowas und den Vereinigten Staaten in Washington, D.C., als »Der Redner der Prärie« gepriesen wurde. Überdies liebte Weißer Bär es so sehr, seinen Nachbarn derbe Streiche zu spielen, daß man ihn als Landplage betrachtete; selbst seine eigenen Verwandten fochten einen Kleinkrieg darum, wer als nächster das Unglück hatte, Tür an Tür mit ihm zu wohnen. Er konnte zehn Mann unter den Tisch essen, und er brauchte den Geschlechtsverkehr, wie normale Männer die Luft zum Atmen brauchen. Sein Lachen war herzlich und von so dröhnender Lautstärke, daß einem die Ohren bluten konnten, wenn man zu nahe bei ihm stand. Kurzum: Er war ein Mann, der für diesen Planeten zu groß war.

Und ich vermisse ihn.

Eulen-Mann, einer der Eulen-Heiler, saß neben mir. Mir dröhnte der Schädel; denn ich hatte zu lange in der hintersten Reihe gesessen, und mein Hirn war von der Sonne gebacken. Eine Woge der Übelkeit stieg in mir auf, doch wundersamerweise regte sich in diesem Augenblick eine kühlende Brise. Ich schaute nach links und sah den Fächer aus Adlerfedern, der zuvor am gebeugten Arm Eulen-Manns geruht hatte: Nun bewegten die Federn sich leicht und fächelten mir Kühlung zu. Ich hatte keine Zeit, mich zu bedanken, denn die Ereignisse, die sich vor uns abspielten, bewegten sich mit Riesenschritten einem neuen Tiefpunkt entgegen.

Weißer Bär und Vogel-der-tritt, sein viel kleinerer Widersacher, hatten sich inzwischen darauf verlegt, sich zu schubsen und zu stoßen. Die Verwandten der beiden Männer sprangen auf, schüttelten die Fäuste und stießen heisere Schreie aus. Einsamer Wolf, der dritte Anwärter auf die Häuptlingswürde von Kleine Klippe, nutzte die Gelegenheit, sprang mit großem Getue und weit ausgestreckten Armen zwischen die Kontrahenten und drängte sie auseinander. Dann hielt er eine Rede. Als Einsamer Wolf endete, erhob Weißer Bär die Stimme. Vogel-der-tritt kochte vor Zorn und verdrehte immerzu die Augen, als er darauf wartete, daß Weißer Bär endlich zum Schluß kam. Sekunden nachdem dies geschehen war, brachte Vogel-der-tritt seine eigene Schmährede vor.

Ich saß mit offenem Mund da. Ich konnte es nicht glauben. Ein Mann war tot, einem anderen drohte der Tod als Strafe, und die drei Männer, welche die Stelle des weisesten Häuptlings einnehmen sollten, der je geatmet hatte, hatten nichts Besseres zu tun, als auf Stimmenfang zu gehen. Ich schaute mich um und las rasch in den Gesichtern; denn ich wollte unbedingt wissen, ob noch jemand dies alles für verrückt hielt. Das war offensichtlich nicht der Fall. Auf allen Gesichtern lag ein gespannter, ja gebannter Ausdruck.

In dem Augenblick, als Vogel-der-tritt seine Rede beendete, bildeten die Verwandten von Weißer Bär und Vogel-der-tritt zwei Reihen, starrten einander mit schmalen Augen an und spien sich gegenseitig Beleidigungen entgegen. Derweil rannten zwei junge Männer die beiden Reihen entlang und verteilten Pfeilschäfte. Jeder Mann in den gegnerischen Reihen bekam zwei Schäfte. Stille senkte sich über die Versammlung, als die feindlichen Männer ein Grollen von sich gaben wie Grizzlybären. Dabei schlugen sie die Pfeilschäfte aneinander, was ein klapperndes Geräusch erzeugte, das immer mehr anschwoll, bis es so laut wurde, daß es die Kriegstrommeln übertönt hätte, die auf diese Weise nachgeahmt werden sollten. Das Geräusch schallte bis zu dem fernen kleinen Lager hinüber, in dem die Frauen und Kinder untergebracht waren, getrennt von den Männern, die sich hier im Hauptlager versammelt hatten. Die Frauen vernahmen das unaufhörliche Trommeln und wußten, was dieses Geräusch bedeutete: Kiowas erklärten Kiowas den Krieg. Ihre Antwort bestand aus einem schrillen Stakkato aus Schreien, das klang, als würde es von einer einzigen gewaltigen Stimme ausgestoßen. Das Lied, das in diesem durchdringenden Schrei mitschwang, ließ mir das Blut in den Adern gefrieren. Winzige Rattenfüße trippelten mir das Rückgrat hinauf und hinunter. Einsamer Wolf, der sich noch Augenblicke zuvor als besonnener Vermittler aufgespielt hatte, wurde bleich.

Furchterregender Krieger ist ein abgedroschener Begriff und schrecklich unzutreffend; ein Begriff, der leichtfertig von jenen Leuten benutzt wurde, die nie erlebt hatten, von... furchterregenden Kriegern umgeben zu sein. Einsamer Wolf kannte das Gefühl; denn er selbst war ein solcher Krieger. Die Männer, die ihn umstanden, hatten ihn noch an diesem Morgen angelächelt und ihn »Bruder« genannt. Nun waren sie gefährliche Fremde. Es ehrte Einsamer Wolf, daß er sich fürchtete. Wir anderen fürchteten um ihn.

Eulen-Mann war der unbestrittene Führer der Eulen-Heiler, der religiösen Seher und Heiler des Geistes. Er war ein uralter Mann; sein Gesicht war von tiefen Furchen durchzogen, der Körper verschrumpelt. Der sengenden Hitze wegen hatte er sich bis auf einen dürftigen Lendenschurz völlig entkleidet, und sein Körper bot keinen erfreulichen Anblick. Doch als er sich nun erhob und sich trotz seiner schlaffen Sehnen und Muskeln reckte und für einen Moment den Rücken straffte, den die Last der Jahre gebeugt hatte, war es beruhigend zu wissen, daß er sich unter uns befand.

Nach und nach verstummte das Klappern, als die Männer in den gegnerischen Reihen Eulen-Mann bemerkten. Die fernen Trillerstimmen der Frauen wehten noch einige Augenblicke zum Männerlager herüber, wurden leiser und verstummten schließlich. Stille lag in der schwülheißen Luft, schwer und unheilverkündend; noch immer wartete Eulen-Mann, bevor er die Stimme erhob. Die Männer, die noch Sekunden zuvor allen Anwesenden Angst und Schrecken eingejagt hatten, wirkten nun bedrückt, scharrten mit den Füßen und warfen den Kontrahenten in der gegnerischen Reihe anklagende Blicke zu. Dieser alte Mann, nur mit einem vernichtenden Blick bewaffnet, hatte die schlachtengestählten Krieger in einen Haufen zerknirschter, ängstlicher kleiner Jungen verwandelt.

»Das ist eine Schande«, sagte Eulen-Mann mit krächzender Stimme. »Es bekümmert mich, daß ich einen solchen Tag noch erleben muß. Der Bruder wendet sich gegen den Bruder.« Traurig schüttelte er seinen schmalen Kopf mit dem grauweißen Haar. »Eine Schande.«

Den Kiowas wird von klein auf gelehrt, die Alten zu ehren. Es war typisch für unser Volk, daß alle Anwesenden beschämt reagierten. Mit einer Ausnahme.

Weißer Bär.

»Mein Neffe ist an einen Pfahl gefesselt!« rief er mit Donnerstimme.

Vogel-der-tritt konterte: »Aus gutem Grund!«

Weißer Bär fuhr zu dem kleineren Mann herum. Er hob eine Faust und führte sie gefährlich nahe an die Nase von Vogel-der-tritt. Bewundernswerterweise zuckte Vogel-der-tritt nicht einmal mit der Wimper.

Weißer Bär senkte die Faust und spuckte seinem Widersacher zwischen die Füße. *»Nur du* beschuldigst ihn.«

Das Gesicht von Vogel-der-tritt verzerrte sich vor Wut. »Mein ganzer Klan beschuldigt ihn.«

Wieder spuckte Weißer Bär. Vogel-der-tritt machte einen Satz nach vorn, und die beiden Männer prallten mit den Oberkörpern zusammen. Einsamer Wolf machte keine Anstalten, noch einmal einzugreifen.

»Ich will reden!«

Erneut wandten sich alle Köpfe in Eulen-Manns Richtung. Er hatte die Worte mit einer Lautstärke gerufen, die ihm niemand zugetraut hätte. Eine Lautstärke, die sogar Weißer Bär zügelte. Vogel-der-tritt trat einen Schritt zurück, und die beiden Häuptlinge standen da und starrten einander düster an.

Der steinalte weise Mann schäumte vor Wut. Er versuchte, eine ausdruckslose Miene zu wahren, damit die anderen den heißen Zorn nicht bemerkten, der von ihm ausstrahlte und den ich deutlich spüren konnte, da ich so nahe bei ihm war. Weißer Bär senkte rasch den Blick und schien sich plötzlich sehr für seine Zehen zu interessieren. Einige Male schaute er auf und warf verstohlene Blicke in die Runde. Vogel-der-tritt war die Verärgerung deutlicher anzumerken. Die Arme vor der Brust verschränkt, drehte er den Kopf zur Seite und schaute in den Himmel, der so blau war wie das Ei eines Rotkehlchens. Während Eulen-Mann seine Strafpredigt hielt, blieb das kantige Gesicht von Vogel-der-tritt die ganze Zeit unbewegt; nur ein Muskel an seinem Kiefer zuckte heftig.

Es mußte schmerzhaft für Eulen-Mann gewesen sein, doch dem Alten gelang es, seinen Körper noch ein bißchen mehr zu straffen.

»Vor uns liegt eine schreckliche Aufgabe«, sagte er. »Auf der einen Seite steht der Tod eines Sohnes, den wir noch nicht einmal begraben und betrauert haben. Auf der anderen Seite«, er wies mit seinem Federfächer auf den gefesselten und schwerbewachten Cheyenne-Räuber, »haben wir diesen Sohn, einen vielgeliebten Sohn, der ebenfalls dem Tod geweiht ist, sollte er sich dieses Verbrechens tatsächlich schuldig gemacht haben.«

Eulen-Mann tippte sich mit dem Fächer an sein vom Alter faltiges Kinn. Seine funkelnden Augen – von schlaffer, welker Haut umgeben, die in den Winkeln herabhing –, betrachteten Cheyenne-Räuber. Damals wußte ich es nicht, doch diese Versammlung war eine Qual für Eulen-Mann. Er hatte Cheyenne-Räuber seinen Erwachsenennamen gegeben, der vollständig lautete: Er-wird-die-Cheyenne-berauben-und-sie-weinen-machen. Wenn man *über* ihn redete, wurde die Abkürzung Der-die-Cheyenne-beraubt benutzt. Wenn man *mit* ihm redete, sagte man bloß Cheyenne-Räuber. Da Eulen-Mann ihm seinen Namen gegeben hatte, war er im Grunde Cheyenne-Räubers zweiter Vater. Hätte ich gewußt, wie tief die

Liebe und der Stolz waren, die dieser alte Mann für seinen geistigen Sohn empfand, oder hätte ich den inneren Schmerz nachempfinden können, den Eulen-Mann verspürte, ohne sich davon überwältigen zu lassen, hätte ich ihn schon damals so sehr bewundert wie heute in meiner Erinnerung.

Wieder wies Eulen-Mann mit dem Fächer auf Cheyenne-Räuber. »Falls er dieser schändlichen Tat schuldig ist, hat er mehr als nur sein Leben verwirkt.«

Eulen-Mann drehte sich um und musterte Weißer Bär mit festem Blick. Wieder sprach er, und diesmal war seine Stimme schroff und anklagend. »Er ist der Sohn deiner Schwester. Er stammt aus deinem Klan. All seine tapferen und großherzigen Taten haben zu deinem Ruhm beigetragen; denn du bist der Häuptling dieses Klans. Wenn die Menschen den Namen Cheyenne-Räubers ausgesprochen haben, so haben sie zugleich den Namen des Weißen Bären ausgesprochen. Und stets warst du gern bereit, Ruhm und Ehre einzuheimsen, die dieser junge Mann dir gebracht hat. Also sollst du nun auch seine Schande mit ihm teilen.«

Körper bewegten sich und schufen eine Gasse, als Eulen-Mann, den Blick durchdringend auf Weißer Bär gerichtet, mit all der Würde voranschritt, die sein Greisenkörper noch besaß. So unglaublich es klingt: Der gewaltige Leib von Weißer Bär schien zu schrumpfen, als der verhärmte alte Mann vor ihn trat. Ich mußte mich weiter vorbeugen und meine Ohren anstrengen, um in dem aufgeregten Gemurmel um mich herum verstehen zu können, was die beiden Männer sprachen.

»Falls er die Tat wirklich begangen hat«, rief Eulen-Mann, »gebe ich *dir* die Schuld daran. Denn du gibst den jungen Männern, die dir anvertraut sind, ein Beispiel. Und jeder weiß, wie unbeherrscht du bist. Deshalb sage ich dir: Wenn Cheyenne-Räuber den Neffen von Vogel-der-tritt getötet hat, wird er aus dem Stamm der Kiowas verstoßen, und sein Name wird nicht mehr ausgesprochen, wie auch der Name des Neffen von Vogel-der-tritt niemandem mehr über die Lippen kommen darf. Überdies sage ich dir, daß jedes Mitglied deines Klans den Rest seiner Tage damit verbringen wird, dem Klan von Vogel-der-tritt zu dienen. Du, Weißer Bär, wirst nicht mehr Häuptling sein, sondern Diener – der Höchste eines Klans von Dienern.«

Weißer Bär taumelte. Seine Krieger, die noch immer den Kriegern aus dem Klan von Vogel-der-tritt gegenüberstanden, packte der Zorn; sie murmelten laut, und auf ihren Gesichtern glänzte Schweiß. Sie warfen Weißer Bär unruhige Blicke zu und hofften, *er* würde die Sache nun in die Hand nehmen. Und das tat er. Die Achtung und Ehrerbietung, die er Eulen-Mann bis jetzt entgegengebracht hatte, schwanden, und seine Stimme rollte wie Donner über die Prärie.

»Nie werde ich der Sklave eines anderen sein! Cheyenne-Räuber hat den Sohn der Schwester von Vogel-der-tritt nicht getötet, und ich werde es beweisen.«

»Wirklich?« sagte Eulen-Mann mit seiner krächzenden Stimme. »Dann gebe ich dir Zeit, deine Behauptung zu beweisen. Ich gebe dir zehn Tage.«

»Ich brauche keine zehn Tage!«

Eine Bewegung zu meiner Rechten fiel mir ins Auge. Der Eulen-Heiler, der unter dem Namen Himmelsläufer bekannt war, senkte den Kopf, schloß die Augen und verzog das Gesicht, als würde er von schrecklichem Schmerz geplagt.

»Gut«, rief Eulen-Mann. »Dann gebe ich dir die Hälfte dieser Zeit. Fünf Tage. Fünf Tage, um das Leben deines jungen Neffen zu retten und jedem Mann, jeder Frau und jedem Kind deines Klans die Freiheit zu sichern.«

Als Eulen-Mann dem Weißen Bären den Rücken zuwandte, legte sich Himmelsläufer, der jüngste Eulen-Heiler unseres

Volkes, die zitternde Hand auf die Stirn. Sitzender Bär, ein alter Häuptling und Oberster der »Zehn Tapfersten«, des mächtigsten aller Kriegerbünde, saß direkt vor Himmelsläufer. Sitzender Bär drehte sich in der Hütte, legte Himmelsläufer eine Hand auf den Arm und packte zu. Sein Griff war so fest, daß ich deutlich sehen konnte, wie die Knöchel seiner Hand unter der dunklen Haut weiß wurden. Sitzender Bär redete auf den Jüngeren ein, doch seine Worte, die nur für Himmelsläufers Ohren bestimmt waren, brachten dem jungen Eulen-Heiler keinen Trost. Ich konnte deutlich hören, wie Himmelsläufer mit Tränen in der Stimme murmelte: »Oh, du Dummkopf. Du außerordentlicher herrischer Dummkopf.«

2.

Cheyenne-Räuber wehrte sich wie ein Bisonbulle, der sich gegen ein Wolfsrudel verteidigt. Als er schließlich überwältigt war, führte man ihn fort. Die Ratsversammlung war beendet.

Männer standen auf, reckten ihre Glieder und unterhielten sich. Nun, da Cheyenne-Räuber eine Gnadenfrist von fünf Tagen erhalten hatte, schien sich niemand mehr dafür zu interessieren, wohin der Gefangene gebracht wurde. Die feindlichen Klans machten sich mit Feuereifer daran, Pläne zu schmieden. Sie bildeten zwei getrennte, dicht gedrängte Gruppen, die lautstark diskutierten. Die Bewegungen um mich herum waren wie Wasser, das man zum Kochen brachte. Männer, die nicht zu den verfeindeten Klans gehörten, stürmten los und schlugen sich auf die Seite von Weißer Bär oder Vogel-der-tritt. Außerdem waren da jene, die ihre Unparteilichkeit beteuerten, diese aber sogleich widerlegten, indem sie sich zu Einsamer Wolf begaben. Diese drei Gruppen verschluckten binnen kurzer Zeit sämtliche Männer, die anwesend waren. Das heißt mit Ausnahme der Alten, der Gebrechlichen und meiner Wenigkeit.

Ein Krieg innerhalb des Stammes kam auf uns zu. Seine Schritte dröhnten auf der Erde und ließen sie erbeben, als würde sich eine riesige gefräßige Bestie nähern, auf der Suche nach Menschen, die sie verschlingen konnte. Ich schaute mich um. Schweißtropfen flogen von meinem Haar, als ich den Kopf von einer Seite zur anderen drehte. Ich war der einzige, der noch an seinem Platz saß. Alle anderen hatten sich zu einem der verfeindeten Klans gesellt. Die Alten und Gebrechlichen schlurften davon, um zu jammern und zu klagen, und warfen Asche in die Luft. Ich versuchte aufzustehen, schaffte es aber nicht. Ich war gelähmt von einer düsteren Zukunft, von der ich wußte, daß sie unabwendbar war.

Ich konnte die Aufregung der Männer und ihren Eifer, sich auf die Seite einer der Parteien zu schlagen – wodurch sie sich ihren eigenen Brüdern als Feinde zu erkennen gaben –, einfach nicht begreifen. Ich war fassungslos. Bis zu diesem Tag war ich damit zufrieden gewesen, meinen eigenen einsamen Weg zu gehen, praktisch ohne Brüder, ohne einem Klan oder einer Familie anzugehören. Denn mir hatte es an nichts gefehlt, was ich nicht besaß. Daß ich allein war und mich den Krieger- und Heilerbünden ferngehalten hatte, lag daran, daß ich allein meine eigenen Ziele verfolgte. Doch als ich nun dort saß, überkam mich Trauer, daß diese Männer so achtlos ihr kostbares Geschenk fortwarfen, einer Gemeinschaft anzugehören.

Ich konnte ihre Selbstsucht nicht begreifen. Sie schlugen sich blind auf jene Seite, von der sie glaubten, daß es die *Siegerseite* war. Alles andere interessierte sie nicht. Sie gierten nach Macht. Sie wollten diese Macht besitzen oder sich wenigstens eng mit jenen verbünden, die wirklich mächtig waren. Die Zukunft des ganzen Stammes schien für sie keine Rolle mehr zu spielen. Ich glaube, ihnen war gar nicht bewußt, daß diese Parteinahme letztendlich dazu führen mußte, daß ein Bruder den anderen tötete. Offenbar erschien ihnen dieser Gedanke unvorstellbar. Daß *ich* so deutlich erkannte, was auf uns zukam, lag wahrscheinlich daran, daß ich ein Außenseiter war, ein Beobachter, der zu niemandem gehörte und nicht Partei ergriff.

Plötzlich spürte ich eine Hand auf der Schulter. Ich drehte den Kopf und blickte in die traurigen, aber durchdringenden Augen von Himmelsläufer, dem Eulen-Heiler, der neben mir niederkniete.

»Du mußt mit mir kommen.«

»Weshalb? Ist jemand krank?« fragte ich schroff.

Er wandte den Blick ab und lächelte matt.

Sofort fiel die Hoffnung von mir ab, daß Himmelsläufer mich bitten wollte, meine Heilkünste anzuwenden. Wieder sah er mich an. Unsere Blicke trafen sich, und wir schauten uns in die Augen. Sein Schweigen war eine einzige Aufforderung, doch ich war in den beengten Kammern der Höflichkeit gefangen und brachte es nicht fertig, ihm eine weitere Frage zu stellen, bevor er die erste beantwortet hatte. Ich konnte nur warten und blinzeln. Allmählich verwandelte sich sein müdes Lächeln in ein schwaches Grinsen.

»Ich bin ein Abgesandter.« Er erhob sich und klopfte mir leicht auf den Rücken. »Wie ich schon sagte, du mußt mit mir kommen.«

Ein kalter Schauer durchlief mich. Diese sorgfältig abgewogenen Worte – sie waren eine Aufforderung, der ich mein ganzes Erwachsenenleben lang ausgewichen war; es waren Worte, die meinen verstorbenen Vater mit Stolz erfüllt hätten. Es waren Worte der Berufung, und da sie an mich gerichtet waren und ich kein *solcher* Dummkopf war, daß ich ihre Bedeutung nicht begriffen hätte, blieb mir keine Wahl. Ein Stammeskrieg stand bevor, und wenngleich ich als armseliges Mitglied unseres Volkes betrachtet wurde, hatte man mich dennoch eingezogen.

Ich ritt mit dem schweigsamen Himmelsläufer zum Dorf von Weißer Bär, das fünf Meilen vom Hauptlager entfernt war. Das Dorf umfaßte vierzig Wigwams, fast siebzig Männer, zweihundert Frauen, neunzig Kinder und eine sich ständig ändernde Zahl von Hunden. Auf dem Weg zu Weißer Bär war eine johlende Kriegerhorde aus anderen Lagern an uns vorübergaloppiert. Nun befanden die Männer sich bereits im

Dorf, und es kamen immer noch weitere zu Pferde herbei. Sie alle begaben sich in die Schatten von Lauben, um sich an diesen kühlen Ruheplätzen mit Würfelspielen zu beschäftigen. Einem zufälligen Beobachter wären diese Männer sorglos erschienen, doch dieser Eindruck täuschte. Sie warteten. Nervöse Spannung breitete sich aus. Das ganze Dorf war von Unruhe erfaßt, doch alle bemühten sich, den Anschein von Normalität zu vermitteln. Eine kleine Hundemeute kam uns entgegengetrottet, um uns zu begrüßen, wobei die Tiere als Warnung kurze kläffende Laute ausstießen. Geschäftig gingen die Frauen ihren häuslichen Aufgaben nach. Ältere Kinder kreischten und jagten einander, während die kleineren ihren vielbeschäftigten Müttern zusetzten. Es war ein buttergelber, sonniger Tag, doch die Atmosphäre war gespannt. Die Leute warfen einander unruhige Blicke zu – wie auch uns, als wir ins Dorf ritten. Wenn ein Volk, das im Grunde eine riesige Familie ist, zu zerbrechen droht, kann man Freund und Feind nur schwer auseinanderhalten. Himmelsläufer und ich stiegen von den Pferden und banden die Zügelstricke an einen verkrüppelten Baum. Eine hübsche junge Frau mit einem stattlichen Säugling, der mit gegrätschten Beinen an ihrer Hüfte saß, ging dicht zu unserer Linken an uns vorbei. Ich staunte, als Himmelsläufer sie auf überaus vertrauliche Weise ansprach.

»Göttliche!«

Sie war kein bißchen beleidigt. Statt dessen neigte sie den Kopf nach hinten und sagte mit kichernder, kehliger Stimme: »Gauner!«

»Wie geht es dem Kind?«

Sie kam zu uns und blieb vor Himmelsläufer stehen, wobei sie mir bewußt keine Beachtung schenkte. Die Sonne schien hell, und wo ihre Strahlen das Haar der Frau trafen, verwandelte sich das Schwarz in schimmerndes Blau.

Sie blickte zu Himmelsläufer auf, richtete ihre Aufmerksamkeit einzig auf ihn, wobei sie in der Sonne blinzelte; ihre Augen wurden zu Halbmonden, und ihr Gesicht verzog sich auf hübsche Weise. Noch immer wandte sie mir die Seite zu. Im Grunde war ich ein vollkommen Fremder. Doch diese Frau kannte mich – genauso wie ich wußte, daß sie die jüngste Frau von Weißer Bär war und daß ihr Name Kleines Kalb lautete. Diese bemerkenswerte Frau hatte sich in den ersten Wochen ihrer Schwangerschaft Rat bei mir geholt. Man könnte sagen, daß es mein Verdienst war, daß der Säugling noch lebte, der nun an ihrer Hüfte strampelte. Das Baby grinste mich an, packte mit seiner winzigen, pummeligen Hand den Ärmel des Kleids seiner Mutter und versuchte, sich den Zipfel in den sabbernden Mund zu stecken. Kleines Kalb bemerkte es nicht, als sie mit Himmelsläufer scherzte, und das Baby vergaß mich rasch, als es nun am Ärmel lutschte und kaute.

Dem kleinen Jungen, dem ersten und einzigen Kind von Kleines Kalb, wuchsen die Milchzähne. Den Geräuschen nach zu urteilen, die der Säugling von sich gab, war es das Paradies auf Erden für ihn, den Ärmel des schönes Kleides seiner Mutter mit dem Zahnfleisch zu bearbeiten. Ich lächelte das Baby an, und der Kleine richtete seine strahlenden Augen auf mich. Um mir zu zeigen, wie stark er schon war, lehnte er sich am Arm der Mutter zurück und ächzte, wobei ihm ein langer silberner Faden Sabber aus dem Mund lief. Der Faden baumelte an seiner Unterlippe und glitzerte im Sonnenlicht. Als Kleines Kalb den Jungen an sich zog und ihn wieder auf ihre Hüfte setzte, riß der Speichelfaden und wuchs zu einem ansehnlichen Tropfen, der schließlich von der Lippe des Jungen zu Boden klatschte und die nackten Füße von Kleines Kalb nur knapp verfehlte. Wäre ich ein Mann gewesen, der stets nur auf den eigenen Vorteil bedacht war, hätte diese Szene ganz anders auf mich gewirkt . . .

Sie war heimlich zu mir gekommen, in der Dunkelheit der Nacht; denn sie fürchtete sich.

»Er ist so groß«, schluchzte sie und meinte damit ihren Mann, »und ich bin so klein. Seine anderen Frauen haben diese Sorge nicht, doch sie fürchten um mich. Sie erzählen mir Geschichten, wie sie seine Kinder zur Welt gebracht haben und wie weh es getan hat und daß einige von ihnen dabei fast gestorben wären. Ich möchte das nicht auch durchmachen.«

»Was willst du denn von mir?«

»Ich will«, sagte sie, und die Tränen strömten, und ihr Kinn zitterte, »einen Trank. Irgendeine Medizin, die das Kind in meinem Leib tötet, bevor es zu groß wird und *mich* das Leben kostet.«

Das Feuer prasselte und knackte und beleuchtete das Innere meines Junggesellen-Wigwams. Der Eingang war verschlossen. Niemand, der vorüberging, konnte einen Blick hineinwerfen und meine Besucherin sehen. Es war eine warme Nacht. Draußen veranstalteten die Grillen einen fröhlichen Radau. Im Innern des Wigwams wurde die Luft immer dicker, und die herausfordernden weiblichen Düfte meiner Besucherin erregten mich. Ich hatte einst eine Frau gehabt. Sie war gestorben. Sie war eine gute Frau gewesen, und ich dachte oft an sie. Die Zeit hatte die Erinnerung nicht in Wolken gehüllt, sondern ließ meine verstorbene Frau in einem *zu* strahlenden Licht erscheinen. Sie war nicht schön gewesen, hatte keine gute Figur gehabt. Doch sie war gütig und warmherzig gewesen, ein Licht in meinem Leben. Noch viele Jahre nach ihrem Tod war ich ein unglücklicher Mann. Ich hatte versucht, den Schmerz zu überwinden, doch ich vermißte sie zu sehr, und mit ihrem Tod war irgend etwas in meinem Innern eingeschlafen.

Doch ich war immer noch ein Mann. Ich hatte immer

noch … Bedürfnisse, die von einer Sklavin vom Stamm der Ute befriedigt wurden. Gegen Bezahlung. Sie machte ihre Sache gut genug, daß ich nicht an sexuellem Hunger leiden mußte. Nun aber, angesichts der verführerischen Anwesenheit von Kleines Kalb, in der Abgeschiedenheit meiner Behausung, erwachten die Sehnsüchte in meinem Innern plötzlich wieder zum Leben – in einem denkbar ungünstigen Augenblick. Ich fürchte, ich verhielt mich ziemlich gemein. Ich schrie Kleines Kalb an.

»Einem Kiowa das Leben nehmen? Du würdest dich ins Unglück stürzen und mich dazu – nur wegen irgendwelcher Lügengeschichten, die andere Weiber dir aus Eifersucht erzählen?«

Sie drückte sich die Faust auf den Mund und schniefte. »Lügengeschichten?«

»Steh auf.«

Wachsam, wobei ihre unruhigen Blicke hin und her huschten, gehorchte sie und erhob sich zögernd. »Was … was hast du vor?«

Nur wegen irgendwelcher Geschichten, die eifersüchtige, gehässige Frauen ihr erzählt hatten, hatte Kleines Kalb sich wie eine Närrin blindlings in das fast sichere Unheil gestürzt. Denn sollte Weißer Bär auch nur den Verdacht hegen, daß sie ganz allein zum Wigwam eines anderen Mannes gegangen war, würde er sie verstoßen. Sie erkannte ihren Fehler zu spät, und nun fürchtete sie sich. Ich konnte ihre Angst nicht nur riechen, ich konnte sie in ihren Augen sehen. Da sie allein und aus eigenem Antrieb zu meinem Wigwam gekommen war, gehörten sie und ihr Kind nun rechtmäßig mir. Um dies zu besiegeln, brauchte ich nur die Plane meines Wigwams aufzustoßen, die anderen wissen lassen, daß Kleines Kalb bei mir war, und vor Zeugen Anspruch auf sie erheben – und ihr Schicksal wäre besiegelt. Beinahe hätte ich es getan. Das Verlangen war fast übermächtig, brannte tief in meiner Seele.

»Dreh dich um.«

Ihre Augen blickten wie die eines getretenen Hündchens. Sie blieben auf mich gerichtet, als sie sich umdrehte. Über die Schulter warf sie mir ängstliche, verstohlene Blicke zu, als ich mich auf ihr Hinterteil konzentrierte. (Oh, es war entzükkend.) Die Breite und die Rundung ihrer Hüften waren makellos. Sie war die geborene Mutter. Neid auf Weißer Bär keimte in mir auf, und tief in der Kehle konnte ich Galle schmecken. Ich schluckte sie ebenso hinunter wie das bohrende Verlangen nach allem, was Kleines Kalb verkörperte: eine wunderschöne Frau, um Liebe mit ihr zu machen; die richtige Frau, um Mutter meiner Kinder zu sein; eine Gefährtin, mit der ich mein Leben hätte teilen können.

Ich schaute sie an, und unsere Blicke trafen sich. Da sie die siebte Frau von Weißer Bär war, besaß sie einen niederen Rang, doch dieser Rang war immer noch höher als der einer Erstfrau eines Mannes, wie ich es war. Ihre wachsende Furcht, ein solches Schicksal zu erleiden, indem ich Anspruch auf sie erhob, war ihr deutlich anzumerken. Sie zitterte und wrang die Hände. Sie erinnerte mich immer mehr an einen kleinen verletzten Vogel, den ich einmal als Junge gefunden hatte. Wie sehr ich ihn auch geliebt hatte, wie sehr ich mir gewünscht hatte, er möge bei mir bleiben – als er geheilt war, wollte er nur eins: mich verlassen. Also löste ich die Hände von ihr, so wie damals von dem kleinen Vogel, und ließ Kleines Kalb los – gab die Gelegenheit auf, sie zu meiner Frau zu machen.

»Mit dir und dem Kind ist alles in Ordnung.«

Ein aufgeregter, glücklicher Ausdruck erschien auf ihrem Gesicht. Sie machte einen kleinen Sprung, als sie sich umdrehte, und ihre Augen waren hell und strahlend. »Das kannst du erkennen, indem du bloß meinen ...?«

»Ja. Höre von nun an nicht mehr darauf, was diese Weiber dir erzählen, und glaube lieber, was *ich* dir sage. Du wirst ein prächtiges Kind bekommen, und du wirst nicht sterben. Und falls du noch einmal meinen Rat willst, dann sei vorsichtig und komme in Begleitung deiner Schwestern zu mir und mit dem Wissen und der Erlaubnis deines Mannes. Und jetzt geh nach Hause – so heimlich, wie du gekommen bist, damit uns nichts geschieht.«

Sie beeilte sich, meiner Aufforderung Folge zu leisten. Bevor sie aus dem Wigwam huschte, warf sie einen silbernen Ring in meine Richtung. Ich hatte sie seit diesem Tag nicht mehr wiedergesehen, doch mir war zu Ohren gekommen, daß sie alle in Verwunderung versetzte, als sie in weniger als zwei Stunden ihr Kind zur Welt brachte. Was mich betraf – kaum eine Stunde nachdem Kleines Kalb meinen Wigwam verlassen hatte, trug die Ute-Sklavin einen glänzenden silbernen Ring, als Bezahlung für ihre Liebesdienste.

»Wo ist dein Mann?«

Himmelsläufers Frage riß mich aus meinen Erinnerungen in die Gegenwart zurück. Kleines Kalb wies mit dem Kopf auf ein riesiges rotes Zelt.

»Dort, in seinem Wigwam«, sagte sie. »Viele Männer sind gekommen. Sie alle sind zu ihm hineingegangen, um sich mit ihm zu beraten.« Unsere Blicke trafen sich, und schuldbewußt wandte sie hastig die Augen ab. Sie versuchte, den Ärmel aus dem Mund ihres Sohnes zu ziehen. »Und stehen noch mehr schlimme Dinge bevor, nicht wahr?« sagte sie. »Nicht nur wegen Cheyenne-Räuber, sondern auch ...«

Himmelsläufer legte ihr seinen langen dünnen Finger auf die vollen Lippen. Er lächelte, und Kleines Kalb schien unter seinem Blick dahinzuschmelzen.

»Wie oft muß ich es dir noch sagen? Sorgen locken böse

Geister an. Wenn du über etwas Schlimmes sprichst, können sie dich hören und aufspüren.«

Als er die Hand von ihren Lippen nahm, bedachte sie ihn mit einem bewundernden Blick, aus dem tiefe Verehrung sprach. Sie erkannte, daß sie zuviel von ihren Gefühlen preisgab, und drehte den Kopf zur Seite. »Viele Krieger sind gekommen«, sagte sie mit einem Seufzer. »Es ist gut, daß mein Mann so viele Frauen hat. Es wird sie alle brauchen, um das Essen für den Abend zu bereiten.«

Als Himmelsläufer und ich zu dem großen roten Wigwam gingen, schlenderte Kleines Kalb in der entgegengesetzten Richtung davon. »Ich wollte dir immer schon danken, was du für sie und das Kind getan hast. Ich liebe Kleines Kalb wie eine Blutsschwester.«

Diese Bemerkung ließ mich innehalten. Einige Schritte vor mir blieb Himmelsläufer ebenfalls stehen. Er schaute mich an, und der Anflug eines Lächelns entspannte seine harten, kantigen Züge und ließ sie weicher erscheinen. Himmelsläufer war immer schon hager gewesen. Er gehörte zu den Menschen, die stundenlang essen konnten, ohne zuzunehmen. Doch er nutzte diese Gabe nicht. Denn um so zu essen, wie der Anstand es gebot, mußte man stundenlang am einem Fleck sitzen und sich die Zeit nehmen, gemächlich zu kauen und den Geschmack und das Aroma einer Mahlzeit genüßlich auszukosten. Doch die Sinneswahrnehmungen Himmelsläufers waren verkümmert; er konnte praktisch gar nichts schmecken. Zuerst glaubte ich, dieses Gebrechen sei darauf zurückführen, daß sein Geist zu oft in anderen Welten weilte: Sein zweiter Name lautete »Über den Wolken«. Wie dem auch sei – er wurde es rasch leid, dazusitzen und zu kauen, da er seine Mahlzeit nicht schmecken konnte, sofern sie nicht reichlich mit scharfem mexikanischem Pfeffer gewürzt war, der einem die Zunge verbrannte. Immer wenn er genug verzehrt hatte, daß sein Körper mit ausreichend Nahrung versorgt war, ließ er selbst das schmackhafteste Mahl stehen und überließ es den unersättlichen Vielfraßen, die auch scharf gewürzte Speisen mit Genuß verschlangen, sich um seinen Anteil zu streiten.

»Wovon redest du?« wollte ich wissen.

Er kam zu mir und blieb dicht vor mir stehen, so daß sein Schatten eine dritte Person zwischen uns bildete. »Du und ich, wir sind doch nicht dumm.«

Ich schluckte den dicken Klumpen hinunter, der sich plötzlich in meinem Hals gebildet hatte. »Sie ... hat es dir erzählt?«

»Nein.«

»Woher weißt du dann ...?«

»Ich habe es gesehen.«

»Du hast gesehen, wie sie in meinen Wigwam kam?«

»Nicht mit den Augen des Körpers.«

Ich legte den Kopf schief und musterte ihn. Ich sah, daß irgend etwas Beängstigendes über sein Gesicht glitt, wie der Schatten einer Wolke. Seine Züge strafften sich, die Augen wurden stumpf. Das rechte wurde sofort wieder klar, beim linken dauerte es einige Sekunden. Gerade als ich dachte, das Licht hätte mir einen Streich gespielt, geschah es noch einmal. Diesmal wurde sein linkes Auge nicht mehr klar; es blieb trüb und stumpf, und die Pupille war zu einem winzigen Punkt geschrumpft. Mir war gar nicht bewußt gewesen, daß ich ihn offenen Mundes angestarrt hatte, bis er sich umdrehte. Erst in diesem Moment kam ich wieder zu mir und schloß den Mund.

»Ich sehe viele Dinge«, sagte er, und seine Stimme klang angespannt und dumpf. »Du wirst dich daran gewöhnen.« Ich schloß zu ihm auf und ging an seiner Seite. Es war nicht leicht, mit ihm Schritt zu halten; es besaß sehr lange Beine. »Genauso, wie du dich daran gewöhnen wirst, Probleme für Weißer

Bär zu lösen. Doch ich verspreche dir, daß keine der Aufgaben dich vor eine so große moralische Herausforderung stellen wird, wie es bei Kleines Kalb der Fall war.« Er schaute mich an und kicherte. »Nicht viele Männer hätten so viel Widerstandskraft aufgebracht wie du. Kleines Kalb ist sehr schön. Und von Rechts wegen müßte sie dir gehören. Ich bin beeindruckt, daß du nie jemandem von ihrer Dummheit erzählt hast.«

»Wenn *du* so beeindruckt bist«, erwiderte ich in spöttischem Tonfall, »hättest du es mir längst sagen können.«

Er hielt mir die Plane am Eingang des Wigwams auf, schaute mich ohne jede Spur von Arglist an und sagte: »Nein, das konnte ich nicht. Erst heute ist die Zeit gekommen, da ich es dir sagen wollte.«

Ich neigte dazu, die Beherrschung zu verlieren, wenn mir etwas zuviel wurde. Und nun wurde ich wütend, weil Himmelsläufers Bemerkung meinen ohnehin angespannten Nerven einen weiteren Schlag versetzt hatte. Ich riß ihm die Plane aus der Hand und klatschte sie von außen zu, wodurch ich die Männer aufschreckte, die im Innern des Wigwams versammelt waren. Ich wußte, es würde nur Sekunden dauern, bis jemand die Plane zur Seite riß und uns zur Rede stellte. Ich sprach rasch und so leise, daß es kaum mehr als ein Flüstern war, als ich mit leiser Häme zu Himmelsläufer sagte: »Wenn du das alles wirklich *gesehen* hast, dann hast bestimmt auch die schrecklichen Schwierigkeiten vorhergesehen, die auf uns zukommen.« Als er bestätigend nickte, hätte ich ihn am liebsten niedergeschlagen. »Warum hast du es dann nicht verhindert?«

Er antwortete in ruhigem Flüsterton: »Weil ich nicht wußte, *was* ich gesehen habe, bis es zu spät war. Ich sehe in meinen Träumen. Und manchmal *sind* es bloß Träume.«

»Ist das nicht verwirrend?«

»Sehr.«

Die Plane flog auf, und die massige Gestalt von Weißer Bär füllte den Eingang des Wigwams aus. Auf seinem fleischigen Gesicht lag ein finsterer Ausdruck. »Warum stehst du hier draußen, zischend wie eine Schlange, Himmelsläufer?« Dann schaute er mich an, und Verblüffung legte sich auf seine Züge. »Was tut *der* denn hier?«

Himmelsläufer wies mit einem Kopfnicken in meine Richtung. »Ich hatte dir versprochen, einen Fachmann zu Hilfe zu holen. Das ist er.«

»Der?«

»Er hat einen Namen.«

Weißer Bär runzelte tief die Stirn, richtete den stechenden Blick aus seinen Schweinsäuglein auf mich und sagte mit schroffer Stimme: »Sein Name interessiert mich nicht. Er gehört weder zu meiner Familie noch zu meinem Klan. Deshalb kenne ich ihn nicht. Er kommt hier nicht herein.«

In geduldigem, beinahe väterlichem Tonfall erklärte Himmelsläufer: »Für heute hast du genug Fehler begangen. Wenn du noch weitere machst, kann niemand dich mehr retten.«

»Ich bin es nicht, der gerettet werden muß.«

»Doch, bist du. Treibe es nicht so weit, daß ich dich halbtot prügeln muß, um es dir zu beweisen. Sei so nett, tritt zur Seite, und heiße deinen neuen Bruder Tay-bodal willkommen.«

Nur meine Augen bewegten sich, als ich den Blick vom Weißen Bären zu Himmelsläufer schweifen ließ. Langjährige Übung machte es mir möglich, trotz meines Entsetzens eine unbeteiligte Miene zu wahren. Nie hatte ich erlebt, daß jemand in einem solchen Tonfall zu Weißer Bär sprach, zumal Himmelsläufer kein Gegner für ihn war. Er war so dünn, daß Weißer Bär ihn mit einem Hieb seines gewaltigen Armes in zwei Hälften hätte zerteilen können. Ich stand da und wartete auf diesen tödlichen Schlag, doch er blieb aus. Statt dessen stieß Weißer Bär sein dröhnendes Lachen aus, daß es mir beinahe die Trommelfelle zerriß. Er packte den knöchernen Reif, der mir locker um den Hals hing, und zerrte mich ins Innere seines Wigwams. Ich hatte gerade erst das Gleichgewicht wiedererlangt, als er mir einen freundschaftlichen Schlag auf den Rücken versetzte, der mich in die Reihen seiner Unterhäuptlinge segeln ließ.

»Brüder!« rief er mit Donnerstimme. »Diese halbe Portion heißt Tay-bodal.«

Auch Himmelsläufer trat nun in den Wigwam, schloß die Plane hinter sich, damit wir ungestört waren, und verkündete mit schmerzerfüllter Stimme: »Er ist ein sehr nützlicher Mann. Versucht bitte, ihn unversehrt zu lassen.«

Seine Bitte fand keine Beachtung. Ich wurde unsanft herumgestoßen, von Krieger zu Krieger. Himmelsläufer, der immer noch am Eingang stand, beobachtete das Schauspiel und lachte. Dann legte er plötzlich eine Hand an die linke Seite seines Kopfes, verzerrte das Gesicht, sog scharf die Luft ein und krümmte sich. Ich sah es während der wenigen Sekunden, als ich von der Woge der Leiber mitgerissen wurde; denn die Krieger stürzten nun zum Eingang des Wigwams, um Himmelsläufer zu Hilfe zu eilen. Weißer Bär war als erster bei ihm, legte seinen gewaltigen Arm um Himmelsläufers schmächtige Gestalt und hielt ihn fest.

Mit beinahe zärtlicher Stimme fragte Weißer Bär: »Hast du wieder diese Kopfschmerzen?«

»Ja«, preßte Himmelsläufer mühsam hervor.

Weißer Bär schaute mich an. Erschrecken lag auf seinem Gesicht. »Du bist Heiler. Jedenfalls habe ich das sagen hören. Hilf ihm.«

Himmelsläufer schien unter schrecklichen Schmerzen zu leiden. Als ich ihn untersuchte, war sein Gesicht verzerrt und mit kaltem Schweiß bedeckt. Ich stellte ihm einige Fragen, und er sagte mir, daß er nicht mehr deutlich sehen könne; blitzende Sterne würden vor seinen Augen tanzen. Mit angespannter Stimme beklagte er sich darüber, ihm sei das Licht im Innern des Wigwams zu hell, und daß selbst die leiseste Stimme in seinem Kopf wie Donner hallte und den unerträglichen Schmerz noch schlimmer mache. Ich mußte ihn rasch in seinen eigenen Wigwam schaffen. Aus Decken fertigten die Männer eine Hängematte, in die sie Himmelsläufer betten und forttragen konnten. Wie ein Raupe in einem Kokon wurde er hineingelegt. Ihn in dieser Matte zu tragen schützte ihn zwar vor dem prallen Sonnenlicht, erregte im Dorf jedoch großes Aufsehen. Als die Dorfbewohner die Parade und das merkwürdige Bündel in der Mitte erblickten, glaubten alle, es hätte einen plötzlichen Todesfall gegeben, und kamen herbeigerannt, wobei sie ein klagendes Geheul ausstießen, um den Toten zu betrauern, wer es auch sein mochte. Immer wieder mußte Weißer Bär seine donnernde Stimme erschallen lassen, um für Ruhe zu sorgen, doch für Himmelsläufer war es nur eine schwache Hilfe.

Als er aus der Hängematte gehoben wurde, sorgte ich dafür, daß die entsetzten Dorfbewohner sich sinnvollen Aufgaben zuwandten. Ich ließ sie sämtliche Decken herbeischaffen, die sie erübrigen konnten; diese Decken wurden dann an den Außenwänden von Himmelsläufers Wigwam befestigt, um auf diese Weise das Licht und die Hitze zu dämmen. Als diese Arbeit getan war, brüllte Weißer Bär die besorgte Menge mit der Lautstärke eines Elchbullen an und forderte die Leute auf, zu verschwinden, dem Wigwam Himmelsläufers fernzubleiben und jedes laute Geräusch im Dorf zu vermeiden. Das Gebrüll von Weißer Bär hatte jedoch zur Folge, daß Himmelsläufers Zustand sich weiter verschlechterte und er einer Ohnmacht nahe war, als man ihn auf seine Schlafstätte bettete. Wenngleich alle Anwesenden verschwinden mußten, weigerte Weißer Bär sich standhaft, ebenfalls das Feld zu räumen, was ich mit einem tiefen Seufzer zur Kenntnis nahm; denn mir war klar, daß seine Anwesenheit eine zusätzliche Belastung sowohl für Himmelsläufer als auch für mich darstellte. Besonders, wenn Weißer Bär einen neuerlichen Wutanfall bekam und wieder herumzubrüllen begann. Doch er blieb still. Ich staunte, wie sanft dieser riesige Mann war, als er mir half, Himmelsläufer zu entkleiden, und es rührte mich, als ich beobachtete, mit welch liebevoller Sorgfalt er dem Kranken kalte Umschläge auf die Stirn legte, wobei er mit flüsternder Stimme Gebete für ihn sprach. Ich beneidete diese beiden Männer um ihre Freundschaft.

Gerade als wir glaubten, Himmelsläufer würde bequem liegen, erlitt er einen Anfall. Ich war mehr als dankbar für die Hilfe von Weißer Bär, denn der Anfall war so heftig, daß wir beide zupacken mußten, um den Kranken festzuhalten. Schließlich fiel er in einen unruhigen Schlaf. Im Schneidersitz hockten wir uns zu beiden Seiten seines Lagers nieder und unterhielten uns mit leiser Stimme.

»Wie lange hat er die Kopfschmerzanfälle schon?«

Weißer Bär kaute auf einem Mundwinkel, als er nachdachte. »Ich kenne ihn mein halbes Leben lang. Soweit ich mich erinnern kann, hatte er diese Anfälle schon immer. Doch in letzter Zeit muß er sich übergeben, wenn sein Kopf schmerzt.«

»Weißt du, wie oft das schon geschehen ist?«

Weißer Bär rieb sich das Kinn. Nach langem Nachdenken sagte er: »Zehnmal.«

»Ich wünschte, jemand wäre so vernünftig gewesen, mich schon eher zu holen«, murrte ich und rieb mir übers Gesicht.

Beinahe hätte Weißer Bär wütend losgepoltert, doch er senkte die Stimme rechtzeitig zu einem Flüstern. »Kannst du ihm denn helfen?« Als ich in sein großes ernstes Gesicht blickte, sah ich die Liebe darin, die er für Himmelsläufer empfand, den er seinen Bruder nannte. Er liebte ihn so sehr, daß er mir zweifellos *alles* gegeben hätte, das er zu geben vermochte, wenn ich helfen konnte. Schon meine bloße Andeutung, daß ich Himmelsläufer möglicherweise von seiner Krankheit befreien konnte, hatte ihn in helle Aufregung versetzt.

Das Bild vom Kleines Kalb entstand vor meinem geistigen Auge. Ich brauchte Weißer Bär nur einen Schimmer von Hoffnung zu machen, und diese Frau gehörte mir. Doch leider hatte irgend etwas in meinem Innern mich stets dazu gemahnt, bei der Wahrheit zu bleiben.

Und daran ist mein Vater schuld. Er hatte diese harte, schmutzige, stinkende Arbeit des Adlerfangens auf sich genommen, und doch kann ich mich an keinen Fall erinnern, daß er einen Kunden übervorteilt hätte. Schon nach meinem kurzen Ausflug in diesen Beruf hatte ich erkannt, daß seine Käufer ihm bereitwillig *alles* gezahlt hätten, was er verlangte, ohne ein Wort der Klage. Den Käufern wäre kein Preis zu hoch gewesen, um der beschwerlichen Arbeit zu entgehen, eine Grube auszuheben und tagelang unter einem fliegenumschwärmten, verwesenden Kojotenkadaver zu hocken. Doch Vater war ehrlich. Er war anständig. Und ich war dazu verurteilt gewesen, seine Ansichten über Anstand und Ehrlichkeit zu übernehmen. Seine um vieles wertvolleren Tugenden – die Geduld und die Fähigkeit, seine Meinung für sich zu behalten – hatte ich dagegen leider nicht geerbt. Statt dessen war ich immer ein unsteter Mensch gewesen, und mit meiner Meinung hatte ich nie hinter dem Berg gehalten. Diese beiden Eigenschaften hatten mich immer wieder in Schwierigkeiten gebracht, die zuweilen noch dadurch verschlimmert wurden, daß mein Vater mir überdies seinen verdrehten Sinn für Rechtschaffenheit anerzogen hatte.

»Ich kann ihn nicht gesund machen. Ich kann ihm den

schlimmsten Schmerz nehmen und ihm helfen, mit seiner Krankheit leben zu lernen.«

Weißer Bär betrachtete mich lange; dann legte sich langsam ein leichtes Lächeln auf sein Gesicht.

»Ich habe von dir gehört. Die Leute erzählen, daß du ein außergewöhnlicher Heiler bist. Und sie sagen, du wärst ein ehrlicher Mann.«

Ich wand mich, biß die Zähne zusammen und verfluchte meinen längst verstorbenen Vater, während Weißer Bär mit dem Kopf nickte, ein Lächeln in den funkelnden Augen.

»Ich habe die Geschichten nicht geglaubt. Jetzt weiß ich, daß sie der Wahrheit entsprechen.«

In diesem Augenblick erkannte ich, wie gerissen Weißer Bär sein konnte. Er hatte meine Schwäche gespürt und sie erforscht und erkundet. Nachdem er diese Erkundung beendet hatte, erklärte er mich zu einem Heiler, auf dessen Fähigkeiten er vertrauen konnte. Um sein Vertrauen zu beweisen, machte er sich daran, mich mit Geschichten über die beängstigenden Wunden zu erfreuen, die er zwar überlebt hatte, die ihm aber immer noch zu schaffen machten. Ich hörte kaum zu, als ich mich über Himmelsläufer beugte und dessen Augenlider hob, so behutsam ich nur konnte. Himmelsläufer stöhnte; seine Augen reagierten kaum. Schrecklicher Schmerz spiegelte sich darin.

»Bleib bei ihm«, sagte ich zu Weißer Bär. »Erlaube ihm nicht, seine Schlafstätte zu verlassen, aus welchem Grund auch immer.«

Weißer Bär hatte gerade eifrig in seinen Erinnerungen gekramt und eine Geschichte über irgendeine Narbe und einen Cheyenne mit einem Speer erzählt. Ich hatte ihn mitten im Satz unterbrochen. Zuerst schaute er verärgert drein, dann aufgeschreckt, und schließlich huschte ein ängstlicher Ausdruck über sein breites Gesicht.

»Du willst gehen?«

»Nur so lange, wie es dauert, um meine Taschen zu holen und sofort wieder hierherzukommen. Ich fürchte, ich muß eine Zeitlang deine Gastfreundschaft in Anspruch nehmen.«

»Tage? Wochen?«

»Na ja ...«

»Du solltest ganz hier bleiben«, sagte Weißer Bär entschieden. »Es könnte ja sein, daß es ihm dank deiner Pflege heute gut geht, und morgen wird es wieder schlimm. Wenn du bleibst, so daß du dich stets um ihn kümmern kannst, könnten wir uns viel Hin und Her ersparen.«

Es dauerte einen Augenblick, bis ich begriff; denn ich war völlig entgeistert: Weißer Bär hatte mich auf seine umständliche Art und Weise aufgefordert, seinem Klan beizutreten, dem angesehenen Rassel-Klan. Er stand auf und ergriff meinen schlaffen Arm, zerrte mich auf die Beine und hob mich so herum, daß ich vor ihm stand. Er rieb mir über die Arme, als wollte er sie abstauben, wobei er munter weiter plapperte.

»Du wirst deinen Wigwam brauchen. Ich schicke dir drei von meinen Frauen mit. Sie sind wie die Ameisen. Binnen Minuten werden sie deinen Wigwam auseinandernehmen und deine Habe zusammenpacken.«

»Ich ... ich möchte euch nicht zur Last fallen. Ich ...«

Er wedelte mit seiner riesigen Pranke und schnitt mir das Wort ab. »Oh, das macht keine Umstände. Es wird den Frauen eine helle Freude sein.«

Wenn ich allein nach ihren verdrießlichen Gesichtern und den giftigen Bemerkungen urteile, mit denen die Frauen mich bedachten, glaube ich nicht, daß es ihnen eine helle Freude war. Offenbar hatten sie und Weißer Bär in dieser Beziehung ganz unterschiedliche Auffassungen. Doch sie waren erstaunlich tüchtig und zerlegten meinen bescheidenen Wigwam schneller in seine Einzelteile, als ich meine Heiler-Utensilien zusammensuchen konnte. Als ich die wertvollsten Sachen verstaut hatte, bot ich den Frauen vorsichtig meine Hilfe beim Zusammenpacken meiner weniger wichtigen Habseligkeiten an. Mein Ansinnen prallte an einer steinernen Mauer der Mißbilligung ab. Die Frauen hüllten sich in Schweigen, starrten mich nur alle gleichzeitig an. Daraus konnte ich nur schließen, daß meine Anwesenheit in ihren Augen lediglich ein ärgerliches Hindernis war, ihren außergewöhnlichen Fleiß zu entfalten. Das einzig Wertvolle, was ich besaß, waren meine Heiler-Utensilien, und die hatte ich bereits verstaut. Einen Schild oder irgendein besonderes Bündel, das bestimmte Gegenstände enthält und äußeres Zeichen eines Amtes oder einer bestimmten Macht ist, besaß ich nicht, so daß ich von daher keine Beschädigungen aufgrund unsachgemäßer Behandlung befürchten mußte. Solche Sorgen brauchten sich nur Krieger zu machen. Und nur die Frauen von Kriegern mußten sich mit den Unbequemlichkeiten herumplagen, die sich ergaben, wenn der Gatte mitsamt seinem Wigwam seine Wohnstatt verlegte. Meine armseligen, alltäglichen Sachen bereiteten den Frauen von Weißer Bär nicht die geringsten Schwierigkeiten. Also überließ ich alles ihnen und flüchtete auf meinem Pferd, so schnell es laufen konnte.

Weniger als eine Meile vom Dorf des Weißen Bären entfernt, kamen mir einige berittene Männer entgegengaloppiert. Ein junger Krieger, von dem ich wußte, daß er Großer Baum hieß, packte die Zügel meines Pferdes und hielt sie mit beeindruckender Kraft fest, als das Tier scheute und tänzelte. Dabei rief er mir mit atemloser Stimme zu: »Weißer Bär hat uns geschickt. Du sollst sofort kommen. Himmelsläufer geht es schlechter.«

Rücksichtslos traten wir unseren Pferden in die Weichen und preschten ins Dorf zu meinem Patienten.

Er hockte auf Händen und Knien am Boden. Weißer Bär hielt ihn an den Hüften fest, während Himmelsläufer sich würgend in eine große Schüssel übergab. Im Innern des Wigwams drängten sich Männer; sie alle waren von Angst erfüllt, und auf ihren Gesichtern spiegelte sich Hilflosigkeit gegenüber der Art von Feind, die Himmelsläufer zu schaffen machte. Bei meinen Eintreten blickte Weißer Bär mich voller Erleichterung an. Als wollte er sich dafür entschuldigen, daß sich so viele Männer im Wigwam versammelt hatten, sagte er: »Er hat geschrien. Und allein konnte ich ihn nicht festhalten. Er ist stärker, als er aussieht.«

Ich ließ mich neben Himmelsläufer auf die Knie nieder und stützte seinen Kopf, indem ich ihm eine Handfläche unter das Kinn drückte. »Wie lange übergibt er sich schon?« fragte ich besorgt.

»Es fing an, kurz bevor du in den Wigwam kamst.«

Die Luft war scheußlich; sie stank nach säuerlichem Schweiß und bitterem Erbrochenem. Die Sonne brannte auf den Wigwam nieder, wobei die Decken an den Außenwänden dafür sorgten, daß die Hitze sich im Innern staute. Keine gesundheitsfördernde Umgebung für meinen Patienten. Ich blickte über die Schulter und rief den Kriegern zu, die sich aneinanderdrängten: »Macht den Eingang weit auf, wenn ihr hinausgeht, und bleibt alle draußen!«

Mein Kopf fuhr wieder zu Himmelsläufer herum, als ich seine keuchende Stimme hörte.

»Du bist zurückgekommen.«

»Wie ich gesagt habe.«

»Ja, das hast du. Du bist ein Mann mit außergewöhnlichem Ehrgefühl.«

Dann wurde er bewußtlos.

Als Weißer Bär und ich ihn auf seine Schlafstätte legten, fragte ich: »Kochen deine Frauen gern?«

»Natürlich!« schnaubte er. »Sie sind schließlich Frauen.«

Wider Willen mußte ich lächeln. »Dann sag ihnen bitte, sie sollen eine kräftige Brühe bereiten. Nur aus Leber und Knochenmark. Und Zwiebeln. Viele Zwiebeln.«

Weißer Bär bedachte mich mit einem entrüsteten Blick. »Mein Bruder muß schreckliche Qualen erleiden, und du denkst an deinen Magen?«

»Die Brühe ist für ihn, nicht für mich.«

Kurz nachdem Weißer Bär sich auf den Weg gemacht hatte, erwachte Himmelsläufer. Er sagte nichts; er lag bloß da und schaute mich an. Es machte mich ein bißchen unruhig, unter den wachsamen Augen eines Eulen-Heilers meine Methoden der Heilkunst anzuwenden, bei der die umständliche Benutzung von Mörser und Stößel erforderlich war. Als ich die Kräutermischung zerstampft hatte, gab ich das Pulver in eine Schüssel mit heißem Wasser und stellte sie erst einmal zu Seite, damit die Kräuter aufkochen konnten. Ein schwaches Lächeln legte sich auf Himmelsläufers Gesicht, als ich ihm die Finger auf die Pulsader dicht unter dem Handgelenk drückte. Er wußte nicht, was ich tat, und ich machte mir nicht die Mühe, ihm zu erklären, daß bei jedem Menschen unter dem linken Handgelenk das Echo des Herzens zu finden ist, wie ich es bezeichne. Indem ich die Finger auf das Handgelenk drücke, kann ich wirklich und wahrhaftig fühlen, wie das Herz in der Brust eines Menschen schlägt.

Sein Herzschlag war normal. Wenn man Himmelsläufers geschwächten Zustand berücksichtigte, war der Puls sogar erstaunlich kräftig. Mit respektvoller, leiser Stimme fragte ich: »Möchtest du lieber von einem Heiler aus deinem eigenen Bund behandelt werden?«

Seine Lider flatterten, und er schlug die Augen zu und sagte in heiserem Flüsterton: »Sie haben schon alles getan, was sie tun konnten. Nun muß ich mich allein dir anvertrauen.«

Während ich ihn behandelte, sang ich ein Gebetslied – ein eigenes Lied, das ich mir bei der Arbeit zurechtreimte. Ich dachte mir, es würde Himmelsläufer vielleicht gefallen, wenn ich den Versuch unternahm, wenigstens ein bißchen übersinnlich zu erscheinen, so wie ein Eulen-Heiler, während ich mich mit den rein körperlichen Problemen beschäftigte. Doch mein Selbstvertrauen bekam einen leichten Knacks, als Himmelsläufer ein Auge aufschlug und mich verächtlich anschaute.

»Sei endlich still. Du hast eine gräßliche Stimme, und ich habe Kopfschmerzen.«

3.

Die Medizin, die ich Himmelsläufer bereitete, schmeckte scheußlich, doch sie half. In kleinen Mengen verabreicht, linderte sie Schmerzen; eine starke Dosis hingegen versetzte den Kranken in einen ohnmachtsähnlichen Tiefschlaf. Letzteres hatte sich als sehr hilfreich erwiesen, wenn ich gebrochene Knochen richten oder Eingriffe mit dem Messer vornehmen mußte. Normalerweise gab ich dieses Mittel nicht an jemand anderen weiter. Es war zu gefährlich, wenn Kranke es sich selbst verabreichten. Bei Himmelsläufer jedoch machte ich eine Ausnahme. Da seine Krankheit chronisch war, mußte er stets einen kleinen Beutel mit dieser Medizin bei sich tragen. In den ersten Tagen unserer Bekanntschaft lehrte ich ihn, wie man das Mittel richtig anwendete, und ich sorgte dafür, daß seine Vorräte stets ergänzt wurden. Sobald das verräterische Blitzen vor seinen Augen erschien, gab er die entsprechende Menge Kräuterpulver in heißes Wasser und trank das Gebräu. In Notfällen streute er sich eine Prise direkt unter die Zunge, um eine raschere und nachhaltigere Wirkung zu erzielen. Die Lichtblitze in seinem Kopf warnten ihn stets früh genug, daß einer seiner schrecklichen Kopfschmerzanfälle bevorstand. Mit meiner Medizin bewaffnet, konnte er von nun an den lähmenden Schmerz abwehren.

Nachdem ich ihm das Mittel zum ersten Mal verabreicht hatte, legte ich einen Vorrat für ihn an und behielt meinen Patienten sorgfältig im Auge. Kräuter sind geheimnisvoll, und verschiedene Menschen besitzen unterschiedliche Grade der Verträglichkeit, wie ich es nenne. Ich habe Patienten erlebt, die auf höchst merkwürdige Weise reagierten. Ein Kraut, das einen riesigen Mann schwer krank machen kann, kann bei einer zierlichen Frau keine oder nur geringe Wirkungen haben. Ein Heiler muß mit Kräutern sehr vorsichtig umgehen. Solange ich mir über die Verträglichkeit eines Patienten nicht im klaren bin, bleibe ich stets bei ihm, wenn ich ihm ein Mittel verabreiche. Falls eine unvorhergesehene unerwünschte Reaktion eintritt – die typischen Anzeichen sind meist Ausschlag oder Atemnot –, geschieht dies schon nach wenigen Minuten. In diesen Fällen habe ich stets ein Gegenmittel parat. Glücklicherweise entfaltete das Mittel bei Himmelsläufer sofort seine hilfreiche Wirkung. Sein angespanntes Gesicht entkrampfte sich, die Lider wurden ihm schwer, und ein dümmliches Lächeln legte sich auf seine Lippen. Einige Minuten später verspürte er keinen Schmerz mehr und sang aus voller Kehle.

Sichtlich geschockt, kam Weißer Bär in den Wigwam gestürmt. »Ist er betrunken?«

Lächelnd fuhr ich fort, die Kräuter im Mörser zu feinem Pulver zu zerstampfen. »Nein. Er ist ... glücklich.«

Weißer Bär setzte sich neben mich. Er reckte den Hals und spähte für einige Augenblicke in den Mörser. »Macht dieses Pulver ihn so glücklich?«

»Ja?«

»Gibst du mir auch davon?«

»Nein!«

Ich war es nicht gewöhnt, von Frauen verhätschelt zu werden. Als ich mit Weißer Bär und seinen Unterhäuptlingen in der Laube saß, stellte ich zu meinem Erstaunen fest, daß die Frauen von Weißer Bär mir beim Essen die größten Portionen zukommen ließen, und mein Becher mit erfrischendem Pfefferminzwasser war stets gefüllt. Weißer Bär nickte und lächelte mich an, während er sein Essen hinunterschlang. Als mein

Trinkbecher wieder einmal nachgefüllt wurde, stieß er mich an und flüsterte: »Du hast ihre Herzen gewonnen.«

In diesem Augenblick kam Kleines Kalb zu uns. Ihren schlafenden Säugling auf den Rücken geschnallt, kauerte sie neben mir nieder und gab eine riesige Portion Pflaumen, in Gewürzen und Honig gekocht, in meine neuerlich geleerte Essensschüssel. Als unsere Blicke sich trafen, bedachte sie mich mit einem herzlichen, freundlichen Lächeln. Überdies fiel mir auf, daß sie mir mehr Pflaumen gegeben hatte als sonst jemand. Verwundert – und ein bißchen besorgt, daß Weißer Bär sich als eifersüchtig erweisen könnte – schaute ich wachsam in seine Richtung. Er grinste breit.

»Von allen meinen Brüdern«, verkündete er, »ist Himmelsläufer meinen Frauen der liebste. Er stellt sich stets auf ihre Seite, weißt du. Wenn meine Frauen sich beklagen, daß ich ein Grobian sei, pflichtet er ihnen bei und tut sein Bestes, die Weiber zu trösten.« Er stellte die Essensschüssel vor sich und wischte sich die fettigen Hände an seiner Hose ab. »Meine Frauen sagten mir, daß Himmelsläufer die zwei Schüsseln Brühe in sich behalten hat und daß er nun friedlich schläft. Jetzt bist du ihr Held, weil du gewußt hast, wie man Himmelsläufer helfen kann.« Er beäugte die Schüssel mit Pflaumen, die vor mir stand. »Willst du die alle aufessen?«

»Ich hatte es vor.«

»Versuch es nicht. Du bist ziemlich klein. So viele Pflaumen könnten deinen Eingeweiden schlecht bekommen. Und daß unser Heiler krank wird, können wir am wenigsten gebrauchen. Am besten, ich nehme dir die Hälfte ab.«

Seine erste Frau ging hinter dem Kreis schmausender Männer entlang, beugte sich zwischen Weißer Bär und mir nach vorn und klatschte ihrem Mann eine lange Holzgabel auf die Finger, als er sie nach meiner Schüssel ausstreckte. Blitzartig zog Weißer Bär die Hand zurück.

Als er sich die schmerzenden Knöchel rieb, sagte er: »Du solltest deine Pflaumen wirklich essen, Tay-bodal. Ein solches Mahl bereiten meine Frauen nicht alle Tage. Es ist etwas ganz Besonderes – zu deinen Ehren und um dich in unserem Klan willkommen zu heißen.«

Er lächelte seine finster dreinblickende Frau an, wobei er sich immer noch die Knöchel rieb. Da ich wußte, daß die Frau erst dann gehen würde, wenn ich auch die letzte Pflaume verspeist und in meinem Magen vor Weißer Bär in Sicherheit gebracht hatte, schlang ich sie hastig herunter.

Es war üblich, nach einem ausgiebigen Mahl »das Essen ruhen zu lassen«, wie wir es nannten – was nichts anderes bedeutete, als ein Nickerchen zu machen. Träge und vollgestopft, mußte ich jedoch zu meinem Verdruß feststellen, daß Weißer Bär sich nicht an diese Gewohnheit hielt. Nachdem wir kurz nach Himmelsläufer gesehen hatten, ritten wir aus und ließen ein ganzes Dorf voller Seelen zurück, die behaglich *ihr* Essen ruhen ließen. Doch mein Neid und meine Müdigkeit schwanden, als ich weniger als eine halbe Stunde später Auge in Auge Cheyenne-Räuber gegenüberstand.

Sein Gefangenenwigwam lag am Rande des Hauptlagers. Heerscharen von Wächtern lümmelten träge um den Wigwam herum. Als Weißer Bär und ich heranritten, kam Leben in die Männer. Wir wurden so eingehend ausgefragt, daß es schon an Belästigung grenzte; doch schließlich gewährte man uns Zutritt zu dem Zelt, das ungefähr doppelt so hoch und breit wie ein normaler Wigwam war. Sah man davon ab, daß der Wigwam ziemlich abgelegen lag und von vielen Posten umstanden war, die argwöhnisch jede Bewegung des Gefangenen beobachteten, durfte Cheyenne-Räuber – im Rahmen des Möglichen – ein normales Leben führen. Da ich zuvor noch nie mit einem Stammeshelden zu tun gehabt hatte, hatte ich nicht die leiseste Ahnung, daß bei einer Berühmtheit wie Cheyenne-Räuber die »Normalität« ziemlich anders aussah als bei mir.

Im Wigwam wimmelte es von Frauen – jungen Frauen und ihren alten Anstandsdamen, wie die Weißen sagen würden. Cheyenne-Räuber lag inmitten der holden Weiblichkeit auf dem Bauch und ließ sich von den jungen Frauen mit einem süß riechenden Öl einreiben.

»Wo bist du gewesen?« fuhr er auf und starrte seinen Onkel zornig an. »Was läßt du mich so leiden?«

(Wie ich schon sagte, fielen die Vorstellungen des Gefangenen, was die Normalität betraf – und das Leid –, ein bißchen aus dem Rahmen.)

»Es gab einen Notfall«, erwiderte Weißer Bär. »Himmelsläufer war krank. Er hatte wieder einen seiner Kopfschmerzanfälle und mußte behandelt werden.«

Cheyenne-Räuber legte die Stirn auf die verschränkten Arme, während er über diese Neuigkeit nachgrübelte. Die jungen Frauen, denen es nur darum ging, das Wohlwollen ihres Helden zu gewinnen, massierten ihn schneller und kräftiger. Cheyenne-Räuber gab sich ihren Bemühungen hin und grollte wie ein zufriedener Grizzly. Dann fragte er, ohne den Kopf zu heben: »Wie geht es ihm?«

Weißer Bär wedelte mit der Hand in meine Richtung. »Dank dem da geht es ihm sehr gut.«

Cheyenne-Räuber hob den Kopf. Seine Blicke suchten und fanden mich und blieben auf mir haften. »Ich habe dich heute gesehen«, sagte er beiläufig. »Du hast dich sehr seltsam benommen.«

Bevor ich wieder einen klaren Gedanken fassen konnte, stieß ich hervor: »Es ist ja auch ein seltsamer Tag.«

Fältchen bildeten sich in seinen Augenwinkeln, als ein träges Grinsen auf sein Gesicht kroch und seine zuvor angespannten Züge weicher machte. Mit einer heftigen Bewegung drehte er sich auf den Rücken und brüllte: »Laßt mich allein!«

Ich wollte seiner Aufforderung gerade Folge leisten, als die Frauen sich erhoben und mir klar wurde, daß er *sie* gemeint hatte. Während sie hintereinander aus dem Wigwam marschierten, setzte Cheyenne-Räuber sich auf. Weißer Bär nahm neben ihm Platz. Ich hatte das Gefühl, ein bißchen mehr tun zu müssen, als bloß wie ein Geistesschwacher dazustehen; also hockte ich mich in der Nähe der beiden nieder. Als ich ihren Gesprächen lauschte, überkam mich erneut leichte Verwunderung. Die Frauen, die Cheyenne-Räuber so hingebungsvoll umsorgt hatten, waren gar nicht seine Ehefrauen. Cheyenne-Räuber war Junggeselle, so wie ich. Dennoch unterhielt er sich mit seinem Onkel in besorgtem Tonfall über eine Frau, die er Weißer Otter nannte. Offenbar war sie nicht unter den jungen Damen gewesen, die soeben den Wigwam verlassen hatten.

Alle Heiler haben scharfe Augen und Ohren. Ich bin da kein Ausnahme. Das Beobachten und Zuhören sind wichtige Bestandteile der Heilkunst. Oft führt nicht das, was ein Kranker sagt, sondern wie er auf bestimmte Äußerungen reagiert, zu einer richtigen Diagnose. Als ich nun dem Gespräch der beiden lauschte, gelangte ich zu dem Schluß, daß Cheyenne-Räuber diese unbekannte Frau namens Weißer Otter leidenschaftlich liebte und daß er mehr um ihr Wohlergehen besorgt war als um das eigene. Weißer Bär beantwortete die Fragen seines Neffen widerwillig. Es war offensichtlich, daß ihm das Thema nicht behagte. Bevor ich mich zurückhalten konnte, meldete ich mich unverschämterweise zu Wort und brachte eine Sache zur Sprache, die mich seit Beginn der Ratsversammlung beschäftigt hatte.

»Weshalb glaubt Vogel-der-tritt, daß du seinen Neffen getötet hast, Cheyenne-Räuber?«

Augenblicklich verstummten die beiden, schauten sich für einen Moment an und richteten dann die Blicke auf mich.

»Hast du auf dem Mond gelebt?« entgegnete Weißer Bär ungläubig. »Jeder weiß, warum Cheyenne-Räuber den Tod dieses Hundepenis wünschte. Wie kommt es, daß *du* nichts davon weißt?«

Ich bin geübt darin, nach außen hin Gelassenheit zu wahren. Doch Weißer Bär stellte seine Frage in einem so ernsten Tonfall, daß ich es mit der Angst bekam. Beide Männer betrachteten mich mit unverhohlenem Mißtrauen, und dieses Mißtrauen machte sie wütend. Ich antwortete bedächtig, mit ruhiger Stimme und gelassener Miene. Ich sei in Bent's Trading Post gewesen, erklärte ich, im Norden von Texas, und hätte dort mit den Heilern der Navajo die fiebersenkenden Eigenschaften von alkalischem Wasser studiert. Als ich vom Tod unseres obersten Häuptlings gehört habe, sei ich unverzüglich zum Regenberg aufgebrochen, wäre aber nur noch rechtzeitig zur Beisetzung eingetroffen und wüßte deshalb nicht, was sich vor meiner Ankunft zugetragen habe. Die beiden entspannten sich, zufrieden mit meiner Antwort und meinem Auftreten, und die Atmosphäre gegenseitigen Vertrauens kehrte wieder.

»Nun, da ist dir ein besonderes Vergnügen entgangen«, sagte Weißer Bär.

Die beiden redeten wieder miteinander. Ich versuchte verzweifelt, aus ihren Worten schlau zu werden, als Weißer Bär und Cheyenne-Räuber plötzlich in ein wildes Streitgespräch ausbrachen.

»Wage es nicht, so von ihr zu reden!« rief Cheyenne-Räuber.

Weißer Bär sprang auf und ragte über mir und seinem erzürnten Neffen auf. Ein gefährlicher, heißer Zorn hatte die beiden Männer gepackt, und ich saß hilflos zwischen ihnen. Ich versuchte, auf den Hacken langsam nach hinten zu rutschen, doch jeden Zentimeter, den ich gewann, rückte Weißer Bär mir nach.

»Wir alle haben mit dir gesprochen!« brüllte Weißer Bär. »Wir alle haben so lange auf dich eingeredet, bis unsere Zungen vertrocknet waren. Trotzdem wolltest du nicht auf uns hören. *Alles* ist ihr Fehler. Ein Mann mußte sterben, und nun siehst auch du dem Tod ins Auge. Und das alles wegen ihr! Hör endlich auf, dich wie ein Narr zu benehmen. Wenn du zugibst, daß sie ein wollüstiges Weibsstück ist, das ein falsches Spiel mit dir getrieben hat, kannst du dein Leben vielleicht retten, bevor es zu spät ist.«

Nun sprang auch Cheyenne-Räuber auf, wobei er mich nach hinten stieß. Onkel und Neffe gingen aufeinander los und rammten mit den Brustkörben aneinander. Sie waren beide wütend genug, daß einer den anderen umbringen konnte. »So etwas werde ich niemals sagen. Sie ist eine gute Frau. Sie ist *meine* Frau. Sie wäre mir niemals untreu!«

»Du bist so blind und dumm, daß du den Tod verdient hast.«

»Dann werde ich eben sterben!«

»Ja, das wirst du! Aber wir anderen sterben mit dir!«

Beide hoben einen Arm, und beide schüttelten ihn drohend, so daß ich bei Onkel und Neffe deutlich den wilden Wunsch erkannte, den anderen zu erschlagen. Schließlich stieß Weißer Bär einen Schrei aus, in dem sich Trauer und Enttäuschung mischten, und stürmte aus dem Wigwam. Ich rappelte mich auf. Cheyenne-Räuber folgte Weißer Bär, und ich folgte Cheyenne-Räuber. Draußen blieb er schweigend stehen und starrte Weißer Bär finster an, als dieser von einem der verängstigten Wächter die Zügel seines Pferdes nahm. Cheyenne-Räuber war zu stolz, seinen Onkel zurückzurufen, doch Weißer Bär wäre ohnehin zu wütend gewesen, einer solchen Aufforderung nachzukommen. So stand ich hilflos vor dem Wigwam und schaute zu, wie Weißer Bär sich auf sein Pferd schwang und davonritt. Cheyenne-Räuber beobachtete seinen Onkel, während ich Cheyenne-Räuber beobachtete. Er trug nur einen Lendenschurz, nicht einmal Fußbekleidung. Sein hüftlanges Haar war lose und hing ihm wie ein Schleier über den Rücken. Er hatte die Arme vor der Brust verschränkt; die Hände ruhten in den Armbeugen. Ein Bein leicht gebeugt, stand er da und starrte seinem Onkel hinterher. Sein muskulöser Körper schimmerte von dem Öl, mit dem die Frauen ihn eingerieben hatten. Sanft badete das Sonnenlicht seinen prächtigen Körper. Wieder einmal war ich beeindruckt. Stets werde ich Cheyenne-Räuber als das allerschönste Lebewesen in Erinnerung behalten, das ich je gesehen habe.

Weißer Bär war fast schon nicht mehr zu sehen, als Cheyenne-Räuber sich mit leiser, mutloser Stimme an mich wandte. »Er ist zornig, weil er nicht verstehen kann, daß ich sie immer noch liebe.« Er drehte den Kopf, und unsere Blicke trafen sich. »An allem gibt er ihr die Schuld. So ist er nun mal. Sobald es irgendwelche Schwierigkeiten gibt, und eine Frau hat damit zu tun, schiebt er stets der Frau die Schuld zu. Ist das nicht seltsam für einen Mann, der Frauen sammelt wie andere Männer Kriegstrophäen und der ohne Frauen offenbar nicht leben kann?« Er seufzte tief. »Aber vielleicht hat er recht. Wahrscheinlich würde ich nicht in dieser Klemme stecken, könnte ich Weißer Otter als schlechte und verderbte Frau betrachten. Aber das ist sie nicht! Sie ist mein ein und alles. Ich liebe sie aus tiefster Seele. Und weil ich sie so liebe, würde ich immer wieder tun, was mich in diese Lage gebracht hat.«

»Aber gibst du ihr die Schuld daran?«

Seine Antwort waren ein trauriges Lächeln und ein langsames Kopfschütteln.

»Möchtest du mit mir darüber reden?«

Er blickte zum Himmel hinauf, das hübsche Gesicht vor

Kummer verzogen. Mit ernster Stimme fragte er: »Gibst du mir dein Wort, niemandem zu erzählen, was ich dir sage?« Wieder schaute er mich an, musterte prüfend mein Gesicht.

Ich hatte mich stets rühmen können, ein unerschütterlicher Mensch zu sein. Ein Heiler weiß alle möglichen Dinge über seine Patienten, doch in diesem Moment war ich besorgter, als ich zuzugeben wage. In meinem Innern wußte ich: Was immer Cheyenne-Räuber mir nun anvertrauen wollte, war nichts Gutes. Wahrscheinlich war es gefährlich. Doch er brauchte Hilfe. Zugleich fühlte ich mich sehr geschmeichelt, daß ein Mann wie Cheyenne-Räuber bei jemandem wie mir Hilfe suchte. Was also konnte ich anderes tun, als sie ihm zu gewähren?

»Du hast mein Wort.«

Er nickte. Dann ging er in die Schatten einer nahegelegenen Laube. Ich folgte ihm. Als wir uns gesetzt hatten, blickte er in die dunstige Ferne. Ich machte es mir bequem und versuchte, mich im Beisein dieses außergewöhnlichen Mannes zu entspannen, während ich dasaß und wartete.

»Dieser andere und ich«, begann er schließlich und meinte damit Wandelnder Kojote, »waren nie Freunde. Nie. Ich weiß, daß es gefährlich ist, Schlechtes über die Toten zu reden, aber ich habe mich nicht vor diesem Wurm gefürchtet, als er noch lebte, und vor seinem jämmerlichen Geist fürchte ich mich erst recht nicht. Als Lebender war er ein neidischer, durchtriebener kleiner Nichtsnutz. Ich kann mir nicht vorstellen, daß er sich bessern wird – jetzt, da er ein Geist ist.«

Ich hörte mich kichern. Cheyenne-Räuber schaute mich an und lachte leise. Dann wurde er wieder ernst und fuhr fort: »Wandelnder Kojote wußte, daß Weißer Otter und ich verliebt waren, ja, daß wir beinahe schon verheiratet waren. Und deshalb hat er versucht, sie mir wegzunehmen.« Er wandte mir sein ernstes, düsteres Gesicht zu. »Weißer Otter interessierte ihn gar nicht. Er wollte bloß einen Sieg über mich erringen. Am Tag bevor Weißer Otters Vater, Der-Büffel-treibt, unsere Heirat verkünden wollte, hat Wandelnder Kojote seine Verwandten geschickt, um...«, seine Stimme wurde leiser, und seine Züge verzerrten sich, »... um seine Liebe zu Weißer Otter zu bekunden.«

Wilder Zorn loderte auf seinem Gesicht, als er fortfuhr: »Der-Büffel-treibt ist ein schwacher, unentschlossener Mann. Er fühlte sich durch den Besuch von Vogel-der-tritt geehrt. Und plötzlich wußte er nicht mehr, was er tun sollte – nun, da er zwei Heiratsangebote für seine Tochter bekommen hatte und beide von führenden Klans des Volkes der Kiowa. Der-Büffel-treibt wurde schwankend. Ich fürchte, es war der unglücklichste Zeitpunkt, schwankend zu werden. Da Weißer Otter und ich uns als so gut wie verheiratet betrachteten, hatten wir bereits... äh...« Er wandte den Blick ab und wischte sich mit der Hand über das Gesicht, »wir hatten schon...«

»Ihr hattet die Ehe bereits vollzogen.«

Er blickte mich verdutzt an, daß ich so schnell darauf gekommen war. Dann senkte er den Kopf und stieß ein leises, trauriges Lachen aus.

»Ja. Seit fast zwei Monaten lebten wir wie Mann und Frau.« Sein Kopf ruckte hoch, seine Augen richteten sich auf mich, und wir blickten einander fest an. Und wieder, wie schon zuvor, ahnte ich das Schlimmste.

»Sie trägt mein Kind.«

Ich wußte nicht, was ich sagen sollte. Angespanntes Schweigen breitete sich aus.

Auch Cheyenne-Räuber schwieg, blickte von mir weg und wandte mir sein Gesicht im Profil zu. Seine Mundwinkel verzogen sich. Schließlich fuhr er mit leiser, beinahe flüsternder Stimme fort: »Als Weißer Otter mir von dem Kind erzählte, war ich glücklich. Glücklicher als je zuvor im Leben.«

Sein Kopf ruckte zu mir herum, seine Züge wurden hart, und seine Stimme wurde so plötzlich wieder fest und laut, daß ich zusammenzuckte.

»Alles wäre gut gewesen, hätte *er* sich nicht eingemischt. Er schien alles über uns zu wissen – auch unser Geheimnis, was das Kind betraf. Und er war entschlossen, mein Leben zu zerstören und Schande über Weißer Otter zu bringen. Ich geriet in Verzweiflung und bin zu Der-Büffel-treibt gegangen. Ich habe ihm zugeredet, habe alles versucht. Ich habe ihm nur verschwiegen, daß er Großvater wird. Ich war sicher, er konnte es sich denken. Aber der Mann ist offenbar nicht richtig bei Verstand.« Er hob die Stimme. »Er hat den Brautpreis *erhöht!* Kannst du dir das vorstellen? Ich wußte nicht, wen ich lieber töten würde – den mißratenen Neffen von Vogel-der-tritt oder Der-Büffel-treibt.«

Fassungslos fragte ich: »Hast du diese Geschichte jemandem erzählt?«

Cheyenne-Räuber wedelte wild mit den Armen. »Ich habe es jedem erzählt, der Ohren hat zu hören! Ich habe es von Berggipfeln hinuntergerufen. Die Augen meiner Geliebten waren rot und geschwollen vom Weinen. Immerzu zählte sie voller Sorge an den Fingern ab, wieviel Zeit uns noch blieb, bis jedermann erfuhr, daß sie ein Kind erwartete. Und die beiden Männer, die ich nicht ausstehen konnte, die mich und Weißer Otter verraten und verkauft hatten, waren schuld an ihrem Leid. Natürlich wollte ich die beiden Narren töten.«

»Du hast *beide* bedroht?«

»Ja.«

Ich senkte den Kopf und hielt mir die zitternde Hand an die Stirn. Mit schwankender Stimme fragte ich: »Und was ist dann geschehen?«

Cheyenne-Räuber stieß durch seine lange Adlernase ein verächtliches Schnauben aus. »Wir waren seit zwei Tagen hier am Versammlungsort, als Bunter Schild, die zweite Frau von Der-Büffel-treibt – sie ist *noch* dümmer als ihr Mann –, ein großes Geschrei machte, zeterte und kreischte. *Und* mit einem Kleidungsstück herumwedelte.«

Ich setzte mich auf. »Wieso denn das?«

»Eine gute Frage.« Wieder schnaubte er verächtlich. »Was sie getan hat, ist der Grund dafür, daß ich mich nun in dieser Lage befinde. Das Kleidungsstück, mit dem Bunter Schild herumwedelte, waren Hosen. Sie schrie, sie habe die Hosen unter dem Bett von Weißer Otter gefunden. Sie gehörten ...« Beinahe hätte er den Namen des Toten laut ausgesprochen, was bei uns verboten ist. Für einen Moment hielt er den Atem an, stieß ihn dann aus. »Sie gehörten dem närrischen Verwandten von Vogel-der-tritt.«

Wandelnder Kojote. Meine Gedanken mußten mir im Gesicht gestanden haben. Vielleicht war mir sogar die gleiche Voreingenommenheit gegen Weißer Otter anzusehen, wie Weißer Bär sie gezeigt hatte, denn Cheyenne-Räuber erhob sich blitzschnell auf die Knie, packte meine Oberarme und hielt mich fest. Sein Gesicht war dicht vor dem meinen, und seine Worte prasselten laut und schnell auf mich ein.

»Es ist ein Lüge! Weißer Otter kannte ihn gar nicht! Sie hat ihn nicht mit in ihr Bett genommen! Sie hat es wieder und wieder gerufen, als Bunter Schild ihre Anschuldigung herausschrie. Auch die Mutter von Weißer Otter, Sitzt-neben-ihm, hat die Unschuld ihrer Tochter beteuert! Sie und Weißer Otter wohnen in ein und demselben Wigwam! Hätte Weißer Otter in der Nacht einen Mann bei sich gehabt, hätte ihre Mutter es wissen müssen. Aber wegen dieser Hosen hat niemand auf die beiden gehört! Alle betrachteten es als eindeutigen Beweis, und ...«

Von plötzlichem Schmerz überwältigt, ließ er meine Arme los. Seine Hände fielen schwer und schlaff herunter. Dann beugte er sich vor, stützte die Hände auf die Oberschenkel und ließ den Tränen freien Lauf.

Weil er so sehr litt und Trost brauchte, wagte ich, ihn zu berühren. Zögernd legte ich ihm die Hände auf die Schultern und fragte behutsam: »Willst du mir damit sagen, Der-Büffeltreibt hat sich gegen die eigene Tochter gestellt?«

»Ja.« Cheyenne-Räuber wischte eine Zornesträne fort, und seine Stimme klang erstickt. Ich nahm die Hände von seinen Schultern, und er schaute mich an. Hinter dem Tränenschleier war lodernde Wut in seinen Augen zu sehen. »Ich sage dir das alles nur um meinetwillen und damit es unserem Kind wohl ergeht. Weißer Otter ist auf dem Bauch zu ihrem Vater gekrochen und hat ihn angefleht, daß er ihr glauben soll! Kannst du dir vorstellen, wie ich mich gefühlt habe, als ich dabeistand und zuschauen mußte? Diese Frau ist mein Herz und meine Seele, und ich mußte hilflos beobachten, wie sie sich Schmutz auf den Kopf streute und um Vergebung für eine Tat bettelte, die sie gar nicht begangen hat. Aber dieser Hund von einem Vater hat sie nicht einmal angeschaut!«

Die Erinnerung wurde zuviel für ihn. Er ballte die Fäuste, als müßte er seinem schrecklichen Zorn durch Gewalt Luft machen. Ich wurde ein bißchen besorgt, daß ich ihm da gerade recht kam; schließlich war sonst keiner da. Deshalb beeilte ich mich, ihn zu beschwichtigen.

»Du *konntest* nichts tun, Cheyenne-Räuber.«

»Das hat Himmelsläufer auch gesagt!« fuhr er mich an und schaute auf, ohne sich der Tränen zu schämen, die ihm nun wieder übers Gesicht liefen. »Himmelsläufer hat mich an den Armen festgehalten. ›Du kannst nichts tun‹, hat er mir ins Ohr gesagt, ›du würdest alles nur noch schlimmer machen.‹ Ich war anderer Meinung. Ich ...«

»Du hast es nicht gestanden?« rief ich. »Du hast nicht vor dem ganzen Stamm verkündet, daß du und Weißer Otter ...«

Die Anspannung fiel von ihm ab, und er lachte höhnisch. »Natürlich nicht. Ich bin kein völliger Narr. Soll ich dir sagen, was ich getan habe? Ich habe verhindert, daß der Vater von Weißer Otter die Hand seiner Tochter in die des Neffen von Vogel-der-tritt legte, diesem Hund. Und genau das wollte Der-Büffel-treibt gerade tun! Er packte den Arm von Weißer Otter und zerrte sie auf die Füße, und der Neffe von Vogel-der-tritt sprang vor und wollte ihre Hand entgegennehmen. Der-Büffel-treibt hatte schon die Worte auf den Lippen, um die beiden zu vermählen. Das durfte ich nicht zulassen! Dieses Stück Bisondreck hätte nicht nur die Frau bekommen, die ich liebe, sondern meinen ungeborenen Sohn gleich dazu! Kann da jemand im Ernst von mir erwarten, daß ich stumm dastehe und zuschaue? *Hätte* ich es getan, hätte ich mich selbst dazu verdammt, den eigenen Sohn vom Kind zum Mann reifen zu sehen! Er wäre in dem Glauben aufgewachsen, der Sohn dieses ... dieses Misthaufens zu sein! Das konnte ich nicht zulassen! Eher hätte ich mich selbst getötet! Kann man mir irgendeine Schuld geben?« rief er. »Kann man von mir erwarten, mit einem so scheußlichen Geheimnis zu leben? Niemals! Also blieb mir keine Wahl, als mich von Himmelsläufer loszureißen und mich zwischen Weißer Otter und diese Kröte zu stellen und ...«

Er zuckte die Achseln und beruhigte sich ein wenig, indem er tief Atem holte und ihn wieder ausstieß. »Ich habe *ihn* zur Seite gestoßen. Und dann habe ich ihn beschuldigt, eine Schlange und ein Lügner zu sein. Ich sagte ihm ins häßliche Gesicht, daß er alles nur vorgetäuscht habe. Daß er selbst die Hosen unter das Bett von Weißer Otter gelegt habe. Und daß es nur aus dem einen Grund getan habe, einen Sieg über mich zu erringen. Natürlich hat er alles abgestritten. Um ehrlich zu sein, er hat sich so wortgewandt verteidigt, daß ich ihm das erste und einzige Mal in seinem Hundeleben beinahe *geglaubt* hätte.« Wieder stieg heißer Zorn in Cheyenne-Räuber auf, und er wedelte wild mit den Armen. »Aber er wollte mir Frau und Kind nehmen! Er besaß die Dreistigkeit zu behaupten, Weißer Otter hätte seine Hosen genommen und sie unter ihrem Bett versteckt, damit ich Weißer Otter in Ruhe ließe, so daß sie ihn heiraten könne, was ja offensichtlich ihr Wunsch sei! Da habe ich zugeschlagen.«

Ich spürte, wie mir schwindelig und schwarz vor Augen wurde. Als ich wieder deutlich sehen konnte, blickte ich zum luftigen Dach der Laube hinauf. Winzige Fetzen des azurblauen Himmels schauten zu mir herunter, und in die Löcher und Ritzen zwischen den Ästen und Zweigen des Daches stach die Sonne mit Speeren aus purpurnem Licht.

»Er war eine Schlange und ein Lügner!« rief Cheyenne-Räuber. »Das und noch viel mehr! Er war nur deshalb ein einflußreicher Mann, weil er in eine mächtige Familie hineingeboren wurde. Hätte es Vogel-der-tritt nicht gegeben, wäre er ein Nichts gewesen, und jeder wußte es!« Ich hörte, wie er sich mit der Hand an die Brust schlug, als er rief: »Nur ich hatte den Mut, es ihm ins Gesicht zu sagen, während alle anderen nur hinter seinem Rücken tuschelten! Nur ich habe es gewagt, ihn von Mann zu Mann herauszufordern. Und wie hat er darauf reagiert? Er hat versucht, sich hinter einer Frau zu verstecken. *Meiner* Frau.«

Zutiefst bestürzt, sagte ich mit matter Stimme: »Das alles ist vor dem ganzen versammelten Volk geschehen? Alle haben dich gehört und waren Zeugen, wie du ihn geschlagen hast?«

Augenblicklich verstummte sein Geschrei. Bewußt wich er meinem Blick aus, wie auch ich dem seinen, als er sich wieder niederließ, die langen Beine übereinandergeschlagen, die Arme vor der breiten Brust verschränkt. Dann, nach einer langen Pause, hörte ich ihn kichern. Ich legte den Kopf schief und beäugte ihn. Er grinste mich an, und aus seinem Kichern wurde ein Lachen.

»Ich habe ihn nicht direkt vor dem *ganzen* Volk beschuldigt und niedergeschlagen. *Du* warst ja nicht dabei, weil du zu spät zur Beerdigung von Kleine Klippe gekommen bist, falls du es schon vergessen hast.«

Nun brach auch ich in albernes Gelächter aus. Eine Gruppe Wächter, die in einiger Entfernung hockten und Würfel spielten, schauten verdutzt zu uns herüber. Unser Lachen wurde noch lauter. Wir stützten uns gegenseitig, während wir von unkontrolliertem Gelächter geschüttelt wurden, bis wir schließlich auf den Rücken fielen und uns beide vor Lachen am Boden krümmten.

Auf verrückte Weise war dieser Augenblick wundervoll.

4.

Es war der zweite Tag meiner Rückkehr zu meinem Volk. Der erste Tag wurde damit verbracht, meinen Wigwam in einem Gästelager aufzubauen. Oder ich sollte besser sagen: am Rande eines Gästelagers; denn das trifft es genauer. Was die Totenklage betraf, hatte ich nie besonderes Interesse daran gezeigt. Wenn Menschen starben, die ich geschätzt hatte, war meine Trauer zwar tief und aufrichtig gewesen, doch ich hatte diese Trauer stets für mich allein getragen. So hatte ich mich auch vor der Beerdigung von Kleine Klippe, die an diesem Morgen stattgefunden hatte, von den anderen abgesondert. Die Ereignisse, die Cheyenne-Räuber mir schilderte, hatten sich am Tag zuvor zugetragen. Ich hätte sie miterleben können, hätte ich mich nicht von den anderen ferngehalten.

Normalerweise hätten sich nach einem so aufsehenerregenden Vorfall Klatsch und Tratsch im Lager verbreitet wie ein Schwarm aufgeschreckter Hornissen. Doch es gibt strenge Regeln, was das Trauern angeht, und das ungehinderte Verbreiten von Skandalgeschichten wäre ein klarer Verstoß gegen diese Regeln. So ungeduldig manche Klatschbasen auch gewesen sein mochten – sie hatten ihre Zungen bis jetzt, bis zum Nachmittag nach der Beerdigung von Kleine Klippe, im Zaum halten müssen.

Während Cheyenne-Räuber erzählte, schweiften meine Gedanken ab. Ich erweckte zwar den Eindruck, Cheyenne-Räuber zuzuhören, dachte jedoch über ganz andere Dinge nach. Zum einem sind Klatschbasen sehr nützliche, ja notwendige Menschen. Für mich waren sie jedenfalls immer eine große Hilfe gewesen. Denkt daran, was ich über meine Kultur gesagt habe: direkte Fragen sind verpönt. Die Logik, die sich dahinter verbirgt, ist ganz einfach. Wenn jemand einem anderen etwas mitteilen will, sollte er es ganz von selbst tun, ohne unhöflicherweise dazu gedrängt werden zu müssen. Überdies gab es in unserer Kultur verschiedene Schichten – oder Kasten – von unterschiedlichem Rang und Ansehen. Und einem Mann wie mir, einem Mitglied der untersten Schicht, stand es nicht zu, Fragen über den Angehörigen einer höheren Kaste zu stellen oder eine solche Person gar selbst etwas zu fragen. Jedes männliche Stammesmitglied, das in der Hierarchie über der Hirten-Gemeinschaft stand, besaß einen höheren Rang als ich. Das war der Grund für meine Zwangslage – noch dazu *in* einer Zwangslage. Mit anderen Worten: Wollte ich Cheyenne-Räuber eine wirkliche Hilfe sein, mußte ich mich größtenteils auf den Klatsch und Tratsch im Lager stützen; anderenfalls erfuhr ich gar nichts.

Die zweite Sache, über die ich nachdachte, war das Motiv für den Mord an Wandelnder Kojote. Auf der Ratsversammlung hatte Vogel-der-tritt mehrmals erklärt, Cheyenne-Räuber sei eifersüchtig gewesen. Zum damaligen Zeitpunkt hatte ich nicht begriffen, weshalb Cheyenne-Räuber eifersüchtig auf den Wandelnden Kojoten gewesen sein sollte. Erst als Cheyenne-Räuber mir von seiner Liebe zu Weißer Otter erzählt hatte, war mir wenigstens dieses Steinchen des Mosaiks deutlich geworden. Doch um das Mosaik in seiner Gesamtheit erkennen zu können, mußte ich zunächst einmal das Gefühl, das man als Eifersucht bezeichnet, näher untersuchen. Für sich betrachtet, ist die Eifersucht für die- oder denjenigen, der Gegenstand dieser Eifersucht ist, eine schmeichelhafte Sache, vermittelt sie doch das Gefühl, daß der – oder die – Betreffende etwas Besonderes ist. Doch die Eifersucht hat auch drei düstere Seiten: Besitzgier, Neid und Zorn.

Längere Zeit betrachtete ich Cheyenne-Räuber nachdenklich und gelangte zu dem Schluß, daß er zur Eifersucht fähig war. Aber war er auf Weißer Otter eifersüchtig gewesen? So, wie er über sie geredet hatte, wie er immer wieder seinem Schmerz und seiner Sorge Ausdruck verliehen hatte, konnte ich die Frage eindeutig mit ja beantworten: Er *war* eifersüchtig auf diese Frau. Doch war es bloß Besitzgier? War es Neid? Wie sah es aus, wenn Weißer Otter nicht bei ihm war? Ich legte den Kopf schief und betrachtete ihn eingehender, während die Worte, die er sprach, sich in meine Gedanken mischten. Für einen Moment lauschte ich wieder aufmerksam, als er weiter über Weißer Otter sprach, über ihrer beider ungeborenes Kind, und mir wurde deutlich, wie tief und aufrichtig seine Liebe war. Ich erkannte, daß er Weißer Otter auch dann vollkommen vertraute, wenn sie getrennt waren. Nie und nimmer konnte er sich vorstellen, daß Weißer Otter ihm untreu wurde. Und weil dieser Gedanke für Cheyenne-Räuber völlig absurd war, konnte ich diesen Mann unmöglich als blindwütig, ja, tödlich eifersüchtig einstufen. Und das wiederum bedeutete, daß es nur ein Motiv für den Mord an Wandelnder Kojote geben konnte: Cheyenne-Räuber hatte Weißer Otter und ihr ungeborenes Kind beschützen wollen. Doch seine nächsten Worte bewiesen, daß ich mit dieser Vermutung falsch lag:

»Ich wollte sie entführen. Obwohl mein Onkel nicht überzeugt davon war, daß Weißer Otter sich durch den Verkehr mit einem anderen Mann besudelt hatte, war er um meinetwillen bereit, mir zu helfen. Die Entführung sollte heute stattfinden. Weißer Bär wollte sich mit Der-Büffel-treibt beraten. Er wollte verhindern, daß Der-Büffel-treibt verkündet, seine Tochter sei nun die Frau dieses stinkenden... Jedenfalls, während Der-Büffel-treibt abgelenkt war, wollte ich mit Weißer Otter, von zwanzig Kriegern begleitet, so schnell wie möglich zum Roten Fluß reiten, den die Weißen Red River nennen. Hätte Der-Büffel-treibt bemerkt, daß seine Tochter und ich verschwunden waren, hätte er keine andere Wahl gehabt, als den Brautpreis anzunehmen, den mein Onkel ihm bot. Sobald Weißer Otter zu meiner rechtmäßigen Frau erklärt war, wollte ich die Wahrheit über die Hosen aus Wandelnder ... aus dem Neffen von Vogel-der-tritt herausprügeln.«

Angestrengt dachte ich über seine Worte nach. Ich suchte nach Fehlern, Unstimmigkeiten. Es gab keine. Sein Plan, direkt zu handeln, war durchdacht und weitaus klüger als jeder plötzliche und tödliche Ausbruch gegenüber dem verhaßten Rivalen. Cheyenne-Räuber hatte sein aufbrausendes Temperament ja bewiesen, als Weißer Otter von der Zweitfrau ihres Vaters, Bunter Schild, beschuldigt worden war. Dann aber hatte Cheyenne-Räuber sich wieder beruhigt und offenbar beschlossen, den hinterhältigen Angriff von Wandelnder Kojote mit einem überlegten Gegenschlag zu beantworten. Die kluge Planung bewies mir, daß Cheyenne-Räuber einen kühlen Kopf bewahrt hatte, ungeachtet der Tatsache, daß er einen öffentlichen Aufschrei der Empörung hervorgerufen hatte. Indem Cheyenne-Räuber die Ehre von Wandelnder Kojote mit Worten und Faustschlägen herausgefordert hatte, hatte er sich Zeit genug verschafft, Weißer Otter zu entführen. Selbst in dieser aufgeheizten Atmosphäre hatte Cheyenne-Räuber also einen kühlen Kopf bewahrt. Diese Erkenntnis ließ auch den letzten Verdacht in mir schwinden, daß er zu einem unüberlegten, tödlichen Gewaltausbruch fähig war, bei dem der andere keine Chance besaß. Cheyenne-Räuber würde einen Gegner nur in einem fairen Kampf töten.

Plötzlich durchfuhr mich ein Gedanke. Der Körper von Wandelnder Kojote war erst an diesem Morgen gefunden worden. Seine Leiche war also noch frisch. Hastig verabschiedete ich mich und ließ einen gekränkten Cheyenne-Räuber zurück. Auch in dieser Hinsicht konnte er seinem Onkel sehr ähnlich sein. Wenn er oder Weißer Bär jemandem gegenübersaßen, dessen ungeteilte Aufmerksamkeit sie besaßen, ließen sie den Betreffenden nicht ohne weiteres gehen. Als ich unvermittelt aufsprang und in der Eile, mich auf den Weg zu machen, einen Schwall von Entschuldigungen hervorstieß, wurde er zornig.

»Wenn du wirklich *mir* helfen willst«, fuhr er mich an, »ist es wichtig, daß du weißt, was ich zu sagen habe.«

»Das stimmt«, erwiderte ich. »Und ich verspreche dir, daß ich zurückkomme. Aber jetzt muß ich erst einmal fort. Daß ich gehe, ist zu deinem Besten, glaube mir.«

Mit säuerlicher Miene musterte er mich von Kopf bis Fuß. Ich war ein guter Zuhörer gewesen; aber Bäume sind auch gute Zuhörer. Ich wußte, daß Cheyenne-Räuber irgendeinen Verdacht gegen mich hegte – jenen Mann, den sein Onkel zum Verteidiger seines Klans erwählt hatte. Ich konnte ihm sein Mißtrauen nicht verübeln. Hätte mein Leben auf dem Spiel gestanden, hätte auch ich jeden Retter, der aussah wie ich, mit Argwohn betrachtet. Doch nun mußte ich erst einmal zu Wandelnder Kojote, dessen Familie bei Anbruch der Abenddämmerung mit den letzten Vorbereitungen für das Begräbnis des Ermordeten begann, indem sie den Toten wuschen und ihm seine schönste Kleidung anlegten. Ich wollte den Leichnam untersuchen, solange er noch in fast demselben Zustand war wie unmittelbar nach seiner Ermordung. Deshalb mußte ich schnell handeln; anderenfalls gingen kostbare Beweise verloren.

Als ich vom Gefangenenwigwam Cheyenne-Räubers losritt, hörte ich ihn nach den Wächtern rufen. Cheyenne-Räuber war ein sehr hochmütiger, selbstherrlicher Mann. Daß er Gefangener war, änderte nichts an dieser Haltung. Als ich einen Blick über die Schulter warf, sah ich, wie die Wächter aufsprangen, um Cheyenne-Räubers Befehlen nachzukommen. Vor allem dieser Anblick führte mir die Dringlichkeit vor Augen, diesen Mann zu retten. Cheyenne-Räuber war nicht dazu geschaffen, als Verbannter zu überleben. Auf sich allein gestellt und ohne untergebene Krieger, die ihm jeden Wunsch erfüllten, würde er schnell ein toter Mann sein.

Das Lager von Vogel-der-tritt war gut zehn Meilen entfernt. Ich ritt so schnell ich konnte. Unterwegs überdachte ich noch einmal alles, was ich auf der Ratsversammlung gehört hatte. Der sehr wortreichen Rede von Vogel-der-tritt hatte ich entnommen, daß man die Leiche von Wandelnder Kojote noch vor Sonnenaufgang entdeckt hatte, ein oder zwei Stunden vor dem Begräbnis von Kleine Klippe. Eine Gruppe Frauen, die zum Fluß unterwegs gewesen war, um Wasser zu holen, hatte den Toten gefunden. Wandelnder Kojote hatte in der Nähe des Ufers gelegen, auf einem schmalen Pfad. Zuerst hatten die Frauen geglaubt, er würde schlafen; sie hatten sich über ihn lustig gemacht und ihn getreten. Erst als er sich nicht rührte, hatten die Frauen erkannt, daß sie einen Toten vor sich hatten, waren kreischend ins Dorf gestürmt und hatten sämtliche Bewohner alarmiert.

Vogel-der-tritt hatte in seiner Rede behauptet, Wandelnder Kojote sei an einem Genickbruch gestorben. Langatmig hatte er den Pfad beschrieben, der zum Fluß führte, und erklärt, daß dieser Pfad ein nur leichtes Gefälle aufwiese, so daß ein Sturz und ein nachfolgendes Abrutschen niemals mit dieser tödlichen Verletzung enden könne. Nur auf der Grundlage dieser Feststellung hatte er Cheyenne-Räuber als den Angreifer und Täter hingestellt; als Mordmotiv hatte er, wie schon gesagt, Eifersucht genannt. Einen direkten Beweis für eine Gewaltanwendung hatte Vogel-der-tritt allerdings nicht anführen können. Falls ein Kampf stattgefunden hatte – weshalb hatte Vogel-der-tritt es nicht erwähnt? Überdies hätten Spuren zu sehen sein müssen. Andererseits war der Boden um den

Toten herum von den Frauen zertrampelt worden. Blieb als einziges Beweismittel die Leiche selbst. Wunden konnten nicht zertrampelt oder fortgewischt werden. Weshalb hatte Vogel-der-tritt nicht die Wunden erwähnt?

Vogel-der-tritt war ein mächtiger Häuptling, und sein Dorf spiegelte diese Macht wider. Hunderte von Kriegern waren ihm treu ergeben und hatten sich hier eingefunden; jeder dieser Krieger konnte mehrere Frauen haben und entsprechend viele Kinder und Habseligkeiten. Ich zählte fünf große Pferdeherden, und die rauchgeschwärzten Spitzen der Wigwams erstreckten sich über Meilen hinweg. Da es im Klan einen Todesfall gegeben hatte, gingen die Bewohner des Dorfes still ihren Beschäftigungen nach. Den Kindern hatte man das Herumtollen untersagt; den Männern waren das Würfeln und sonstige Spiele verboten. So saßen die Kinder und Männer in dichten Gruppen beisammen und unterhielten sich mit gedämpften Stimmen und ernsten Gesichtern, während die Frauen schweigend ihren täglichen Aufgaben nachgingen. Mein Erscheinen sorgte für eine willkommene Ablenkung. Neugierige Gesichter wandten sich mir zu, als ich auf meinem Pferd in das eindrucksvolle Dorf ritt. Die Leute kamen zu mir, um mich zu begrüßen und mich auf jene ernste und feierliche Art willkommen zu heißen, wie es in einem trauernden Dorf üblich war. Hätten die Bewohner gewußt, daß ich seit kurzem mit Cheyenne-Räuber und Weißer Bär befreundet war, wäre die Begrüßung weniger freundlich ausgefallen. Dann hätte man mich nicht aufgefordert, vom Pferd zu steigen, und mir wäre kein Erfrischungsgetränk angeboten worden. Statt dessen hätte man mich vom Pferderücken gezerrt und als Spitzel verprügelt. Ich glaube nicht, daß ich mich gewehrt hätte. Ich *war* ja ein Spitzel. Doch wie hinterhältig ich mich auch fühlte – es ging um Menschenleben, vor allem um das kostbare Leben des ungeborenen Kindes von Cheyenne-Räuber. Also nahm ich das Getränk entgegen, sprach den Dorfbewohnern mein tiefes Bedauern über den Tod von Wandelnder Kojote aus und belog sie, was das Zeug hielt.

»Er war mein Freund«, klagte ich und erregte damit das Mitleid der Umstehenden; ich sah aber auch das eine oder andere verdutzte Gesicht. »Niemand wußte von unserer Freundschaft. Ich habe darüber geschwiegen. Ich wollte mich nicht mit der engen Bindung zwischen mir, der ich ein Nichts bin, und diesem berühmten Krieger brüsten. Wie es einem Mann von seinem Rang und Ansehen geziemte, hat er mir wieder und wieder bewiesen, was für ein guter und aufopferungsvoller Mensch er war. Und so überaus großzügig, nicht wahr?«

Seine Verwandten nickten pflichtschuldigst, doch ich sah die Verwunderung in ihren Augen, als sie sich verzweifelt zu erinnern versuchten, wann (oder ob) auch ihnen diese Großzügigkeit widerfahren war.

»Ich habe erst heute morgen von seinem Tod erfahren. Ich wäre schon früher gekommen, doch die Trauer und der Schock hatten mich zu tief getroffen. Doch nun bin ich hier«, fuhr ich fort, »um ihm meine Ehre zu entbieten und euch zu fragen, ob es wohl möglich ist, meinem guten Freund für kurze Zeit ganz allein Lebewohl zu sagen, ohne daß jemand unser letztes Beisammensein stört.«

Während ich durch das trauernde Dorf geführt wurde, sagte die kleine Gruppe von Verwandten, die mich begleitete, zu ihren Vettern, an denen wir vorüberkamen (mit einer Mischung aus Verwunderung und Unglaube): »Er war sein Freund.«

Ich konnte nicht erkennen, ob die Verblüffung der Leute darauf zurückzuführen war, daß *ich* dieser Freund war, oder ob es daran lag, daß Wandelnder Kojote *überhaupt* einen

Freund gehabt hatte. Wie die Wahrheit auch ausgesehen hat – jedenfalls marschierte ich wie ein Häuptling durch das Dorf, bis wir zum Totenwigwam gelangten; dort ließ man mich höflich allein, auf daß ich meiner Trauer freien Lauf lassen konnte. Es ist Brauch bei uns, daß nach dem Tod eines Menschen seine oder ihre wertvollsten Sachen weggegeben werden; alles andere wird nach der Beisetzung zusammen mit dem Wigwam des Verstorbenen verbrannt. Bevor jemand beerdigt wird, versammeln die Trauernden sich vor dem Wigwam und heulen ihren Schmerz laut und lange heraus. Niemals betritt jemand einen Totenwigwam. Das ist verboten. Und die einzigen Menschen, die in die Nähe eines Verstorbenen kommen, sind jene, die den Toten für das Begräbnis vorbereiten. Also blieb ich vor dem Totenwigwam des Wandelnden Kojoten stehen und heulte meine Trauer so laut heraus, daß niemand im Dorf meine Anwesenheit überhören konnte. Dann beugte ich rasch den Rücken und huschte ins Innere des Wigwams.

Bis auf den zugedeckten Körper, der auf einer Pritsche lag, war der Wigwam leer. Kürbisschalen, mit schwelenden Kräutern gefüllt, standen um den Kopf des Toten herum. Der stechende Rauch diente dazu, den Geist des Verstorbenen in die Höhe und durch die Abzugsöffnung aus dem Wigwam zu geleiten und zugleich den Geruch des Todes zu überdecken. Außerdem ist der Rauch ein wirksames Abschreckungsmittel gegen die Lebenden; im Innern des Wigwams kann man kaum atmen, was einen Toten aber nicht weiter stört. Ich mußte mir mit der Hand Luft zufächeln, um dann und wann kurze, rasche Atemzüge machen zu können und zu verhindern, daß der Rauch mir zu heftig in den Augen brannte. Da ich keine Zeit hatte, mich allzusehr um mein körperliches Wohlbefinden zu kümmern, ging ich rasch zu der Leiche, kniete neben der Pritsche nieder und zog die Decke weg.

Wie ich gehofft hatte, war der Tote noch nicht für die Beisetzung gewaschen und mit Öl eingerieben worden. Dem Gestank nach zu urteilen, den der Körper verströmte, war das Baden nicht gerade eine Vorliebe des Wandelnden Kojoten gewesen, obwohl wir ein sehr reinliches Volk sind. Die Kleidung, in der er seinen Geist ausgehaucht hatte, war ihm ausgezogen worden. Nun trug er ein langes Hemd. So lag er vor mir und wartete auf die längst überfällige Körperwäsche. Doch für meine Zwecke war der stinkende Wandelnde Kojote im Originalzustand perfekt.

Der Hals des Menschen ist höchst zerbrechlich, und die Haut, die ihn überzieht, ist von größter Empfindlichkeit, so daß sich rasch Prellungen und Schürfwunden bilden. Das Erwürgen war ein gewaltsamer Tod, der bei meinem Volk gänzlich unbekannt ist. Selbst als die Verwandten von Wandelnder Kojote mit der unleugbaren Tatsache konfrontiert wurden, daß er erwürgt worden war, hatten diejenigen, welche die Leiche in Augenschein nahmen, nicht die leiseste Ahnung, was sie da eigentlich sahen. Ich aber wußte es. Ich hatte solche Würgemale schon einmal gesehen.

Als ich ungefähr sechsundzwanzig Jahre alt war, verbrachte in den Herbst an meinem Lieblingsort, Bent's Handelsstation. Bent's war ein Sammelplatz für sämtliche Stämme und jene seltsame Art von weißen Männern, die mehr Indianer als Weiße waren. Eines Tages zeigte mir ein Heiler vom Stamm der Arapahoe den Körper einer toten Navajo-Frau. Er wies mich besonders auf die Wundmale an ihrem Hals hin. Alle waren der Ansicht, die Frau wäre an einer plötzlichen Krankheit gestorben, doch der Arapahoe-Schamane, der sie untersucht hatte, verneinte dies. Er sagte, das Leben sei aus ihr »herausgequetscht« worden. Damals konnte ich das nicht glauben; ich konnte mir so etwas gar nicht vorstellen. Um es mir zu beweisen, legte der Arapahoe seine Finger auf die Male und zeigte mir genau, wie die Hände des Mörders zugepackt und der Luft den Weg in die Lungen und ins Gehirn versperrt hatten. Ohne Luft stirbt erst das Hirn, dann der Körper. Der Arapahoe sagte damals etwas, was mich beeindruckte.

»Nur brutale Schinder töten Menschen durch Erwürgen.«

Was er sagte, erfüllte mich mit Entsetzen, doch ich wußte, er hatte recht. Ich blieb bei dem alten Mann, hielt mich stets an seiner Seite. Indem ich ihn beobachtete, lernte ich noch etwas: Wenn man einen Mörder fassen will, muß man zuerst soviel wie möglich über das Opfer in Erfahrung bringen. Und was wir damals über die Gewohnheiten der Navajo-Frau herausfanden, führte uns geradewegs zu ihrem Mörder.

Die junge Frau war kokett und eitel gewesen, der Schwarm aller Männer. Sie hatte viele Heiratsangebote bekommen, hatte sich jedoch Zeit gelassen und jedes Angebot erwogen. An Bent's Handelsstation war kurz zuvor wieder ein Mann an sie herangetreten, diesmal ein besonders leidenschaftlicher Verehrer. Als die Frau ihn einfach stehen ließ und fortging, um sein Angebot zu »überdenken«, packte er sie. Sie wehrte sich. Der Mann küßte sie, wobei er die Hände um ihren Hals legte und den Griff unwillkürlich verstärkte. Als die Frau in seinen Händen schlaff wurde, glaubte er zuerst, sie würde seinem Drängen nachgeben und wäre endlich willfährig. Zu seiner Verwunderung war sie nicht willfährig, sondern tot. Als der alte Arapahoe verkündete, was er herausgefunden hatte, verhielt der junge Mann – ebenfalls ein Navajo – sich ehrenhaft. Er gestand.

Diese Erinnerungen stiegen in mir auf, als ich nun vor den irdischen Überresten von Wandelnder Kojote kauerte. Ich wußte, daß *dieser* Täter nicht ehrenhaft war, daß er seine Tat *nicht* gestehen würde. Dies hier war kein unglückseliger Todesfall, der auf einen leidenschaftlichen Kuß zurückzuführen war. Ich betastete mit den Fingerspitzen die Kehle. Die dünnen Knochen des Kehlkopfes waren lose und zerbrochen. Ich strich dem Toten das Haar aus der Stirn und betrachtete die Haut um die Augen und am Haaransatz. Ich mußte sehr genau hinschauen, denn Wandelnder Kojote besaß eine außergewöhnlich dunkle Haut; dennoch waren unter dem Haaransatz und um die Augen herum winzige rote Punkte zu erkennen: Blut. Ich sah meine schlimmsten Befürchtungen bestätigt. Noch einmal untersuchte ich die Kehle. Den außergewöhnlichen Verletzungen nach zu urteilen, hatte Wandelnder Kojote sich gegen seinen Angreifer gewehrt. Ich nahm seine Hände, hob sie hoch und betrachtete sie aus nächster Nähe. Für einen Mann waren seine Fingernägel ein bißchen zu lang, und sie sahen aus, als wären sie eine ganze Weile nicht gereinigt worden. Im verkrusteten Schmutz unter den Nägeln entdeckte ich einen größeren Fetzen abgerissener Haut, und die Nägel der beiden Mittelfinger waren mit getrocknetem Blut bedeckt. Man hatte diese Hinweise offenbar übersehen, weil das Blut und die abgerissenen Hautstückchen perfekt zur weniger perfekten Körperhygiene des Wandelnden Kojoten paßten. Sein Rumpf wies keine Wundmale auf, doch an den Knien waren leichte Abschürfungen zu sehen. Daraus konnte ich schließen, daß der Mörder größer und stärker als sein Opfer gewesen war. Während des Kampfes hatte der Mörder den Wandelnden Kojoten auf die Knie gezwungen. In dieser Haltung hatte er um sein Leben gekämpft und dem Angreifer Wunden zugefügt. Aber wo? Ich schloß die Augen und versuchte mir vorzustellen, wo meine Hände sich befänden, würde ich auf den Knien hocken und um mich schlagen und kratzen, während ein Angreifer mir die Luft abdrückte.

Ich hörte ein Geräusch, öffnete blitzschnell die Augen, warf einen erschreckten Blick über die Schulter und schaute zum offenen Eingang des Totenwigwams. Im Sonnenlicht sah ich draußen Leute umhergehen, doch niemand näherte sich. Ich sagte mir, daß ich mir das Geräusch nur eingebildet hatte; denn die Familie des Opfers schien sich nicht sonderlich dafür zu interessieren, wohin ich in meiner unermeßlichen Trauer verschwunden war. Doch ob ich mir das Geräusch nur eingebildet hatte oder nicht – ich durfte nicht das Wagnis eingehen, mir zu viel Zeit zu nehmen. Rasch drehte ich den Leichnam auf den Bauch. Es war einfach; Wandelnder Kojote war ein leichter, schmächtiger Mann gewesen.

Mein Volk war von zwei Seuchen heimgesucht worden, die beinahe den gesamten Stamm ausgerottet hätten. Zuerst waren es die Pocken gewesen; einige Jahre später die Cholera, der auch meine Frau zum Opfer gefallen war. Als die Epidemien wüteten, hatte ich viele tote Brüder gesehen, viel zu viele. Doch dabei hatte ich etwas gelernt, was von unschätzbarem Wert für mich war: Ein toter Körper durchläuft drei Phasen, die sich in unterschiedlichen Zuständen äußern, und diese Phasen sind stets gleich, egal, welche Todesursache vorliegt.

In dem Augenblick, da die Seele den Körper verläßt, fließt das Blut nicht mehr gleichmäßig. Wie bei einem stehenden Gewässer sinkt es dann auf den niedrigsten Stand – je nach Lage des Körpers – und bildet eine träge, unbewegte Pfütze. Dann gerinnt das Blut, wird dick und klebrig. Nie hatte ich einen Fall erlebt, bei dem es anders gewesen wäre. Dieser Vorgang setzt in der ersten Stunde des Todes ein; es dauert dann ungefähr fünf Stunden, bis das Blut auch aus den lebenswichtigen Organen geströmt ist und sich auf dem tiefsten Stand abgesenkt hat. Im Verlauf dieses Prozesses wird der Körper zuerst steif, dann wieder biegsamer, nachdem alles Blut sich endgültig gesetzt hat. So unglaublich es erscheinen mag: Wenn man diese verschiedenen Stufen des Blutabsinkens kennt, kann man die ungefähre Zeit schätzen, wann der Tod eingetreten ist. Ich habe nie jemandem erzählt, daß ich diese

Kenntnis besaß; denn ich hatte die Befürchtung, man würde mich für verrückt erklären. Und für krankhaft.

Ich hob das übergroße weiße Hemd, das die Leiche von Wandelnder Kojote zierte, und betrachtete seinen Rücken und die gesamte rechte Körperseite. Dort, wo das Blut sich gesammelt hatte und geronnen war, hatte die Haut sich dunkel verfärbt. An jenen Stellen des Körpers, die auf dem Boden gelegen hatten, befand sich kein Blut mehr; das Fleisch war plattgedrückt, die Haut unnatürlich weiß. Solche Stellen waren nur auf der rechten Körperseite zu sehen, so daß ich erkennen konnte, wie die Leiche gelegen hatte. Doch ich konnte keinen Hinweis darauf entdecken, daß die Anschuldigung berechtigt war, die man gegen Cheyenne-Räuber erhob: Angeblich hatte er Wandelnder Kojote durch einen einzigen wuchtigen Schlag ins *Genick* getötet, denn nach Aussage von Vogel-der-tritt hatte Cheyenne-Räuber den Wandelnden Kojoten von hinten angegriffen und ihm mit einem Hieb das Genick gebrochen. Gewiß, das Genick von Wandelnder Kojote *war* gebrochen, das konnte ich bestätigen, doch es waren nur kleine runde Verfärbungen der Haut zu sehen, wo die Fingerspitzen des Angreifers zugedrückt hatten. Wäre Wandelnder Kojote durch einen einzigen Schlag von hinten getötet worden – ein Schlag, der wuchtig genug war, ihm das Genick zu brechen –, hätte die Rötung sich vom unteren hinteren Rand des Schädels bis weit hinunter auf den Rücken erstreckt. Eine solche Wunde gab es nicht, doch die oberen Knochen des Rückgrats, die es dem Menschen ermöglichen, mit dem Kopf zu nicken, waren zersplittert. Daraus konnte ich nur schließen, daß jemand Wandelnder Kojote das Genick *nach* Eintritt des Todes gebrochen hatte. Denn hätte er noch gelebt, wäre das Blut ja weitergeströmt, und der Schlag, mit dem die Rückgratknochen zertrümmert worden waren, hätte ein viel größeres Wundmal hinterlassen. Doch wenn das

Opfer bereits tot gewesen war und das Blut sich gesetzt hatte – wie bei Wandelnder Kojote –, *konnte* sich ein so großes Wundmal nicht mehr bilden. So abscheulich es auch war – ich mußte mir das Offensichtliche eingestehen: Jemand hatte Wandelnder Kojote das Genick gebrochen, *nachdem* er erwürgt worden war, nach meiner Schätzung bereits in der ersten Stunde nach Eintritt des Todes. Und noch etwas ging mir durch den Kopf. Auf der Ratsversammlung hatte Vogel-der-tritt behauptet, sein Neffe sei von hinten angegriffen worden, ohne daß er eine Chance gehabt hätte, sich zu verteidigen. Das stimmte nicht. Wandelnder Kojote hatte mit einem Angreifer gekämpft, der ihn von vorn attackiert und ihn bei der Kehle gepackt hatte. Ich stellte mir die Frage, weshalb der Mörder nicht einfach fortgelaufen war, nachdem er Wandelnder Kojote auf diese Weise getötet hatte. Weshalb hatte er einem *Toten* das Genick gebrochen? Ein eisiger Schauer, kälter als der Nordwind, lief mir über den Rücken, als ich mir diese Szene vorstellte. Ganz deutlich sah ich den gesichtslosen Angreifer, als ihm plötzlich klar wurde, daß er Vogel-der-tritt getötet hatte – möglicherweise unabsichtlich. Ich konnte beinahe das Entsetzen des Täters spüren, seine Panik. Dann, als er sich ein wenig beruhigt hatte, brach er seinem Opfer das Genick, so daß es wie ein hinterhältiger Mord aussah; auf diese Weise hatte der Täter sich die allgemein bekannte Feindschaft zwischen Wandelnder Kojote und Cheyenne-Räuber zunutze gemacht und den Verdacht von sich abgelenkt.

Eilig drehte ich die Leiche wieder auf den Rücken und bettete sie genau so, wie sie zuvor gelegen hatte. Dann wartete ich auf den richtigen Augenblick, den Wigwam zu verlassen. Draußen blieb ich stehen, beschirmte mit einer Hand die Augen und versuchte, mein wild pochendes Herz zu beruhigen. Jemand berührte mich; ein Mann murmelte mir tröstende Worte zu. Seine Stimme war sanft und leise, und ich erlaubte dieser Stimme, diesen Worten, über mich hinwegzuspülen. Ich brauchte den Trost ebenso dringend wie die Strahlen der Sonne, um meine frierende Haut zu wärmen. Doch weder die freundlichen Worte noch die Sonne konnten etwas gegen mein Wissen ausrichten, daß es unter uns eine teuflische, heimtückische, abgrundtief boshafte Seele gab. Eine so unmenschliche Bestie, daß sie die Leben zweier Menschen opferte, um das eigene zu schützen. Ich war bis ins Mark erschüttert, als ich von dem Mann mit der freundlichen Stimme zum Wigwam von Vogel-der-tritt geführt wurde.

Vogel-der-tritt war ein kleiner Mann, doch er besaß Ausstrahlung. Alle mächtigen Männer besitzen diese Aura und tragen sie wie einen unsichtbaren Umhang. Weißer Bär legte diesen Umhang ab; denn ein freundlicher und vertraulicher Umgang mit anderen war ihm wichtiger. Vogel-der-tritt jedoch trug diesen Umhang immer und überall. Er forderte von jedem, sogar von seinen Frauen, ihm in respektvoller, ja demütiger Haltung gegenüberzutreten. Seltsamerweise half mir sein herrisches Auftreten, schon so kurz nach meiner schrecklichen Entdeckung wieder einen klaren Kopf zu bekommen. Wäre Vogel-der-tritt ein nur halbwegs freundlicher Mann gewesen, wäre ich unter der Last meines Wissens vielleicht zerbrochen und hätte wie ein verängstigter Narr alles hervorgesprudelt, was ich herausgefunden hatte. Doch Vogel-der-tritt war ungefähr so freundlich wie ein gereizter Bisonbulle, und sein Wigwam war bis zum Bersten voll mit Verwandten und Untergebenen. Das waren gewiß nicht der Ort und die Zeit, den Kopf zu verlieren, zumal es den hier Versammelten bestimmt nicht gefallen würde, was ich über das Erwürgen von Wandelnder Kojote und über die Unschuld von Cheyenne-Räuber zu berichten hatte. Also verschloß ich mein Wissen im Herzen und zwang mich, in die Gesichter der Anwesenden zu blicken und sie mir einzuprägen. Irgend jemand hatte Wandelnder Kojote ermordet und wollte nun Cheyenne-Räuber die Schuld in die Mokassins schieben. Dieser Jemand konnte ganz in meiner Nähe sein, so wie die Männer, die nun zu meiner Linken und Rechten saßen. Da Wandelnder Kojote seinen Mörder an einem ziemlich abgeschiedenen Ort getroffen hatte, hatte er ihn wahrscheinlich recht gut gekannt – was auf jeden zutraf, der sich nun in diesem Wigwam befand. Die einzige Ausnahme war ich.

Obwohl Vogel-der-tritt mir direkt gegenübersaß, schaute er mich nur hin und wieder an. Er hörte auch den Männern kaum zu, als sie die Verdienste des Wandelnden Kojoten in den höchsten Tönen lobten. Ich hatte den unbestimmten Eindruck, daß Vogel-der-tritt nach einem Ausweg aus den Problemen suchte, die das Ableben seines Neffen unweigerlich hervorriefen – nach einer Möglichkeit, das eigene Gesicht und vielleicht sogar das Leben von Cheyenne-Räuber zu wahren. Schließlich blickte er mich an und sagte in gemessenem Tonfall:

»Wir danken dir für deine Höflichkeit. Ich habe von dir gehört, Tay-bodal. Man sagte mir, du wärest ein Mann von großer Weisheit. In diesen schlimmen Zeiten brauchen wir Weisheit. Unermeßlich viel Weisheit.« Er seufzte tief. »Weißer Bär und ich sind keine Freunde, doch ich habe seinen Neffen lange Zeit bewundert. Cheyenne-Räuber war stets ein tüchtiger Mann, wenn es galt, den Fluß zu überqueren.«

Köpfe nickten; aus dem Kreis der sitzenden Männer war zustimmendes Grunzen zu vernehmen. Der Fluß war natürlich der Red River. Und »den Fluß überqueren« bedeutete, einen Raubzug gegen die *Tehans* zu unternehmen – die Texaner. Die Tehans waren unsere natürlichen Feinde. Regelmäßig überquerten Kriegertrupps der Kiowas den Fluß, besonders zur damaligen Zeit, als zu wenige Soldaten zuviel Land beschützen mußten.

»Cheyenne-Räuber«, fuhr Vogel-der-tritt mit monotoner Stimme fort, »ist ein Mann, dem jeder der hier Versammelten viele Male sein Leben anvertraut hat. Einen solchen Krieger zu verlieren ist ein unermeßlicher Verlust. Es ist schrecklich, auch nur darüber nachzudenken, welche Folgen der Tod eines solchen Mannes hat.«

Da hatte er recht. Und Vogel-der-tritt fürchtete nicht nur den Ausbruch eines Stammeskrieges, er mochte Cheyenne-Räuber *wirklich*. Daß er ihn den Mordes beschuldigt hatte, schmerzte Vogel-der-tritt ebenso wie der Tod seines Neffen, wenn nicht mehr.

Eine Viertelstunde später verließ ich den Wigwam in Begleitung von drei Männern, die mich zu meinem Pferd führten. Alle drei – Der-den-Wolf-hört, Steht-auf-dem-Hügel und Jagendes Pferd – waren mütterlicherseits mit Wandelnder Kojote verwandt. Der-den-Wolf-hört war der älteste der drei Krieger; wie ich erfuhr, war er der jüngere Bruder der Mutter des Ermordeten. Er war ein sehr gut aussehender Mann, dem man seine vierzig Jahre nicht ansah. In seinem Haar war kein Grau, und sein Bauch war flach und straff. Überdies schien er ein sehr eigenwilliger Mann zu sein. An einem sengend heißen Tag wie heute, wo alle gerade so viel Kleidung trugen, wie der Anstand es gebot, lief Der-den-Wolf-hört prächtig gekleidet umher. Er trug breite Kupferreifen um die Oberarmmuskeln, und eine Fülle kleinerer Armreifen aus Kupfer und Silber zierten beide Arme von den Handgelenken bis zu den Ellbogen. Dazu trug er einen Brustharnisch aus Glas und Adlerknochen und ein dazu passendes, nicht minder prächtiges Halsband. Die Enden seines Lendenschurzes hingen ihm bis unter die Knie, und er trug nach Apachenart gearbeitete kniehohe Mokassins. In sein langes Haar, wohlfrisiert und eingefettet, waren gehämmerte, schmuckvolle Silberscheiben geflochten. Die Wirkung war blendend – im wahrsten Sinne des Wortes –, wenn die Sonnenstrahlen auf die silbernen Verzierungen trafen. Außerdem trug er einen goldenen Ring im linken Nasenflügel, wie die Brüder vom Stamm der Nez Percé, und beide Ohren waren reich mit Ringen behängt, vom obersten Zipfel bis hinunter zum Ohrläppchen. Diese höchst unbequeme Bekleidung trug er wie eine Art Uniform – wie einen Aufzug, den man von ihm erwartete, vielleicht sogar verlangte. Dieser Mann war der lebende Beweis dafür, daß es sehr anstrengend ist, ein Mensch zu sein, der sich an bestimmte Gewohnheiten halten muß, weil alle Welt von ihm erwartet, daß er sich an *keine* Gewohnheiten hält.

Mit der üblichen Kleidung zufrieden, trugen Steht-auf-dem-Hügel, Jagendes Pferd und ich nur das Nötigste. Und wir alle hatten das Haar zu einem Pferdeschwanz geflochten, um den Nacken kühl zu halten und dem Rücken Schatten zu spenden. Dennoch machte die Hitze uns zu schaffen. Der mit Kleidung und Schmuck beladene Der-den-Wolf-hört schwitzte wahre Sturzbäche, wenngleich er so tat, als würde die sengende Hitze ihm nichts ausmachen. Kleine Kinder trotteten hinter uns her, auch die in jedem Indianerdorf unvermeidliche Hundemeute, wobei die Kinder lebhaftes Interesse an dem höchst auffälligen Der-den-Wolf-hört zeigten. Stolz sonnte er sich in ihrer Aufmerksamkeit, und als er die Kinder fortzuscheuchen versuchte, lachte er dabei und sprach mit sanfter Stimme, statt sie schroff zu verjagen. Es war dieselbe Stimme, die mir vor dem Totenwigwam von Wandelnder Kojote Trost zugesprochen hatte. Als ich mein Pferd losband, wandte Der-den-Wolf-hört sich in aller Förmlichkeit an mich, vermutlich als Vertreter der Familie seiner Schwester.

»Wir danken dir, daß du gekommen bist. Wir danken dir für deine freundlichen Worte. Und deine . . .«, seine Lippen verzogen sich zur Andeutung eines Lächelns, »Trauer für den, der von uns gegangen ist, ehrt uns sehr.«

Sein Lächeln zeigte mir, daß er mich durchschaut hatte. Dennoch schien meine List ihn nicht zu verärgern. Im Gegenteil, er zeigte sich hilfreich.

»Ich weiß«, fuhr er fort, »daß du als sein Freund auch seiner Geliebten gern Trost zugesprochen hättest. Sie bedeutete ihm sehr viel, und nun muß sie schreckliches Leid ertragen. Ihr Vater kann ein furchtbarer Hitzkopf sein. Jemand muß mit ihm reden und ihn davon überzeugen, es seiner Tochter nicht noch schwerer zu machen. Sie ist fast noch ein Kind, und Kinder sind empfindlich und zartfühlend. Unglücklicherweise kann niemand aus unserem Dorf diese Aufgabe übernehmen, weil wir alle Der-Büffel-treibt bloß an die Unüberlegtheit seiner Tochter erinnern würden und daß sie von Rechts wegen inzwischen schon eine ehrbar verheiratete Frau sein müßte.«

Wieder lächelte er, verabschiedete sich und ging davon. Alles, was er gesagt hatte, war vollkommen vernünftig, doch in seiner Stimme hatte ein kaum hörbarer spöttischer Beiklang gelegen, der mich verlegen machte. Ich wußte, daß er mich als jämmerlichen Lügner betrachtete, und das war ich ja auch. Das Blut brannte mir heiß im Gesicht, als ich mich Steht-auf-dem-Hügel und Jagendes Pferd zuwandte. Steht-auf-dem-Hügel zeigte mir gegenüber eine offene, ehrliche Miene, doch Jagendes Pferd schaute sehr unfreundlich, ja verschlagen drein. Als Der-den-Wolf-hört gegangen war, knurrte Jagendes Pferd irgend etwas, was offenbar ein höflicher Abschied sein sollte; dann machte er auf dem Absatz kehrt und stolzierte davon. Nur Steht-auf-dem-Hügel blieb und ging an meiner Seite, als ich mein Pferd durch das Gewirr der Wigwams zum Dorfrand führte.

»Ich hörte einmal von einem Mann«, sagte Steht-auf-dem-Hügel bedächtig, »der hinauf ins Land der Toten ging. Er blieb nur kurze Zeit und kehrte dann zurück. Er erzählte von einem großen Dorf im Himmel, in dem alle zusammenlebten. Feinde waren keine Feinde mehr, sondern gute Nachbarn. Und alle Pferde waren zu einer einzigen riesigen Herde vereint, die keinem einzelnen Mann gehörte, sondern die alle sich teilten.«

»Ich habe diese Geschichte auch gehört«, sagte ich.

Steht-auf-dem-Hügel hielt inne, und wir schauten uns kurze Zeit an, während Steht-auf-dem-Hügel nach den richtigen Worten suchte, um mir irgend etwas zu sagen, was ihm sichtlich zu schaffen machte. Dann stieß er hervor:

»Glaubst du, es ist die Wahrheit?«

Ich holte tief Luft und schaute zum völlig wolkenlosen Himmel empor. »Ich war oft dabei«, sagte ich, »wenn der Atem einen Körper verließ. Ich kann mich besonders gut an einen kleinen Jungen erinnern ... so jung, daß er noch nicht einmal sprechen gelernt hatte. Er war sehr krank, doch ich hatte die Macht, ihm zu helfen.«

Ich wandte den Blick wieder Steht-auf-dem-Hügel zu. Er schaute mich an, wobei eines seiner Augen im grellen Licht der Nachmittagssonne blinzelte. Seine Aufmerksamkeit war voll und ganz auf mich gerichtet.

»Der kleine Junge wollte meine Hilfe nicht«, fuhr ich leise fort. »Er sah irgend etwas. Ich versuchte, sein Gesicht zu mir zu drehen. Ich wollte dafür sorgen, daß er nur mich anschaute. Doch was er sah, zog ihn viel mehr an als ich. Er wollte mich nicht anschauen, wollte nicht das Weinen seiner Mutter hören. Ich weiß, daß er das Land der Toten geschaut hat, und ich glaube, es war ein wundervoller Anblick. Ich glaube, dieses ferne Land leuchtet und schimmert. Ich glaube es deshalb, weil der kleine Junge nicht den Blick davon wenden konnte und weil er sich zum Schluß dafür entschied, sein Leben lieber dort zu führen als hier.«

Einen seltsam friedvollen, tröstlichen Augenblick lang

schauten wir uns an. »Jedenfalls«, sagte ich dann, drehte mich um und wollte auf mein Pferd steigen, »nehme ich an, daß es so war.«

Steht-auf-dem-Hügel hielt mich am Arm fest und hinderte mich daran, aufs Pferd zu steigen. Ich stand an der Flanke des Tieres, beide Hände fest in die Mähne gekrallt, und schaute ihn fragend an.

»Also glaubst du«, sagte er mit stockender Stimme, »daß *er* nicht mehr zurückkommen wird?«

Ich drehte den Kopf noch weiter zu ihm herum, und meine Lider wurden schmal. »Du meinst Wandelnder ... deinen Verwandten?«

Er nickte heftig.

Mitleid stieg in mir auf. »Nein. Tut mir leid. Ich fürchte, er ist für immer tot.«

Die Hand von Steht-auf-dem-Hügel löste sich von meinem Arm und fiel schlaff herab. Er hatte die Augen geschlossen und stieß den angehaltenen Atem aus. »Gut«, murmelte er. Dann drehte er sich um und ging davon.

Ich ritt ein gutes Stück vom Dorf weg; dann stieg ich vom Pferd und machte im Schatten von Pappeln und Weiden am Ufer des Medicine Creek ein Feuer. Aus einem kleinen Beutel, den ich in meiner Tragetasche aufbewahrte – eine Tasche, in der ich verschiedene wichtige Dinge unterbringe und die ich deshalb stets bei mir habe –, nahm ich einige Kiefernspäne und warf sie aufs Feuer. Ich setzte mich in die Hocke und säuberte mich mit dem Kiefernrauch vom Geist des Wandelnden Kojoten, streifte den Rauch mit den Händen über Kopf, Arme und Körper. Als ich damit fertig war, gönnte ich mir eine karge Mahlzeit: getrocknetes Fleisch und kaltes Wasser. Dann stopfte ich eine kleine steinerne Pfeife mit Kinnikinnick, einer Mischung aus Tabak und Sumachblättern, rauchte und dachte nach. Da heute ein Tag zu sein schien, um Beileidsbesuche zu machen, beschloß ich, diesen Weg bis zum Ende zu gehen. Ich wußte, daß Der-den-Wolf-hört nur die Worte zu mir gesagt hatte, die man dem Freund eines Verwandten sagte – und daß *er* wußte, daß ich gar kein Freund von Wandelnder Kojote gewesen war. Dennoch beschloß ich, den Rat von Der-den-Wolf-hört zu befolgen. Noch immer in der Maske eines guten Freundes von Wandelnder Kojote, wollte ich Der-Büffel-treibt meine Aufwartung machen.

Im Unterschied zur Pracht und Größe des Dorfes von Vogel-der-tritt und dem feierlichen Ernst seiner Bewohner war das Dorf von Der-Büffel-treibt klein und schäbig, und die Atmosphäre war trist und traurig. Ich zählte sechs kreisförmige Stellen, an denen man das Gras niedergetrampelt hatte; in der Mitte befanden sich jeweils schwarze Löcher, wo einst Familienwigwams gestanden hatten. Die kahlen runden Flächen zeigten mir, daß diese Familien alles aufgegeben hatten und weitergezogen waren. Aber nicht fort vom Regenberg – das würden sie erst in fünf oder sechs Tagen tun, wenn die mit Spannung erwartete Verhandlung gegen Cheyenne-Räuber stattgefunden hatte. Die Familien waren lediglich in ein anderes Dorf gezogen und hatten sich vom Klan von Der-Büffel-treibt getrennt.

Einen Erfolg beanspruchen viele, ein Versagen niemand. Trotz seiner großen Verdienste als Krieger und Häuptling wurde Der-Büffel-treibt nun als Versager betrachtet; denn seine Tochter hatte Schande über ihn gebracht, und ein Mann, der nicht einmal die eigene Familie im Griff hatte, galt nichts. Als ich, ein Fremder, dieses klägliche Dorf betrat, sorgte mein Erscheinen dafür, daß alles Leben sofort zum Stillstand kam. Die Männer betrachteten mich mit leeren, hoffnungslosen Blicken. Die Frauen, die ja ohnehin dazu neigen, ihre Verzweiflung deutlicher zu zeigen, preßten sich die Hände vor die Münder und weinten mitleiderregend. Als Der-Büffel-treibt sie hörte, kam er aus seinem Wigwam gestürmt. Die Ärmel seines offenen Hemdes flatterten, und er schwang seine schinkengroßen Fäuste, als er auf mich losging. Nur Zentimeter vor meinem Gesicht blieb er stehen und besprühte mich mit Speichel, als er zwischen den zusammengepreßten Zähnen wutentbrannt hervorstieß: »Wenn du gekommen bist, um mir zu sagen, was du von meiner Familie hältst, gebe ich dir den Rat, rasch zu verschwinden. Noch heute früh habe ich einen Mann, der mir seine Meinung sagte, halb zu Tode geprügelt.«

Bis zu diesem Augenblick war mir nie aufgefallen, daß Der-Büffel-treibt ein großer Mann war und daß jeder Zentimeter seines Körpers aus gestählten Muskeln bestand.

»Ich bin gekommen«, sagte ich hastig, »weil ich dich um Erlaubnis bitten wollte, mit deiner Frau zu sprechen.«

Mit einem Ruck kam sein Gesicht dem meinen noch näher. Die Adern an seinem Hals traten dick hervor, seine Miene spiegelte wilden Zorn. »Welche Frau?«

Ich spürte das Ziehen im Rückgrat, als ich mich von ihm weg nach hinten beugte. »Sitzt-neben-ihm.«

Sein Knurren wurde tiefer. Er beugte sich weiter vor und stellte die Biegsamkeit meines Rückgrats noch mehr auf die Probe. Plötzlich richtete er sich auf und ging davon. Sein langes Haar schwang im Rhythmus seiner stampfenden Schritte und strich ihm über den Rücken. Er sah nicht aus wie ein geschlagener Mann, der in Schande ging. Er sah aus wie der Mann, der er war: ein mächtiger, verzweifelter Krieger, der seinem heißen Zorn dringend Luft machen mußte. Am Eingang seines Wigwams blieb er stehen und rief mir etwas zu, doch seine Worte waren zugleich an alle Dorfbewohner gerichtet.

»Ihr Name wurde geändert. Sie heißt nicht mehr Sitzt-neben-ihm. Sie heißt jetzt Die-ihm-Schande-brachte.«

Nach dieser öffentlichen Bekanntmachung schlug er die Plane am Eingang des Wigwams zurück und verschwand im Innern. Eine selbstgefällige junge Frau trat hinter ihm ein und verharrte gerade lange genug vor dem Eingang, um uns alle mit einem herablassenden, sehr unschönen Grinsen zu bedenken. Natürlich konnte ich mich irren – ein Mann wie Der-Büffel-treibt hatte ein Dutzend Frauen –, doch ich wußte, daß ich recht hatte. Die junge Frau, die ihm gefolgt war, mußte Bunter Schild sein, jene Frau, die behauptet hatte, die Hosen von Wandelnder Kojote unter dem Bett von Weißer Otter gefunden zu haben. Selbst ohne ihr süffisantes Grinsen wäre sie keine Schönheit gewesen. Sie war fett, und ihr breites Gesicht wirkte durch die flache Nase noch breiter. In meinen Augen besaß sie nur eine Tugend: Sie war im besten Alter, Kinder zu bekommen. Und nun, da sie die ungeteilte Aufmerksamkeit ihres Mannes besaß, schien ihr die Aussicht Freude zu bereiten, dieses einzige Versprechen einlösen zu können. Sitzt-neben-ihm, die Mutter von Weißer Otter, hatte wegen des angeblichen schamlosen Verhaltens der Tochter ihre Stellung als Erstfrau eingebüßt, was die Entdeckung der Hosen durch Bunter Schild zu einem außergewöhnlich glücklichen Zufall machte. Nennt mich ruhig einen Zweifler, doch ich habe solche Zufälle immer schon mit Mißtrauen betrachtet. Besonders, wenn sie jemanden dazu verhelfen, ein Ziel zu erreichen, auf das er nicht durch ehrliches Bestreben hingearbeitet hat.

Das Interesse an mir schwand allmählich, und die Verwandten von Der-Büffel-treibt gingen wieder ihren gewohnten Beschäftigungen nach. Bei einigen Leuten, die ich bei der Arbeit unterbrach, erkundigte ich mich, wo Die-ihm-Schande-brachte zu finden sei, wurde jedoch immer wieder freundlich, aber bestimmt zurückgewiesen. Schließlich kam eine alte

Frau zu mir, die mich beobachtet hatte, und forderte mich auf, ihr zu folgen. Während ich neben ihr ging, trug sie einen schweren Korb, den sie sich an die Hüfte gedrückt hatte. Sie machte einen umgänglichen Eindruck, bis ich den neuen Namen wiederholte, den Der-Büffel-treibt seiner einstigen Erstfrau gegeben hatte. Die Alte blieb stehen und schaute mich finster an.

»Nenn sie nicht so.«

»Aber er sagte, ihr neuer Name sei ...«

»Er ist ein Dummkopf!« kreischte sie. »Das war er schon immer. Ich muß es wissen. Ich bin seine Mutter. Als er geboren wurde, hatte er die Nabelschnur um den Hals, und sein Gesicht war blau. Du bist Heiler. Du weißt, an welchen Zeichen man einen Schwachsinnigen erkennt.« Sie ging weiter.

Ich war erstaunt und entsetzt zugleich. Selbst wenn es stimmte, was die Alte sagte – daß ihr leiblicher Sohn nicht bei gesundem Verstand war –, so war es doch eine schwere Beleidigung, dies so laut herauszukreischen, daß alle Welt es hören konnte. Ich schüttelte mein Erstaunen ab und eilte der Alten hinterher.

»So solltest du nicht über deinen Beschützer reden«, sagte ich. »Stell dir vor, jemand hört dich ...«

Sie blieb abrupt stehen. »Na und?« rief sie. »Ich bin eine alte Frau. Ich bin des Lebens müde und schäme mich für diesen Schwachkopf. Ich freue mich auf das Sterben, und im Tod werde ich das tun, wovor ich mich im Leben zu sehr gefürchtet habe.«

Ich schaute mich verängstigt um. Die Leute starrten uns an und lauschten gespannt. Dennoch fuhr die Alte ziemlich lautstark fort: »Wenn ich erst tot bin, werde ich einen Knüppel suchen und ihm dem Vater dieses Schwachsinnigen auf den Kopf schlagen, daß er mich zur Mutter eines so dummen Sohnes gemacht hat.«

Wieder schlurfte sie los, und wieder folgte ich ihr.

»Wenn ich mein Wasser besser halten könnte«, sagte sie knurrig, »wäre es mir eine wahre Freude, alt zu sein. Es macht mir Spaß, jeden anschreien zu dürfen, weil alle glauben, daß ich taub bin.« Sie blieb stehen und schaute zu mir auf. »Bin ich aber nicht.« Wieder watschelte sie los. Ich auch. »Außerdem gefällt es mir, daß ich nicht mehr säen muß. Ich konnte meine Familie davon überzeugen, daß ich fast blind bin.« Sie blieb stehen, ich blieb stehen. »Bin ich aber nicht.« Wir gingen weiter. »Ich sehe so gut wie jede meiner Töchter. Aber das Säen macht mir keinen Spaß. Hat mir nie Spaß gemacht.«

Wir gelangten zu einem Wigwam am Rande des kleinen Dorfes. Rings um das Zelt stand das Gras hoch – ein sicheres Zeichen dafür, daß dieser Platz erst seit kurzem genutzt wurde. Es war eine abgelegene Stelle, ideal für eine Frau, welche die Gunst ihres Mannes verloren hatte und nun ein einsames Leben führen mußte.

»Es gibt viele Dinge, die mir am Alter Freude machen«, sagte sie und beugte den Kopf zurück. Die Lider waren zu Schlitzen verengt, das ausdrucksvolle Gesicht von einem Netz aus tiefen Falten und Runzeln überzogen. »Aber das Beste, das Allerbeste daran ist, daß die Männer mich nicht mehr mit ihren Penissen belästigen. *Mich* lassen sie in Frieden, während sie den jungen Frauen das Leben zur Qual machen. Wie ich schon sagte – würde ich mich nicht so oft vollpinkeln, wäre das Alter wundervoll für mich.«

Selbst im gedämpften Licht im Innern des Wigwams sah ich deutlich, daß die zwei Augenpaare, die mich anschauten, von stundenlangem Weinen rot und geschwollen waren. Die Frauen kamen mir eher wie Schwestern denn wie Mutter und Tochter vor. Und sie waren von ungewöhnlicher Schönheit. Der-Büffel-treibt und Cheyenne-Räuber teilten das Leid, daß ein düsteres Schicksal ihnen diese außergewöhnlichsten Frauen genommen hatte. Als ich sie nun vor mir sah, konnte ich nachempfinden, welchen Schmerz die beiden Männer verspüren mußten. Und es war leicht zu verstehen, was den Wandelnden Kojoten zu seinem Tun getrieben hatte. Mit einem Mal bezweifelte ich, daß Cheyenne-Räuber recht hatte, was das Motiv von Wandelnder Kojote betraf. Dem Ermordeten war es um weit mehr gegangen als bloß darum, durch eine List Schmach und Schande über einen Krieger zu bringen, der ihm überlegen war – obwohl es vermutlich ein willkommener Nebeneffekt war. Doch Weißer Otter war Ansporn genug. Ich habe ehrenhafte Männer lügen, betrügen und stehlen sehen, nur um eine so schöne Frau zu besitzen. Und nach dem wenigen kostbaren Wissen zu schließen, das ich über Wandelnder Kojote besaß, war er vermutlich kein ehrenhafter Mann gewesen.

5.

Als ich den Wigwam betrat und mich zu den Frauen setzte, versuchte ich, unvoreingenommen zu sein. Cheyenne-Räuber war vollkommen sicher, daß Weißer Otter ihn niemals betrügen würde und daß er der Vater des Kindes war, das sie im Leibe trug. Und wenn er sich irrte? Ich hatte junge Frauen gekannt, die längst nicht so hübsch waren, es mit der Treue aber nicht so genau nahmen. Wie konnte Cheyenne-Räuber so sicher sein? Weißer Otter hatte sich ihm hingegeben, als sie allein waren. Was sollte sie davon abgehalten haben, sich auch einem anderen Verehrer hinzugeben? Soweit ich es beurteilen konnte, war Wandelnder Kojote kein häßlicher Mann gewesen, und er hatte einer mächtigen Familie angehört. Was Aussehen und Rang betraf, stand er Cheyenne-Räuber kaum nach. Vielleicht lag Weißer Bär mit seiner Einschätzung des Mädchens richtiger, als sein dickköpfiger Neffe zugeben wollte. Doch war Cheyenne-Räuber *so* dickköpfig, daß er eher in den Tod ging, als seinen Irrtum einzugestehen?

Wahrscheinlich.

Die alte Frau, die mir von ihrer Schwiegertochter vorgestellt wurde, hieß Ente. Die Alte steckte voller Boshaftigkeit, die gänzlich auf ihren Sohn und ihre zweite Schwiegertochter, Bunter Schild, gerichtet war.

»Er hat dieses Weibsstück nur geheiratet, weil ihr Vater sein ältester Freund ist«, giftete Ente. »Den beiden war die ganze Sache peinlich, weil kein anderer Mann Brautgeld für diese häßliche Bisonkuh bieten wollte. Mein Sohn hat sie nur geheiratet, um den Stolz seines Freundes zu retten. Sie ist in unserer Familie gekommen, um zu arbeiten, damit Sitzt-neben-ihm nicht mehr so schwer schuften mußte und sich besser um ihren Mann kümmern konnte. Aber Bunter Schild wollte nicht. Sie ist faul und widerspenstig. Sie hat nicht dafür gesorgt, daß wir weniger Arbeit hatten, sondern mehr!«

Über dieses Thema hatte ich inzwischen genug gehört. Die ätzenden Bemerkungen Entes hatten nur zur Folge, daß Bunter Schild mir beinahe leid tat. Ich wandte mich von Ente ab und richtete meine Aufmerksamkeit auf ihre Enkelin, Weißer Otter.

»Erzähl mir vom Neffen von Vogel-der-tritt. Ich nehme an, er hat dich sehr geliebt, nicht wahr?«

Weißer Otter senkte den Kopf. Sitzt-neben-ihm legte sich mit einer müden Geste die Hand an die Stirn, während Ente wieder einmal das Reden übernahm.

»Der einzige Mensch, den Wandelnder Kojote je geliebt hat, war er selbst. Er ist herumgelaufen wie ein Präriehühnchen, das sich als Truthahn aufspielt, mit stolz geschwellter Brust, den Kopf hoch erhoben. Er hat sich aufgeführt, als erwartete er, daß meine schöne Enkelin vor lauter Verzükkung zu seinen Füßen in Ohnmacht fällt, sobald er vor sie tritt. Er hat sich flegelhaft benommen, und mein schwachsinniger Sohn hat es ihm durchgehen lassen. Und weil er, als Vater des umworbenen Mädchens, sich nicht über ein so scheußliches Verhalten beklagte, konnte Vogel-der-tritt seinem Neffen dieses brünstige Treiben nicht verbieten.«

»Vielleicht hat dein Sohn sich davor gefürchtet, den Neffen von Vogel-der-tritt zurechtzuweisen.«

»Oh, er hat sich vor allem und jedem gefürchtet. Er hatte Angst vor den *Ondes*. Er hat sich immer schon vor ihnen gefürchtet. Er hat sich alles von ihnen gefallen lassen.«

Unsere Kultur war stets bemerkenswert demokratisch; aber wir haben ein starres Klassensystem. Eine aristokratische Kaste (die Ondes), eine Mittelschicht (Männer vom

Kaliber eines Der-Büffel-treibt) und eine Unterschicht (Männer wie mich). Unsere Klassensystem gründete sich nicht auf persönlichen Reichtum. Ein Mann, den man als vornehm genug betrachtete, den Hut aus Biberpelz zu tragen, der ihn als Onde kennzeichnete, wurde ausschließlich nach seinen tapferen Taten beurteilt und nach seiner Großzügigkeit den weniger Glücklichen gegenüber. Ondes lebten nach sehr strengen Regeln, die ihr ganzes Leben bestimmten. Oft mußte man sich bis ins hohe Alter mühen, um ein Onde zu werden. Nur sehr außergewöhnliche Menschen wurden in jüngeren Jahren zu Ondes ernannt. Aus den Ondes wiederum wurden die hochrangigsten Stammesmitglieder erwählt, die Zehn Tapfersten.

Wandelnder Kojote war kein Onde gewesen; Cheyenne-Räuber dagegen zählte zu dieser erlesenen Schar. Falls Der-Büffel-treibt die Onde wirklich so sehr fürchtete, wie seine Mutter behauptete, hätte er zweifellos Cheyenne-Räuber zum Schwiegersohn erwählt. Andererseits, falls es sich so verhielt, wie Cheyenne-Räuber glaubte – daß Der-Büffel-treibt befürchtet hatte, sich zwischen Weißer Bär und Vogel-der-tritt entscheiden zu müssen –, hätte er gezögert. Denn Weißer Bär und Vogel-der-tritt waren Ondes, mächtige Männer innerhalb dieser sehr mächtigen Kaste. Ich jedenfalls hätte schreckliche Angst, müßte ich mich öffentlich für einen von ihnen entscheiden. Ich selbst hatte mich ja auch nicht aus freien Stücken auf eine der Seiten geschlagen. Ich war von Weißer Bär berufen worden. Darin lag der feine, verzeihliche Unterschied zu Büffel-der-tritt, und ich war froh darüber. Ich wandte mich wieder den Frauen zu und brachte ein heikles Thema zur Sprache.

»Verzeiht meine Grobheit«, sagte ich. »Ich bin kein Mann, der unverschämte Fragen stellt, doch es bleibt immer noch die Frage mit den Hosen offen. Kann eine von euch sich vorstellen, wie sie unter das Bett von Weißer Otter gekommen sind?«

Sitzt-neben-ihm, Ente und Weißer Otter antworteten das gleiche, und alle gleichzeitig, und alle mit der gleichen beinahe hysterischen Stimme. Weißer Otter beteuerte, die Tat, der sie beschuldigt wurde, nicht begangen zu haben. Keine der Frauen konnte begreifen, wie die Hosen unter das Bett von Weißer Otter gekommen waren. Wandelnder Kojote war nie im Wigwam der Frauen gewesen; weder Sitzt-neben-ihm noch Weißer Otter hätten ihn hereingelassen. Während die Frauen wild durcheinanderredeten, dachte ich darüber nach, wie eine gerissene Person es bewerkstelligen konnte, die Hosen unter das Bett von Weißer Otter zu schmuggeln. Da ich selbst kein gerissener Mensch war, kostete das Nachdenken mich ziemliche Mühe, doch als mir einige brauchbare Erklärungen eingefallen waren, hob ich Schweigen gebietend die Hand.

»Ich bitte euch nochmals um Verzeihung, aber ich muß alles ganz genau wissen. Wo wart ihr, als die Hosen gefunden wurden?«

Sitzt-neben-ihm antwortete als erste. »Ich war bei meinem Mann. Er hatte wichtige Gäste, und als seine Frau mußte ich zugegen sein.«

Ich schaute Ente an. »Und du, Mutter?«

Sie verzog die Oberlippe. »Ich hab' mich ums Kochen gekümmert.«

Ich blickte Weißer Otter an. Sie biß sich auf die Unterlippe und errötete tief. »Ich ... ich kam von einem Spaziergang zurück.«

»Bist du allein gewesen?«

Sie senkte den Kopf, und das Haar fiel ihr übers Gesicht. »Nein.«

»Wer war bei dir?« drängte ich.

»Cheyenne-Räuber«, sagte sie mit kaum hörbarer Stimme.

Ich hob das Gesicht zur Zeltdecke und holte tief Luft. Ich hatte Glück, daß die Frauen meine Fragen beantworteten. Ich hoffte, daß dieses Glück mir erhalten blieb, als ich grüblerisch sagte: »Ich kann mir das alles nicht recht vorstellen. Warum hat Bunter Schild nicht beim Kochen oder beim Bedienen der Gäste von Der-Büffel-treibt geholfen? Als seine Frau war ihr Platz doch neben ihm?«

»Wir wollten sie nicht dort haben«, krächzte Ente zornig. »Sie kann nicht kochen, und sie ist ein Trampel.«

Das kam mir denn doch ein bißchen hart vor. Frauen gebührten ihre Ehrenplätze, und es war grausam, Bunter Schild auszuschließen. Vielleicht war es für diese drei Frauen ein fröhlicher Zeitvertreib gewesen, mit Bunter Schild grausam umzuspringen. Falls das zutraf, konnte ich ihre Bitterkeit begreifen, konnte verstehen, daß sie sich nun glücklich darüber zeigte, daß Sitzt-neben-ihm bei ihrem Mann in Ungnade gefallen war.

»Als Bunter Schild fortgeschickt wurde«, fragte ich Sitzt-neben-ihm mit nachdenklicher Stimme, »hat man sie da zu deinem Wigwam geschickt?«

»Nein«, antwortete sie leise. »Außerdem wurde sie nicht fortgeschickt. Weder von mir noch von meinem Mann. Sie ist seine Frau.« Ihre Stimme wurde noch leiser und bekam einen Beiklang von Trauer. »So, wie ich seine Frau war. Ich habe meine Schwester-Frau nie fortgeschickt. Ich würde sie niemals kränken.«

»Ja, du Närrin bist immer gut zu ihr gewesen«, keifte Ente und richtete ihren Zorn dann auf mich. »Wenn du es unbedingt wissen willst – *ich* habe Bunter Schild fortgeschickt. Und es war nicht das erste Mal. Ich hab' sie immer weggeschickt, wenn sich die Möglichkeit bot. Ich hasse sie, und ich gebe es zu!«

»Hast du sie zum Wigwam von Sitzt-neben-ihm geschickt?«

»Nein! Warum sollte ich?«

»Kein Ahnung. Ich will nur herausfinden, weshalb sie dorthin gegangen sein könnte.«

»Sie hätte nicht dorthin gehen *dürfen«,* sagte Ente, das faltige Gesicht vor Wut verzerrt. »Sie hatte dort nichts zu suchen. Sie hat ihren eigenen Wigwam. Außerdem habe ich sie zum Beerenpflücken geschickt. Jedenfalls *sollte* sie Beeren pflükken. Statt dessen hat sie die Nase in die Angelegenheiten anderer Leute gesteckt.«

»Und sie hat die Hosen gefunden.«

»Ja!« rief Ente. »Und jetzt, wo wir alle deine Fragen beantwortet haben, kannst du uns vielleicht sagen, wie Bunter Schild dazu gekommen ist, die Hosen unter dem Bett eines tugendhaften Mädchens zu finden.«

»Es gibt zwei Möglichkeiten«, sagte ich, als Entes aufgeregte Stimme verklungen war, und hielt den Zeigefinger in die Höhe. »Erstens. Wandelnder Kojote hat die Hosen selbst dort versteckt und Bunter Schild dann in den Wigwam geschickt.«

Die drei Frauen schauten einander an, die Münder leicht geöffnet. Dann wandten sie mir wieder gespannte Blicke zu.

Ich hielt einen zweiten Finger in die Höhe. »Die zweite Möglichkeit: Wandelnder Kojote hat Bunter Schild die Hosen *gegeben,* und sie hat dann behauptet, sie unter dem Bett von Weißer Otter gefunden zu haben.«

Diese Äußerung hatte qualvolle Rufe der beiden jüngeren Frauen zur Folge, während Ente mit kreischender Stimme nach Rache schrie. Sie erhob sich auf die Knie, schüttelte die Faust in meine Richtung und keifte: »Und an welche Möglichkeit glaubst du?«

Ich versuchte einzuschätzen, wie sehr im Innern einer verschmähten Frau das Verlangen nach Rache tobte; dann dachte ich wieder an den hämischen Ausdruck auf dem Gesicht von Bunter Schild. »An die zweite.«

Sitzt-neben-ihm stieß ein schmerzerfülltes Heulen aus und zerrte an ihrem Haar. Weißer Otter schluchzte herzzerreißend und beugte sich nach vorn, wobei sie mit der Stirn leicht auf den mit einer Matte ausgelegten Boden stieß. Ente brachte ein Messer zum Vorschein, fuchtelte damit herum und stieß Drohungen gegen die Zunge von Bunter Schild und den Penis ihres Sohnes hervor.

Ich überlegte, ob ich Bunter Schild zur Rede stellen konnte, verwarf diesen Gedanken aber sofort. Zum einen wäre es zu ihrem eigenen Nachteil gewesen, zum anderen hatte sie als ehrenhafte Frau das Recht, mir ein Gespräch zu verweigern. Doch wenn es um Fragen ging, die auch andere Frauen betrafen, war sie eine sehr leichte Beute für mich. Niemals würde ihr Mann sich dazu herablassen, Bunter Schild vor den anderen Frauen zu schützen. Somit stand sie praktisch allein inmitten einer Meute wütender Weiber. Plötzlich wurde mir ziemlich bang ums Herz. Falls sich auch nur der leiseste Zweifel an der Unschuld von Bunter Schild ergab, lag es jetzt wohl an mir, sie zu beschützen.

»Falls Bunter Schild körperliches Leid zugefügt wird, wird sie behaupten, daß man sie zu einer Lüge gezwungen hat, und man wird ihr glauben. Ihr müßt klug sein, damit die Wahrheit ans Tageslicht kommt. Du, Ente, lebst schon lange Zeit. Benutze deine Weisheit und deine Erfahrung. Halte dein Verlangen nach Rache zurück, bis du weißt, wie die Wahrheit aussieht.«

Ente verschränkte die Arme unter ihren schlaffen Brüsten, hob eine runzlige Braue und schaute mich aus dem Augenwinkel an. Sie schmollte, doch sie erkannte offensichtlich, daß ich recht hatte. Es gefiel ihr allerdings ganz und gar nicht, sich der Meinung eines Mannes beugen zu müssen. Diese Einstellung ist unter älteren Frauen weit verbreitet. Wenn das körperliche Verlangen nach einem Mann schwindet, nimmt die Reizbarkeit seinen Platz ein. Diese letzte Phase im Leben einer Frau ist entweder sehr befreiend oder schrecklich zermürbend. Wenngleich Ente behauptet hatte, bei ihr träfe ersteres zu, war ich eher geneigt, sie zur zweiten Kategorie zu zählen.

»Bitte«, sagte ich, »ich brauche eure Hilfe. Wir haben nur wenig Zeit, und zu viele Menschenleben stehen auf dem Spiel. Ich muß wissen, ob ich Cheyenne-Räuber helfen kann. Falls es andere Leute gibt, die mir etwas über den Vorfall sagen können – wer es auch sein mag, und mag er mir auch nur die kleinste Information geben können –, wird es mir helfen.«

»Wir könnten mit den anderen Frauen reden«, murmelte Sitzt-neben-ihm. »Außerdem würden sie dafür sorgen, daß die Geschichte sich auch in anderen Dörfern verbreitet.«

»Gut!« rief ich. »Frauen sind die Augen und Ohren ihrer Familien. Sagt ihnen, daß ich sehr gern hören würde, was sie zu berichten haben.«

Als ich die Frauen verließ, wärmte Entes letzte, wenngleich gehässig gemeinte Bemerkung mir das Herz.

»Meine Tochter und mein Enkelkind brauchen Hilfe. Und die einzigen Männer, auf die sie sich verlassen müssen, sind mein Sohn, der Schwachkopf, und Weißer Bär, der Hitzkopf.«

Von Pferderücken aus lächelte ich auf Ente hinunter. »Auch Himmelsläufer ist ihr Freund.«

Sie schnalzte mit der Zunge und schüttelte den Kopf. »Wenn Himmelsläufer seine Visionen hat, steckt er für gewöhnlich den Kopf in den Hintern. Wir brauchen jemanden mit gesundem Menschenverstand. Du scheinst ein bißchen davon zu besitzen. Vielleicht schaffst du's. Ich hoffe es. Ich glaube, du bist alles, was wir haben.«

Es wurde spät an diesem Tag; bald würde die Dämmerung hereinbrechen. Im Geiste war ich tausend Meilen weit weg, als ich leise und unauffällig ins Dorf von Weißer Bär ritt. Die Frauen holten das Wasser, das für den Abend benötigt wurde. Einige standen bis zu den Knien im Fluß oder saßen nahe am Ufer, schnatterten fröhlich und plantschten mit den Füßen im Wasser. Als ich an ihnen vorüberritt und dieses gewohnte Bild in mich aufnahm, sah ich die Frauen, ohne sie wirklich zu sehen. Bis *sie* sich erhob und vom Ufer in den Fluß watete. Ich nahm ihre Bewegung nur am Rande meines Sichtfeldes wahr, doch mein Kopf drehte sich wie von selbst in ihre Richtung.

Die gezackten Wolken am Horizont wurden von der untergehenden Sonne in orange und blutrotes Licht getaucht. Obwohl sie sich inmitten vieler anderer Frauen befand, zeichnete sie sich in meinen Augen ganz allein gegen diesen farbenprächtigen Hintergrund ab. Das Wasser, das ihre Beine umspielte, spiegelte die Farbe des Himmels, und das verblassende Sonnenlicht funkelte auf der Wasseroberfläche. Überwältigt von diesem Anblick, brachte ich mein Pferd zum Stehen; dann saß ich dort und schaute. Wie lange, weiß ich nicht. Es raubte mir beinahe den Atem, diese Frau zu betrachten; flach und abgehackt holte ich Luft, wie nach einem langen, anstrengenden Lauf.

Sie stand fast in der Flußmitte und hatte sich den Saum ihres Kleides vorn zwischen die Beine gesteckt; die Seiten waren bis zur schlanken Taille aufgerollt und unter einen Gürtel geschoben. Das funkelnde Wasser kräuselte sich dicht unter den Knien ihrer nackten Beine. Ihr Haar war zu zwei Zöpfen geflochten, die ihr über die Schultern hingen. Das Gefäß, das sie gerade mit Wasser füllen wollte, lief voll und versank langsam unter der Oberfläche. Sie sah es gar nicht. Sie hatte meine bewundernden Blicke bemerkt und schaute mich fest an.

Sie sah jung aus, war aber kein Mädchen mehr. Plötzlich kam mir der Gedanke, daß sie verheiratet sein konnte – und ich saß da auf meinem Pferd und starrte sie an, wodurch ich den Eindruck erweckte, ein ungehobelter Flegel zu sein. Im stillen schalt ich mich einen Narren, doch ich konnte den Blick einfach nicht von ihr wenden. Alles an ihr war perfekt. Sie war nicht zu groß und nicht zu klein, schlank, aber nicht dürr, mit wohlproportionierten Muskeln an Armen und Beinen. Ihr Gesicht war herzförmig, ihr Mund üppig, die Nase gerade. Falls sie überhaupt einen Makel besaß, waren es ihre Augen: Sie waren sehr groß und erstaunlich rund. Während der wenigen Sekunden, die wir uns anschauten, waren bei mir alle anderen Gedanken ausgeschaltet. Als sich ein Lächeln auf ihre Lippen legte und ich erkannte, daß dieses Lächeln mir galt, schlug mein Herz wie wild. Vor fast zwei Jahren hatte Kleines Kalb ein Verlangen in mir erweckt, das ich jedoch unterdrücken konnte. Doch diese Frau ließ die Begierde erneut in mir aufkeimen, und ich kam mir hilflos vor. Allein ihr Anblick hatte genügt, wilde Begierde in mir zu entfachen, gepaart mir einer schmerzlichen Sehnsucht.

Gekicher holte mich in die Wirklichkeit zurück. Ich riß den Blick von der Schönen und sah mit Entsetzen, daß sämtliche Frauen mich anschauten und über mich lachten. Eine Woge der Demütigung schwappte über mich hinweg, und rasch wandte ich den Blick wieder zu der Frau im Fluß. Sie hatte das Gesicht weggedreht. Sie war beschämt und machte sich wahrscheinlich große Sorgen darüber, was sie ihrem erzürnten Ehemann sagen sollte, wenn er erfuhr, daß ich seine Frau so unziemlich angestarrt hatte. Ich trat meinem Pferd in die Weichen und preschte davon. Als ich die Stelle fand, an der mein

Wigwam errichtet worden war, tobte in meinem Innern heißer Zorn. Ich hielt mich noch nicht einmal einen Tag beim Klan von Weißer Bär auf und hatte nur ein paar Minuten gebraucht, mich als Narr zu erweisen. Mein Zorn kochte über. Ich zog mich in meinen Wigwam zurück und machte mich energisch daran, ihn so einzurichten, wie es mir behagte, und ihn in ein kaum bewohnbares Durcheinander zu verwandeln. Himmelsläufer trat ein und bückte sich gerade noch rechtzeitig, um einem Korb auszuweichen, den ich in jene Ecke des Wigwams schleuderte, wo sich die Kochstelle befand.

»Ich bin ein Freund!« rief er.

Bereits das nächste Wurfgeschoß in der Hand, hielt ich schwer atmend inne und schaute meinen einstigen Patienten an. Himmelsläufer kam in mein Heim geschlendert, wobei er verschiedene Gegenstände aus dem Weg trat, die verstreut auf dem Boden lagen.

»Du ziehst ein, wie ich sehe. Hast du nie daran gedacht, die ordnende Hand einer Frau in Anspruch zu nehmen?«

»Wenn du gekommen bist, dich über mich lustig zu machen ...«

»Oh, sei ruhig!« schimpfte er. »Ich bin bloß ein Bote. Weißer Bär hat mich geschickt, dich zu holen. Er möchte mit dir reden.«

Eine kräftige Hand packte meinen Arm, und wir betrachteten einander. Himmelsläufers dunkle Augen waren klar; sein Gesicht zeigte keine Furchen der Anspannung. Und nach dem zangengleichen Griff zu urteilen, mit dem er meinen Arm packte, schloß ich, daß er körperlich voll auf der Höhe war.

»Weißer Bär sagt, du sollst sofort zu ihm kommen«, erklärte er und dehnte jedes Wort.

Wutschnaubend folgte ich ihm. Kaum hatten wir den Wigwam verlassen, drehte er sich um und fragte: »Magst du Kinder?«

»Was?«

»Kinder«, wiederholte Himmelsläufer. »Kleine Jungen, um genau zu sein.«

Verdutzt trottete ich hinter ihm her.

Diesmal drängte sich nicht die gewohnte Besuchermenge im riesigen Wigwam von Weißer Bär. Als wir eintraten, hielt er sich ganz allein darin auf und schritt unruhig auf und ab. Als er uns sah, hielt er inne und deutete ungeduldig auf die Plätze, an die wir uns setzen sollten. Dann bildeten wir drei einen engen Kreis und unterhielten uns in gedämpftem, verschwörerischem Tonfall.

»Wo hast du gesteckt?« wollte Weißer Bär von mir wissen. »Ich bin bei meinem Neffen gewesen, um mich dafür zu entschuldigen, daß ich seine Sorgen noch schlimmer gemacht habe. Er sagte mir, du wärst zum Dorf von Vogel-der-tritt geritten – und diese Auskunft hat *meine* Sorgen noch schlimmer gemacht.«

»Mit ihm ist eben nicht leicht leben«, sagte Himmelsläufer mit trockenem Lächeln.

Weißer Bär bedachte ihn mit einem ungeduldigen, vorwurfsvollen Blick, der Himmelsläufer jedoch nicht zu beeindrucken schien. Weißer Bär öffnete den Mund, um fortzufahren, doch bevor er etwas sagen konnte – ich wußte, daß es harte Worte sein würden –, kam ich ihm zuvor.

»Ich habe mir den Körper des Toten angeschaut.« Augenblicklich war das Interesse der beiden geweckt. In dem kleinen Kreis, den wir bildeten, steckten wir die Köpfe ganz dicht zusammen. Ich erzählte ihnen von meinen Beobachtungen und Vermutungen und endete, indem ich von meinem Abstecher ins Dorf von Der-Büffel-treibt berichtete und von meinem Besuch bei den Frauen. Weißer Bär wand sich, als ich von den Frauen sprach. Ich wußte, warum. Er war überzeugt, daß die Tochter von Der-Büffel-treibt sowohl Wandelnder Kojote als auch Cheyenne-Räuber in den Abgrund getrieben hatte.

»Ich glaube, auch sie ist ein Opfer«, sagte ich.

Weißer Bär starrte mich düster an.

»Ich habe mit ihr gesprochen«, fuhr ich in festem Tonfall fort, »und ich habe in ihrer Stimme keine Lüge gehört, sondern Liebe. Liebe für deinen Neffen. Der Wettstreit zwischen Cheyenne-Räuber und dem Neffen von Vogel-der-tritt um die Gunst von Weißer Otter spielt bei der Lösung dieses Rätsels eine wichtige Rolle. Doch es ist unwahrscheinlich, daß Weißer Otter irgendeine Schuld trifft.« Ich schaute Himmelsläufer eindringlich an. »Du bist Seher. Hattest du irgendwelche Eingebungen, die uns helfen könnten?«

Er kaute auf der Wange und schüttelte den Kopf. »In den letzten zwei Tagen hatte ich zwar Visionen, aber sie ergaben keinen Sinn für mich.«

»Erzähl mir trotzdem davon«, sagte ich. »Ich würde es gern hören.«

Er schwieg einige Augenblicke; dann begann er mit ernster Stimme: »Ich sehe das Gesicht des Toten, wie er sich umdreht. Zuerst schaut er selbstgefällig drein, dann zornig. Sein Gesicht verzerrt sich auf seltsame Weise. Eine Krähe fliegt zum Himmel, und alles wird dunkel.«

Weißer Bär blickte mich ängstlich an. »Hilft dir das?«

»Nein.«

»Ich könnte ihn umbringen, wenn er sich so schleierhaft ausdrückt!« rief Weißer Bär und warf die Arme hoch.

Himmelsläufer war nicht beleidigt. Er schaute mich an und sagte ruhig: »Du, Tay-bodal, hast die besten Möglichkeiten, dieses Rätsel zu lösen. Du hast bereits bewiesen, daß du in den verschiedenen Dörfern ein und aus gehen kannst, ohne etwas befürchten zu müssen.« Er streckte die Hand aus, wies zuerst auf Weißer Bär und dann auf sich selbst. »Aus naheliegenden Gründen können *wir* die Dörfer nicht besuchen. Ich möchte dich um einen großen Gefallen bitten, obwohl du erst seit kurzer Zeit zu unserem Klan gehörst. Bist du bereit, auch weiterhin Erkenntnisse zu sammeln, die wir brauchen, um Cheyenne-Räuber zu retten?«

»Natürlich«, erwiderte ich ohne Zögern.

Die beiden lehnten sich zurück und lächelten zufrieden, so daß ein wenig von der Spannung auf ihren Gesichtern abfiel. Himmelsläufer streckte den Arm aus, ergriff meine Hand, schüttelte sie fest und nahm mir auf diese Weise das Versprechen ab, mein Wort einzulösen. Weißer Bär erhob sich und ging zum Eingang des Wigwams, schlug die Plane zur Seite und rief nach Essen. Augenblicke später erschienen vier Frauen mit Schüsseln und Platten. Eine der Frauen war *sie*.

Entsetzt schloß ich die Augen und wünschte mir, verschwinden zu können. Als ich die Augen wieder aufschlug, konnte ich nur ihr Profil sehen, als sie neben mir kniete und die rechteckige Holzplatte vor meinen übereinandergeschlagenen Beinen abstellte. Sie war mir so nahe, daß ich ihre Haare hätte zählen können, wäre ich ruhig genug gewesen, diesen Versuch zu unternehmen. Mein Herz schlug so laut, daß ich wußte, sie konnte es hören. Ich zwang mich, ganz still zu sitzen, doch mein Blut wurde immer heißer; ich konnte die Schweißtropfen spüren, als sie mir aus der Haut quollen und größer wurden. Ich war dermaßen aufgewühlt, daß ich gar nicht mehr an den Ehemann dieser Frau dachte. In diesem Moment beschäftigte mich nur die Frage, wie ich auf sie wirkte. Sah ich so lächerlich zittrig und verschwitzt aus, wie ich mich fühlte? Hielt sie mich für einen jämmerlichen, häßlichen Burschen? Diese Fragen machten mir so sehr zu schaffen, daß ich vor Schreck beinahe in Ohnmacht fiel, als Weißer Bär mich ansprach.

Sein Mund war voll, aber nicht so voll, als daß er nicht zu verstehen gewesen wäre. »Tay-bodal, ich möchte dir meine Kusine vorstellen, Heulender Wind.«

Sie drehte den Kopf. Ihr Blick war züchtig gesenkt, als sie schüchtern lächelte. Meine Kehle war dermaßen zugeschnürt, daß ich nur ein leichtes grüßendes Kopfnicken zustande brachte, bevor sie sich erhob, um Himmelsläufer zu bedienen. Als sie sich neben ihn kniete, berührte er spielerisch ihre Nasenspitze. Mit einem vertraulichen Ausdruck schaute sie ihm ins Gesicht und kicherte. Ein Blitz der Eifersucht durchzuckte mich. Dann schaute Himmelsläufer mich an.

»Sie ist Witwe.«

Mein Herz setzte aus. Alles um mich herum verschwand – bis auf das Gesicht der Frau und Himmelsläufers Stimme, die wie aus weiter Ferne zu mir drang.

»Letztes Frühjahr haben die Texans ihren Mann getötet. Er starb tapfer und es ist ein schmerzlicher Verlust. Weil er ein so guter Mann war, ist Heulender Wind sehr wählerisch, was Verehrer angeht.«

Alles und jeder im Wigwam kehrte schlagartig zu mir zurück, und mein Herz begann wieder in wildem Wirbel zu pochen. Daß eine so wunderschöne Frau noch zu haben war, daß ich vielleicht eine Chance bei ihr hatte, machte mich dermaßen aufgeregt, daß mir beinahe die Sinne schwanden. Dann aber holte Himmelsläufer mich abrupt auf den Boden der Wirklichkeit zurück. Er stieß Heulender Wind mit dem Ellbogen an und rief: »Frau! Willst du mich? Das ist jetzt das letzte Mal, daß ich mich dir zum Mann anbiete.«

Am liebsten hätte ich ihn ermordet. Doch Augenblicke später, als sie antwortete, schwebte ich wieder wie auf Wolken.

»Ich will dich nicht.« Sie lachte leise. »Du bist zu sehr hinter den Frauen her, und du bist mir zu mager.«

Himmelsläufer kicherte; dann blickte er mich grüblerisch an. »Tay-bodal ist nicht mager.«

Wieder hätte ich ihn ermorden können, wurde dann aber nervös wie nie zuvor im Leben, als Heulender Wind mich abschätzend musterte. Ich schaute absichtlich zur Seite, denn im Profil sehe ich besser aus als von vorn, und hoffte – betete – daß sie mich nicht allzu unansehnlich fand. Ich konnte nicht atmen. Hilflos saß ich da und ließ ihre Musterung über mich ergehen. Ich rechnete damit, eine ähnliche freundliche Abfuhr zu bekommen wie Himmelsläufer. Mein Körper war gespannt wie eine Bogensehne, während die Sekunden sich endlos dehnten. Ich zwang mich, den Kopf ein Stückchen zu drehen. Aus den Augenwinkeln sah ich, daß sie lächelte. Wie ein Keulenschlag traf mich die Erkenntnis, daß sie *mich* nicht zurückweisen würde. Plötzlich wurde mir ganz komisch, und ich hatte Angst, in Ohnmacht zu fallen. Um mich herum trieben Gesprächsfetzen, während ich gegen eine Benommenheit kämpfte, die mir jeden klaren Gedanken unmöglich machte.

»Von der Größe her paßt Tay-bodal ziemlich gut zu dir«, sagte Himmelsläufer zu Heulender Wind. »Aber würde er eine so dürre Frau wie dich nehmen? Tja, das ist die Frage.«

»Ich bin nicht dürr!« rief sie. »Du siehst mich bloß mit deinen knochigen Augen!«

»Und dein Vetter Weißer Bär sieht dich bloß mit fetten Augen?«

»Ja«, sagte sie hochnäsig. »Weil er nur fette Frauen mag.«

Weißer Bär lachte grölend. Dann meinte er: »Ich würde zu gern wissen, mit welchen Augen Tay-bodal dich sieht.«

Wieder wurde es unnatürlich still im Wigwam. Alle schauten mich an, warteten auf meine Antwort. Ich hörte, wie meine Stimme fast brach, als ich krächzte: »Ich ... in meinen Augen ist sie makellos.«

Himmelsläufer klatschte in die Hände. »Gut gesagt, gut gesagt.«

Weißer Bär stubste Heulender Wind an und sagte kichernd: »Makellos? Du? Hast du den Mann gehört? Was hast du angestellt, daß er so blind ist?«

Sie beachtete ihren Vetter nicht. Die Glut ihrer Zuneigung schlug mir entgegen, traf mich voll und raubte mir den letzten Atem.

Ich weiß noch, daß ich aß, aber nichts schmeckte. Ich kann mich auch nicht daran erinnern, gekaut zu haben. Nach dem Essen rauchten wir Männer Zigarren, und Weißer Bär übernahm die Gesprächsführung. Als ich seinen Wigwam verließ, herrschte tiefschwarze Nacht. Das Dorf wurde von einem halben Dutzend Feuern beleuchtet. Der drückend schwülen Nachtluft wegen waren die Planen an den Eingängen der Zelte geöffnet; bei manchen waren ganze Seitenteile hochgerollt. Im schwachen Licht der Kürbislampen konnte man das alltägliche Leben der Bewohner im Innern der Wigwams ungehindert verfolgen. Doch ich schenkte dem keine Beachtung, als ich durchs Dorf ging. Mit dem Kopf war ich bei dem rätselhaften Mordfall, mit dem Herzen bei Heulender Wind. Abrupt wurde ich aus meinen Grübeleien gerissen, als ich eine kleine, zögernde Hand auf der Schulter spürte. Ich fuhr so schnell herum, daß ich sie erschreckte. Sie trat hastig zurück, die Augen weit aufgerissen. Ihre Hand bewegte sich zum Mund hinauf.

»Verzeih. Ich ...«

»Oh, da gibt es nichts zu verzeihen«, sagte ich ein bißchen zu eilfertig.

Sie entspannte sich; die Hand sank von ihrem wunderschönen Gesicht herunter. Wieder schlug mir das Herz bis zum Hals, als sie mich mit einem Lächeln belohnte. Ich zwang mich, Ruhe zu bewahren, als sie nähertrat und meine Hand nahm.

»Mein Vetter hat mir erlaubt, mit dir zu gehen.« Sie legte den Kopf schief; ihr Blick suchte den meinen. »Aber nur, wenn du möchtest.«

Ich erlebte wieder eine dieser seltsamen, schwindelerregenden Gefühlsaufwallungen. Nachdem ich sie so oft erlebt hatte, hätte ich eigentlich daran gewöhnt sein müssen. Doch eine solche Aufwallung ist wie ein Schlag. Sie kommt ganz unerwartet, trifft einen voll, und das Hirn wird zu Brei. Als Heulender Wind nun meine Hand nahm, sie festhielt und mich anschaute, nahm mein Gehirn die Beschaffenheit einer wäßrigen Suppe an. Ich öffnete den Mund, schloß ihn wieder, öffnete ihn, schloß ihn wieder. Es dauerte einige Zeit, bis ich einen halbwegs zusammenhängenden Satz zustande brachte. Und selbst den preßte ich nur stammelnd hervor.

»Da ... das möch ... möchte ich gern. Sehr ... gern.«

Sie lachte leise. Offenbar gefiel ihr die hirnlähmende Wirkung, die sie auf mich ausübte. Verlegen wandte ich das Gesicht ab. Erst als sie meine Hand drückte, wagte ich einen vorsichtigen Seitenblick auf sie. Daß ihr meine jämmerliche Vorstellung nichts ausmachte, konnte nur bedeuten, daß sie mich mochte. Von diesem Gedanken ermutigt, drückte ich meinerseits ihre Hand und führte sie vom Dorf fort. Am Fluß entdeckte ich ein abgeschiedenes, stilles Plätzchen. Über uns am Himmel strahlten die Sterne hell und riesig. Hätte es in meiner Macht gestanden, hätte ich Heulender Wind einen heruntergepflückt und zum Geschenk gemacht. Das Licht des Vollmonds überzog das unbewegte, tintenschwarze Wasser mit einer Schicht aus sanft schimmerndem Silber und zeichnete die Umrisse des dunklen, dichten Blätterwerks der Pappeln nach, die wie riesige Wachposten an beiden Ufern standen. Grillen zirpten, Zikaden trommelten. Heulender Wind und ich setzten uns nebeneinander, hielten uns noch immer bei den Händen. Um uns herum flimmerten und tanzten Leuchtkäfer.

Lange Zeit schwiegen wir, genossen das stille Beisammensein. Dann löste sie ihre Hand aus der meinen, und die Leuchtkäfer umschwärmten ihre Finger wie kleine Sterne.

»Als ich ein Kind war«, sagte sie leise, »haben wir Mädchen immer diese Käfer gefangen. Wir haben ihnen das leuchtende Hinterteil abgerissen und es uns auf die Wangen gedrückt, weil wir glaubten, das Leuchten würde uns wunderschön machen.« Sie blickte mich kokett an. »Wenn ich das jetzt wieder tun würde, was würdest du sagen?«

Inzwischen fühlte ich mich in ihrer Gegenwart so wohl und sicher, daß ich über mich selbst staunte, als ich einen Scherz machte. »Wahrscheinlich würde ich sagen: ›Heulender Wind, was ist das für ein häßlicher Schmier auf deinem hübschen Gesicht?‹ Und dann würde ich ihn abwischen.«

Mein Antwort erheiterte sie. Sie lachte, und ich lachte mit ihr. Doch in diesem Augenblick höchster Glückseligkeit kam mir ein häßlicher Gedanke. Ich versuchte ihn zurückzudrängen, doch er wuchs immer mehr an. Bevor er so groß wurde, daß das Glück mich zerdrückte, faßte ich den Gedanken in Worte – zögernd und traurig darüber, daß unsere heitere Stimmung von einer schrecklichen Angst bedroht wurde, die in meinem Innern nagte. Heulender Wind bewegte sich, beugte die Beine, zog die Knie an die Brust, stützte die Arme darauf und bettete das Kinn auf die verschränkten Hände. Dann beobachtete sie mich gespannt und schaute zu, wie ich wieder einmal einen gewaltigen Narren aus mir machte.

»Ich bin sehr gern mit dir zusammen, Heulender Wind, aber ich frage mich, ob du nur bei mir bist, weil dein Vetter es so will. Falls es so ist, richte Weißer Bär bitte aus, daß ich ... daß ich voll und ganz auf der Seite von Cheyenne-Räuber stehe. Ich tue, was ich kann, um ihm zu helfen. Und Weißer Bär zu helfen. Er braucht mich nicht zu ... bestechen.«

Drückendes Schweigen senkte sich auf uns herab. Diese

kurze Zeitspanne wird mir stets als schrecklicher Schandfleck in Erinnerung bleiben, solange ich lebe. Mein Herz raste gefährlich schnell, und meine Glieder fühlten sich kalt und taub an. Klare Gedanken waren so schwer zu fassen wie schlüpfrige Fische. Ein Klumpen saß mir in der Kehle. Ich rechnete beinahe damit, ja, ich wartete darauf, daß Heulender Wind sich schweigend erhob, davonging und mich allein und verzweifelt zurückließ. Hätte sie es getan, hätte ich sie nie mehr anschauen können. Die Gewohnheiten unseres Volkes hätten es mir untersagt – und mein Stolz als Mann. Hätte sie mich zurückgewiesen, wäre es endgültig gewesen. Während die Sekunden träge verrannen, betrauerte ich bereits den zweiten schmerzlichen Verlust einer Frau und war heilfroh, daß ich über die Jahre hinweg gelernt hatte, mit diesem Schmerz zu leben. Plötzlich drang wieder ihr leises Lachen an meine Ohren.

»Ich fühle mich sehr geschmeichelt. Ich bin noch nie als Mittel zur Bestechung benutzt worden. Ich glaube, das könnte mir gefallen.«

Mein Kopf fuhr zu ihr herum. Ich blickte sie mit großen, liebeshungrigen Augen an, während sie mich weiterhin mit ruhigem Blick betrachtete und mit ihrer leisen, beinahe melodischen Stimme fortfuhr.

»Falls du die Wahrheit wissen willst – mein Vetter war dagegen, als *ich ihn* fragte, ob ich mit dir gehen darf. Zuerst wollte er mir die Erlaubnis nicht erteilen. Er hält es für keine gute Idee, daß wir zusammen sind. Er glaubt, du hättest mehr Interesse an deiner Heilkunst, als du je für eine Frau aufbringen könntest, und er weiß, wie selbstsüchtig ich bin. Er sagte, ich würde dich stets völlig vereinnahmen. Und daß ich Unordnung in dein Leben bringen würde. Er hat nicht einmal damit gerechnet, daß du mit mir spazierengehst. Deshalb hat er mich gewarnt, es könnte meine Gefühle verletzen, dich zu fragen. Er sagte, er würde meinen Namen in Die-nie-auf-guten-Rathört ändern, wenn er mich morgen weinen sieht, weil du mich abgewiesen hast.«

Von einer Woge der Glückseligkeit und des Erstaunens überflutet, holte ich scharf Luft. »Ich würde deine Gefühle niemals verletzen. Sie sind mir viel zu kostbar.«

Alles stand still. Die singenden Insekten und die Nachtvögel schwiegen, als Heulender Wind sich an mich lehnte und ihre weichen Lippen die meinen berührten. Die letzten Steine in der Mauer meiner Zurückhaltung bröckelten; dann brach die Mauer ein, und mit ihr fielen die Jahre meiner Einsamkeit von mir ab. Ich nahm Heulender Wind in die Arme und küßte sie mit aller Liebe, die ich geben konnte.

Ich weiß nicht, wie lange wir dort blieben. Die Augenblicke schienen in der Ewigkeit gefangen. Wir küßten uns lange und ausgiebig. Wir lagen auf dem Rücken, blickten zu den Sternen empor und redeten über sehr viele Dinge. Wir lernten einander so gut kennen, daß ich das Gefühl hatte, Heulender Wind schon immer gekannt zu haben. Ich konnte mir gar nicht mehr vorstellen, daß ich bis zu diesem Tag nicht einmal gewußt hatte, daß es sie gab. Als mir dieser Gedanke kam, erschien er mir so seltsam, daß ich das Gefühl hatte, er würde von einem Fremden stammen.

Heulender Wind, Heulender Wind. Ihr Name war so sinnlich wie ihr warmer Atem an meinem Hals. Als sie sprach, hob ich ihre Hand an die Lippen und küßte ihre Finger. Sie lachte leise, hob den Blick und schaute mich an.

»Vorsicht«, sagte sie lächelnd. »Ich habe lange Zeit keinen Mann gehabt, und ich finde dich sehr anziehend. Wenn du mich noch länger küßt, verliere ich vielleicht die Beherrschung.«

Sie brach in stürmisches Kichern aus, als ich ihre Hand küßte und dann ihren Arm bis zum Ellbogen hinauf mit einem Stakkato von Küssen bedeckte. Augenblicke später rollten wir engumschlungen über den Boden wie ausgelassene Kinder und küßten uns dabei mit solcher Leidenschaft, daß uns die Lippen schmerzten.

Hand in Hand gingen wir durch das Herz des Dorfes. Es war das stille äußere Zeichen für alle, daß wir verlobt waren. Männer, die in der kühleren Luft vor ihren Wigwams saßen, nickten mir beifällig zu. Frauen warfen ihr Nähzeug zur Seite, rannten wie kichernde kleine Mädchen zusammen und tuschelten hinter vorgehaltenen Händen, während sie bedeutungsvolle Blicke auf uns warfen. Ich war so stolz wie nie zuvor, nahm ganz fest die Hand meiner Liebsten, führte sie an meine Lippen und küßte die Knöchel, so daß alle es sehen konnten. Sie schaute mit ihren dunklen Augen zu mir auf und bedachte mich mit einem strahlenden Lächeln. Ich konnte mein Glück kaum fassen. Ich war nicht mehr allein, kein einsamer Mann mehr. Ich gehörte zu ihr, zu dieser Gemeinschaft, zum Klan des Weißes Bären. Doch plötzlich durchfuhr mich die Erkenntnis, wie zerbrechlich mein Glück war.

Der Geist des Mannes, der bei Tagesanbruch beerdigt werden sollte, erhob sich und stellte sich zwischen mich und diese wundervolle Frau. Der Geist forderte Vergeltung. Doch der Geist eines Mannes, der mir gewiß nicht sympathisch gewesen wäre, hätte ich diesen Mann zu Lebzeiten gekannt, machte mir weniger zu schaffen als die Sorge um Cheyenne-Räuber, Weißer Otter und ihr ungeborenes Kind. Ebenso wichtig war, für die Sicherheit der Familien des Klans zu sorgen, der mich aufgenommen hatte. Ganz besonders für die Sicherheit der Frau an meiner Seite. Und Heulender Wind hatte ein Kind, einen kleinen Sohn, der auch mir sehr viel bedeutete.

Plötzlich war die Bestie, die für den Tod von Wandelnder Kojote verantwortlich war, mein größter Feind. Nun war es mein persönliches Anliegen, herauszufinden, um wen es sich handelte, und alles wieder zurechtzurücken, was der Mörder in gefährliche Unordnung gebracht hatte.

Wir blieben vor dem Wigwam stehen, den Heulender Wind sich mit anderen Frauen teilte. Aus dem Innern hörte ich Rascheln und das Flüstern von Frauen. Da Heulender Wind eine Witwe war, besaß sie nichts. Sie und ihr Sohn waren völlig auf das Wohlwollen ihrer Verwandten angewiesen. Aber jetzt nicht mehr. Von nun an war ich für sie verantwortlich. Es war eine Last, die ich gern auf mich nahm. Am liebsten sofort. Doch es war Heulender Wind selbst, die meinem Eifer Einhalt gebot. Sie drückte mir die Hand auf die Brust, dicht über meinem wild pochenden Herzen, und stellte eine Reihe lästiger Regeln für mich auf.

»Ich weiß, daß es für uns beide nicht die erste Ehe ist und daß sich bei einer zweiten Ehe die Romantik meist darauf beschränkt, daß der Mann seiner Frau den Kopf tätschelt und sagt: ›Komm mit.‹ Aber ich liebe die Romantik und werde mit niemandem gehen, dem es zu lästig ist, mich so zu umwerben, wie es sich gehört. Viele Männer halten das für seltsam. Du auch?«

Als ich unwillkürlich lachen mußte, klatschte ihre Hand, die an meiner Brust geruht hatte, auf meinen Arm. Und weil ich nicht zu lachen aufhören konnte, bekam ich noch einen Schlag.

»Hör auf!« rief sie und versuchte, zornig zu klingen. »Du mußt wissen, daß die Frauen dich für ein bißchen seltsam halten. Sehr anziehend, aber seltsam.«

Meine Heiterkeit erstarb. Verdutzt fragte ich: »Stimmt das wirklich?«

Sie zupfte sich am Ohrläppchen, wandte sich mürrisch ab und murmelte: »Das weißt du doch.« Dann drehte sie sich wieder zu mir um, nahm meine Rechte und legte mir irgend etwas in die nach oben gekehrte Handfläche. In gebieterischem Tonfall sagte sie: »Ich möchte, daß du dies hier während unserer sehr leidenschaftlichen Verlobungszeit trägst. Jeder weiß, daß es mir gehört, und wenn du es trägst, werden alle erkennen, daß auch *du* mir gehörst. Ich glaube, ich sollte es dir sagen: Ich bin sehr eifersüchtig!«

Doch was sie sagte, ging an mir vorbei; denn die Kostbarkeit ihres Geschenks raubte mir den Atem. Es stammte von den Navajos. Sie sagte mir nie, woher sie es hatte. Es war ein winziger silberner, in Sand gegossener Fetisch jenes Tieres, das den Kiowas so heilig ist, daß sein Name nie ausgesprochen werden darf, es sei denn, dieser Name wurde einem Menschen gegeben. Wie im Fall von Weißer Bär und Sitzender Bär. Und an dem kleinen Abbild hingen, an zwei dünnen Silberkettchen, winzige blaue Steine, die den Navajos heilig waren. Dieser Ohrring war bei beiden Stämmen von unermeßlichem Wert.

»Ich ... ich habe nichts, das diesem Geschenk gleichkommt.«

»Doch, hast du. Gib mir deinen Ohrring.«

Mit zitternden Fingern löste ich den Haken des schlichten Ohrrings aus Knochen und Perlen, der von meinem rechten Ohr baumelte. Ängstlich reichte ich ihn Heulender Wind; denn ich rechnete beinahe damit, daß sie den Ring mit tiefer Verachtung betrachtete und dann zu Boden warf. Doch sie war eine ehrenhafte und würdevolle Frau. Freude spiegelte sich auf ihrem Gesicht, als sie meinen ganz gewöhnlichen Ohrring bewunderte und ihn dann an der kleinen durchstochenen Stelle an ihrem Ohrläppchen befestigte. Als ich keine Anstalten machte, es ihr gleichzutun, nahm sie mir den kostbaren Silberfetisch aus der Hand und schob selbst den Haken durch den Einstich in meinem Ohrläppchen. Ich stand da und starrte sie stumm und mit großen Augen wie ein Geistesschwacher an, als sie mir plötzlich ins Haar griff und meinen

Kopf nach vorn riß, so daß unsere Lippen zusammenstießen. Sie hielt immer noch mein Haar gepackt, als sie ihre Lippen schließlich von den meinen löste.

»Denk daran«, warnte sie mich in einem heiseren Flüsterton, »ich erwarte Flötenmusik von dir, Geschenke für meine Familie, Respekt und Achtung vor mir und ...«

»Unterwürfigkeit.«

»Ja«, erwiderte sie fest. »Unterwürfigkeit. Jede Menge Unterwürfigkeit. Und vergiß nicht, stets damit zu prahlen, wie überglücklich du bist, mit mir verlobt zu sein, sobald mein Name fällt.«

Und dann war sie blitzartig im Wigwam verschwunden, wo sie von einem Chor begeistert kreischender Stimmen begrüßt wurde. Mir blieb nichts anderes zu tun, als benommen den Nachhauseweg anzutreten. Der außergewöhnlich lange dauerte, denn ich war wirklich *sehr* benommen und hatte überdies inzwischen vergessen, wo mein Wigwam stand. Als ich ihn schließlich fand, saß Himmelsläufer vor dem offenen Eingang und rauchte eine Zigarre.

»Gratuliere«, sagte er mit leisem Kichern.

Ich dachte an die Ermahnung von Heulender Wind, stets zu prahlen, und erwiderte sofort: »Ich bin der glücklichste Mann auf der Welt.«

Seine Schultern hoben und senkten sich, als aus dem Kichern ein ausgewachsenes Lachen wurde. »Kein verheirateter Mann ist glücklich«, prustete er. »Er ist ... verheiratet. Mehr braucht es nicht, um seine Lage zu beschreiben.«

Mein Volk ist für seinen schwarzen Humor bekannt. Von daher war Himmelsläufers Bemerkung bloß ein Scherz, mit dem man rechnen mußte, wenn man – wie ich – die »Ich-bin hoffnungslos-verliebt-und-schrecklich-stolz-darauf«-Anweisung befolgte, die ich von meinem Schatz erhalten hatte. Ich beachtete Himmelsläufers Sticheleien nicht, sondern setzt mich neben ihn, schlug die Beine übereinander und starrte versonnen in liebesumnebelte Fernen. Das lange Schweigen, das zwischen mir und Himmelsläufer einsetzte, war wohltuend, und ich genoß es.

»Ich bin *wirklich* glücklich«, sagte ich schließlich. »Ich kann nicht glauben, daß sie mich erwählt hat oder daß Weißer Bär mir so bereitwillig seine kostbare Kusine gibt.«

Himmelsläufer rollte die Zigarre von einem Mundwinkel zum anderen, inhalierte tief und blies dann den Rauch aus, der einen kleinen Schwarm fliegender Insekten in die Flucht schlug. »Weißer Bär hat viele Kusinen. Außerdem ist er neidisch auf dich.«

»Wirklich?«

Himmelsläufer legte den Kopf schief und schaute mich mit einem heiterem Blick an, wobei er tief in der Kehle kicherte. »Ja, ist er. Auf all die Freiheiten, die du hast. Du wirst von keiner Frau eingeengt. Du hast kein Weib, das dir auf die Nerven geht. Hätte Heulender Wind dir nicht gefallen, hätte Weißer Bär der Reihe nach alle seine Kusinen zu dir geschickt, immer wieder, bis du's aufgegeben und dir eine ausgesucht hättest.«

»Woher weißt du das?«

Wieder ließ er das tiefe Kichern hören. »Aus persönlicher Erfahrung. Ich habe zwei seiner Kusinen und eine seiner Nichten geheiratet. Ich bin so eng mit ihm verwandt, daß ich wieder einen meiner Kopfschmerzanfälle bekomme, wenn ich nur daran denke, *wie* eng.«

»Ich wußte gar nicht, daß du verheiratet bist.«

Er lehnte sich zurück und gab ein saugendes Geräusch von sich, als er wieder einen Zug von der Zigarre nahm. »Sobald die Glut der ersten Ehewochen nachläßt, sind die Frauen zufrieden, wenn sie ihre eigenen Wege gehen können. Meine Frauen tauchen nur dann und wann bei mir auf, wenn sie wieder mal ein Kind wollen.« Er seufzte tief. »Dann tue ich mein Bestes, ihnen diesen Wunsch zu erfüllen.«

Jetzt war ich es, der kicherte. »Eine lästige Aufgabe, nicht wahr?«

Mit dem Mittelfinger tippte er die Asche von der Zigarre. »Na ja, wenn mir diese Arbeit zu ermüdend wurde, konnte ich mich drücken, indem ich Kopfschmerzen vortäuschte. Das war sehr praktisch. Aber jetzt wissen meine Frauen von der Medizin, die du mir gegeben hast. Nun kann ich mich auf neuerliche Angriffe gefaßt machen.«

Plötzlich wurden die Wärme des Körpers von Heulender Wind und die Weichheit ihrer Lippen wieder in meiner Erinnerung lebendig. Mit einem Mal war ich nicht mehr in Stimmung, Scherze über Sex zu machen.

»Ich lege mich jetzt schlafen«, sagte ich kurz angebunden.

»Hättest du etwas dagegen, wenn ich mich bei dir verstekke?«

»Ja!« rief ich, während ich mich erhob. »Es ist dunkel in meinem Wigwam, und ich muß immerzu an meine Braut denken. Da kämst sogar *du* mir in der Dunkelheit gerade recht.«

Himmelsläufer lachte übermütig, als ich in meinem Zelt verschwand und die Plane hinter mir schloß.

6.

Mein Körper war erschöpft, doch mein Geist kam nicht zur Ruhe. Er rief mir immer wieder die Ereignisse dieses langen heißen Tages in den Sinn, ließ mich immer wieder darüber nachdenken. Die Insekten waren eine zusätzliche Qual. Die kleinen Biester im Wigwam flogen dicht an meine Ohren; ihr Sirren und Summen brachte mich beinahe zur Raserei, während draußen die Zikaden ihre Liebeslieder sangen: ein unaufhörliches, nervtötendes Trommeln, das nur für andere Zikaden interessant war, einen Menschen aber an den Rand des Wahnsinns treiben konnte. Irgend etwas landete auf meinem Wangenknochen und biß mich. Ich verpaßte mir selbst eine kräftige Ohrfeige. Die Sehnsucht nach meiner Braut und die stickige Hitze der Nacht brachten mein Blut zum Kochen. Meine Hand, die noch auf der Wange lag, glitt langsam auf meine Brust und legte sich um das Geschenk, das ich von Heulender Wind bekommen hatte. Meine Finger berührten den silbernen Fetisch, ertasteten seine Umrisse und wanderten hinunter zu den blauen Steinen an den dünnen Silberkettchen. Die Berührung beruhigte meine Nerven, und ich entspannte mich und richtete meine Gedanken auf Heulender Wind. Schließlich versank ich in Schlaf – nur um von Träumen heimgesucht zu werden.

Ich befand mich an einem seltsamen Ort. In der Nähe gab es einen Bach; im Schatten hoher Bäume wehte eine Brise und sorgte für zusätzliche Kühle; der Wind strich sanft über die Oberfläche des murmelnden Wassers. Ich stand im Schatten und atmete dankbar die herrlich kühle Luft. Doch der Augenblick vollkommenen Friedens wurde gestört, als Wandelnder Kojote auf mich zukam und dann an mir vorüberging. Ich rief nach ihm, doch er hörte mich nicht, ging einfach weiter. Sekunden später erschien ein zweiter Mann. Auch er sah und hörte mich nicht. In diesem Moment erkannte ich, daß ich unsichtbarer Zeuge der letzten Augenblicke im Leben von Wandelnder Kojote war.

Wandelnder Kojote wartete. Sein Gesicht war angespannt, und aus seiner Körperhaltung sprach Ungeduld. Dann erreichte der andere Mann ihn. Wandelnder Kojote redete zu ihm. Seine Stimme war aufgeregt, zornig. Ich konnte sein Bild ganz deutlich sehen, während der andere Mann nur ein nebelhafter Schatten war. Ein Schatten, so schwarz wie die Flügel einer Krähe. Die Größe dieses Schattens erfüllte mich mit schrecklicher Angst, doch Wandelnder Kojote schien kein bißchen Furcht zu haben. Er war so überheblich, dieser Narr, als besäße er Macht über diese entsetzliche Erscheinung. Die beiden redeten mit gedämpften Stimmen. Ich versuchte, ihrem Gespräch zu lauschen, hörte aber nur ein Kauderwelsch, als würden sie in einer fremden Sprache sprechen. Plötzlich spürte ich, wie in dem dunklen Schatten tödlicher Zorn heranwuchs. Wieder erkannte Wandelnder Kojote die Gefahr nicht. Er beschimpfte den Schatten weiterhin, als könne ihm gar nichts geschehen. Fassungslosigkeit spiegelte sich auf seinem Gesicht, als gewaltige Hände seine Kehle packten und so fest zudrückten, daß der schmächtige Mann auf die Knie gezwungen wurde. Wandelnder Kojote wehrte sich. Seine zu Krallen gekrümmten Finger zerrten an den Handgelenken des Angreifers. Sein Gesicht lief dunkelrot an. Er konnte nicht mehr atmen. Er wand sich in wilder Verzweiflung. Er…

Ich schreckte aus dem Schlaf, setzte mich kerzengerade auf. Meine Augen waren weit aufgerissen, doch blind in der Dunkelheit meines Wigwams. Wenngleich ich das Gefühl hatte, nur kurze Zeit geschlafen zu haben, mußte ich nach einem Blick hinauf zum Rauchabzugsloch erkennen, daß die Schwärze der Nacht einem metallenen Grau gewichen war. Die Morgendämmerung setzte ein. Auch wenn ich mich gar nicht so fühlte, mußte ich ein paar Stunden geschlafen haben. Mehr noch – ich hatte *verschlafen!* Ich warf mich im Bett herum und versuchte, die Beine aus der leichten Decke zu befreien, in der sie sich verheddert hatten. Schließlich sprang ich auf, tastete im Dunkeln nach meinen Sachen und zog mich an.

Eine Sekunde nachdem ich aus meinen Wigwam geschossen war wie eine Bleikugel aus einer Muskete, stand ich im trüben Licht. Die Sterne am Morgenhimmel waren verschwunden, versteckten sich hinter einer undurchdringlichen Wolkendecke. Die schwüle Luft drückte wie eine schwere, schweißfeuchte Hand auf mich nieder. Um meine Füße wogte anmutig der Morgennebel, kroch meinen Körper hinauf und schwebte kräuselnd in die Höhe, wobei er mein Gesicht umschmeichelte. Mein Volk kennt dieses gespenstische Phänomen seit Urzeiten und nennt es das »Räkeln von Mutter Erde«; eine poetische Umschreibung für Wasserdampf, der aus dem Boden emporsteigt, um sich mit einer ständig wachsenden Gewitterwolke zu vereinen. Ganz kurz ging mir durch den Kopf, daß es bald regnen würde, doch meine Gedanken waren auf andere, wichtigere Dinge gerichtet als auf das Wetter. Deshalb hatte ich in meiner Eile nur ein leichtes Sommerhemd, meinen Lendenschurz und Mokassins angezogen. Als ich meinem Pferd die Fußfesseln losband, es sattelte und ihm das Zaumzeug anlegte, war mein Geist von den Bildern aus meinen Traum erfüllt.

Ich weckte sämtliche Hunde, als ich aus dem Dorf von Weißer Bär galoppierte. Sie bellten und jagten mir hinterher, doch mein Pferd war schneller. Die Hunde gaben auf und trotteten ins Dorf zurück, die Schwänze zwischen die Hinterbeine geklemmt; denn sie wurden von stockschwingenden, fluchenden Frauen empfangen. Ich wußte, daß die Frauen auch mich verfluchten, war ich doch die Ursache des frühmorgendlichen Aufruhrs gewesen. Wegen mir und der Hunde war den Frauen die kleine Vergünstigung von ein, zwei Stunden zusätzlichem Schlaf geraubt worden. In mürrischer Stimmung würde das Dorf von Weißer Bär widerwillig zum Leben erwachen; Kochfeuer vor den Wigwams würden neu entfacht werden; Säuglinge würden nach Nahrung schreien; die Männer, die noch in ihren Schlafstätten lagen, würden die Frauen anbrüllen, gefälligst leiser zu sein, und die Frauen würden die Männer lauthals auffordern, aufzustehen und ihnen frisches Fleisch für die Mahlzeiten dieses Tages zu beschaffen.

Es war das ganz normale Alltagsleben; kein Grund für mich, mir irgendwelche Sorgen zu machen, daß ich das Dorf geweckt hatte. Doch daß ich nun einen Platz im Leben dieser Gemeinschaft besaß, ein anerkanntes Mitglied des Klans war und all diese Menschen jetzt meine Verwandten waren, erfüllte mich mit einem Hochgefühl. Ich stand in den Steigbügeln aus Rohleder, über dem Sattel aus leichtem Birkenholz, während mein Pferd dahinjagte und die Hufe so laut auf den Boden trommelten, daß sie die Rufe und das unheilverkündende Donnergrollen hinter mir übertönten.

Obwohl ich spät aufgebrochen war, kam ich noch rechtzeitig zur Beerdigung, bei der man den Leuten anmerkte, daß der Tote nicht besonders beliebt gewesen war. Es war jedoch unziemlich, jemanden zu Grabe zu tragen, ohne daß jemand aus der Sippe des Verstorbenen eine Träne vergoß. Deshalb mühten die Verwandten von Wandelnder Kojote sich redlich, ein angemessenes Maß an Trauer zur Schau zu stellen, als ich eintraf. Die Unwetterwolken, die sich über dem Dorf von Weißer Bär zusammengebraut hatten, waren weitergezogen und erreichten irgendwann im Verlauf der vielen üblichen Totengesänge das Dorf von Vogel-der-tritt, wo die Wolken dann verharrten, so daß die Beerdigung des Wandelnden Kojoten bei strömendem Regen vonstatten ging.

Der Leichnam, in sitzender Haltung festgebunden, die Knie

an die Brust gezogen, der Kopf nach vorn gesenkt, wurde in eine vorbereitete Grube gesetzt. Man bedeckte ihn mit schlammiger Erde, bis der Totenhügel fertig war, dessen Oberfläche dann mit Felsbrocken verkleidet wurde. Als ich an der Reihe war, nahm ich, da ich ja zu den trauernden Freunden des Toten zählte, einen ziemlich großen Brocken vom Felshaufen, den man zu diesem Zweck zusammengetragen hatte, und legte ihn auf den Totenhügel. Ich war der einzige Trauernde, der keine schützende Kleidung oder eine Decke trug. Und ich fror. Meine Fingernägel waren blau von der Kälte, als ich den Felsblock auf dem Grabhügel ablegte, und meine Handflächen waren weiß und faltig, da sie lange Zeit ungeschützt dem Regen ausgesetzt waren. Falls der Tote im Leben nur halb soviel Ungemach bereitet hatte, wie er es nun als Leiche tat, war es kein Wunder, daß keiner ihn besonders gemocht hatte.

Nachdem alle Felsbrocken an Ort und Stelle lagen, wurde neben dem Grab ein gesundes, kräftiges Pferd geschlachtet. Danach blieb nur noch eins zu tun: den Wigwam des Toten zu verbrennen, wie es üblich war. Doch des Unwetters wegen mußte dieser Teil der Zeremonie warten. Bei diesem Regenguß hätte das Zelt nie und nimmer Feuer gefangen. Deshalb eilten die Leute statt dessen in den Schutz ihrer Wigwams. Keiner, der an mir vorüberrannte, forderte mich auf, zu ihm ins Zelt zu kommen; deshalb blieb mir keine andere Zuflucht als mein geduldig wartendes Pferd. Ich stieß einen niedergeschlagenen Seufzer aus, setzte mich in Bewegung und fragte mich, was ich nun tun sollte, als ich plötzlich eine kräftige Hand auf der Schulter spürte. Ich drehte mich um und blickte erstaunt in das Gesicht von Der-den-Wolf-hört. Er war übertrieben herausgeputzt, wie es seine Art war, in all seiner eitlen, nun jedoch vor Nässe triefenden Pracht. Unter der Decke, die er sich mit ausgebreiteten Armen über den Kopf hielt, fand er nur wenig Schutz. Ich konnte ihn kaum verstehen, als er mir über das Rauschen des Regens hinweg zurief: »Ich habe Kaffee.«

»Was?«

»Kaffee!« Ungeduldig wies er mit einem Rucken des Kopfes zur Seite. »Da hin! Komm mit!«

Er legte mir einen Arm um die Schultern und versuchte, mich mit der durchnäßten Decke wenigstens vor dem Schlimmsten zu bewahren, während wir durch den Regen eilten, die Körper eng aneinandergedrückt.

Da ich keine Ahnung hatte, was den Lebensstil von Der-den-Wolf-hört betraf, verschlug die Pracht seines Wigwams mir den Atem. Ich blieb im Eingang stehen und wagte nicht, mich zu bewegen, während er die durchnäßte Decke zwischen zwei Pfählen aufspannte, damit sie trocknen konnte. Ohne ein Wort zu sagen, suchte er Zweige zum Anzünden des Feuers aus einem Holzstapel, der sich rechts neben dem Eingang im Innern des Wigwams befand. Mit dem Anzündholz ging er zur Kochgrube und legte die Zweige auf die noch glühenden Kohlen. Die Flammen loderten auf, und ihr Licht vertrieb die dunklen Schatten. Nun konnte ich seinen Reichtum noch deutlicher erkennen. Der überaus behagliche Wigwam von Der-den-Wolf-hört war fast bis zum Rauchabzugsloch hinauf mit kostbaren Gegenständen gefüllt. Navajo-Teppiche bedeckten den irdenen Fußboden; Wolldecken in leuchtenden Farben hingen an den Innenwänden und gewährten Der-den-Wolf-hört Ungestörtheit und Stille. Und er besaß viele Kochtöpfe, Tassen und Teller aus Metall, wie der Weiße Mann sie benutzt.

»Mach bitte den Eingang zu, und komm herein«, sagte er.

Aus meinen Gedanken gerissen, kam ich seiner Aufforderung eilig nach, wobei ich mich auf der rechten Seite des Wigwams hielt, als ich das Innere betrat. Dies war ein Gebot der

Höflichkeit; ein Gast durfte einen Wigwam niemals geradewegs oder an der linken Seite entlang betreten, sondern sollte tunlichst rechts entlang gehen und dann warten, bis der Gastgeber entschieden hatte, an welchen Platz sein Besucher sich setzen sollte. Der-den-Wolf-hört wies mir einen Platz auf der gegenüberliegenden Seite des Feuers an. Ich ging dorthin und sah, daß sich an dieser Stelle ein Haufen Fichtennadeln befand, über den eine prächtige Decke gebreitet war. Es war ein bequemer Sitzplatz, doch ich befürchtete, die Dekke schmutzig zu machen. Deshalb setzte ich mich dicht davor in die Hocke. Weil ich durchgefroren war, verkrampften sich meine Beine nach kurzer Zeit, doch ich gab dem Schmerz nicht nach. Ich wollte die Decke nicht beschmutzen, damit mein Gastgeber seine Großzügigkeit nicht bedauern mußte.

Der-den-Wolf-hört bemerkte mein Unbehagen nicht. Dicht am Feuer setzte er sich auf dem Boden. Dann nahm er ein flaches Felsstück von der Größe seiner Hand und schlug damit auf einen großen Stein neben der Feuerstelle, auf dessen Oberfläche er bereits behutsam einen kleinen Haufen schwarzbrauner Kaffeebohnen aufgeschichtet hatte.

»Es gibt ein Geheimnis dabei«, sagte er, hob erneut die Hand und schlug mit dem Stein auf die Kaffeebohnen. »Man darf sie nicht zu Pulver zermahlen, nur ein bißchen zerkleinern; dann entfalten sie in kochendem Wasser ihr ganzes Aroma. Ich jedenfalls mache es so. Manche Leute zertrümmern die Bohnen in ganz kleine Stücke. Ich tue das nie, weil dann die Gefahr besteht, daß man beim Trinken die kleinen Stückchen mit hinunterschluckt. Das ist mir einmal passiert. Anschließend war mein Körper mehrere Tage lang zittrig. Höre auf meinen Rat, Tay-bodal, und schluck den Kaffee nicht hinunter, wenn du das Stück einer Bohne im Mund spürst, sondern spuck ihn aus.«

Ich ließ den Blick durch den Wigwam schweifen. *Wohin?* fragte ich mich. Auf den Boden dieses prächtigen Zeltes zu spucken wäre mir wie ein unverzeihlicher Fehltritt erschienen. Ich nahm mir vor, darauf zu achten, erst gar keine Bohnenstückchen in den Mund zu bekommen; falls es doch geschah, würde ich sie in meine Tasse spucken. Nachdem dieses vertrackte Problem gelöst war, schweiften meine Gedanken in eine andere Richtung. Mein Interesse an Kaffee war bislang rein medizinischer Natur gewesen; denn er war das einzige Gewächs, dessen Wirkungsweise ich nie richtig begriffen hatte. Ich nahm eine der ganzen Bohnen aus dem Beutel, in dem sich ein reichlicher Vorrat befand, hielt sie zwischen zwei Fingern und betrachtete sie, während Der-den-Wolf-hört die zerstampften Bohnen mit der Hand von dem flachen Stein in einen Kaffeetopf schob, wie ihn die Weißen benutzten, und ihn mit Wasser füllte. Dann stellte er den Topf auf den Herdstein, ganz nahe bei den Flammen in der Kochgrube.

Mein Volk kannte Kaffeebohnen seit langer Zeit, schon seit ich noch ein kleiner Junge war. Weiße Händler brachten sie aus dem Südosten mit, wo die Bohnensträucher wachsen. Für die Menschen im Osten ist Kaffee ein Lebensmittel; wir aber kannten ihn damals noch nicht. Da die weißen Händler geschickte Verkäufer waren, wußten sie, daß es einen guten Eindruck machte, erst Geschenke zu verteilen, bevor sie zum eigentlichen Geschäft kamen. Sie gaben den Kindern harte kristallene Zuckerstücke, und jede Frau bekam eine Handvoll Kaffeebohnen. Die Kinder verschlangen ihre Gaben, die Frauen lagerten die Kaffeebohnen ein. Wir alle waren den Händlern so dankbar für diese schönen Geschenke, daß die Häuptlinge ihnen erlaubten, mit den Stämmen Handel zu treiben. Ich kann mich deutlich an diesen Tag erinnern; denn ich war sehr traurig, daß meine Süßigkeit so schnell im Mund schmolz. Der Geschmack war so herrlich, daß ich ihn gar nicht mehr missen wollte. Als ich den Zucker verschlungen hatte, weigerte ich mich stundenlang, auch nur ein Wort zu sagen. Ich hielt den Mund fest geschlossen und schluckte nur, wenn es unbedingt sein mußte, damit ich den süßen Geschmack so lange wie möglich auskosten konnte.

Die Kaffeebohnen erzielten bei den Frauen nicht den gleichen Erfolg. An diesem Markttag bekam meine Mutter ihren ersten Kochtopf aus Eisen, und das erste, was sie in ihrem neuen Topf kochte, waren die Kaffeebohnen. Sie weichte sie in heißem Wasser ein, wie es bei der Zubereitung getrockneter Bohnen üblich ist; dann gab sie Fleischstücke, getrocknete Lorbeerblätter und zerstampften Salbei hinzu. Ich brauche wohl nicht zu erwähnen, daß das Abendessen an diesen Tag ausgesprochen scheußlich schmeckte. Meine Mutter glaubte, der neue Topf sei daran schuld; sie meinte, es sei womöglich widernatürlich, Essen in einem Topf aus Metall zu kochen. Also wollte sie den neuen Topf wegwerfen.

Mein Vater sagte: »Nein, tu es nicht.« Er hatte auch andere Leute über die Bohnen klagen hören, die sie auf die bei uns übliche Weise zubereitet hatten: in einem Beutel aus Bisonmagen, der mit Wasser gefüllt wurde, das mit heißen Steinen erhitzt worden war. Daraufhin sah meine Mutter ihre Ehre als Hausfrau wiederhergestellt; sie schrubbte den eisernen Topf sauber und kochte etwas anderes. Beim zweiten Versuch entstand in dem Topf eine sehr schmackhafte Mahlzeit, so daß meine Mutter für den Rest ihres Lebens beim Kochen nur noch diesen Eisentopf benutzte. Aber die schwarzbraunen Bohnen kamen nie wieder hinein, mochten die Händler noch so sehr versuchen, ihr die Bohnen als Anreiz für Tauschgeschäfte aufzudrängen. Diese Bohnen hatten Mutter vor ihrem Mann und dem Sohn zutiefst beschämt. Sie bezeichnete den Kaffee als »Unglücksbohnen«.

Jahre später hatte mein Volk natürlich die Erfahrung gemacht, daß die Bohnen zum Aufbrühen und nicht zum Essen dienten, und viele Kiowas hatten die Gewohnheit des Kaffeetrinkens übernommen. Als Kräuterkundiger war ich von den geheimnisvollen Eigenschaften des Kaffees fasziniert. Ein kleiner Schluck wirkte beruhigend, zuviel dagegen ließ das Herz unruhig schlagen. Überdies gelangte ich zu der Ansicht, daß Kaffee süchtig machte. Diese Meinung gründete sich darauf, daß es bei unserem Volk immer mehr eingefleischte Kaffeetrinker gab. Keiner von ihnen würde seine Sucht zugeben, doch glaubt mir: Diese Leute würden *alles* tun, um einen Beutel Kaffeebohnen in die Hände zu bekommen. Für mich ist alles, was eine solche Macht besitzt, gefährlich; deshalb trinke ich selten Kaffee und stets nur aus Gründen der Höflichkeit.

Ich spürte die Blicke von Der-den-Wolf-hört auf mir ruhen. Zaghaft ließ ich die Kaffeebohne wieder in den Beutel fallen, rückte näher ans Feuer und streckte die Hände in Richtung der Flammen aus. Es war unhöflich zu schaudern; aber ich konnte nichts dagegen tun. Ich war sehr naß, mir war äußerst kalt, und ich war entsetzt darüber, daß ich die teuren Teppiche von Der-den-Wolf-hört naßtröpfelte. Zum Glück schien es ihn nicht weiter zu stören. Er stand auf und ging in die Ecke des Wigwams, in der er seine Vorräte aufbewahrte. Für einen Moment kehrte er mir den Rücken zu. Das verschaffte mir eine neuerliche Gelegenheit, meine Umgebung zu betrachten. Jeder rasche Blick offenbarte mir einen weiteren kostbaren Schatz meines Gastgebers. Sein Geschmack in bezug auf Kleidung mochte ja sonderbar sein, doch jeder Einrichtungsgegenstand war ein deutlicher Beweis für seine außergewöhnliche Tapferkeit. Nur sehr mutige Männer, die an zahllosen Raubzügen teilnahmen, konnten darauf hoffen, jemals solche Reichtümer anzuhäufen. Sein Schatz war ein Zeugnis seines

Wagemuts und veranlaßte mich, diesen Mann genauer zu betrachten, hinter seine selbstverliebte, eigentümliche Aufmachung zu blicken und den Krieger in ihm zu sehen. Und ich sah, daß er nicht nur ausgesprochen tapfer war, sondern ein gütiger und freundlicher Gastgeber; denn als er zu mir zurückkam, brachte er mir eine dicke, rot und gelb gefärbte Wolldecke mit und legte sie mir über die heftig zitternden Schultern. Als ich mich abtrocknete und fest in die Decke einwickelte, mußte ich daran denken, daß Der-den-Wolf-hört genau wußte, daß ich kein Freund von Wandelnder Kojote war – und es auch nie gewesen war. Und dies wiederum bedeutete, daß Der-den-Wolf-hört sich bestimmt nichts vormachen ließ, mochte er noch so unbeteiligt erscheinen. Scharfsinnige Menschen, die nicht mit ihren Klugheit prahlten, habe ich stets gemocht, und mir wurde klar, daß ich Der-den-Wolf-hört besonders mochte. Doch ich wußte auch, daß ich sehr vorsichtig sein mußte; denn dieser Mann war einer der engsten Vertrauten von Vogel-der-tritt.

Seine Stimme riß mich aus meinen Gedanken. »Du frierst an einem so milden Tag, weil du zuwenig Blut hast.«

Ich hielt die Decke fest um mich gewickelt, während ich beobachtete, wie er um das Feuer herum zurück zu dem Kissen ging, auf dem er gesessen hatte.

»Du trägst fast keine Kleidung, wenn es heiß ist, und nur wenig mehr Kleidung, wenn es kalt ist. Das ist dumm.« Er setzte sich, schlug die Beine übereinander, nahm ein paar Stücke Holz und warf sie ins Feuer. »Denn dadurch bringst du dein Blut durcheinander. Sieh mich an. Ich trage immer Kleidung; deshalb hat mein Blut stets die gleiche Temperatur. Mir ist nie zu heiß oder zu kalt.«

Ich mußte an den Tag zuvor denken, als er wegen seines überreichlichen Schmucks und der vielen Kleidungsstücke genug Wasser ausgeschwitzt hatte, um damit seinen Kaffeetopf zum Überlaufen zu bringen. Aber das behielt ich klugerweise für mich. Falls seine Worte als Rechtfertigung für seinen eigentümlichen Geschmack hinsichtlich seiner Kleidung gemeint waren – wer war ich, mit ihm darüber zu streiten? Ein Krieger aus der Kaste der Onde brauchte sich vor einem Mann wie mir nicht zu rechtfertigen. Wir tranken Kaffee und unterhielten uns. Dann ergriff er allein das Wort und beantwortete meine unausgesprochenen Fragen ohne das leiseste Zögern.

»Gestern hast du gesagt, Wandelnder Kojote sei großzügig gewesen. Vielleicht stimmt das; aber dann war er nur dir gegenüber großzügig. Wir kannten ihn bloß als unerträglich selbstsüchtigen Mann, der nur an den eigenen Vorteil dachte. Er nutzte seinen Status als Neffe von Vogel-der-tritt schamlos für sich aus, wann immer sich die Gelegenheit bot. Er konnte grausam zu jenen sein, die im Rang unter ihm standen, und er hat sich schändlich bei jenen angebiedert, die über ihm standen. Er hatte sich viele Feinde gemacht, und jeder, ob von hoher oder niederer Geburt, war auf der Hut, wenn er zugegen war; denn er war falsch und hinterhältig. Es ist für alle Betroffenen ein Unglück, daß gerade Cheyenne-Räuber sein letzter Gegner war. Hätte er Wandelnder Kojote nicht vor aller Augen angegriffen, gäbe es sehr viele Verdächtige, und Vogel-der-tritt hätte Cheyenne-Räuber niemals so rasch als Täter bezeichnet. Aber nur wenige Stunden bevor die Leiche von Wandelnder Kojote entdeckt wurde, hatte Cheyenne-Räuber ihn öffentlich angeprangert. Deshalb lag es für Vogel-der-tritt auf der Hand, Cheyenne-Räuber als Mörder zu betrachten und ihn anzuklagen. Er hatte keine Wahl.«

»Auch Cheyenne-Räuber hatte keine Wahl«, sagte ich mit einem tiefen Seufzer. »Der Vater von Weißer Otter wollte ...«

So viel zu meinem Vorsatz, auf der Hut zu sein. Als mir klar wurde, was ich gesagt hatte, hob ich rasch den Blick. Das verschmitzte Lächeln von Der-den-Wolf-hört zeigte mir, daß ich mich gerade selbst hereingelegt hatte. Eine Lüge zieht oft andere nach sich. Und was meine angebliche Freundschaft zu Wandelnder Kojote betraf, hatte mein Gegenüber mich längst durchschaut. Da war es klüger, von nun die Straße der Lügen zu verlassen und einen Weg zu beschreiten, der näher an der Wahrheit lag. Zumal es mein armes Gedächtnis davor bewahrte, sich in einem Netz aus Lügen zurechtfinden zu müssen, das immer größer geworden wäre.

Ich gestand Der-den-Wolf-hört, kein Freund seines kürzlich verschiedenen Verwandten gewesen zu sein, ja, daß ich bis zu seinem Tod nicht einmal von ihm gehört hatte. Zu meiner großen Erleichterung war mein Gegenüber nicht wütend darüber, und er spielte mir auch nicht den Erstaunten vor. Er war nur neugierig zu erfahren, weshalb ich mir alle diese Mühe überhaupt gemacht hatte. Weshalb gab ich vor, um jemanden zu trauern, den ich nicht einmal gekannt hatte? Ich versuchte, den Riß in dem Tarnmantel zu flicken, hinter dem ich meine Ermittlungsarbeit verrichtete, und tat, was alle verheirateten Männer taten. Oder, in meinen Fall, ein fast verheirateter Mann. Ich schob die Schuld meiner Frau zu.

Ich sagte Der-den-Wolf-hörte, daß ich es für Heulender Wind getan hätte, meine Geliebte. Damit war ich zwar wieder auf der Straße der Lügen; aber manche Dinge kann man nun einmal nicht ändern. Doch selbst jetzt noch versuchte ich, möglichst nahe an der Wahrheit zu bleiben, auch wenn ich diese Wahrheit ziemlich verzerrte. Indem ich meinem Gegenüber von der Schönheit von Heulender Wind vorschwärmte, von ihrer Tugendhaftigkeit und meiner Leidenschaft für sie, schilderte ich ihm das Bild eines Mannes, der vor Liebe zum Opfer einer Täuschung geworden war. Wegen der Drohung von Eulen-Mann, den Klan des Weißen Bären zum Diener von Vogel-der-tritt zu machen, falls die Unschuld Cheyenne-Räubers sich nicht beweisen ließe, sei meine verzehrende Liebe zu Heulender Wind bedroht. Ich erklärte meinem Gastgeber, daß Heulender Wind sicher sei, für den Rest ihres Lebens Vogel-der-tritt dienen zu müssen, so daß es bald in dessen Macht läge, uns die Heirat zu verbieten oder zu erlauben. Deshalb hätte ich versucht, mich bei Vogel-der-tritt einzuschmeicheln, indem ich so getan hatte, als wäre ich ein guter Freund seines getöteten Neffen gewesen. Mein Tun sei unverzeihlich, erklärte ich; aber ich hätte keine andere Möglichkeit gesehen. Ich sei ein todunglücklicher Mann, der Verzweiflung nahe. Ich wisse, daß mein Verhalten schändlich gewesen sei, bat Der-den-Wolf-hört aber um Verständnis. Dann senkte ich den Kopf, als würde ich darauf warten, daß ein Donnerwetter auf mich niederging. Ich wartete und wartete und wurde mit jeder Sekunde unruhiger. Dann erklang seine leise Stimme und ließ mir das Mark in den Knochen gefrieren.

»Was du getan hast, war schändlich. Du verdienst die schwerste Strafe. Doch ich verstehe deine Beweggründe, kleiner Bruder. Auch ich habe einst eine Frau so sehr geliebt wie du. Und wie auch du, hätte ich alles für sie getan. Alles.«

Ich hob den Blick. Er hatte den Kopf zur Seite gedreht, doch ich konnte den Schmerz auf seinem Gesicht erkennen. Meine Lüge hatte eine größere Wirkung auf ihn gehabt, als ich erwartet hatte. Mit leiser Stimme forderte ich ihn auf, weiterzuerzählen.

»Was ist geschehen?«

Er starrte mit leerem Blick ins Feuer. Dann antwortete er in schwermütigem Tonfall, die Stimme kaum mehr als ein Flüstern: »Ich war jung, und ich war arm. Damals war ich noch nicht mit Vogel-der-tritt verwandt. Ich war bloß einer seiner vielen guten Freunde. Als er meine Schwester heiratete, wendete sich mein Schicksal. Ich hätte darauf warten sollen, habe es aber nicht getan. Ich war ein junger Narr, bis über beide Ohren verliebt. Ich bin in das Lager gegangen, in dem das Mädchen wohnte, das ich haben wollte. Ich bot ihrem Vater als Brautgeschenk meinen ganzen Besitz, der sich allerdings auf ein altes Pferd und zwei Decken beschränkte. Die Antwort ihres Vaters war ein Wutausbruch – den ich dir erspart habe. Denn was mir geschehen ist, widerfährt allen jungen Männern, die mit Absicht lügen und betrügen, weil sie sich einen Vorteil davon versprechen. Und du hast Vogel-der-tritt absichtlich belogen. Deshalb sieh jetzt gut hin, kleiner Bruder. Sieh dir an, wie die Strafe für dieses Verbrechen aussieht.«

Er stand auf, zog sein Hemd aus und zeigte mir seinen breiten Rücken, der kreuz und quer von häßlichen weißen Narben überzogen war. Vor Entsetzen stockte mir der Atem. Und die ganze Zeit, während Der-den-Wolf-hört mit leiser, toter Stimme fortfuhr, starrte ich ihn an wie in Trance.

»Der Vater des Mädchens sagte, mein Angebot sei eine Beleidigung für ihn und seine Tochter. Er behauptete, ich hätte auf Kosten seiner Familie einen grausamen Scherz getrieben. Daß ich von anderen Witzbolden dazu angestiftet worden sei. Dann fragte er mich, wie lange meine Kumpane wohl lachen würden, wenn sie mich erst gefunden hätten. Ich verstand ihn nicht. So wie du, war auch ich blind vor Liebe und hatte nicht an die Folgen gedacht. Deshalb begriff ich nicht, was er meinte, bis seine Söhne mich zwischen zwei Bäumen festbanden und der Vater mir den Rücken auspeitschte. Er schlug so lange auf mich ein, bis ich nicht mehr stehen konnte. Ich hing zwischen den zwei Bäumen und hörte, wie mein geliebtes Mädchen um mich weinte, als sie das Lager abbrachen und mich allein und gefesselt zurückließen.«

Er zog sein Hemd wieder an, setzte sich und starrte mich an, sah aber durch mich hindurch. Sein Blick war in eine ferne

Vergangenheit gerichtet, dorthin, wo die Wunden an seinem Körper, seinem Stolz geboren worden waren – Wunden, die immer noch schmerzten.

»Am Tag darauf fand mich Vogel-der-tritt. Er sagte, er habe die ganze Nacht hindurch, als er zum Lager des Vaters meiner Geliebten geritten sei, die Wölfe heulen hören. Es gab dort sehr viele Wölfe. Sie hatten den Geruch meines Blutes gewittert und waren ihm gefolgt, waren aus den Hügeln heruntergekommen. Als ich in der Nacht zwischen den Bäumen hing, war ich von ihnen umringt. Ich war schwach und wehrlos, und es waren sehr viele Wölfe. Doch es war ein ganz besonderer darunter. Der Leitwolf. Er kam nach vorn und setzte sich vor mich. Ich sprach zu ihm, und nach einiger Zeit sprach der Wolf zu mir.

Wir schlossen ein Bündnis, dieser Wolf und ich. Er versprach mir, seinen Brüdern nicht zu erlauben, mich zu fressen, solange ich noch am Leben war. Und ich versprach ihm, nie wieder einen Wolf zu töten oder einen Wolfspelz zu tragen. Dank Vogel-der-tritt überlebte ich. Knapp. Lange Zeit war ich schwach und krank. Als es mir schließlich wieder gut ging, änderte ich meinen Namen. Ich habe mein Versprechen an den Leitwolf gehalten, der mir zusätzlichen Schmerz ersparte, als ich die größten Qualen litt.

Erst als er schwieg, kam ich wieder zu Atem. Mit zitternder Hand hielt ich ihm meinen Becher hin, als er mir Kaffee nachschenken wollte. Während er eingoß, zitterte meine Stimme so heftig wie meine Hand. »Und das Mädchen?«

Der-den-Wolf-hört lächelte wehmütig, als er den Topf wieder auf den Hitzstein stellte. »Als ich sie liebte, hieß sie Glückliche Schöne. Ihr Vater wußte, daß sie sich jeden Mann erwählen konnte, weil sie so wunderschön war. Deshalb gab er ihr diesen Namen. Doch seine Hoffnungen hatten sich nicht erfüllt. Denn das Mädchen liebte mich. Und nachdem ihr

Vater mich ausgepeitscht hatte, haßte sie ihn. Sie wurde so unerträglich, daß er schließlich selbst für ihre Heirat sorgte – aber mit einen mittelmäßigen Mann aus einer unbedeutenden Familie.«

»Wer war dieser Mann?«

Seine Zunge berührte leicht die Oberlippe. Er machte ein saugendes Geräusch; dann sagte er: »Der-Büffel-treibt.«

Unsere Blicke trafen sich. Er lächelte, doch es lag nur Trauer in diesem Lächeln. In meiner Kehle bildete sich ein Knoten, als das Gesicht von Sitzt-neben-ihm plötzlich so klar und deutlich vor meinem geistigen Auge erschien, als würde ich ein Foto betrachten.

»Sie war das Auspeitschen wert, meinst du nicht auch?«

Ich wußte nicht, was ich darauf erwidern sollte. Ich fühlte mich erniedrigt. Ich senkte den Kopf und schwieg. Schließlich, von der Decke und dem Kaffee erwärmt, brachte ich mit bedächtiger Stimme das Problem zur Sprache, das mir zu schaffen machte.

»Ich frage mich, ob dein Verwandter, den wir heute morgen beerdigt haben, Weißer Otter geliebt hat.«

Mein Kopf ruckte hoch, als ich ihn verächtlich lachen hörte. »Ich glaube, der einzige Mensch, den er wirklich geliebt hat, war er selbst. Weißer Otters schlimmer Fehler waren Scheu und Schüchternheit.«

»Du meinst, sie hätte ihm ins Gesicht sagen sollen, daß sie ihn nicht mochte?«

Er kicherte. »Nein. Das hätte sie nur reizvoller für ihn gemacht. Sie hätte sich ihm an den Hals werfen sollen. Dann hätte er mit Weißer Otter genau das gleiche getan wie mit dem armen kleinen Mädchen, das ihn wirklich geliebt hat.«

»Und was?«

»Er hätte sie aufgegeben.«

»Das hat er schon einmal getan?«

»Oh, ja. Und der einzige Fehler dieses süßen kleinen Mädchens bestand darin, daß sie ihm glaubte, als er ihr seine Liebe schwor.«

Der-den-Wolf-hört setzte sich bequem hin, lehnte sich an die Rückenstütze, streckte die langen Beine aus und legte die Füße übereinander. Ich hockte noch immer auf den Fersen und fragte mich, ob ich inzwischen trocken genug sei, mich auf die Decke zu setzen, die über das Kissen aus Kiefernzapfen gebreitet war. Da meine Füße von der unbequemen Haltung schrecklich schmerzten, wagte ich es. Es tat so gut, auf der weichen Unterlage zu sitzen, daß ich vor Wohlbehagen beinahe aufgestöhnt hätte. Der-den-Wolf-hört beachtete mich gar nicht. Er starrte brütend ins Feuer.

»Sie hieß Grashalm. Kannst du dich an sie erinnern?«

»Ja«, erwiderte ich. »Sie war das Mädchen, das Schande über ihre Familie brachte, als sie vor zwei Sommern fortlief und einen Cheyenne heiratete.«

»So ist es«, sagte Der-den-Wolf-hört. »In jenem Sommer hatten wir unser Dorf droben am Arkansas errichtet, bei den Cheyenne. Wandelnder Kojote war schuld daran, daß Grashalm damals fortlief und den fremden Mann heiratete.« Als ich den Mund zu einer Frage öffnete, hob er Schweigen gebietend die Hand.

»Ich erzähle es dir. Wandelnder Kojote war ein ziemlich gut aussehender Mann. Er hatte viele Fehler, aber man kann nicht behaupten, daß er einen häßlichen Körper oder ein häßliches Gesicht besaß. Als er sich an Grashalm heranmachte, hielt das Mädchen ihn natürlich für einen aufrichtigen Verehrer. Und sie war geschmeichelt, daß ein hübscher junger Mann aus guter Familie sie heiraten wollte.

»Grashalm war sehr stolz und gab seinem Werben nach. Das war ihr Fehler. Sie machte sich selbst zu seinem Besitz. Sie prahlte sogar damit, was für ein wundervoller Mann er sei und was für ein Glück es für sie wäre, daß er sie zur Frau erwählt habe, und daß sie ein solches Glück gar nicht verdient habe. Wandelnder Kojote gelangte zu der Ansicht, daß sie recht hatte und daß er viel zu gut für sie sei. Außerdem hatte sie jetzt den Reiz für ihn verloren. Es wurde langweilig, einem Mädchen hinterherzujagen, das sich nur zu gern fangen ließ. Er besuchte sie nicht mehr, beachtete sie gar nicht mehr – und sie konnte nichts dagegen tun. Die beiden waren ja nicht einmal verlobt; deshalb konnte er das Mädchen fortwerfen wie einen zerbrochenen Pfeil. Als er hinter ihr hergewesen war, hatte er sie mit der Lüge in sein Bett bekommen, er wolle mit ihrem Vater sprechen. Aber er hat es nie getan. Als er ihrer überdrüssig war, hatte er alles Recht der Welt, sie nicht mehr zu beachten, so, als gäbe es sie gar nicht.

»Das arme Kind hat schrecklich gelitten. Sie konnte sich nicht mehr im Dorf blicken lassen, weil alle sie verspotteten. Viele waren der Meinung, daß sie den Spott ihrer Prahlerei wegen verdient hätte. Und daß Grashalm sich vor dem Hohn und Spott versteckte, machte alles nur noch schlimmer. Ich bin zu ihr gegangen und habe versucht, sie zu überreden, aus ihrem Loch hervorzukriechen und sich der Tortur mit hoch erhobenem Kopf zu stellen. Hätte sie den Mut dazu aufgebracht, hätten die Leute sie dafür geachtet. Sie hätten das Mädchen irgendwann in Ruhe gelassen und dem *wirklich* Schuldigen die Schuld geben – Wandelnder Kojote. Solange das nicht geschah, würde kein anderer Mann Grashalm als mögliche Ehefrau in Erwägung ziehen.

»Dann lagerten wir bei den Cheyenne, und offenbar erblickte einer ihrer Krieger das Mädchen. Sie hielt sich stets ganz für sich allein, so daß der Cheyenne leicht an sie herankonnte. Noch bevor ihre Eltern Verdacht geschöpft hatten, war sie im Lager der Cheyenne – und verheiratet. Niemand konnte irgend etwas unternehmen, es sei denn, einen größeren

Krieg zu beginnen. Also ließen wir Grashalm mit ihrem Cheyenne-Gatten ziehen, und die Eltern sangen das Totenlied für ihre Tochter. *Das* habe ich gemeint, als ich sagte, daß Weißer Otter einen schrecklichen Fehler begangen hat. Ihr Herz ist bei Cheyenne-Räuber, und so wird es immer sein. Weißer Otter hätte niemals zulassen dürfen, daß Wandelnder Kojote dies erkannte. Denn eben dadurch wurde sie eine unwiderstehliche Herausforderung für ihn. Er hätte seine Eroberung jedesmal genossen, wenn er bei ihr gelegen hätte.«

Der Regen war zu einem leichten Nieseln geworden, als ich den Wigwam von Der-den-Wolf-hört verließ. Ich dachte darüber nach, was für ein durch und durch verachtenswerter Mensch Wandelnder Kojote gewesen war. Als ich durch das Dorf ging, kamen die Leute aus ihren Wigwams. Da die Luft nun kühler war, herrschte regeres Treiben als am schwülheißen Tag zuvor. In der Nähe sah ich eine Gruppe junger Männer, die andere junge Männer begrüßten; sie alle hockten sich nieder, schwatzten und lachten und machten sich für ein freundschaftliches Würfelspiel bereit. Zwei der Männer kannte ich: Jagendes Pferd und Steht-auf-dem-Hügel, doch nur letzterer schien sich zu freuen, als ich mich der Gruppe näherte.

Steht-auf-dem-Hügel erhob sich, lächelte breit, winkte und bedeutete mir, sich zu den Männern zu gesellen. Als ich neben ihm stand, nahm er mit beiden Händen meinen Arm und schüttelte ihn als Willkommensgruß.

»Ich habe dich heute morgen schon gesehen«, sagte er gut gelaunt. »Ich dachte, du wärst längst fort.«

»Der-den-Wolf-hört hat mir in seinen Wigwam Schutz vor dem Unwetter gewährt«, erwiderte ich.

Steht-auf-dem-Hügel nickte. »Mein Vetter ist ein guter Mann. Ich halte große Stücke auf ihn.«

Jagendes Pferd schaute mürrisch auf uns, blickte Steht-auf-dem-Hügel naserümpfend an, schnaubte verächtlich und murmelte den Männern, die bei ihm hockten, irgend etwas zu. Sie kicherten. Ich schaute Steht-auf-dem-Hügel fragend an. Er errötete, zuckte zusammen und verlagerte das Gewicht von einem Fuß auf dem anderen, um das Gleichgewicht zu wahren. Als er zu den anderen sprach, war sein anfangs so fröhlicher Ton in Zorn umgeschlagen. Er stand auf, legte mir den Arm auf die Schultern und führte mich rasch von der Gruppe junger Männer fort. Seite an Seite gingen wir durch die Dorfmitte; sein schwerer Arm lag noch immer auf meiner Schulter.

»Meine Brüder wollten nicht respektlos sein«, sagte er dicht an meinem Ohr. »Der-den-Wolf-hört ist ein wertvoller Mann, ein guter Verwandter. Meine Brüder ...« Er verstummte.

Wir setzten unseren Weg fort, beide in Gedanken versunken: Ich mußte wieder an Wandelnder Kojote denken und daran, daß er den Tod verdient hatte, während Steht-auf-dem-Hügel darüber nachdachte, was er mir anvertrauen wollte. Was es auch sein mochte – es war ihm eine Last. Schließlich holte er tief Atem, stieß ihn aus, bedachte mich mit dem schüchternen Anflug eines Lächelns und drückte mich freundschaftlich an sich.

»Wir alle sind sehr bedacht darauf, daß es Der-den-Wolf-hört gut geht. Aber ich weiß, daß du ein freundlicher Mann bist. Ein warmherziger Mann. Das habe ich meinen Brüdern auch gesagt. Und ich habe ihnen erklärt, daß du der Richtige für Der-den-Wolf-hört bist.«

Ich blieb stehen, als die Erkenntnis mich wie ein Blitzschlag durchzuckte. Steht-auf-dem-Hügel stützte eine Hand auf die schlanke Hüfte. Der Nieselregen hatte winzige Perlen gebildet, die wie Edelsteine in seinem Haar funkelten, und aus seiner Miene sprach Neugier.

Endlich fand ich meine Stimme wieder und stieß hervor: »Willst du mir sagen, Der-den-Wolf-hört ist ein *Hwame?«*

Er schaute verdutzt drein. »Natürlich. Du etwa nicht?«

»Nein!«

Ein erschreckter Ausdruck huschte über das junge Gesicht des Kriegers. Dann blickte er mich verwirrt an. Er nahm den Arm von meiner Schulter, trat einen Schritt zurück, drehte sich halb zur Seite und schüttelte den Kopf, als wollte er wieder zu klarem Verstand kommen. »Bist du sicher, daß du kein Hwame bist?« fragte er mich über die Schulter.

»Ganz sicher.«

Er blies die Wangen auf und stieß den Atem hervor, wobei er leicht die Arme hob. »Dann verstehe ich nicht«, sagte er.

»Was verstehst du nicht?«

»Was du hier tust. Ich weiß genau, daß du kein Freund von Wandelnder ...«, er hielt inne und zuckte die Achsel, »kein Freund des Neffen von Vogel-der-tritt gewesen bist.«

»Woher willst du das wissen? Hast du alle seine Freunde gekannt?«

»Ja. Er hatte nur einen.«

»Und wer war das?«

»Jagendes Pferd.«

Wir gingen wieder los, diesmal in Richtung meines Pferdes, das in unmittelbarer Nähe des Wigwams von Der-den-Wolf-hört angebunden war. Steht-auf-dem-Hügel erwies sich als eine Fundgrube an Informationen. Ich hörte ihm aufmerksam zu.

»Deshalb war Jagendes Pferd so grob zu dir. Er wußte, daß du gelogen hast. Und es gefällt ihm nicht, daß du so geheimnisvoll tust. Wenn du wegen Der-den-Wolf-hört hier bist, sagte er, solltest du ehrenhaft sein und dich als Mann zu erkennen geben, der Männer liebt. Solange du das nicht tust, sagte er, glaubt er nicht daran, daß du unseren Bruder so behandelst, wie es sich gehört. Daß du seine Gefühle verletzt. Ich habe dich von den anderen fortgebracht, um dich zu warnen. Falls Jagendes Pferd mit seiner Vermutung recht hat, werden er und die anderen dich zur Rechenschaft ziehen. Wie ich schon sagte, wir alle haben eine hohe Meinung von Der-den-Wolf-hört. Er ist ein außergewöhnlicher Mann. Und wir würden es nur einem sehr außergewöhnlichen Fremden erlauben, ihn zu lieben.«

Während ich mein Pferd losband, sagte ich Steht-auf-dem-Hügel, daß ich verstanden hätte. Eine weitere Lüge. Ich verstand überhaupt nichts. Der-den-Wolf-hört hatte mir seine geheime Liebe zu einer Frau anvertraut – eine Frau, für die er eine brutale Strafe auf sich genommen hatte. Und nun erzählte mir sein Verwandter, daß er sich nichts aus Frauen machte. Wenn Der-den-Wolf-hört wirklich ein Hwame war, weshalb hatte er es mir nicht einfach gesagt? In unserer Kultur brauchten Männer, die Männer liebten, sich nicht zu verstecken. Weshalb hatte er die Wahrheit vor mir verborgen? Ich hätte nach Hause reiten sollen. Ich hatte nichts gegessen und war sehr hungrig, doch trotz meines knurrenden Magens zog mich das Rätsel um Der-den-Wolf-hört in eine andere Richtung. Dort, so spürte ich, befand sich die einzige Person, von dem ich die Wahrheit erfahren konnte. Diese Person war die vielleicht einzige Frau, die Der-den-Wolf-hört jemals geliebt hatte.

Sitzt-neben-ihm.

Ohne stehen zu bleiben, ritt ich durch das kleine Dorf von Der-Büffel-treibt. Ich beachtete nicht einmal die junge Frau, die mich anzuhalten versuchte, indem sie die Arme über dem Kopf schwenkte und nach mir rief. Ich ritt unerschütterlich weiter, bis ich zum Rand des Dorfes gelangte. Gerade als ich mich dem abseits stehenden Wigwam von Sitzt-neben-ihm näherte, entdeckte ich sie. Sie schritt unruhig auf und ab. Als sie den Kopf drehte und mich erkannte, rannte sie zu mir. Selbst der Schmerz, der sie erfüllte, konnte ihrer Schönheit kaum etwas anhaben. In dem Augenblick, als ich mein Pferd zügelte, erreichte sie mich, streckte die Arme in die Höhe und packte mein Bein und meinen Arm.

»Ich konnte sie nicht aufhalten!«

»Wen konntest du nicht aufhalten?«

»Meine Schwiegermutter und meine Tochter.«

Sofort schwanden alle Gedanken an Der-den-Wolf-hört. Ich stieg vom Pferd und blieb vor der verzweifelten Frau stehen. »Wohin sind sie?«

»In verschiedene Richtungen«, stieß sie hastig hervor. »Ente will Bunter Schild zur Rede stellen, und meine Tochter will zu Cheyenne-Räuber.«

»Sie will zu ihm?« rief ich. »Wie ist sie auf diesen plötzlichen Einfall gekommen?«

Sitzt-neben-ihm hob in einer Geste der Hilflosigkeit die Arme. »Sie ist nach hinten hinaus aus dem Wigwam gekrochen, als ich trockenes Feuerholz sammeln war. Ich habe sie nicht weglaufen sehen. Als ich zurückkam, war sie verschwunden. Die Liebe macht die Menschen dumm. Meine Tochter wollte, *mußte* bei Cheyenne-Räuber sein; sie hat nicht auf die Vernunft gehört. Also ist sie zu ihm gelaufen.«

Um Weißer Otter machte ich mir eigentlich keine Sorgen; sie konnte kaum noch größere Schande über ihren Vater bringen. Wenigstens würde sie bei Cheyenne-Räuber ein klein wenig Glück finden, bevor die Verhandlung gegen ihn begann. Und danach – nun ja, des ungeborenen Kindes wegen war auch Weißer Otter jetzt schon dem Urteilsspruch ausgeliefert, den man über Cheyenne-Räuber verhängen würde. Nein, es war Ente, die alte Frau – und was sie anstellen mochte –, die mir Sorgen bereitete.

»Erzähl mir von deiner Schwiegermutter.«

Sitzt-neben-ihm legte eine Hand auf die Stirn, schüttelte den Kopf und redete, als würde sie laut zu sich selbst sprechen. Während sie erzählte, gingen wir zu ihrem Wigwam. Mein Pferd, das ich an den Zügeln hielt, trottete gehorsam hinterher.

»Meine Schwiegermutter ist, was sie ist. Nie gab es jemanden, der sie beherrschen konnte. Nicht einmal ihr Mann. Doch er hat es von der heiteren Seite genommen und Ente als ›feurig‹ bezeichnet.« Sie nahm die Hand von der Stirn und schaute mir fest in die Augen. »Sie konnte sich nie benehmen, ihr Leben lang nicht. Ich habe ihr insgeheim den Namen Wandelnde Wut gegeben. Ihr Mann nannte sie Ente, weil sie den größten Teil ihres Ehelebens geschnattert hat.«

Ich mußte lachen. Sogar Sitzt-neben-ihm kicherte, so besorgt sie auch war.

»Das Leben mit ihr war immer anstrengend«, sagte Sitzt-neben-ihm. »Doch ich habe die alte Frau lieben gelernt – mehr als ich je für möglich gehalten hätte.«

Neben ihrem traurigen kleinen Wigwam band ich mein Pferd an und folgte ihr ins Innere. Wir setzten uns an das niederbrennende Feuer und schwiegen längere Zeit, hingen unseren eigenen Gedanken nach. Ich starrte in die Flammen, bis ich das Schweigen schließlich brach.

»Ich war heute morgen zur Beerdigung«, sagte ich, um auf den eigentlichen Grund meines Besuchs zu sprechen zu kommen. Das Verlangen, die Wahrheit über Der-den-Wolf-hört zu erfahren, war stärker als die Sorge, was Ente anstellen mochte. »Anschließend«, ich wandte den Kopf und schaute sie an, begierig darauf, ihre Reaktion zu beobachten, »habe ich mit Der-den-Wolf-hört in seinem Wigwam gesessen, bis der schlimmste Regen vorüber war.«

Sie zuckte heftig zusammen, fing sich aber rasch wieder – so rasch, daß ich mich fragte, ob sie tatsächlich zusammengezuckt war oder ob ich es mir nur eingebildet hatte. Ihr Gesicht war jetzt vollkommen ausdruckslos. Ihre lieblichen Züge hätten aus Stein gemeißelt sein können. Ich betrachtete ihr Profil, als sie über meine Worte nachdachte.

»Der-den-Wolf-hört hat mir gesagt, daß er dich gut kennt«, sagte ich. »Ich muß gestehen, daß ich erstaunt war, *wie* gut.«

»Das war vor sehr langer Zeit«, erwiderte sie knapp. »Seitdem habe ich ihn nicht mehr gesehen, nicht mehr an ihn gedacht. Jedenfalls«, fuhr sie fort, warf den Kopf zurück und fuhr sich mit der Hand durchs regenfeuchte Haar, »hatte er damals einen anderen Namen. Als ich ihn kannte, hieß er Weißer Lehm.« Sie verstummte. Für einen Moment strafften sich ihr Mund und die Muskeln an ihrer Kehle. Ganz kurz schloß sie die Augen, und ich spürte, wie sie sich zur Ruhe zwang. Ihr innerer Wille bewirkte, daß sie sich ein zweites Mal entspannte. Sie war vorhin tatsächlich zusammengezuckt; ich hatte es mir nicht bloß eingebildet.

»Er ist ein reifer Mann geworden. Sicher, er ist kein stürmischer junger Bursche mehr«, sagte ich leise, »aber er ist immer noch groß, stark und schön. Und noch etwas.«

Ihr Lachen klang hohl und gezwungen. »Ach, ja? Und was sollte das sein? War er achtmal verheiratet? Ist er Vater von zwanzig Kindern?«

»Nein. Man sagte mir, er ist ein Hwame geworden.«

Sie wandte rasch den Blick ab und starrte in die fast erloschenen Flammen. »Das glaube ich nicht«, flüsterte sie so leise, daß ich sie kaum hören konnte.

Dann sagte sie in sehr gefaßtem Tonfall zu mir: »Ich nehme an, die Menschen ändern sich.«

7.

Sitzt-neben-ihm fiel es schwer, Gelassenheit zu wahren. Sie legte den Kopf in den Nacken und blickte hinauf zum Rauchabzugsloch. Draußen durchbrachen das Sonnenlicht und der blaue Himmel die dunklen Wolken, die allmählich dünner wurden. Goldenes Licht fiel durch das rußgeschwärzte Rauchloch in den halbdunklen Wigwam und hob die unbewegte Miene von Sitzt-neben-ihm noch deutlicher hervor.

Ich sagte leise: »Alles, was du mir anvertrauen möchtest, wird niemals an fremde Ohren dringen.«

Ihr Kinn zitterte. Tränen traten ihr in die Augen, liefen aus den Augenwinkeln, glitzerten auf dem emporgewandten Gesicht und verschwanden im Schläfenhaar. Sie brachte es nicht über sich, mich anzuschauen.

»Wir haben uns sehr geliebt. Zu sehr. Lange Zeit hielt ich ihn für tot. Und auch in meinem Innern fühlte ich mich tot. Als ich dann erfuhr, daß er noch lebt, wollte ich fortlaufen, wollte dort sein, wo er ist. Aber ich konnte es nicht. Ich konnte nur hoffen, daß er mich versteht und mir verzeiht.« Sie senkte den Kopf und weinte für einen Moment stumm in ihre Hände. Als sie den Kopf schließlich hob, mich fest anschaute und den Mund öffnete, um etwas zu sagen, flog die Plane des Wigwams auf, und Ente keifte uns an. Mich besonders.

»Man hat mir gesagt, daß ihr hier seid. Ihr solltet jetzt lieber rasch mit mir kommen. Wenigstens einmal in ihrem jämmerlichen Leben sagt Bunter Schild die Wahrheit. Das dürft ihr euch nicht entgehen lassen.«

Was immer Sitzt-neben-ihm hatte sagen wollen, war augenblicklich vergessen. Sie sprang auf und stürmte an mir vorbei.

Ich verschwendete keine Zeit und folgte ihr aus dem Wigwam. Im Laufschritt schlossen wir zu Ente auf, die erstaunlich schnell dahinwatschelte. Als ich neben der alten Frau erschien, schaute sie zu mir empor. Sie war aufgeregt und machte einen äußerst selbstzufriedenen Eindruck. Sie kicherte, und Genugtuung funkelte in ihren Augen.

»Wo ist sie?« fragte ich atemlos.

»Im Wigwam meines schwachköpfigen Sohnes.«

»Vielleicht ist sie inzwischen geflüchtet.«

»Geht nicht. Meine Töchter und Nichten würden sie nicht lassen.«

Ich packte die alte Frau bei der Schulter und zwang sie stehenzubleiben. »Du hast doch nicht etwa dein Messer benutzt?«

Ente blickte schuldbewußt drein.

Ich schüttelte sie. »Ich hatte dir gesagt, du sollst es nicht tun!«

Ihre Hände schossen empor und stießen meinen Arm von ihrer Schulter. »Na ja, ich hab' es auf deine Weise versucht. Hab' versucht, nett zu ihr zu sein. Aber das hat nicht geklappt. Erst als ich sie mit einem Stock geschlagen habe, hat sie geredet. Dann hat man mir gesagt, daß du hier bist, und ich habe dieser Bisonkuh befohlen, zu warten, weil auch du sehr interessiert daran wärst, was sie zu berichten hat. Ich sagte ihr, daß du ein kluger Mann bist. Daß du nicht nur den Ruf meiner Enkelin wiederherstellen wirst, sobald sie dir alles gestanden hat, sondern daß du überdies herausfinden wirst, wer den Neffen von Vogel-der-tritt wirklich ermordet hat.« Ente stieß ein häßliches krächzendes Lachen aus. »Du hättest ihr Gesicht sehen sollen. Es ist ganz grün geworden.«

Im Wigwam von Der-Büffel-treibt drängten sich Frauen. Nur Frauen. Verdutzt blickte ich Ente an, die meine unausgesprochene Frage schnaubend beantwortete.

»Mein schwachsinniger Sohn ist auf der Jagd. Er ist nie da, wenn er gebraucht wird. Also wirst *du* unser männlicher Zeuge sein.«

Bei einer Ratsversammlung besaßen die Frauen das gleiche Stimmrecht und die gleiche Stimme wie die Männer. Doch wenn es um Dinge ging, die eine Frau betrafen – oder wenn eine Gruppe Frauen vor der Ratsversammlung eine bestimmte Frau anklagte, wie in diesem Fall –, besaß die Stimme eines Mannes besonderes Gewicht. Es hatte ganz den Anschein, als hätten diese Frauen mich auserkoren, diese Stimme zu sein.

Ente nahm meine Hand und führte mich durch das Gedränge in die Mitte des Wigwams, wo sich meinen Heileraugen ein schrecklicher Anblick bot. Ich war entsetzt, und in meinem Innern stellte ich mich sofort auf die Seite des Opfers.

Die Kleidung von Bunter Schild war zerfetzt, ihr Haar zerrupft, als wäre es ihr von ungezählten Händen beinahe vom Kopf gerissen worden. Die linke Seite ihres Gesichts war geschwollen, ein Auge nur noch ein Schlitz, und ihre Lippen waren an vielen Stellen aufgeplatzt und bluteten heftig. Einen solchen Schaden konnte man nur mit einem Stock nicht anrichten. Ich kämpfte das Verlangen nieder, Ente zu erwürgen. Statt dessen kniete ich mich eilig vor Bunter Schild, schob die Ärmel ihres zerfetztes Kleides noch oben und sah, daß ihre Arme von Schwellungen und Kratzwunden bedeckt waren. Bevor ich ihren Körper nach weiteren Beweisen für eine Mißhandlung untersuchen konnte, erschien Ente neben mir. Ihre alte Hand legte sich auf mein Gesicht, und sie zerrte mich grob zurück, so daß ich unbeholfen auf mein Hinterteil fiel.

»Das Verarzten kommt später. Wenn diese Bisonkuh geredet hat.«

»Ich habe nichts zu sagen«, wimmerte Bunter Schild kläglich.

Ente bedrohte sie, indem sie einen raschen Schritt nach

vorn machte und die Faust hob. »O doch, hast du! Du wirst reden und reden und reden. Wenn du dein Wort nicht hältst, schlage ich dich tot.«

Ich rappelte mich auf, packte Entes erhobenen Arm und zog sie zu mir herum, so daß sie mich anschauen mußte. »Wie kannst du so etwas tun?« rief ich. »Du entehrst nicht nur deinen Sohn, du entehrst auch seine Erstfrau und sein Kind, das du zu lieben behauptest!«

Ente riß sich von mir los und sagte mit keifender Stimme: »Mein Sohn ist mir egal. Die beiden anderen liebe ich, weil sie nichts mit ihm zu tun haben.« Und schon ging sie wieder auf Bunter Schild los, die Faust zum Schlag erhoben.

Bunter Schild warf mir einen gehetzten Blick zu und leckte sich das Blut von der Unterlippe. »Kannst du mich hier herausbringen? Fort von dieser verrückten Alten?«

»Nur wenn du mir die volle Wahrheit erzählst«, erwiderte ich rasch. »Versprich es mir, und ich bringe dich ins Dorf von Sitzender Bär. Wenn der Häuptling der Zehn Tapfersten dich nicht beschützen kann, vermag es niemand.«

Wieder leckte Bunter Schild sich die blutenden Lippen. Ihre Lider, besonders das linke, waren nun fast völlig zugeschwollen. Doch durch die winzigen Schlitze sah ich schreckliche Angst in ihren Augen flackern.

»Einverstanden.«

Sie warf einen vorsichtigen Blick auf Ente, ihre Schwiegermutter. Die alte Frau knurrte, wenn auch nur der Wirkung halber, da sie sich wegen mir nicht traute, wieder auf ihr Opfer loszugehen. Bunter Schild wand sich vor Angst.

»Aber nicht hier!« schrie sie. »Ich sage nichts, bis du mich von dieser verrückten Alten fortgebracht hast.«

Ente fing an zu kreischen, als ich Bunter Schild hochhob und ihren geschundenen, schwerfälligen Körper vorsichtig auf den Armen trug.

»Bring sie zum Reden! Bring sie auf der Stelle zum Reden.«

»Nein!« brüllte ich. Bunter Schild legte mir ihre dicken Arme um den Hals und klammerte sich verzweifelt fest. Ihr beachtliches Gewicht brach mir fast das Genick, und ich war dem Erstickungstod nahe, als ich mir gewaltsam einen Weg durch die Meute der Frauen bahnte. »Ich bringe sie zu Sitzender Bär, bevor ihr alle noch größere Dummheiten macht!« In der Hoffnung, die Frauen einzuschüchtern, versuchte ich, herrisch und männlich zu klingen, aber das ist gar nicht so einfach, wenn man kaum Luft bekommt.

Die alte Frau wühlte sich neben mir durch ihre Geschlechtsgenossinnen. Sie glich einem Alptraum. Die Augen blickten irre, und Schaum stand ihr in den Mundwinkeln. Ein Wutanfall hatte sie gepackt; sie würde sich allenfalls einer überlegenen männlichen Kraft beugen. Ich unterbrach meine unbeholfene Flucht und tat mein Bestes, auf Ente den Eindruck wilder Entschlossenheit zu machen.

»Altes Weib! Wenn du mich hindern willst zu gehen oder wenn du diese Frau noch einmal anrührst, werde ich dich vor die Ratsversammlung schleifen und dich des Mordversuchs anklagen.«

»Das würdest du mir antun?« kreischte Ente.

»Ja.«

Sie wurde unsicher, verwirrt. Auf ihrem faltigen Gesicht konnte ich ablesen, daß sie sich darüber klar zu werden versuchte, was wichtiger war: einer schweren Strafe aus dem Weg zu gehen oder Rache an Bunter Schild zu nehmen. Ich schwitzte wie aus Eimern. Falls Ente sich für die Rache entschied und ich zu einem Kampf gezwungen wurde, kam ich in große Schwierigkeiten. Zugegeben, Ente war alt, aber sie war rüstig. Und nicht nur das: Sie hatte eine Horde Frauen unter der Fuchtel, die sich bei einem Kampf auf ihre Seite stellen würden. Überdies war ich aufgrund der Last auf meinen Armen sehr in meiner Bewegungsfreiheit eingeschränkt. Während Ente mit dem mühseligen Denkprozeß beschäftigt und vorübergehend von anderen Dingen abgelenkt war, nutzte ich diese kostbaren Sekunden zur Flucht. Entes Unentschlossenheit brachte die Mauer ins Wanken, die von den anderen Frauen gebildet wurde, so daß ich rasch aus dem Wigwam gelangte.

Bunter Schild war dermaßen geschunden, daß sie aus eigener Kraft nie und nimmer ein Pferd reiten konnte. Außerdem hätte es zu weiteren unnötigen Streitigkeiten geführt, hätte ich mir ohne die Erlaubnis des Besitzers eines der Tiere aus der Herde von Der-Büffel-treibt genommen. Also mußte Bunter Schild hinter mir auf dem Rücken meines Pferdes mit ins Dorf von Sitzender Bär reiten. Mein Pferd war in der Nähe des abgeschiedenen Wigwams von Sitzt-neben-ihm angebunden; es war kein langer Fußmarsch, aber zu lang, als daß Bunter Schild ihn bewältigen konnte.

Es war kurz gegen Mittag, und die schützende Wolkendekke hatte sich aufgelöst, so daß es jetzt sehr heiß war. Ich trug Bunter Schild auf dem Rücken und betete bei jedem Schritt, daß nicht plötzlich Heulender Wind erschien und falsche Schlüsse daraus zog, daß ich eine fette fremde Frau mit mir herumschleppte. Die Vernunft sagte mir, daß meine Verlobte meilenweit weg war, doch eine neue Liebe macht einen oft ein bißchen wirr im Kopf. In meinem Fall war es so schlimm, daß ich schneller ausschritt, bis ich in einen unbeholfenen Zotteltrab verfiel.

Ich gelangte zu meinem Pferd und wuchtete meine Last auf den Rücken des Tieres. Bunter Schild war dermaßen geschwächt, daß ich sie an mir festbinden mußte. Zu diesem Zweck benutzte ich ihren Gürtel, den ich mit meinem verknotete. Dennoch schwankte und wankte sie bedenklich hinter mir, als ich losritt; sie fiel in Ohnmacht, kam wieder zu Bewußtsein, fiel wieder in Ohnmacht. Sie hatte so viele Schläge auf den Kopf bekommen, daß ich befürchtete, sie könnte eine Gehirnerschütterung davongetragen haben. Ich mußte dafür sorgen, daß sie wach blieb, und versuchte deshalb, sie zum Reden zu bewegen.

»Hat Wandelnder Kojote dir die Hosen gegeben, damit du sie unter dem Bett von Weißer Otter versteckst?«

Schweigen.

»Hast du die Hosen gefunden und dann fälschlicherweise behauptet, sie unter dem Bett von Weißer Otter entdeckt zu haben?«

Keine Antwort.

»Frau! Du hast mir versprochen, die Wahrheit zu erzählen. Jetzt rede!«

Wieder wurde sie bewußtlos und wäre beinahe vom Pferd gefallen. Ich mühte mich, sie aufrecht zu halten. Doch als wir beide zur Seite rutschten, bis an den Bauch des Pferdes, brach das verängstigte Tier in einen schnelleren Trab aus. Die bewußtlose Frau und ich hüpften auf und ab und wären um ein Haar zu Boden gefallen. Schließlich gelang es mir, Bunter Schild und mich selbst wieder auf den Pferderücken hinaufzuziehen. Ihre Wange lag an meinem Rücken. Dank Ente, die Bunter Schild halbtot geschlagen hatte, mußte die Antwort auf die Frage nach den Hosen nun aufgeschoben werden. Falls ich mir überhaupt die Hoffnung bewahren wollte, jemals die Wahrheit von Bunter Schild zu erfahren, mußte ich dafür sorgen, daß sie aus Entes Reichweite blieb. Ich trat meinem Pferd in die Seiten, trieb es zu einer schnelleren Gangart an und gelangte schließlich ins Dorf von Sitzender Bär – und in Sicherheit.

Ich hatte nie zuvor direkt mit Sitzender Bär zu tun gehabt. Ich bewunderte ihn sehr, hatte aber stets darauf geachtet, ein gutes Stück Abstand zwischen uns zu wahren. Nun bereitete es mir Unbehagen, daß mir gar nichts anderes übrigblieb, als mit ihm selbst zu reden. Sitzender Bär war so alt, daß er sich an einen Teil unserer Stammesgeschichte erinnern konnte, den alle anderen vergessen hatten. Er war durch und durch traditionsbewußt und hielt sich an die alten Gewohnheiten. Während wir modernen Männer uns beispielsweise sämtliche verirrten Haare ausrissen, die uns im Gesicht wuchsen – einige sogar die Augenbrauen –, ließ Sitzender Bär jedes Haar in seinem Antlitz sprießen. Deshalb hatte er wuchernde Augenbrauen, einen dürren Schnurrbart und einen langen Spitzbart – alles grau, und nichts davon stand ihm gut zu Gesicht. Doch er war der Häuptling der Zehn Tapfersten: Männer, die dem Tod nicht nur unerschütterlich ins Auge blickten, sondern ihn umarmten, wann immer sich die Gelegenheit bot.

Die Ondes trugen Hüte; die Zehn Tapfersten dagegen trugen Schärpen, die sie über die rechte Schulter geschlungen hatten und die auf dem Rücken bis zum Boden herabhingen, so daß sie hinter den Füßen über die Erde schleiften. Die Schärpen waren nicht bloß die äußeren Zeichen höchster Würde, wie die Hüte der Ondes, sondern der für alle sichtbare Hinweis darauf, daß der Träger der Schärpe bereit war, in der Schlacht zu sterben: Bei einem Gefecht wurden abgebrochene Pfeilschäfte durch die Schärpen hindurch in den Boden geschoben, so daß die Männer in wahrsten Sinne des Wortes in einer Schlacht feststeckten; sie konnten nicht fortlaufen, sondern mußten kämpfen bis zum Tod oder bis sie von den eigenen Leuten befreit wurden. Der Befreier eines angepflockten Kriegers wurde jedoch wie ein Feind betrachtet; deshalb mußte er das genaue Gegenteil von dem sagen, was er meinte. »Halt dem Angriff stand!« bedeutete in der Sprache der Befreier: »Flieh! Die Schlacht ist verloren.«

Am meisten ängstigte mich an Sitzender Bär, daß er dafür

bekannt gewesen war, seine Befreier genauso verwegen abzuwehren, wie er seine Feinde bekämpft hatte. Daß er noch lebte, war ein Zeugnis für den Mut und die Hartnäckigkeit seiner eigenen Krieger, ihn gewaltsam vom Kampfplatz zu zerren. Ich hatte viele grausige Geschichten darüber gehört, wie verbissen Sitzender Bär darum gekämpft hatte, auf einem Schlachtfeld bleiben zu können, und ich glaubte diese Geschichten; denn ich hatte mehr als einen der Retter von Sitzender Bär verarzten müssen.

Wir erregten einiges Aufsehen, als wir durch das weitläufige Dorf von Sitzender Bär ritten, das siebzig Wigwams umfaßte. Verwunderte Bewohner ließen ihre Arbeit stehen und liegen und zogen palavernd hinter uns her. Wenn man berücksichtigte, was für eine Art von Häuptling Sitzender Bär war, war es nicht ungewöhnlich, daß Menschen, die in großen Schwierigkeiten steckten, Zuflucht bei ihm suchten. Doch ein Mann, hinter dem eine bewußtlose, zerschundene Frau auf einem Pferd saß, war ungewöhnlich. Sogar der große alte Krieger kam aus seinem Wigwam zum Vorschein und gesellte sich zur lärmenden Menge. Als ich mich mühte, vom Pferd zu steigen, Bunter Schild mit mir zog und ihren schlaffen Körper schließlich auf den Armen trug, starrte Sitzender Bär mich ungläubig an. So stand ich da und wartete. Das Gewicht von Bunter Schild wurde mit jeder Sekunde größer und größer, während Sitzender Bär mich immer noch unter seinen buschigen Brauen hervor musterte.

»Mein Sohn«, sagte er schließlich mit fester, doch vom Alter rauher Stimme, mit der er das Getöse der Menge kaum zu übertönen vermochte, »warum hast du diese Frau mißhandelt?«

»Das war ich nicht, Vater. Die Frauen ihres Klans haben sie mit Knüppeln geschlagen.«

»Warum?«

»Weil sie ihre Schwestern getäuscht hat.«

Sitzender Bär öffnete den Mund und nickte ein stummes *aaah.* Dann blinzelte er und betrachtete mich mit strengerem Blick. »Warum hast du sie zu mir gebracht?«

»Um ihr das Leben zu retten.«

»Und wo ist ihr Mann?«

»Angeblich ist er auf der Jagd, Vater.«

»Und glaubst du, das stimmt?«

»Nein.«

Sitzender Bär schüttelte verächtlich den Kopf. Ein Mann, der sich vor den Frauen seines Klans versteckte, war die niederste Form eines Feiglings. »Diese Frau ist bei mir sicher, bis ihr Gemahl wieder zur Vernunft kommt und sich darauf besinnt, daß er ein *Mann* ist. Dann liegt es wieder an ihm, für das Wohlergehen dieser Frau zu sorgen.«

Sitzender Bär winkte, und einige seiner Frauen übernahmen Bunter Schild, hoben sie mir aus den Armen und trugen sie fort, sich um sie zu kümmern. Meine tauben Arme, nun vom Gewicht befreit, fielen schlaff herab.

Sitzender Bär packte meine Schulter. »Ich glaube, du hast mir viel zu erzählen, nicht wahr?«

Ich nickte stumm.

»Zuerst wirst du essen, und wir werden rauchen. Dann wirst du mir alles berichten.«

Ich habe in meinem Leben nur drei wirkliche Helden gekannt: meinen Vater, Kleine Klippe und Sitzender Bär. Ich habe sie stets genau in dieser Reihenfolge eingeordnet. Die ersten beiden hatte ich verloren. Ich dankte unserem Schöpfer von ganzem Herzen, daß es den dritten noch gab, und mochte er mir noch soviel Angst einflößen.

Er ließ mir ein wundervolles Mahl auftragen. Ich aß, bis mir beinahe schlecht wurde. Dann ließ ich mich an eine Rückenlehne sinken und rauchte aus einer kleinen Tonpfeife, die Sitzender Bär mir reichte. Er hatte eine eigene Pfeife, eine eigene Rückenlehne. Wir beide waren allein im kühlen Schatten einer Laube. Nachdem die Frauen die Reste des Essens fort gebracht hatten, wagte sich niemand in unsere Nähe. Wie neugierig die Mitglieder des beachtlichen Klans von Sitzender Bär auch sein mochten, wie gern sie gehört hätten, was ich ihrem Häuptling zu sagen hatte, keiner war so neugierig – oder so dumm –, ihn zu stören.

Es herrschte eine angenehme und seltsam vertrauliche Atmosphäre zwischen uns beiden, als hätten wir uns schon viele Male der Gesellschaft des anderen erfreuen dürfen. Sitzender Bär vermittelte mir mit Absicht dieses Gefühl. Doch zu dem Zeitpunkt war ich so erleichtert darüber, keine Angst mehr vor ihm zu haben, daß ich seine Taktik nicht durchschaute. Ich kostete einfach nur das behagliche Gefühl aus, bei ihm zu sein, in Sicherheit.

Auch Bunter Schild wußte bestimmt, daß sie im Schutz von Sitzender Bär sicher war; vermutlich hatte sie deshalb versprochen, mir alles zu erzählen. Während ich rauchte und das behagliche Schweigen genoß, das zwischen mir und meinem Gastgeber herrschte, dachte ich über die Dinge nach, die Bunter Schild mir vermutlich anvertrauen würde. Bei Sitzender Bär kam ich mir wie ein Kind vor, das im Arm des Vaters Schutz findet. Daß ich dieses Gefühl verspürte, lag nicht nur am legendären Ruf von Sitzender Bär, sondern auch an seiner Weisheit. Ich wußte, daß ich bloß eines von vielen seiner geistigen Kinder war; doch in diesen Minuten kam ich mir vor, als wäre ich sein Lieblingssohn. Es war zu lange her, daß ich ein Sohn gewesen – ob Lieblingssohn oder nicht. Wie alt ein Kind oder ein Mann auch sein mag, eine Waise ist eine Waise. Man vermißt die liebenden Eltern. Und da ich meinen leiblichen Vater sehr schmerzlich vermißte, erzählte ich meinem geistigen Vater alles und ließ nichts aus. Und wie mein leiblicher Vater es in der Vergangenheit so oft getan hatte, schwieg Sitzender Bär und hörte zu.

Als ich endete, fühlte ich mich völlig erschöpft. Sitzender Bär wartete einige Augenblicke; dann sprach er mit leiser Stimme zu mir. Das meiste, was ich getan hatte, billigte er, doch zwei Dinge störten ihn ein wenig: daß ich so getan hatte, als wäre ich ein Freund von Wandelnder Kojote gewesen, und daß ich mir seine Leiche angeschaut hatte. Doch er verzieh mir diese kleinen Vergehen; denn ihm wäre selbst nichts Besseres eingefallen.

»Aber diese vielen Lügen!« schimpfte Sitzender Bär. »Und den Toten herumzurollen!« Er schauderte; dann blickte er mich fest an. »Als Heiler weiß ich, daß du dich manchmal bei den Toten aufhalten mußt. Doch wenn es nicht unbedingt sein muß, solltest du dich von ihnen fernhalten. Du benutzt deine Kräfte als Heiler über ihren Zweck hinaus. Eines Tages werden dir deiner grausigen Neugier wegen die Haare ausfallen und die Nägel abfaulen. Das geschieht allen Menschen, die mit den Toten Unfug treiben. Ich kann nur hoffen, daß du klug genug warst, deinen Körper mit dem Rauch der Kiefer zu reinigen, nachdem du bei der Leiche warst.«

»Ja, Vater. Das habe ich. Ich war sehr vorsichtig.«

»Na ja, das ist wenigstens etwas.«

Ich senkte reumütig den Kopf und kämpfte gegen ein Lächeln an. Unser Gespräch wurde abrupt unterbrochen, als im Dorf erneut Lärm aufbrandete. Ein einsamer Reiter kam herangaloppiert und scheuchte die Dorfbewohner wie gakkernde Hühner auseinander. Weißer Bär schwang sich vom Pferd, noch bevor es zum Stehen kam, und stürmte in drohender Haltung zu uns. Er hob einen Arm wie einen Speer und zeigte genau auf mein Herz.

»Ich will mit dir reden!«

Ich stand auf. Plötzliche Furcht durchströmte mich. Vielleicht hatte Weißer Bär erfahren, daß ich mit Bunter Schild auf einem Pferd gesessen hatte, verstand die Sache aber falsch und war deshalb so wütend, weil ich Heulender Wind durch meine Rettungstat womöglich in eine peinliche Lage gebracht hatte.

Doch Weißer Bär wußte gar nichts von meiner Flucht mit Bunter Schild. Ich berichtete ihm, daß sie angegriffen worden sei, was Sitzender Bär bezeugte. Dann erklärte ich hastig, daß ich Bunter Schild nur in Sicherheit gebracht hatte. Weißer Bär stand da, die Fäuste in die Hüften gestemmt, und hörte sich gereizt an, was ich zu sagen hatte. Bei meinem letzten besänftigenden Satz unterbrach er mich und wischte mit der Hand durch die Luft.

»Das alles interessiert mich nicht! Ich habe Wichtigeres auf dem Herzen als die zarten Gefühle meiner Kusine. Außerdem wird Heulender Wind dir selbst die Meinung sagen, wenn sie davon hört. Aber komm dann nicht zu mir gerannt! Ich habe genug eigene Probleme mit meinen Frauen. Du bist ein ziemlich kräftiger Mann. Ich bin sicher, daß du mit einer einzigen mageren Frau allein fertig wirst.«

Er stemmte die riesige Faust wieder in die Hüfte, beugte sich zu mir vor und brüllte mir ins Gesicht: »Sind wir jetzt mit den Nebensächlichkeiten fertig? Können wir jetzt über das *wirkliche* Problem reden?«

Sitzender Bär und ich nickten gleichzeitig.

»Gut! Ich bin wegen Cheyenne-Räuber gekommen. Er hat den Verstand verloren. Er hat sich selbst zum Ehemann von Weißer Otter erklärt, die bei ihm ist. Als ich versucht habe, sie aus dem Wigwam zu zerren und die Heirat für ungültig zu erklären, hat mein eigener Neffe mich angegriffen und *mich* hinausgeworfen! Wenn der Vater von Weißer Otter von dieser Dummheit erfährt, wird er meinen närrischen Neffen erschießen, noch bevor die Verhandlung gegen ihn beginnt.«

»Nein, wird er nicht«, entgegnete ich freundlich.

Weißer Bär klatschte sich auf den Oberschenkel. »Noch einer, der den Verstand verloren hat!«

Ich war froh, daß Weißer Bär keine Waffe trug, denn Mordlust funkelte in seinen Augen, als er mich anstarrte. Ich versuchte, mit ruhiger, deutlicher Stimme zu reden, als ich sagte: »Der-Büffel-treibt wird nichts dagegen haben, wenn seine Tochter Cheyenne-Räuber heiratet.«

Für längere Zeit stand Weißer Bär vollkommen regungslos da. Mit offenem Mund und wirrem Blick schaute er Sitzender Bär fragend an.

»Tay-bodal hat recht«, sagte Sitzender Bär mit seiner rauhen Stimme. »Also laß endlich das Geschimpfe, du Trampel, und höre mir zu. Du wirst dieses Mädchen bei Cheyenne-Räuber lassen, und dann läßt du sie beide in Ruhe! Was bei der Verhandlung auch entschieden wird – die zwei haben beschlossen, sich gemeinsam dem Urteil zu stellen.« Er wandte sich zum Gehen, hielt noch einmal inne und schaute uns über die Schulter an. »Noch etwas, Weißer Bär. Du wirst diesen jungen Mann nicht mehr anschreien. Ich gebe zu, daß er ein bißchen seltsam ist, aber ich mag ihn trotzdem. Ich mag ihn sogar sehr.« Er richtete den Blick auf mich. »Geh heim, Tay-bodal. Genieße es, mit deiner Frau zusammenzusein. Das Problem, das du in meinem Dorf vom Pferd gehoben hast, kann warten. Komm morgen wieder. Ich bin ein alter Mann, und ich schlafe morgens gern lange. Deshalb wäre der frühe Nachmittag die beste Zeit für einen Besuch.«

»Danke, Vater. Ich komme sofort nach dem Mittagsmahl.«

»Gut! Dann brauche ich dich nicht noch einmal durchzufüttern.«

Weißer Bär sprach aus dem Mundwinkel zu mir, während er beobachtete, wie der würdevolle Häuptling davonging.

»Aha«, schnaufte er verärgert. »Mir scheint, du hast dir einen mächtigen Freund gemacht.« Dann blickte er mich spöttisch grinsend an. »Aber dir ist bestimmt nicht entgangen, daß er dir keinen Schutz vor Heulender Wind angeboten hat.«

Als sich Erschrecken auf meinem Gesicht zeigte, kicherte er boshaft.

»Du wirst ihr nichts von Bunter Schild erzählen!«

»O doch, das werde ich.«

Wir veranstalteten einen Wettlauf durch das Dorf von Sitzender Bär, als wir versuchten, als erster unser Pferd zu erreichen. Die Zuschauer johlten, sprangen auf und ab und feuerten uns an. Da die Beine von Weißer Bär ungefähr vier Meilen länger waren als meine, trug er den Sieg davon.

Auch sein Pferd war schneller als meines. Weißer Bärs riesige Gestalt war nur noch ein sich bewegender Punkt am Horizont, als ich ihm folgte und mein Pferd brutal antrieb. Als ich schließlich als vernichtend geschlagener Zweiter ins Dorf galoppierte, war Weißer Bär nirgends zu sehen. Das heißt, ich sah ihn zwar nicht, wußte aber, daß er bei Heulender Wind war und ihr fröhlich von meiner Schandtat erzählte. Ich seufzte tief. Ich mußte mir schon etwas *sehr* Romantisches einfallen lassen, um ihren Zorn zu besänftigen.

Da ich nie ein großer Musiker war, besaß ich nicht mal eine Flöte. Deshalb durchstreifte ich das Dorf, während Weißer Bär genüßlich meine Geliebte in Rage brachte, und versuchte, mir eine Flöte zu borgen, zu erbetteln oder zu stehlen. Schließlich reichte mir eine Frau ein solches Instrument. Die Frau lachte, konnte gar nicht mehr aufhören. Ihr unheilverkündendes Gelächter war mir Beweis genug, daß die Neuigkeit sich bereits wie ein Lauffeuer verbreitet hatte. Mein Mißgeschick mit Bunter Schild war inzwischen allgemein bekannt und wahrscheinlich schon so sehr verzerrt, daß die Geschichte sich vierzig Meilen von der Wahrheit entfernt hatte. Und wenn die Leute mich auslachten, würden sie Heulender Wind gnadenlos verspotten. Und weil das meinem kleinen Schatz natürlich ganz und gar nicht gefallen würde, konnte ich mir leicht ausrechnen, daß ich in großen, großen Schwierigkeiten steckte.

Ich versuchte es in der Abenddämmerung. Der Bach plätscherte; frisch erblühte Blumen verströmten ihren süßen Duft; der Himmel zeigte ein atemberaubendes Farbenspiel aus Rot und Purpur; der Abendstern strahlte hell; der Vollmond ging auf, und ich produzierte schrille Mißklänge auf einer Flöte. Welche Frau konnte da schon widerstehen?

Heulender Wind.

Sie schlich sich von hinten leise an mich heran, als ich wenige Schritte von ihrem Wigwam entfernt mein Konzert begonnen hatte, riß mir die Flöte aus der Hand und schlug sie mir kräftig auf den Kopf.

Mir wurde schwindlig, meine Augen tränten, und ich hörte ihre Worte, als würde sie – wütend – unter Wasser zu mir sprechen.

»Ich habe gehört, du hast den Tag damit verbracht, eine Frau auf Händen zu tragen. Und dann hast du sie zu dir aufs Pferd genommen, damit jeder es sehen kann!«

Ich versuchte, auf meinen wackligen Beinen zu stehen. »Ich ... ich kann erklären ...«

Sie schubste mich, und ich plumpste auf den Hintern. Dann saß ich zu ihren Füßen, die Beine unschön gespreizt.

»O ja, du wirst mir alles ganz genau erklären. Und sei bloß überzeugend! Sonst ist unsere Verlobung gelöst.«

»Aber, mein Lieb ...«

Sie packte mein Ohr – das, von dem ihr Ohrring baumelte – und zog daran. Fest. Mein Kopf und meine ungeteilte Aufmerksamkeit folgten.

»Sag nicht *Liebling* zu mir! *Ich* entscheide, ob ich dein Liebling bin. So, und jetzt rede.«

Das tat ich, schneller als ein schneidender Wind an einem stürmischen Tag. Irgendwann ließ ihr Interesse an den Geheimnissen, die ich ihr anvertraute, ihren Zorn schwinden. Sie ließ mein pochendes Ohr los, kauerte sich vor mir nieder und lauschte gespannt. Als ich endete, pfiff sie leise durch die Zähne. Dann schaute sie mich mit ihren seltsam runden Augen an. Ich sah Tränen darin schimmern.

»Mein armer kleiner Liebling«, sagte sie und verschluckte einen Schluchzer. »Bitte verzeih mir, daß ich an dir gezweifelt habe. Du hast so hart geschuftet, um uns allen zu helfen, und mein Vetter, dieser Schakal, hat mir wieder einmal etwas vorgeschwindelt. Er macht sich einen Spaß daraus, Verwirrung zu stiften. Ich hätte es besser wissen müssen. Ich hätte auf Himmelsläufer hören sollen.«

»Warum? Was hat Himmelsläufer denn gesagt?«

Sie zögerte; dann sagte sie rasch: »Ach, nichts Wichtiges.«

Ihre Nervosität strafte ihre Worte Lügen. Plötzlich erkannte ich, daß ich unbedingt erfahren mußte, was Himmelsläufer von sich gegeben hatte. »Erzähl es mir. Erzähl mir genau, was er über mich gesagt hat.«

»Es wird dir vielleicht nicht gefallen.«

»Sag es mir trotzdem.«

Sie stieß einen lauten Seufzer aus. »Also gut, wenn du es unbedingt wissen willst. Er hat gesagt, du wärst nicht gerade ein gutaussehender Mann. Daß du sehr glücklich bist, wenn eine Frau wie ich dich wirklich liebt und dich heiraten möchte, und daß du meine Liebe nie leichtsinnig aufs Spiel setzen würdest. Außerdem hat er gesagt, daß die andere Frau nur deshalb mit dir geritten ist, weil sie verzweifelt war.«

»Ach? Das alles hat er gesagt?«

Ihre Lider wurden zu unheilverkündenden Schlitzen. »Willst du damit andeuten, daß er sich geirrt hat? Daß meine Gefühle dir egal sind? Daß die Frau von Der-Büffel-treibt, diese fette Stute, unbedingt mit dir zusammen sein wollte?«

»Ich ...«

Ein gnädiger Schöpfer gab mir die Klugheit, den Mund zu halten. Heulender Wind beäugte mich wie ein hungriger Bussard, der begierig darauf wartet, seine Krallen in ein Beutetier schlagen zu können, das in den letzten Zügen liegt. Jeder Versuch, meinen ramponierten Stolz zu verteidigen, würde nur gegen mich verwendet werden. Also kroch ich auf eine Weise zu Kreuze, daß meine Ahnen sich vermutlich im Grab umdrehten.

»Ich habe die ganze Zeit nur an dich gedacht. Ich habe die Frau nur deshalb gerettet, weil sie bei der Verhandlung gegen Cheyenne-Räuber als Zeugin gebraucht wird. Wäre es anders gewesen, hätte ich keine Hand gehoben, um der Frau zu helfen, das schwöre ich bei meiner Liebe zu dir. Aber sie *muß* bei der Verhandlung aussagen. Denn was diese Frau getan hat, ist die Ursache unserer Probleme.«

Ich wand mich, als Heulender Wind sich unangemessen viel Zeit ließ, über meine Worte nachzudenken. Als sie wieder sprach, lag in ihren Worten eine absichtlich kaum verhüllte Drohung.

»Ich habe letzte Nacht von dir geträumt, Tay-bodal. In meinem Traum hast du zu einer Gruppe Frauen gesprochen, die dich allesamt bewundert haben. Dann, plötzlich, zuckte deine Hand zur Kehle, und du wurdest ganz weiß im Gesicht. Und Blut strömte über deine Hände, als wäre deine Gurgel durchgeschnitten. Ist das nicht gräßlich?«

Sie lächelte träge, ohne die Zähne zu zeigen. Ich brachte bloß ein staubtrockenes Schlucken zustande.

Nachdem sie erkannt hatte, daß ich eingeschüchtert genug

war, stand sie auf und reichte mir die Hand. Wir schlenderten zum Bach und folgten seinem Lauf, bis wir ein gutes Stück vom Dorf entfernt waren. In der Nähe des Ufers, von Bäumen und Sträuchern verborgen, setzten wir uns.

»Liebst du mich wirklich, Tay-bodal?«

Ihre Stimme war leise; eine rätselhafte Unruhe und die Hoffnung, ein ›Ja‹ von mir zu hören, schwangen darin mit. Ich konnte es nicht fassen, daß eine so schöne und selbstsichere Frau insgeheim Angst davor hatte, meine Gefühle für sie könnten nicht stark genug sein.

»Ich bin ein unansehnlicher Mann«, sagte ich, »der sein großes Glück noch gar nicht begreifen kann. Du weißt, daß ich dich liebe.«

Sie kicherte, und ihre Unsicherheit verflog. Dann schaute sie mich mit einem seltsam schüchternen Ausdruck an. Ich hatte schon früh bemerkt, daß sie eine Frau war, die viele Stimmungsumschwünge erlebte. Wenn sie schüchtern war, wie jetzt, gefiel sie mir am besten. Schüchternheit ist nur ein anderes Wort für Furcht. Ich war immer noch ein Fremder für sie. Um mich lieben zu können, mußte sie meiner sicher sein. Ich wollte ihr zeigen, daß sie meiner *immer* sicher sein konnte. Ich hob ihre Hand an meine Lippen, küßte ihre Finger.

»Selbst wenn ich so schön wäre wie Cheyenne-Räuber«, sagte ich ernst, »würde ich mich immer noch sehr glücklich schätzen, daß eine Frau wie du mich liebt. Du wirst stets der schönste und wichtigste Teil meines Lebens bleiben. Ich will dich mit ganzem Herzen lieben und ehren, mit ganzer Seele, für den Rest unseres Lebens und bis in alle Ewigkeit.«

»Oh, Tay-bodal!« rief sie und flog mir um den Hals.

Sitzender Bär wäre sehr zufrieden mit mir gewesen, hätte er gewußt, daß ich nun keinen Toten mehr herumrollte, sondern eine sehr lebendige, unglaublich leidenschaftliche Frau. Er hätte gesagt, daß ich das Richtige tue. Doch ich wußte auch, daß Weißer Bär etwas ganz anderes gesagt hätte, weil die betreffende Frau seine Kusine war. Dieser ernüchternde Gedanke sorgte dafür, daß ich mich von Heulender Wind löste. Hastig schob ich eine Hand zwischen ihre und meine Stirn, um unseren wilden Kuß zu unterbrechen.

»Das können wir nicht tun«, keuchte ich.

»O doch, können wir.«

Wieder lagen ihre Lippen auf den meinen, und sie drückte meine Arme zu beiden Seiten meines Kopfes auf den Boden. Ihre Kraft jagte mir eine heilige Furcht ein.

»Tay-bodal«, stieß sie mit heiserer Stimme hervor, »ich habe seit zwei Jahren keinen Mann gehabt. Wenn du mir schon nicht helfen willst, dann halt wenigstens still.«

Als ich aus den süßen Tiefen der leidenschaftlichen Versunkenheit in diese Welt zurückkehrte, küßte sie mich leicht auf den Mund.

»Jetzt bist du für immer mein«, keuchte sie.

Ich konnte nur nicken.

Ich gehörte ihr. Und weil das so war, habe ich seit jenem Abend stets einen großen Bogen um Gruppen von Frauen gemacht. Ich habe nur eine Kehle, und ich war nie versessen darauf, daß sie mir durchgeschnitten wird.

Als wir vor ihrem Wigwam standen, kuschelte Heulender Wind sich in meine Arme, während ich auf geradezu schändliche Weise darum bettelte, daß sie mit mir nach Hause kam.

»Bitte, bitte, komm mit.«

»Ich kann nicht.«

»Bitte! Ich möchte in deinen Armen einschlafen.«

Sie legte mir die Hände an die Brust, schob mich von sich und blickte zu mir empor. Ihr Gesicht war weiß im Licht des Mondes, und ihre außergewöhnlichen runden Augen ähnelten zwei großen schwarzen Löchern.

»Du weißt, das geht nicht. Weißer Bär würde toben. Bei

ihm muß immer alles seinen geregelten Gang gehen. Er würde einer Heirat zwischen uns nur dann seine Zustimmung erteilen, wenn er vor Zeugen meine Hand in deine legen kann. Und dann muß ein großes Fest gefeiert werden, Geschenke müssen verteilt werden. Vergiß nicht, ich bin seine Blutsverwandte, und es würde Schande über ihn bringen, wenn er nicht jedem Hochzeitsgast ein Geschenk machen kann. Es geht nun mal nicht anders, Tay-bodal. Sonst ist Weißer Bär für alle Zeiten wütend auf uns.«

Was sie sagte, war vernünftig. Der Stolz von Weißer Bär war bereits angekratzt, weil Cheyenne-Räuber sich eigenmächtig zum Ehemann von Weißer Otter erklärt hatte. Wurde Weißer Bär bei einer weiteren Hochzeit übergangen, würde es ihn in unberechenbaren Zorn versetzen. Doch Vernunft und fleischliche Lust haben oft nichts gemein, und nun, da ich mich von meiner . . . Überraschung erholt hatte, brannte heiße Leidenschaft in mir. Ich zog Heulender Wind an mich und stöhnte wohlig, als ich ihren Busen an meiner Brust spürte.

»Dann laß uns wenigstens wieder in den Wald gehen.«

Sie schlug mir auf die Unterarme. »Sei still«, flüsterte sie zwischen den zusammengepreßten Zähnen. »Es sind scharfe Ohren in der Nähe, und sie lauschen.«

Mein Blick huschte zum Wigwam hinüber, der wie ein schwarzes Gespenst in den sternenübersäten Himmel ragte. In diesem Wigwam wohnte Heulender Wind mit drei jungen Mädchen, zwei Witwen und den Kindern dieser Witwen zusammen. Weißer Bär würde so lange an diesen Frauen festhalten, wie er nur konnte. Ein Vorrat an gesunden, heiratsfähigen Frauen war ein weiteres Zeichen seines Wohlstandes. Außerdem erforderte die Größe seines Dorfes viele arbeitsfähige Hände; auch von daher würde Weißer Bär nur widerwillig auf eine Frau verzichten. Sein verlockendes Versprechen an mich, Heulender Wind heiraten zu dürfen, war eine unverfrorene Bestechung, ein Köder, den er so lange vor meinen Augen baumeln lassen würde, wie er damit durchzukommen glaubte.

Er wußte, daß ich als Heiler für ihn arbeiten würde oder als Spitzel – auf jede Weise, die er von mir verlangte –, um Heulender Wind zu bekommen. Doch wenn ich erst mit ihr verheiratet war, lag es an mir, ob ich weiterhin als sein Dienstbote arbeiten wollte. Ich würde durch die Ehe an seinen Klan gebunden sein, aber ich war dann nicht mehr sein Handlanger. Darin lag der feine Unterschied.

Egal, wie leicht eine Falle gespannt ist, sie hat dennoch Zähne. Zähne, die tief beißen, wie ich zu spüren bekam, als Heulender Wind mich stehenließ und im Innern der kegelförmigen Silhouette des Wigwams verschwand. Ich weiß nicht mehr, wie lange ich dort stand und Heulender Wind die Gelegenheit gab, ihre Meinung zu ändern, wieder herauszukommen und mit mir entweder zu unserem Liebesnest am Bach oder zu mir nach Hause in meinen Wigwam zu gehen. Ich blieb stehen, bis mir die Beine und Füße einschliefen. Sie war vernünftiger als ich. Sie änderte ihre Meinung nicht.

Ich hörte ein Flüstern: »Ist er noch da draußen?«

Die Plane am Eingang wurde ein Stückchen zur Seite geschlagen, und ein Auge blickte mich an. Die Plane wurde rasch geschlossen; dann sagte eine Mädchenstimme prustend: »Ja!« Sofort kicherten sämtlichen Frauen im Wigwam los.

Ich war geschlagen. Ich war ein Dummkopf. Betrübt schlich ich davon.

8.

Als ich am nächsten Morgen erwachte, fühlte ich mich so gut wie seit Jahren nicht. Mein Kopf war klar, und ich steckte voller Energie. Die körperliche Liebe bewirkt so etwas. Genauer gesagt, liegt es an dem gewaltigen Unterschied zwischen körperlicher Liebe und bezahltem Sex. Ich kenne diesen Unterschied besser als die meisten anderen. Der Gedanke, Heulender Wind vielleicht geschwängert zu haben, trug noch zu meinem Wohlbehagen bei. Ich grinste wie ein Opossum, als ich auf der Schlafstätte lag und mir ihren von der Schwangerschaft dicken, aber nichtsdestoweniger schönen Körper vorstellte, in dem mein Kind heranwuchs.

Alle diese Traumbilder vermittelten mir einen schattenhaften Eindruck davon, wie Cheyenne-Räuber sich fühlen mußte, und mein Hochgefühl verflog augenblicklich. Die Frau, die er liebte, ging mit seinem Kind schwanger, und Weißer Otters Schwangerschaft war nicht bloß ein schönes Traumbild wie bei mir. Überdies war das Leben des Ungeborenen in Gefahr. Heute war bereits der dritte der fünf Tage, die Eulen-Mann dem Weißen Bären gewährt hatte, um den wahren Mörder von Wandelnder Kojote zu finden.

Auch wenn Weißer Otter jetzt bei Cheyenne-Räuber war – ich wußte, daß er sich noch immer große Sorgen um ihre Sicherheit machte. Sie und das Kind würden erst dann wirklich sicher sein, wenn Cheyenne-Räuber sie als freier Mann nach Hause bringen konnte, ins Dorf von Weißer Bär.

Und noch etwas hatte ich mit Cheyenne-Räuber gemein: Auch die Frau, die *ich* liebte, war nicht vollkommen sicher.

Und auch sie hatte ein Kind. Einen Jungen. Den kleinen ... wie hieß er gleich? Mit der Hand rieb ich mir den Schlaf aus den Augen. Ich wußte, Heulender Wind hatte mir seinen Namen gesagt, aber ich konnte mich beim besten Willen nicht daran erinnern. Ich mußte ihn kennenlernen, Freundschaft mit ihm schließen. Da wäre es eine große Hilfe, zuerst einmal festzustellen, welcher aus der Horde der kleinen Jungen, die die Hunde im Dorf drangsalierten, der Sohn von Heulender Wind war. Und weil es noch sehr früh war, konnte ich vielleicht seine Bekanntschaft machen, bevor er in der Menge der anderen Jungen verschwand.

Als ich ihn das erste Mal erblickte, mußte ich lachen. Der kleine Kerl stand direkt draußen vor dem Frauenwigwam. Er war splitterfasernackt, sein runder Blähbauch stand vor, der Rücken war gekrümmt, die Hände lagen hinter den Hüften, und er gähnte herzhaft, während er pinkelte. Er hätte eines der anderen Kinder sein können, die zum Wigwam gehörten, doch ich wußte sofort, daß er der Sohn von Heulender Wind war. Er hatte die Form der Augen von ihr geerbt. Mit seinem pummeligen Kinderkörper und den großen runden Augen sah er wie ein junger Waldkauz aus.

Ich hielt mich nicht mit Förmlichkeiten auf, sondern nahm seine Hand, so daß er vor Schreck zusammenzuckte. »Hier nicht«, knurrte ich und zog ihn mit mir. »Frauen haben es nicht gern, wenn Männer vor ihrer Tür Pipi machen.«

Seine Stummelbeine flogen, als er mit mir Schritt zu halten versuchte. Nachdem wir eine geeignete Stelle erreicht hatten – viele schützende Bäume –, ließ ich seine Hand los und leerte meinerseits die Blase. Das Kind beäugte den Strahl, dann mich, dann wieder den Strahl.

»Du auch!« rief ich.

Ich mußte grinsen, als er meine Körperhaltung nachzuahmen versuchte und ein paar letzte Tropfen herausquetschte.

Als wir fertig waren, nahm ich wieder seine Hand und führte ihn nach Hause.

»Wie heißt du, kleiner Mann?«

»Hunger.« Er war kaum fünf. Seine Antwort klang eher wie *Hoongaa.*

Ich blieb stehen und schaute auf ihn hinunter. Er äugte zu mir empor und mußte in der Sonne blinzeln. Seine Oberlippe war bis zur Stubsnase heraufgezogen. Die winzigen Milchzähne, die er dabei entblößte, sahen wie kleine weiße Steine aus.

»Das ist der Name für ein Baby«, sagte ich ernst. »Eine Junge, der alt genug ist, daß er weiß, wo man Pipi machen darf und wo nicht, braucht einen richtigen Namen.«

Er kratzte sich am Hinterkopf, wobei er mich anschaute und immer noch meine Hand hielt.

»Ich glaube, ich werde dich Tay-bodals Lieblingssohn nennen.«

»Wer is' Tay-biddal?«

»Ich.«

»Is' Tay-biddal mein Vater?«

»Ja. Von nun an bin ich für immer dein Vater. Und daß ich dich nie wieder beim Pipimachen vor dem Wigwam erwische!«

Ich nahm meinen Sohn auf die Arme und brachte ihn zu seiner Mutter.

Sie stand vor dem Wigwam, wrang die Hände und blickte sich besorgt um. Erleichterung spiegelte sich auf ihrem Gesicht, als sie uns entdeckte. Und da sie nun mal Heulender Wind war, folgte der Erleichterung augenblicklich Zorn.

»Wohin hast du ihn gebracht?« fuhr sie mich an. »Warum hast du mir nicht gesagt, daß mit ihn fortgehst? Ich habe mir Sorgen gemacht.«

Ich wußte, daß der Wigwam bis unters Dach mit gespitzten Ohren gefüllt war. Ich wußte überdies, daß jetzt der Augenblick gekommen war, meiner Frau gegenüber den einem Ehemann angemessenen Tonfall anzuschlagen und den Lieblingssohn zu zeigen, daß ich ihm ein richtiger Vater und der Herr im Hause war. Falls Heulender Wind mir wieder einen Schlag auf den Kopf verpaßte und mich diesmal so hart traf, daß ich sterben mußte, konnte ich wenigstens eine Vielzahl von Zeugen vorweisen, die meine letzten Akt der Tapferkeit miterlebt hatten.

»Frau! Ich brauche deine Erlaubnis nicht, wenn ich mit meinem Sohn pinkeln gehe.«

Heulender Wind warf den Kopf in den Nacken. In ihren runden Augen, die noch runder wurden, loderte es. Doch sie sagte nichts, was ich als gutes Zeichen betrachtete. Ich reichte ihr den Jungen.

»Noch etwas. Er ist zu alt, um nackt herumzulaufen. Er braucht einen Lendenschurz und Mokassins. Außerdem habe ich seinen Namen geändert. Von nun an wirst du ihn Taybodals Lieblingssohn nennen.«

»A ... aber wird sind noch nicht verheiratet.«

»Aber so gut wie. Das gibt mir das Recht, den Jungen als meinen Sohn zu betrachten.«

»Das stimmt nicht«, konterte sie kampflustig. »Wir sind erst Mann und Frau, wenn Weißer Bär es gesagt hat. Und überhaupt – was gefällt dir an seinem Namen nicht? Er paßt zu ihm, und er hat sich daran gewöhnt.«

Sie nörgelte und schimpfte, schien gar nicht mehr aufhören zu wollen. Ich hüstelte, räusperte mich einmal, zweimal – so wie auch mein Vater es getan hatte, wenn er auf seine ruhige, besonnene Art meine Mutter zum Schweigen bringen wollte. Doch Heulender Wind war an solche ruhigen, besonnenen Überredungsmethoden nicht gewöhnt. Ich hätte mir die Lungen aus dem Leib hüsteln können, sie hätte sich trotzdem weiter zornig über meine anmaßenden Ansichten ausgelassen, was ihren Sohn betraf. Ich betrachtete den kleinen Jungen in ihren Armen. Er blickte vor Kummer und Angst verschüchtert drein. Erwachsene sollten sich nicht vor den Augen eines Kindes streiten. Laute Stimmen jagen Kindern Furcht ein. Aber diesmal blieb mir keine Wahl. Ich rief:

»Frau! Hör auf zu nörgeln! Du hast deine Meinung deutlich gemacht. Schon oft. Diesmal mußt du *meine* Meinung akzeptieren. Ich bin zweimal mit dir im Mondlicht spazierengegangen. Ich habe für dich auf der Flöte gespielt. Gut, du hast sie mir auf den Kopf geschlagen, aber das ändert nichts daran, daß ich vor diesem Angriff für dich Musik gemacht habe. Und nach alldem willst du verleugnen, daß wir so gut wie verheiratet sind? Daß ich als dein Mann gewisse Rechte habe? Wenn das wirklich so ist, hast du dich soeben in aller Öffentlichkeit als tugendloses, schamloses Weib erwiesen!«

Sie holte in der morgendlich kühlen Luft tief Atem. Im Eingang des Wigwams erschien ein kicherndes weibliches Gesicht und verschwand blitzartig wieder. Heulender Wind, sprachlos vor Schreck und knallrot im Gesicht, schaukelte den Jungen hektisch in den Armen und starrte mich mit blitzenden Augen an. Ich hatte sie übertrumpft, und alle Frauen im Wigwam hatten es mitbekommen. Ihre Nüstern blähten sich, als sie mich mit einem vernichtenden Blick bedachte.

»Also schön«, preßte sie zwischen den zusammengebissen Zähnen hervor. »Ich gebe zu, daß wir so gut wie verheiratet sind und daß du gewisse Rechte hast. Aber auch ich habe Rechte, und eins dieser Rechte besagt, daß ich mir das Heim anschauen darf, das du mit mir teilen willst. Falls es mir nicht gefällt, sage ich dir schon jetzt, daß die Hochzeit dann so lange aufgeschoben wird, bis du mir etwas bieten kannst, in dem es sich leben läßt.«

Jetzt war es an mir, scharf Luft zu holen. Ich wußte inzwischen schon, daß mein Schatz außerordentlich gerissen sein konnte, wenn er wütend war. Natürlich wußte sie genau, daß mein Wigwam eine baufällige Behausung war, die Weißer Bärs Frauen lieblos und schlampig errichtet hatten. Schon bevor sie meinen Wigwam abrissen, hatten sie erklärt, es bestünde die Gefahr, daß er in seine Einzelteile zerfiele. Als ich nun daran dachte, wurde ich noch wütender, als ich ohnehin schon war. Wütend auf die Frauen von Weißer Bär, wütend auf Heulender Wind. Und ganz besonders wütend darauf, daß der Zustand meines Wigwams meinen Schatz in der Nacht zuvor kaum gestört hatte. Doch jetzt auf einmal, im Licht der Morgensonne, schien sie das alles vergessen zu haben.

Lieblingssohn auf den Armen, schlenderte sie an mir vorbei. »Dann will ich mir diesen Müllhaufen, den du als Heim bezeichnest, noch einmal genauer anschauen«, sagte sie in herablassendem Tonfall.

Als wir in Richtung meines Wigwams davongingen, übellaunig und gereizt, hörte ich wieder dieses nervtötende Kichern, was meinen Zorn noch mehr anstachelte und in mir die Frage aufkeimen ließ, ob diese Weiber eigentlich nichts anderes zu tun hatten, als sich in dem Zelt zu verstecken und mein Leben zu belauschen.

Als wir meinen zugegeben jämmerlichen Wigwam erreichten, verflog der Zorn meiner Zukünftigen und wich grellem Entsetzen. Mit schreckgeweiteten Augen starrte sie die Behausung an, während sie Lieblingssohn auf die Füße stellte. Dann stand sie da und starrte, schweigend, den Mund aufgerissen.

»Wenn wir es ... hier und da ... ein bißchen ausbessern ...«, stammelte ich. »Auf jeden Fall ist es geräumig.«

Langsam drehte sie den Kopf in meine Richtung. Ihr Gesicht war bleich, die Augen dunkle Kreise in einem Meer von Weiß. Als ihr Mann für tot erklärt worden war, hatte man Heulender Wind – als der Witwe – erlaubt, alle Dinge des

Haushalts an sich zu nehmen, die ihr wertvoll waren. Dann durften ihre weiblichen Verwandten sich nehmen, was sie gebrauchen konnten. Und dann hatte man den Wigwam ihres Mannes mitsamt dem verbliebenen Inhalt verbrannt. Anschließend war Heulender Wind völlig mittellos zu ihrem Vetter Weißer Bär gekommen, den kleinen Sohn an der einen Hüfte, ein Bündel mit Habseligkeiten an der anderen. Ich konnte mir vorstellen, daß sie nun ihr einstiges Heim mit dem Wigwam verglich, den ich ihr als neues Zuhause anbot. Und wie ich bei diesem Vergleich abschnitt, war an ihrem Gesicht nur allzu deutlich abzulesen.

»Wie viele Tierhäute braucht man für einen neuen Wigwam?« fragte ich ängstlich.

»Mindestens vierzig«, antwortete sie, und in ihrer Stimme lag Herablassung. »Und alle müssen gleichmäßig gegerbt sein. Das ist eine Arbeit für viele, viele Hände.«

Ich schwankte leicht, fing mich dann wieder. »Also gut. Ich bin kein armer Mann. Ich kann es mir leisten.«

Allmählich erwachte sie aus ihrem Schockzustand, glücklich darüber, daß ich mich als großzügiger zukünftiger Ehemann erwies. »Meine Schwestern würden mir bei der Arbeit helfen«, sagte sie aufgeregt. »Wir könnten die Häute sehr schnell fertig haben. Aber ich bin nicht besonders geschickt im Zuschneiden von Häuten. Mein Mann hatte damals einen Fachmann bezahlt, der so etwas berufsmäßig macht.«

Ich spürte, wie Zorn auf ihren toten Gatten in mir aufstieg. Mürrisch preßte ich hervor: »Also gut, dann bestelle ich auch einen.«

»Wirklich?« Fröhlich rief sie ihren Sohn vom Eingang meines Wigwams fort. »Geh nicht da rein, mein kleiner Schatz. Sonst bekommst du Flöhe.«

»Frau!« donnerte ich. »Ich schlafe nicht mit Flöhen.«

»Nun sei nicht gleich böse«, gurrte sie. »Aber das Ding wird ja nur noch von Flöhen zusammengehalten. Und wo wir gerade dabei sind – die Stangen sind so kurz geworden wie Stöcke. Wo soll man da den Kopf lassen? Ich kann doch nicht immerzu gebückt herumlaufen. Da bekomme ich einen krummen Rücken. Nein, neue Stangen brauchen wir auch.« Sie kaute auf dem Mundwinkel, während sie eine flüchtige Schätzung vornahm. »Für einen Wigwam aus vierzig Häuten brauchen wir mindestens sechzig Pfähle. Jeder doppelt so lang wie diese Stummel da.« Sie bückte sich und trat ins Innere meiner jämmerlichen Behausung. »Und jetzt muß ich mir die Dinge anschauen, in denen ich für dich kochen soll.«

»Was ist mit den Flöhen?« rief ich ihr nach.

»Ich wollte sowieso gleich baden.«

Lieblingssohn und ich lungerten vor dem Wigwam herum, während Heulender Wind ihre Inspektion vornahm. Als sie zum Vorschein kam, war sie schon wieder eingeschnappt.

»Gefäße aus Flaschenkürbis«, spie sie hervor. »Altmodische Flaschenkürbisse und ein alter schwarzer Kessel ohne Griff. Was kochst du eigentlich? Die Flöhe? So lebt kein zivilisierter Mensch. Das ganze Zeug muß verschwinden. Zum Glück habe ich noch ein paar Kochkessel und Eßschüsseln. Was bewahrst du eigentlich in diesen kleinen Tongefäßen auf? Was es auch sein mag – es stinkt.«

»Das sind Heilkräuter. Du kannst doch meine Vorräte an Medizin nicht wegwerfen!«

»Tja, aber leben kann ich damit auch nicht. Wir werden diesen schlechten Scherz von einem Wigwam als Vorratshütte benutzen. Dann kannst du dein stinkendes Zeug genauso darin aufbewahren, wie es jetzt ist. Wäre dir das recht?«

»Vollkommen.«

»Gut.«

»Gut!«

Sie gab mir einen schmatzenden Kuß. »Dein Glück, daß ich

dich so unwiderstehlich finde. Sonst würde ich dich mit deinen Flöhen und den scheußlichen Tongefäßen allein lassen und dich nie mehr anschauen.«

An diesem Morgen wehte eine leichte, kühlende Brise, während die Sonne an einem klaren Himmel aufging. Der Boden hatte gierig die Wassermassen der Regenflut des Vortags aufgesaugt; nun verlor er seine schlammige Weichheit und wurde härter und fester unter meinen Fußsohlen. Um mich herum wucherte die Vegetation, explodierte regelrecht von neuem Leben. Die frisch gewaschenen Bäume und Sträucher leuchteten und strahlten in herrlichen Grüntönen und standen, vom Regen verjüngt, stolz da. Präriegräser begrüßten mich in grünen und gelben Schattierungen, indem sie in der auffrischenden Brise wogten. Die Luft war kühl und würzig, angereichert mit einem feinen Kieferndutf.

Dieser wundervolle Morgen bot eine Fülle von Beweisen dafür, daß das Leid von Großmutter Erde gelindert worden war, und ihre Freude war ansteckend. So ansteckend, daß ich mich gegen die aufkeimende gute Laune wehren mußte, um wegen des »kleinen Streiches«, den Weißer Bär mir gespielt hatte, wütend genug auf ihn zu bleiben. Während ich zu seinem Wigwam ging, brachte ich mich in angriffslustige Stimmung.

Die Eskapade hätte mein zartes, empfindliches Verhältnis zu Heulender Wind beinahe zerstört. Es war zwar nur einer der berüchtigten Scherze des Weißen Bären gewesen – nicht boshaft gemeint –, aber das war mir egal. Er hielt es offenbar für lustig, Heulender Wind dermaßen gegen mich aufzubringen, daß sie wutschnaubend auf mich losgegangen war, ja sogar den Wunsch besaß, mir körperlichen Schmerz zuzufügen – was sie dadurch bewiesen hatte, daß sie mir die Flöte auf den Kopf schlug. Und die Aussicht, mich anschließend tagelang dabei zu beobachten, wie ich hinter ihr herschlich und wie ein geprügelter Hund um Gnade winselte, war für Weißer Bär vermutlich noch lustiger. Ich wußte, daß es ihn mit kindischer Schadenfreude erfüllte. Doch ich hatte ihm einen Strich durch die Rechnung gemacht. Das war nicht ganz ungefährlich. Schließlich hatte ich mich ohne sein Einverständnis zum Ehemann von Heulender Wind erklärt. Und bei Weißer Bär konnte gute Laune abrupt in wilde Wut umschlagen. Doch *ich* hatte den gerechten Zorn auf meiner Seite, und den nährte ich. Ich spannte mein Inneres straffer an als ein geflochtenes Lasso aus Rohhaut und war geradezu närrisch versessen auf die Auseinandersetzung.

Als ich seinen Wigwam betrat, nahm ich gar keine Notiz von der erlauchten Versammlung, die sich bei ihm eingefunden hatte. Weißer Bär und seine Besucher saßen beisammen und genossen die erste Mahlzeit dieses Tages. Doch mein Blick war nur auf Weißer Bär gerichtet. Von gerechtem Zorn erfüllt, beachtete ich die anderen gar nicht: Einsamer Wolf, Großer Bogen, Taumelnder Bär, Langes Horn, Großer Baum, Himmelsläufer und Quitan oder Weißes Pferd. Sie alle waren Häuptlinge aus der Kaste der Ondes, und drei von ihnen – Großer Baum, Weißes Pferd und Großer Bogen – waren überdies *To-yop-kes*, Kriegshäuptlinge.

»Ich habe dir einiges zu sagen.«

Verdutzt hob Weißer Bär den Blick von der Schüssel, die er in der einen Hand hielt; in der anderen hatte er ein Stück Fleisch, das er gerade zum Mund führen wollte. Erstaunt hielt er inne und schaute mich an. Die Männer um ihn herum nahmen eine angespannte Haltung ein. Himmelsläufer stieß ein leises Kichern aus.

»Ich bin gekommen, um dir zu sagen, daß ich deine Kusine Heulender Wind heiraten werde. Und daß ich ihren Sohn an Vaters statt angenommen habe. Heulender Wind ist bereits mit den Vorbereitungen für den Bau unseres neuen Wigwams beschäftigt. Welchen Brautpreis du also auch forderst, ich werde ihn zahlen, und dann bin ich fertig mit dir. Du hast gestern für genug Ärger zwischen mir und Heulender Wind gesorgt. Deshalb hielt ich es nicht für nötig, dich um Erlaubnis zu fragen.«

Weißer Bär saß da und starrte mich an, in brütendes Schweigen versunken.

»Ich verstehe«, sagte er schließlich düster.

Er stellte die Schüssel ab, verschlang das Stück Fleisch, steckte sich die Finger in den Mund und leckte sie ab. Die ganze Zeit über hielt er seine funkelnden dunklen Augen auf mich gerichtet. Dann fuhr er mit tiefer, grollender Stimme fort:

»Und meine Kusine, Heulender Wind, hat sich ohne jede Widerrede daran gemacht, euren Wigwam zu bauen?«

Ich zögerte. Die ersten Sonnenstrahlen des gesundes Menschenverstandes leuchteten in mir auf. Erst in diesem Augenblick wurde ich mir der Anwesenheit der anderen deutlich bewußt – und daß sie allesamt Häuptlinge waren, die nun in gespanntem Schweigen verharrten.

»Äh ...«, sagte ich und spürte, wie ich schrumpfte, »ja, wirklich. Sie, äh ... ist sogar schon mit Freude bei der Arbeit.«

Weißer Bär erhob sich. Gemessenen Schrittes kam er auf mich zu. Mein Zorn verrauchte. Jetzt hatte ich Angst. So große Angst, daß meine Beine wie angewurzelt waren. Dann stand er vor mir. So nahe, daß uns kaum genug Platz zum Atmen trennte. Ich rechnete fest damit, daß Weißer Bär mich niederschlug. Doch er lachte, umarmte mich stürmisch und hob mich in die Nähe.

»Willkommen in der Familie!«

Er stellte mich wieder auf den Boden, drehte mich herum und zwang mich, den grinsenden Zuschauern in die Augen zu blicken.

»Gebt bekannt, daß der unerschrockene tapfere Mann mit Namen Tay-bodal bald mein Blutsvetter wird. Mitglied des Klans der Rasseln. Daß er erobert hat, was nicht zu erobern war – meine alles andere als gutmütige Kusine Heulender Wind.« Er gab mir einen kräftigen Schlag auf den Rücken. »Wünscht ihm viel Glück mit dieser Frau. Er wird es brauchen.«

Die Männer kicherten, während Weißer Bär mit selbstzufriedener Miene auf mich herunterschaute. »Sie ist eine gute Frau«, sagte er mit lauter Stimme. »Sie braucht bloß eine starke Hand. Laß sie nie vergessen, wer das Sagen hat, und höre gar nicht hin, wenn du die Geschichten über ihren ersten Mann hörst – daß er absichtlich in diese Kugel eines Texaners gelaufen ist.«

Als ich im Schatten der Laube saß, umgeben von den erlauchten Männern, dachte ich angestrengt nach, während ich mit riesigem Appetit aß. Die Launenhaftigkeit von Heulender Wind war also allgemein bekannt; deshalb betrachtete man sie als Frau, die kaum jemand heiraten wollte. Na und? Was mich betraf, hatte ihre Launenhaftigkeit sie davor bewahrt, mit einem anderen Mann als mir verheiratet zu werden. Im meinen Augen war ihr sprunghaftes Temperament ein Segen. Dann schob ich diese Gedanken beiseite und schlang alles hinunter, was mir vorgesetzt wurde.

»Du bist ein Vielfraß«, beklagte Weißer Bär sich mürrisch.

»Nein, ist er nicht.« Himmelsläufer schaute mich an und zwinkerte mir zu. »Er sammelt Kräfte für die Hochzeitsnacht.«

Weißer Bär schlug mir so fest auf den Rücken, daß ich einen großen Brocken hinunterschluckte, der noch gar nicht fertig gekaut war.

»Das stimmt! Ihr alle werdet Tay-bodal geben, was in euren Schüsseln übrig bleibt. Schließlich will er einen Dämon niederringen, und da müssen seine Glieder sehr stark sein. Besonders das Glied, das zwischen seinen Beinen baumelt.«

Weißer Bär stubste mich mit der Schulter an. In gedämpftem Flüsterton sagte er scherzend: »Übrigens, falls du einen Zeugen brauchst, der dabei sein soll, wenn du darum kämpfst, die Ehe vollziehen zu können, dann frag Großen Baum. Er ist noch Jungfrau. Es würde ihm eine Hilfe sein, wenn er zuschauen ...«

Großer Baum knallte seine Schüssel auf den Boden. »Ich bin *keine* Jungfrau!«

Weißer Bär beugte sich zu dem beleidigten jungen Kriegshäuptling vor. Er packte ihn mit zwei Fingern an der Wange, zerrte ihn zu sich und sagte, als spräche er zu einem Kind: »Doch, bist du, kleiner Mann.«

Großer Baum schlug die Hand Weißer Bärs zur Seite, saß schmollend da und rieb sich die Wange, während die anderen Männer lachten. Ich lachte nicht. Ich betrachtete Großer Bogen und fragte mich, was er im Wigwam von Weißer Bär zu suchen hatte. Daß er neben Einsamer Wolf saß, war das äußere Zeichen dafür, daß er als Unparteiischer ins Dorf des Weißen Bären gekommen war. Doch Großer Bogen war ein Mann mit festgefaßten Meinungen. Es paßte nicht zu ihm, neutral zu sein, um was es auch gehen mochte. Während der Mahlzeit verlieh Einsamer Wolf seiner Besorgnis über die Zukunft der Kiowa-Nation Ausdruck und versuchte, Weißer Bär mit vorsichtigen Worten davon zu überzeugen, daß es im Interesse des ganzen Volkes besser sei, wenn er Vogel-der-tritt zu beschwichtigen versuchte.

Großer Bogen nickte, als wäre er mit Einsamer Wolf voll und ganz einer Meinung. Dieses Verhalten paßte überhaupt nicht zu dem, was ich über Großer Bogen wußte. Eigentlich paßte nur eins: daß er so weit von Himmelsläufer entfernt Platz genommen hatte, wie er nur konnte.

Ich habe euch bereits gesagt, daß man mich jahrelang als Einzelgänger betrachtet hatte. Ich war ja auch einer. Doch im Vergleich zu Großer Bogen verblaßte sogar mein einstiges Einsiedlerleben. Er war als gemeinschaftsfeindlich und unreligiös bekannt, ja, man hatte ihn sogar vorübergehend in die Verbannung geschickt, da er Himmelsläufers Autorität untergraben hatte. Großer Bogen war allerdings nicht aus dem Stamm verstoßen, sondern nur dazu verurteilt worden, zwei Jahre auf den Stake Plains bei den Comanchen zu leben. Dies alles war geschehen, kurz nachdem Großer Bogen den Rang eines To-yop-ke erworben hatte, eines Kriegshäuptlings.

Eulen-Heiler – mehr noch als Bison-Heiler – gehen auf Raubzüge. Eulen-Heiler sind nicht nur hervorragende Krieger; sie werden außerdem gebraucht, um vor einem Kampf mächtige Medizin-Gebete zu sprechen. In der Nacht vor einer Schlacht, die im Morgengrauen stattfindet, suchen unsichere Krieger für gewöhnlich einen Eulen-Heiler auf, um sich zu erkundigen, ob der Heiler sie in einer Vision gesehen hat. Für einen jungen Krieger ist es gut zu wissen, ob ihm das Schicksal bestimmt ist, am nächsten Morgen zu sterben. Wenn ein Krieger den Tag seines Todes kennt, kann er seine letzten Stunden entsprechend nutzen, seinen Geist läutern und sein Herz auf den Tod vorbereiten. Außerdem kämpft er dann besser und ist eher bereit, sein Leben zu opfern, um das der anderen zu retten. Es war in einer solchen Nacht – Himmelsläufer sprach gerade mit einem jungen Mann, der um sein Schicksal besorgt war –, als der frisch ernannte Kriegshäuptling Großer Bogen einen angeberischen Narren aus sich machte. Ein nächtliches Lager ist der schlechteste Ort und der ungünstigste Zeitpunkt, seine religiösen Überzeugungen kundzutun. Oder, wie im Fall von Großer Bogen, das Fehlen religiöser Überzeugungen. Er hielt eine prahlerische Rede, und seine Ausfälle gegen Himmelsläufers Macht und Glaubwürdigkeit raubten jedem Krieger den Kampfesmut, der die Worte von Großer Bogen hörte. Der Raubzug schlug fehl, und der einzige, der sich angesichts dieser schrecklichen Niederlage hervortat, war Großer Bogen.

Sein Sieg brachte ihm nichts ein. Gerechterweise wurde er von Sitzender Bär in die Verbannung geschickt.

»Geh zu den Comanchen, du großmäuliger Angeber. Sie kennen auch keinen Glauben. Vielleicht kommst du als Mensch zurück, wenn du längere Zeit bei diesen Heiden gelebt hast.«

Großer Bogen verbrachte die ihm zur Strafe auferlegte Zeit bei den Comanchen. Zur Verärgerung aller erwarb er sich bei einer Schlacht der Comanchen gegen die Navajos großen Ruhm. Mit Kriegsehren überhäuft, kehrte er vollkommen reuelos zurück, hielt von nun aber wenigstens den Mund, um keine neuerliche Verbannung auf sich zu ziehen. Doch Himmelsläufer und die anderen Eulen-Heiler strafte er weiterhin mit tiefster Verachtung, hütete sich aber davor, sie noch einmal als Schwindler und Scharlatane zu bezeichnen. Doch er *hielt* sie immer noch für Schwindler. Deshalb saß Großer Bogen nicht in Himmelsläufers Nähe, schaute ihn nicht einmal an und zog die Lippen zurück wie ein knurrender Wolf, sobald Himmelsläufer irgend etwas sagte.

Ich konnte nicht recht glauben, daß Großer Bogen aufrichtig um die Einheit unseres Volkes besorgt war. Zorn stieg in mir auf, daß er sich überhaupt im Dorf des Weißen Bären befand und daß er Himmelsläufer, dessen Zuhause hier war, dermaßen überheblich behandelte, als wäre Himmelsläufer der Eindringling und nicht er, Großer Bogen. Doch am meisten ärgerte mich, daß niemand ihn daran hinderte. Weshalb ließ Weißer Bär ihm das durchgehen? Bedeutete es ihm denn gar nichts, daß Himmelsläufer sein Blutsverwandter war? Und traute er mir so wenig zu, daß er verzweifelt jede Unterstützung in Anspruch nahm, die er bekommen konnte? Selbst die Hilfe eines so selbstsüchtigen, unhöflichen Mannes wie Großer Bogen?

Der Gedanke wurmte mich so sehr, daß mein gesunder Appetit schwand. Ich stand auf und verließ abrupt die Versammlung. Als ich aus der Laube verschwand, sah ich nicht, wie Himmelsläufer Großem Baum ein Zeichen gab, mir zu folgen. Kurz darauf hatte er mich eingeholt.

Wenngleich Großer Baum aus einer armen Familie stammte, war er dazu auserwählt, in die Kaste der Onde aufzusteigen. Was viel über diesen jungen Mann sagte, der zu meinem Erstaunen plötzlich schweigend neben mir schritt. Für eine so hohe Ehre war Großer Baum unglaublich jung. Und da sein Vater arm war, konnte er unmöglich mit Geschenken nachgeholfen haben, daß sein Sohn in die Reihen der Onde aufgenommen werden sollte. Wie bei der Beförderung zum To-yopke hatte Großer Baum sich die Kandidatur aus eigener Kraft verdient; überdies hatte er selbst die üblichen Geschenke für die Feier zu seiner Ernennung beschafft. Er war der oberste Adjutant des Weißen Bären, wie die Weißen es bezeichnen würden. Dies bedeutete, daß Weißer Bär ihm sein Leben anvertraute; denn der oberste Adjutant hat die Aufgabe, seinem Häuptling in der Schlacht den Rücken zu decken. Und nicht nur in der Schlacht, sondern auch in Zeiten wie diesen, wenn ein Häuptling wegen Feindseligkeiten innerhalb des Stammes bedingungsloses Vertrauen in seine höchsten Freunde und Berater setzen mußte.

Großer Baum war schlank und klein, sein Gesicht so hübsch wie das eines Mädchens. Und wie ein Mädchen neigte er dazu, zu kichern und zu erröten. Doch das alles konnte leicht darüber hinwegtäuschen, daß sich unter dieser Oberfläche ein tödlich gefährlicher Krieger verbarg. Wer Großer Baum kannte, der wußte, daß er durchaus imstande war, zu kichern und rot zu werden, während er einem Mann die Kehle durchschnitt.

Als ich erkannte, daß Großer Baum nicht eher sprechen würde, bis ich etwas gesagt hatte, fragte ich: »Kann ich etwas für dich tun?«

Er legte den Kopf schief und antwortete mit ausdrucksloser Stimme: »Nein.«

Wir gingen weiter. Als ich das Schweigen nicht mehr ertragen konnte, blieb ich stehen, stemmte die Hände in die Hüften und wandte mich ihm zu. »Würde es dir viel ausmachen, mir zu sagen, weshalb du mir wie ein Schatten folgst?«

»Himmelsläufer hat es befohlen.«

»Warum?« rief ich.

Großer Baum zuckte die Achseln. »Weiß ich nicht. Ich habe nicht gefragt.«

Einen langen Augenblick schauten wir einander schweigend an, und während dieser Zeit zog ich meine Schlüsse. Sehr wahrscheinlich hatte Himmelsläufer meinen Zorn gespürt und war besorgt zu der Ansicht gelangt, daß es besser sei, mich nicht allein zu lassen. Mein Zorn verrauchte, als mir plötzlich der Gedanke kam, daß Großer Baum vielleicht die Antworten auf jene Fragen besaß, die ich über zwei andere junge Männer hatte, die in seinem Alter waren.

»Großer Baum«, begann ich vorsichtig, »bist du jemals mit Steht-auf-dem-Hügel oder Jagendes Pferd geritten?«

»Sehr oft«, erwiderte er. »Weshalb fragst du?«

»Ich würde gern deine Meinung über sie hören.«

Großer Baum stemmte die Hände in die Hüften, verzog die vollen Lippen und wandte den Blick ab. Dann machte er mit der Zunge ein schnalzendes Geräusch, schüttelte den Kopf, schaute mich wieder an und sagte mit angespannter Stimme:

»Du weißt von dem Streit zwischen Weißer Bär und Vogel-der-tritt?«

»Ich weiß, daß sie sich nicht mögen.«

Großer Baum nickte und sog an der Oberlippe. »Bis vor ein paar Jahren sind sie ziemlich gut miteinander ausgekommen. Bis zu jenem Sommer, da es wieder einmal an Weißer Bär war, die Bisons zusammenzuhalten.«

Großer Baum bezog sich damit auf eine Jagdmethode, die immer dann angewendet wurde, wenn mehrere Klans zusammenkamen. »Die Bisons zusammenhalten« ist eine unzutreffende Bezeichnung. Es ist praktisch unmöglich, eine Bisonherde zusammenzuhalten, die über Dutzende von Meilen über die Prärie verstreut ist. Ein Häuptling und seine Krieger müssen vor allem darauf achten, übereifrige Jäger zurückzuhalten. Der verantwortliche Häuptling hatte dafür zu sorgen, daß die Bisonherde nicht wegen eines unbedachten Schusses auseinandersprengte. Erst wenn der Häuptling genug Krieger für eine gemeinsame Attacke gesammelt hatte, führte er den Angriff auf die Herde. Alle seine Jäger ritten in gerader Linie und schossen mit Pfeilen, weil der Gebrauch von Feuerwaffen die Herde in Stampede versetzen würde. Auf diese Weise konnten sehr viele Bisons erlegt werden. Genug, um jeden zu ernähren und das Sonnentanz-Lager mit ausreichend Bisonzungen zu versorgen – eine Delikatesse und zugleich Teil dieser religiösen Zeremonie.

Großer Baum ging weiter, und ich schritt neben ihm her.

»Die beiden Verwandten von Vogel-der-tritt haben die Jagd damals scheitern lassen«, sagte er zornig. »Sie sind losgeritten, bevor Weißer Bär bereit war. Sie feuerten mit Gewehren. Die Herde geriet in Stampede und lief in alle Richtungen. Weißer Bär wurde verrückt vor Zorn. Wie du weißt, ist es eine hohe Ehre und eine große Verantwortung, eine Herde zusammenzuhalten. Indem sie die Bisons auseinandertrieben, haben die beiden Krieger nicht nur die Jagd zunichte gemacht, sie brachten auch Schande über Weißer Bär. Also ritt er ihnen nach. Nachdem er sie erwischt hatte, peitschte er sie mit seiner Reitgerte aus, tötete ihre Pferde und ließ alles vernichten, was sie bei sich hatten – Sättel, Waffen, sogar ihre Kleidung. Die beiden riefen die ganze Zeit, sie hätten nur getan, was Vogel-der-tritt ihnen aufgetragen hatte. Darauf wurde Weißer Bär noch wütender und schickte sie zu Fuß ins Dorf von Vogel-der-tritt, nackt und zerschunden. Nun war es Vogel-der-tritt, der die Schande tragen mußte.

»Viel später fand Weißer Bär heraus, daß die beiden Krieger gelogen hatten. Vogel-der-tritt wußte nicht einmal von ihrer Missetat. Er hatte ihnen gar nicht befohlen, die Büffel auseinanderzutreiben. Weißer Bär versuchte, sich zu entschuldigen, machte Vogel-der-tritt sogar viele Geschenke. Doch wie du sicher weißt, kann Vogel-der-tritt ein bißchen ...«, er hielt mitten im Satz inne und suchte nach dem richtigen Wort. Als er es gefunden hatte, schaute er mich an und spuckte aus. »Starrsinnig sein. Vogel-der-tritt ist starrsinnig. Oh, er hat Weißer Bär die Hand geschüttelt und gesagt, er hege keinen Groll gegen ihn, aber er tat es doch. Und er tut es immer noch. Vogel-der-tritt hat nie begriffen, daß Weißer Bär zu jenen Männern zählt, die ihrem Zorn freien Lauf lassen, dann aber wieder zum Frieden bereit sind. Vogel-der-tritt kann es deshalb nicht begreifen, weil er alles in sich hineinfrißt. Nie läßt er etwas nach außen dringen. Er ist nachtragend, und sein Zorn lebt immer weiter. Seit jener Bisonjagd hat Vogel-der-tritt es sich zur Gewohnheit gemacht, Weißer Bär zu reizen, wann immer sich die Möglichkeit bietet. Und stets schlägt Weißer Bär zurück. So geht es zwischen den beiden schon seit Jahren hin und her.«

»Also sind Steht-auf-dem-Hügel und Jagendes Pferd durchaus zu Lügen fähig?«

»O ja.« Er lachte. »Sie passen die Wahrheit stets ihren Bedürfnissen an.«

»Was ist mit ihrem Vetter, Der-den-Wolf-hört?«

»Er ist ein guter Mann«, sagte Großer Baum. »Er ist sogar der einzige, von dem ich weiß, daß er Macht über Steht-auf-dem-Hügel und Jagendes Pferd besitzt. Meist sorgt *er* dafür, daß sie keinen Ärger bekommen, und falls doch, leistet *er* Wiedergutmachung für den Schaden, den sie angerichtet haben. Ich weiß nicht, warum er das tut. Ich glaube nicht einmal, daß er die beiden besonders mag, aber sie scheinen ihn zu lieben.«

Er blieb stehen und schaute mich neugierig an. »Warum stellst du mir diese Fragen? Was hast du mit Der-den-Wolf-hört zu tun?«

»Man hat mir da etwas erzählt, und es fällt mir ziemlich schwer, diese Geschichte zu glauben.«

»Dann höre auf meinen Rat«, sagte Großer Baum. »Falls du diese Geschichte von Jagendes Pferd oder Steht-auf-dem-Hügel gehört hast, solltest du lieber nicht daran glauben.«

»Ich frage mich, ob du die Wahrheit weißt.«

»Das ist mehr als wahrscheinlich. Aber ich werde sie dir nicht sagen.«

»Warum nicht?«

Großer Baum blieb abrupt stehen und beugte sich zu mir vor. Sein mädchenhaft hübsches Gesicht war angespannt, seine Stimme scharf und zornig.

»Kein To-yop-ke und kein Mitglied der Onde würde *jemals* hinter dem Rücken über einen der Seinen sprechen. Schon daß du mir diese Fragen stellst, könnte dich in große Schwierigkeiten bringen. Was ich dir über Weißer Bär sagte, habe ich dir nur erzählt, weil Weißer Bär uns allen die Erlaubnis erteilt hat, dir auf deine Fragen zu antworten. Er sagte, daß du jetzt unser Bruder bist und daß es dein Recht sei, alles über seine Vergangenheit zu erfahren.« Großer Baum hob die Stimme und stieß sich mit dem Zeigefinger an die Brust. »Jetzt aber, da du nach einem anderen Mann zu fragen gewagt hast, habe *ich* die Macht zu entscheiden, was du erfahren darfst. Falls du persönliche Fragen über Der-den-Wolf-hört hast, rate ich dir dringend, deinen Mut zusammenzunehmen und *ihm selbst* diese Fragen zu stellen.«

Ein kluger Rat. Natürlich hatte er recht. Kein Onde würde über einen anderen Onde sprechen. Und wenn ein weniger mächtiger Krieger irgend etwas wußte, hätte er zu große Angst, es jemandem zu erzählen. Das Wenige, das ich von Steht-auf-dem-Hügel erfahren hatte, hatte er mir nur deshalb anvertraut, weil er mich irrtümlich für den Geliebten seines Vetters Der-den-Wolf-hört hielt. Als ihm klargeworden war, daß er sich geirrt hatte, hüllte er sich in Schweigen.

Großer Baum ging davon und überließ mich meinen Grübeleien. Ich versuchte, eine Möglichkeit zu finden, wie ich einen Krieger von höchstem Rang und Ansehen taktvoll nach seinen sexuellen Vorlieben fragen konnte. Ich *mußte* Der-den-Wolf-hört diese Frage stellen, und mochte ich mich dabei noch so unbeholfen anstellen. Zwar war diese Sache eher nebensächlich und hatte nichts mit den wichtigeren, naheliegenden Problemen zu tun. Doch diese Frage lenkte mich immer wieder ab, und ich brauchte eine Antwort. Als ich den Rücken von Großer Baum betrachtete, während er davonging, fragte ich mich überdies, ob Himmelsläufer ihn geschickt hatte, um mir irgend etwas mitteilen zu lassen, das bei unserem vorhergegangen Gespräch nicht zur Sprache gekommen war. Wenn man die Erlaubnis erhält, Fragen zu stellen, stellt man fast immer die falschen, wie ich zu meinem Verdruß erkannte. Doch immerhin wußte ich nun ein bißchen mehr als zuvor, und damit mußte ich mich zufriedengeben.

Ich ging durch die Dorfmitte zu meinem Pferd. Es war Zeit, den Ritt zum Dorf von Sitzender Bär anzutreten und mit Bunter Schild zu reden. Ich war tief in Gedanken versunken und überlegte, welche Fragen ich ihr stellen sollte, so daß mir das geschäftige alltägliche Treiben um mich herum gar nicht ins Bewußtsein drang. Erst als ich Schreie hörte, wurde ich zurück in die Wirklichkeit gerissen. In lärmender Hast stürmten Dorfbewohner an mir vorüber. Es gelang mir, eine Frau beim Arm zu packen.

»Was ist los? Was ist geschehen?«

»Schwarzer Schild!« stieß sie hervor. »Sein kleiner Sohn ist verletzt!«

»Wie ist das passiert?«

»Ein Pferd hat ihn niedergetreten. Hat ihn aufs Bein getrampelt.«

»Wo ist das Kind jetzt?«

»Schwarzer Schild hat ihn geholt. Der Junge schreit vor Schmerz.«

Ich ließ die Frau los, und sie stürmte weiter. Ich prägte mir die Richtung ein, in der sie davonrannte; denn ich wußte, daß sie sich zu der neugierigen Menge gesellen wollte, die sich vor dem Wigwam von Schwarzer Schild versammelt hatte. Als ich wußte, welchen Weg ich nehmen mußte, um ebenfalls dorthin zu gelangen, eilte ich zu meinem Wigwam.

Heulender Wind stand draußen, Lieblingssohn an der Hüfte. Ihr verängstigtes Gesicht erschien und verschwand wieder, als sie den Kopf hin und her drehte und die vorüberströmende Flut der Dorfbewohner beobachtete. Wäre ein schwerverletzter Erwachsener ins Dorf gebracht worden, hätte es kaum Aufsehen erregt. Besonders, wenn der Betreffende schon älter war. Doch wenn ein Kind, das noch ein langes Leben vor sich hatte, eine schwere Verletzung davontrug, wurde dies als schreckliches Unheil für die Eltern, die Familie, den Klan, ja für das ganze Volk betrachtet. Lieblingssohn spürte die Furcht seiner Mutter und reagierte darauf wie ein

Fünfjähriger, der noch nicht begreifen kann. Er schrie sich die Lunge aus dem Leib. Daß Heulender Wind ihn an der Hüfte hin und her warf, ohne es zu merken, ließ ihn nur noch lauter schreien. Es kam mir vor, als würde ich gegen eine Strömung anschwimmen, als ich mich durch die Menge, die mir entgegenlief, zu Heulender Wind vorarbeitete. Als ich es endlich geschafft hatte, rief sie mir über das Geschrei unseres Sohnes hinweg zu: »Der kleine Junge! Der arme kleine Junge! Wenn er nicht stirbt, wird er sein Leben lang hinken!«

Zorn stieg in mir auf. Es ärgerte mich, daß sie meine Fähigkeiten als Heiler so gering einschätzte. »Du solltest Vertrauen in deinen Ehemann haben, Frau.«

Sie schaute mich offenen Mundes an. Nach einem Augenblick verdutzten Schweigens folgte sie mir in den Wigwam und beschimpfte mich wie eine Elster.

»Das kannst du nicht tun, Tay-bodal! Du mußt es den Bison-Heilern überlassen. Wenn du den Jungen falsch behandelst, wird Schwarzer Schild dir die Schuld geben. Er ist mein Blutsvetter. Ich kenne ihn mein Leben lang. Er ist nachtragend. Falls du ihm sagst, du könntest seinen Sohn heilen, und schaffst es dann nicht, wird er unser Leben zerstören.«

Während unserer kurzen Trennung war Heulender Wind sehr fleißig gewesen. Sie hatte das Innere des Wigwams so gründlich aufgeräumt, daß ich keine meiner Sachen wiederfand. Ich mußte mich erst durch sorgfältig gepackte Kisten und Kästen wühlen und deren Inhalt durch den Wigwam schleudern.

»Was tust du da? Ich hatte alles so schön verpackt! Wenn ich gewußt hätte, daß du ein so rücksichtsloser Kerl bist, hätte ich gar nicht erst erwogen, dich zum Mann zu nehmen.«

»Zu spät«, knurrte ich. »Weißer Bär hat unserer Ehe vor Zeugen seine Zustimmung erteilt.«

Ich beachtete weder das Zetern meiner Frau noch das Geschrei meines Sohnes und stopfte die erforderlichen medizinischen Utensilien in eine Tragetasche. Als ich zum Aufbruch bereit war, schaute ich Heulender Wind an.

»Ich weiß es wirklich zu schätzen, daß du eine ordentliche Frau bist, Liebste. Aber ich muß darauf bestehen, daß du meine Arzneien und Heilersachen dort läßt, wo sie sind.«

Als sie den Mund öffnete, küßte ich sie und brachte sie damit zum Schweigen, bevor sie mich weiter beschimpfen konnte. Dann flitzte ich hinaus und rannte zum Wigwam von Schwarzer Schild.

Lange bevor ich den Wigwam erreichte, hörte ich den Jungen schreien, selbst über die lauten Stimmen hinweg, die Gebete für ihn sangen. Was immer in dem Wigwam vor sich gehen mochte – diejenigen, die den Schaden zu beheben versuchten, den das Pferd angerichtet hatte, verschlimmerten nur die Qualen des Jungen. Seine Schreie ließen mir einen kalten Schauer der Furcht über den Rücken laufen. Doch diese Furcht half mir, den Gedanken zu verdrängen, daß ich nicht nur meinen Ruf als Heiler aufs Spiel setzte, wenn ich mich des Jungen annahm, sondern mein ganzes Leben. Falls ich versagte, mußte ich den Eltern als Wiedergutmachung alles geben, was ich besaß. Und Weißer Bär war ein so stolzer Krieger, daß er seiner Kusine die Erlaubnis entziehen würde, einen verarmten, ruinierten Mann zu heiraten. Er hätte keine Wahl, als sein Einverständnis zur Heirat zurückzunehmen und mich aus seinem Dorf zu jagen. Deshalb hatte Heulender Wind mich aufzuhalten versucht. Sie kannte die Risiken und die möglichen Folgen. Doch als ich zum Wigwam von Schwarzer Schild eilte, wurde mir klar, daß ich dem kleinen Jungen helfen *mußte,* sonst konnte ich mir selbst nicht mehr ins Gesicht sehen – und erst recht nicht mit einer Frau leben, die so kostbar war wie Heulender Wind.

Himmelsläufer, Großer Baum und Quitan – Weißes Pferd – standen am Rande der Menge. Als Himmelsläufer mich sah, veränderte seine bekümmerte Miene sich augenblicklich, wurde froh und hoffnungsvoll. Die drei kamen zu mir gerannt. Großer Baum nahm mir die schwere Tasche ab; dann unternahmen wir vier einen gemeinsamen Angriff auf die Menge und wühlten uns hindurch, wobei meine drei Leibwächter die jammernden, unbewegt dastehenden Menschen aus dem Weg stießen und schubsten.

Die Bison-Heiler waren bereits bei der Arbeit und wedelten mit Federfächern und Bisonschwänzen über dem sich windenden Jungen. Sein Vater hielt das verletzte Bein fest und hob es hoch, damit es den Segenssprüchen und Gebeten der Bison-Heiler näher war. Ich sah, daß der Knochen dicht unter dem Knie das Fleisch und die Haut durchstoßen hatte. Das Bein in diesem Zustand anzuheben, war das Schlimmste, was der Vater dem Jungen antun konnte. Ich wollte gerade eingreifen, als Schwarzer Schild das Zweitschlimmste tat: Er ließ das Bein fallen, und der Junge stieß einen herzzerreißenden Schrei aus. In meinem Zorn tat ich das Dümmste, was ein Mann von meinem unbestimmten Status tun konnte: Ich packte den Vater und zerrte ihn vom Jungen fort; dann warf ich die Nachbarn und die Büffel-Heiler aus dem Wigwam. Es waren sehr viele, doch Himmelsläufer, Quitan und Großer Baum halfen mir, wobei letzterer jedesmal sein typisches Kichern ausstieß, wenn er einen Mann aus dem Wigwam beförderte.

Schwarzer Schild war nicht so leicht loszuwerden. Als Himmelsläufer und Quitan mit vereinten Kräften versuchten, ihn aus dem Eingang zu zerren, schrie er mich an: »Wenn du meinen Sohn zum Krüppel machst, Tay-bodal, werde ich es dir heimzahlen! Ich schwöre es bei meinen Augen, ich werde es dir heimzahlen!«

Ich brüllte meine Antwort so laut hinaus, daß sogar der blindwütige Schwarzer Schild erstarrte. »Bei mir hat der Junge wenigstens eine kleine Überlebenschance. Deine zärtlichen Behandlungsmethoden hätten ihn umgebracht!«

Sein hochrotes Gesicht wurde schlagartig bleich. Gesagt zu bekommen, daß er die Qualen seines Sohnes verschlimmert hatte, ließ alle Kraft aus ihm herausströmen, und sein Zorn verrauchte. Ohne weitere Gegenwehr ließ er sich von Himmelsläufer und Quitan aus dem Wigwam führen.

Keuchend kam Himmelsläufer wieder zu mir. »Sag uns, was zu tun ist. Wir möchten dir helfen.«

In Anbetracht der Verletzung konnte ich dieses Angebot nicht ausschlagen. Überdies war Himmelsläufer ein angesehener Eulen-Heiler, was mich davor bewahrte, daß die eifersüchtigen Bison-Heiler die Menge zum Widerstand aufpeitschten – wie auch davor, von den erzürnten Dorfbewohnern aus dem Wigwam gezerrt und fürchterlich verprügelt zu werden. Die Leute hätten es ungestraft tun können, weil der Vater meines Patienten wütend darüber war, daß ich ihn aus seinem eigenen Zelt hatte werfen lassen und den Fall übernommen hatte. Und da ich keinem Heilerbund angehörte, durfte ich mich nur um die Kranken und Verletzten kümmern, wenn der Patient oder seine Angehörigen mich ausdrücklich darum baten. Ich bewegte mich auf gefährlichem Boden.

»Du«, sagte ich zu Quitan, »gehst zum Bach und hackst dünne Birkenäste ab. Die Stücke müssen ungefähr so lang sein.« Mit den Händen zeigte ich ihm das Maß an. »Ich brauche drei Stück.«

Quitan nickte.

»Großer Baum!« Er sprang vor, als würde er einen Befehl seines obersten Häuptlings erwarten. »Besorg einen Kessel. Fülle ihn mit Wasser. Sag den Frauen, sie sollen Feuerholz sammeln. Das Wasser muß kochendheiß sein. Und gib ihnen das hier.« Ich reichte ihm eines meiner Tongefäße, in dem ich Bisonfett aufbewahrte. »Sie sollen es in heißer Flüssigkeit schmelzen.«

Ohne ein Wort zu sagen, folgte Großer Baum Quitan nach draußen.

»Und was kann ich tun?« fragte Himmelsläufer.

»Beten. Sprich deine besten Gebete, um die Menge da draußen davon zu überzeugen, daß ich ganz normale Heilmethoden anwende. Außerdem stehst du mir dann nicht im Weg herum.«

Zuerst mußte ich etwas gegen die Schmerzen unternehmen. Der Junge schien ungefähr elf Jahre alt zu sein und war ziemlich schwer. Ich gab ihm eine starke Dosis von jenem Kräuterpulver, das ich nach wie vor zubereitete, um Himmelsläufer damit vor seinen Schmerzen zu bewahren. Weil das Kind rasch versorgt werden mußte, gab ich ihm das Pulver unter die Zunge und hielt ihm dann den Mund zu, damit er das bittere Mittel nicht ausspucken konnte. Doch der Junge litt schrecklich; er zitterte vor Schmerz und leistete keinen Widerstand. Der flehende Blick, die stumme Bitte um Hilfe in seinen tränennassen dunklen Augen schnitten mir tiefer ins Herz als jeder Schrei, jedes Stöhnen es vermocht hätten. Ich kauerte mich neben ihn und sprach ihm leise ins Ohr. Allmählich zeigten das Pulver, meine beruhigende Stimme und die monotonen Gesänge von Himmelsläufer Wirkung. Nach und nach entspannten sich die Züge des Jungen, die Lider wurden ihm schwer und schlossen sich schließlich. Er wandte mir sein tränenüberströmtes Gesicht zu und tastete nach meiner Hand. Dann fiel er in einen gnädigen, tiefen Schlaf.

Ich war halb mit der Behandlung fertig, als Schwarzer Schild den Wigwam wieder betreten durfte. Während der einen

Stunde, in der ich seinen Sohn verarztet hatte, hatte der ruhige, klare Bariton Himmelsläufers die Nerven des Mannes mehr aufgewühlt als die mitleiderregenden Schreie seines Sohnes. Mit dem heißen Wasser hatte ich die Haut um die Bruchstelle gesäubert und das Blut abgewaschen, dann das geschmolzene Fett in die gräßliche Wunde gegossen und sie gereinigt. Da der Junge noch in tiefer Bewußtlosigkeit lag, war es ein leichtes gewesen, die Knochen zu verschieben und zu richten. Dann hatte ich die Wunde vernäht. Nun war das Bein sorgfältig mit den Ästen geschient, die Quitan vom Bachufer geholt hatte. Ich band gerade die letzten Schnüre fest, als der aschfahle Vater in den Wigwam kam, nachdem Großer Baum ihn dazu aufgefordert hatte.

»Wird ... wird er wieder gesund?«

Ich schaute zu ihm auf. »Wenn er genug Zeit bekommt«, antwortete ich. »Und Ruhe.« Ich band den letzten Knoten zu, setzte mich müde auf den Boden und wischte mir den Schweiß von der Stirn. Dann atmete ich tief durch und erteilte dem reumütigen Mann eine Reihe von Anweisungen.

»Er muß zwei Tage still liegen. Ich habe den Knochen gerichtet und einer Entzündung vorgebeugt. Ich werde deiner Frau eine Medizin geben; denn der Junge wird wieder Schmerzen bekommen. Am dritten Tag kann er aufstehen, darf aber nur Schritte tun, wenn du ihn stützt. Er soll ja nicht versuchen, allein zu gehen! Erst wenn ich ihn wieder untersucht habe. Er wird sich über die Schiene beklagen. Er wird dir sagen, daß sein Bein juckt. Er wird dich vielleicht sogar anflehen, daß du ihm die Schiene abnimmst, und sei es nur für kurze Zeit. Das darfst du nicht! Egal, wie sehr es dich danach verlangt – dein Sohn muß das Jucken ertragen. Dieses kleine Ungemach muß er in Kauf nehmen; denn es wird verhindern, daß er für den Rest seines Lebens ein lahmes Bein behält. Hast du verstanden?«

»Ja, Tay-bodal«, erwiderte er, nickte eifrig und fügte rasch meine Stellung im Klan hinzu: »Der du bald der Ehemann meiner Kusine wirst.«

Seine reumütige Haltung und das Eingeständnis, daß er in mir praktisch einen Verwandten sah, ließen meine offene Feindseligkeit schwinden. Doch ich erinnerte mich noch der Drohungen, die er gegen mich ausgestoßen hatte. Und wenn ich es mir leisten konnte, hatte ich meinem Zorn immer schon freien Lauf gelassen. Weil ich den Jungen behandelt hatte, bevor zu großer Schaden angerichtet worden war, *konnte* ich es mir in diesem Fall leisten. Ich hob meine Stimme so sehr, daß auch die Menge, die vor dem Wigwam stand, meine Worte hören konnte.

»Wenn du irgend etwas für den Jungen tun möchtest, wirst du zuvor meine Erlaubnis einholen. Falls du Fragen hast oder wenn dir irgend etwas Sorgen bereitet, dann zögere nicht und laß mich rufen. Ich stehe dir immer zur Verfügung. Sollte dieses Kind mich brauchen, dann vergeude nicht wieder deine Zeit, sonst ist dein Sohn in Gefahr. Falls er Fieber bekommt, werde ich *dir* die Schuld geben. Ist das klar?«

»Ja, Tay-bodal.«

»Du bist ein wahrer Held.«

Ich schob den schweren Arm des Weißen Bären von meiner Schulter. »Nein, bin ich nicht.« Verlegen wandte ich den Blick von der Gruppe Männer, die sich um mich geschart hatten, und konzentrierte mich auf das Fleckchen Erde zwischen meinen Füßen.

»Doch, bist du«, beharrte Weißer Bär. »Nur ein Narr oder ein Held wäre so in den Wigwam gestürmt wie du, um dem Kind zu helfen. Und du bist kein Narr. Du bist ein mutiger und tüchtiger Mann. Ein guter Heiler. Von nun an wirst du uns auf unseren Raubzügen begleiten.«

Vor Entsetzen stockte mir der Atem. Ich war Heiler, kein Krieger. Ich hatte mein Leben so sehr dem Studium des komplizierten Mechanismus verschrieben, den der menschliche Körper darstellt, daß ich noch nie an einem Raubzug teilgenommen hatte. Ich hatte weder die Zeit noch den Wunsch, noch die nötigen Fähigkeiten besessen. (Noch den Mut.) Und mein Leben war ein bißchen zu weit fortgeschritten, um nun von mir zu erwarten, daß ich alle diese Gaben aufbot.

Trotzig hob ich das Kinn. »Nein, werde ich nicht.«

»Doch, wirst du.«

»Nein, werde ich nicht.«

»Dann zwingst du mich, Heulender Wind zu sagen, daß du geizig bist. Daß dir nichts daran liegt, ihr viele schöne Geschenke zu erobern, wie andere Frauen sie bekommen. Das wird ihr gar nicht gefallen.«

Meine einzige Antwort bestand darin, zutiefst bekümmert dreinzuschauen.

Die Arme von Quitan und Großer Baum legten sich auf meine herabgesunkenen Schultern. »Mach dir keine Sorgen«, sagten sie lachend. »Wir werden dich beschützen.«

Hoffnungsvoll blickte ich Großer Baum an – jenen jungen Mann, der so hübsch war wie das hübscheste Mädchen, das ich je gesehen hatte, und der zugleich so tödlich gefährlich war, daß er ein ganzes Heer heulender Feinde in Furcht und Schrecken versetzen konnte. »Versprichst du es mir?«

»Natürlich. Auch wir fürchten uns vor Heulender Wind. Schon seit sie das erste Mal Witwe geworden ist. Wenn wir das noch einmal geschehen lassen, wird sie erst richtig wütend. Sollte es dich auch erwischen, werde ich mich nie mehr in ihre Nähe wagen.«

Und das von einem Mann, der einen Cheyenne-Krieger halbtot geschlagen hatte, der fast doppelt so groß gewesen war wie er selbst.

Der dritte Tag war bisher wie im Flug vergangen. Ich eilte nach Hause, um meine Heilertasche zu verstauen. Heulender Wind fegte wie besessen den harten irdenen Boden meines Wigwams und schleuderte mit wilden Schwüngen ihres Besens kleine Steine und Abfälle nach draußen, bevor sie meine dünne Fußmatte wieder auf den Boden legte. Als ich den Wigwam betreten wollte, hob sie den Besen und stieß mir das Büschel harter Zweige vor die Brust, das zum Kehren diente.

»Ich bin die meiste Zeit hier gewesen. Als ich es nicht mehr aushielt, bin ich gegangen. Aber ich habe gehört, was du getan hast. Die anderen konnten es mir gar nicht schnell genug erzählen. Wie konntest du nur?« schrie sie. »Hättest du dem Kind nicht helfen können, hätte die Meute dich in Stücke gerissen. Und ich? Ich gewöhne mich gerade an den Gedanken, deine Frau zu sein. Ich warne dich! Mach mich ja nicht auch zur Witwe, wie mein erster Mann. Wenn du wüßtest, wie viele Freier ich abweisen mußte, weil ich auf den Richtigen gewartet habe, würdest du nicht so leichtsinnig mit deinem Leben umgehen!«

Ihre Worte trafen einen Nerv. Aber nicht den, bei dem sie es als schmeichelhaft empfunden hätte. »Du hattest andere Heiratsangebote?«

»Aber natürlich.«

Ich bearbeitete meine Unterlippe mit den Zähnen, während ich laut nachdachte. »Schöne Frauen bekommen immer viele Angebote. Nicht bloß zwei.«

»Ich habe Dutzende bekommen, du Dummkopf! Nicht bloß zwei. Und du mußt wissen ...«

Ich warf ihr die Heilertasche vor die Füße. »Auf Wiedersehen.«

»He! Wo willst du hin?«

9.

Als ich zum Dorf von Sitzender Bär galoppierte, drängten sich in meinem Kopf die Fragen. Vor allem, ob Bunter Schild ihr Versprechen halten und das Rätsel um die Hosen lösen würde. Ich spürte, daß ich die Antwort bereits kannte, und war zuversichtlich, daß ich bald mit der Wahrheit aufwarten und sie Weißer Bär in wenigen Stunden gewissermaßen zu Füßen legen konnte. Wenn ich mit Bunter Schild fertig war, wollte ich als nächstes zum Gefangenenwigwam von Cheyenne-Räuber. Dort wollte ich Weißer Otter helfen, ihre wenigen Habseligkeiten zu packen, und ihr mitteilen, daß ihre Ehre vollkommen wiederhergestellt sei. Der Beweis ihrer Unschuld würde Cheyenne-Räubers Herz erfreuen und ihn glücklich machen, so daß ihn die wenigen kniffligen Fragen, die ich Weißer Otter stellen mußte, vielleicht nicht störten. Doch wie ich die heikle Frage nach der Zahl und den Namen der anderen Verehrer von Weißer Otter im Geiste auch ausformulierte, stets erschien das wutentbrannte Gesicht von Cheyenne-Räuber vor meinem inneren Auge.

Und dann war da ein zweites zorniges Gesicht – das von Weißer Bär. Ich sah ganz deutlich vor meinem geistigen Auge, wie die Adern an seinem Hals hervortraten, wenn ich mit Weißer Otter zurück ins Dorf geritten kam. Doch weil ihr Name reingewaschen war, würde Weißer Bär keine andere Wahl haben, als sie in seiner Obhut willkommen zu heißen. Ob es ihm gefiel oder nicht, er mußte sich in aller Öffentlichkeit zu ihrem Beschützer erklären, falls Cheyenne-Räuber verbannt wurde. Ein Mann wie Cheyenne-Räuber würde dem sicheren Tod tapfer und ohne Bedauern ins Auge schauen – aber nur, wenn er wußte, daß seine geliebte Weiße Otter in Sicherheit war und ihrer beider Kind als das seine anerkannt wurde. Wenn ich sonst schon nichts für ihn tun konnte, so war ich doch zuversichtlich, wenigstens verhindern zu können, daß eine mögliche Verbannung auch auf Weißer Otter und das ungeborene Kind ausgedehnt wurde.

Doch meine Hoffnung, Bunter Schild befragen zu können, um den Beweis für die Unschuld Weißer Otters zu erbringen, wurde jäh zerschlagen, kaum daß ich ins Dorf von Sitzender Bär eingeritten war und der alte Häuptling mich mit säuerlicher Miene begrüßte.

»Da bin ich, Vater«, sagte ich förmlich.

Worauf er mit der gleichen Förmlichkeit erwiderte: »Steig ab, Sohn.«

Die Atmosphäre im Dorf war angespannt, auch wenn die Bewohner vorgaben, wie gewohnt ihren Tätigkeiten nachzugehen. Verstohlene Blicke wurden in unsere Richtung geworfen, als ich vom Pferd stieg, während Sitzender Bär unbewegt und in kerzengerader Haltung wartete. Als ich schließlich vor ihm stand, drehte er sich um und ging zu seinem Häuptlingswigwam. Die Kehle wurde mir eng. Irgend etwas stimmte nicht – und was immer es sein mochte, Sitzender Bär wollte es mir förmlich und im Beisein seiner Unterhäuptlinge anvertrauen.

Dann saß ich in seinem Wigwam und wartete ungeduldig, bis die Unterhäuptlinge erschienen waren und Platz genommen hatten. Sitzender Bär zündete feierlich seine Häuptlingspfeife an und blies den Rauch zuerst in die vier heiligen Richtungen, dann hinunter zur Erde und empor zum Himmel. Da ich direkt neben Sitzender Bär saß, zu seiner Linken, rauchte ich als letzter die Pfeife, nachdem sie von Mann zu Mann herumgereicht worden war. Dann gab ich sie Sitzender Bär zurück, der den schwelenden Tabak im Pfeifenkopf löschte und sich die Pfeife dann quer über die Knie legte.

»Was ich dir nun offen sagen muß, ist sehr ernst. Die Frau, mit der du sprechen wolltest, ist fort. Gestern abend kam ihr Mann hierher und hat einen großen Aufstand gemacht.«

Ich spürte, wie mir das Blut in den Adern gefror.

»Dieser Mann hat dich vieler Vergehen beschuldigt«, fuhr Sitzender Bär ernst fort. »Abscheuliche Dinge. Ich möchte lieber nicht wiederholen, was er gesagt hat. Ich fürchte, dieser Mann haßt dich. Er hat mir ins Gesicht gesagt, du würdest es bitter bereuen, wenn du wieder in sein Dorf kämst.«

»Und die Frau?« entgegnete ich ein bißchen leichtsinnig. »Sie hat versprochen, mit mir zu reden. Hat sie irgend etwas gesagt?«

»Nein. Sie saß bloß auf ihrem Pferd und schaute zufrieden drein. Was nicht leicht zu erkennen war, denn ihr Gesicht war immer noch verquollen.« Seine Stimme wurde scharf. »Ohne Erlaubnis ihres Mannes kannst du also nicht mehr zu ihr, und der Mann hat sehr deutlich gemacht, daß er dir diese Erlaubnis niemals erteilen wird. Falls du noch einmal versuchst, mit der Frau zu reden, ist es sein gutes Recht, dich zu töten. Tut mir leid. Ich weiß, daß deine Aufgabe dadurch noch schwieriger wird und daß dir die Zeit davonläuft, aber so ist es nun einmal.«

Vor dem Wigwam von Sitzender Bär wartete ein Frauentrio auf mich. Zwei von ihnen sahen verängstigt aus, die in der Mitte jedoch entschlossen. Sie trat auf mich zu.

»Man hat uns gesagt«, begann sie in heimlichtuerischem Tonfall, »daß du uns zuhören würdest, wenn wir Neuigkeiten für dich haben.«

»Das stimmt«, erwiderte ich. Die Frauen bedeuteten mir, ihnen zu folgen, und ich ging mit ihnen und entfernte mich dabei ein gutes Stück vom Wigwam des Sitzenden Bären. Schließlich gelangten wir in den Schutz einer Baumgruppe. Wieder ergriff die entschlossen wirkende Frau das Wort.

»Wir wissen zwei Dinge, die vielleicht wichtig für dich sind«, sagte sie und war immer noch so vorsichtig, mit gedämpfter Stimme zu sprechen. »Erstens war Bunter Schild, die Zweitfrau von Der-Büffel-treibt, gar nicht so schlimm verletzt, wie es den Anschein hatte. Als wir sie pflegten, war sie hellwach und sehr aufgeregt.«

»Sie hat uns herumkommandiert«, erklärte eine der beiden anderen Frauen. Die Wortführerin brachte sie mit einem raschen Blick zum Schweigen.

»Das stimmt«, fuhr sie dann fort. »Sie hat uns befohlen, sie allein zu lassen.« Die Sprecherin und die andere Frau griffen die Hand der dritten und zerrten sie nach vorn. »Erzähl es ihm«, verlangte die Sprecherin in beinahe herrischem Tonfall.

Die dritte Frau sah zögerlich aus, blickte die beiden anderen flehentlich an. Dann gab sie sich einen Ruck und berichtete mit flüsternder Stimme und abgehackten Worten: »Ich habe die Frau gesehen. Später. Sie hat mit einigen Jungen gesprochen. Hat ihnen irgend etwas gegeben. Dann sind die Jungen fortgerannt.«

»Ich verstehe«, sagte ich, denn ich verstand tatsächlich, und zwar ziemlich gut.

»Und nun die zweite Sache«, meldete die Sprecherin sich wieder zu Wort. »Du hast gesagt, du interessierst dich für alles, was mit der Sache zu tun hat, und wenn es noch so verrückt ist.«

Ich nickte. Diesmal blickten alle drei Frauen zögerlich drein, bis die Sprecherin sich aufraffte und sagte: »Es ist seit vielen Jahren ein Geheimnis unter uns Frauen. Vielleicht hilft es dir nicht, was ich dir nun sage. Vielleicht bringt es große Schande über Sitzt-neben-ihm. Aber ihre Tochter, Weißer Otter, wurde zu früh geboren.«

Ich ritt in schnellem Tempo zum Gefangenenwigwam von Cheyenne-Räuber. Die Wächter waren ebenso schlechter Stimmung wie Sitzender Bär. Ich machte mich auf weitere schlechte Neuigkeiten gefaßt und wurde nicht enttäuscht. Die Wächter betrachteten mich offenbar als mitfühlenden Zuhörer, denn sie leierten mir eine ganze Liste von Klagen über Cheyenne-Räuber herunter. Daß er ungehobelt sei und daß man mit ihm nicht leicht fertig werden könne. Doch am bittersten beklagten sie sich darüber, daß er zu viele Besucher habe, zumeist Frauen. Und daß Weißer Otter nun bei ihm war, hatte offenbar tiefgreifende Veränderungen zur Folge.

»Ich habe gehört, Weißer Bär war hier und hat sich mit Cheyenne-Räuber gestritten«, sagte ich, als ich von zwei erschöpften Wächtern zum Gefangenenwigwam geführt wurde.

»Weißer Bär war kein Problem«, sagte einer der beiden. »Es sind diese Frauen. Vier von ihnen sind aufeinander losgegangen und haben sich an den Haaren gezerrt, daß wir sie trennen mußten. Bist du jemals dazwischengegangen, wenn Frauen sich prügeln?«

»Nein.«

»Dann tu es niemals! Sie sind mit allen Wassern gewaschen. Schlimmer als die Mexikaner.«

»Weshalb haben die Frauen sich geprügelt?«

»Du würdest es nicht glauben.«

»Erzähl es mir trotzdem.«

Wir blieben stehen, und der Wächter fuchtelte mit den Armen, als er sagte, oder genauer gesagt, schrie: »Sie haben darum gekämpft, welche von ihnen die Gutmütigste ist!«

»Du machst Witze.«

»Du warst nicht hier, sonst würdest du mir glauben. Jedenfalls, so fing der Streit der Frauen an. Eine sagte, die erwählte Frau von Cheyenne-Räuber, Weißer Otter, wäre verdorben und selbstsüchtig, und daß er etwas Besseres verdient hätte. Womit sie vermutlich sich selbst meinte. Die anderen waren auch dieser Meinung. Aber jede betrachtete ebenfalls sich selbst als die beste Wahl für dieses lebende Abbild der Tugend. Und dann ging es auch schon los. Zuerst war es lustig – bis Blut und Haare flogen. Wir mußten eingreifen. Tötet-mit-Gewehr hat es am schlimmsten erwischt. Die Weiber haben ihm zwei Zähne eingeschlagen und ihm einen Tritt zwischen die Beine verpaßt, daß er sich überschlagen hat. Hätte Cheyenne-Räuber nicht eingegriffen, hätten diese Frauen uns alle ermordet.«

»Hat Cheyenne-Räuber sich in den Kampf gestürzt?«

»Nein«, sagte der Wächter mit mürrischer Miene. »Er hat bloß den Kopf aus dem Wigwam gesteckt und den Frauen gesagt, sie sollen aufhören, bevor er *richtig* wütend wird.« Der Wächter stieß ein freudloses Lachen aus. »Stell dir das mal vor! Seine Wächter – Männer, die ihn beschützen sollen – wurden von diesen Weibern in den Boden gestampft. Und Cheyenne-Räubers einzige Sorge war, daß seine Frau sich aufgeregt hat, weil wir ihnen zu laut sind!«

»Zu laut?«

»Ja, als wir um Hilfe geschrien haben. Der Mund von Tötet-mit-Gewehr war voller Blut, und er hüpfte herum, während seine Hoden anschwollen, bis sie so dick waren wie Wassermelonen. Und Cheyenne-Räuber? Er regt sich darüber auf, daß es für das empfindsame Gemüt seiner Frau *zu laut* ist! Oh, bin ich froh, wenn das alles hier vorbei ist. Ich habe die Nase voll von Cheyenne-Räuber. Ich will hier nicht mehr Wächter sein. Ich will nur noch weit weg von hier.«

»Ich bin ziemlich sicher, Cheyenne-Räuber denkt genauso.«

Der Wächter bedachte mich mit einem säuerlichen Blick, der deutlich machte, daß er mir keine Silbe glaubte. Seine Worte bestätigten diesen Eindruck.

»Warum macht sich alle Welt solche Sorgen um ihn? Er lebt wie die Made im Speck und behandelt uns, als wären wir seine Diener. Hätte man *mich* zu so vielen Tagen des Nichtstuns und der Ruhe verurteilt und würden Frauen sich um *mich* prügeln, hätte ich auch keine Angst vor der Verbannung. Aber nein – ich wurde unter einem schwarzen Zeichen geboren. Die einzige Klage, die man gegen *mich* vorbringt, lautet, daß ich ein ausgemachter Dummkopf bin.«

Er und seine gleichermaßen mürrischen Gefährten schlenderten davon. Ich mußte zugeben, daß Cheyenne-Räuber aus der Sicht des Wächters ungebührlich gut behandelt wurde. Doch in welcher Verkleidung die Verbannung auch erscheint, sie ist eine tödliche Strafe. Die Verurteilten wurden nackt davongejagt, ohne Pferd, ohne irgendeine Waffe. Ich habe von keinem Fall gehört, daß jemand dieses furchtbare Los überlebt hat. Und das Schrecklichste daran ist, daß der Verbannte kein ordentliches Begräbnis erhalten kann, wenn er in der Einsamkeit stirbt, so daß es keine Gewißheit für ihn gibt, nach dem Tod in die jenseitige Welt überzugehen. Man mußte schon sehr jung sein oder sehr dumm, wenn man die Meinung vertrat, einige Tage des Müßiggangs und Überflusses würden die Kosten für eine menschliche Seele decken.

Das Leben ist ein vorübergehendes Abenteuer und muß klug gelebt werden.

Das Immer gehört dem Schöpfer. Er teilt sein Heim nur mit den Würdigen.

An diese beiden Aussagen haben wir Kiowas stets fest geglaubt. Deshalb war die Verbannung die schlimmste aller Strafen.

Cheyenne-Räuber und Weißer Otter machten in der kühlen Luft der Laube ein Nickerchen. Ich blieb für einen Moment stehen und betrachtete die beiden in diesem verwundbaren

Zustand. Doch selbst im Schlaf – da Weißer Otter sich an ihren Mann gekuschelt hatte und sein muskelbepackter Arm über ihr lag – vermittelte er den Eindruck, wachsam zu sein und jeden Augenblick aufspringen zu können, um sie zu verteidigen. Genau das würde Cheyenne-Räuber tatsächlich müssen, falls beide verbannt wurden und er Weißer Otters einziger Schutz vor den vielen Feinden war, die nur auf eine Gelegenheit lauerten, die beiden zu töten. Als ich näher kam, hörte er mich, wurde hellwach und hob Weißer Otter mit einer fließenden Bewegung hinter sich. Erst als er mich erkannte, stieß er erleichtert den Atem aus. Weißer Otter, noch halb im Schlaf, setzte sich auf und rieb sich die Augen.

»Verzeih mein Eindringen.«

Cheyenne-Räuber begrüßte mich mit düsterer Miene. »Wenn du gekommen bist, um für meinen Onkel zu sprechen, kannst du dir die Mühe sparen. Ich habe es ihm gesagt, und jetzt sage ich es dir: Ich werde meine Frau *nicht* fortschikken.«

In Anbetracht des Fehlschlags, den ich erst vorhin im Dorf des Sitzenden Bären hinnehmen mußte, lag es ohnehin nicht mehr in meiner Macht, ihm Weißer Otter fortzunehmen und in die schützende Obhut des Weißen Bären zu bringen. Dieser Tag, der so vielversprechend begonnen hatte, verwandelte sich mehr und mehr in eine einzige Katastrophe.

»Deshalb bin ich nicht hier. Darf ich näher kommen?«

Er betrachtete mich für einen Augenblick. Dann forderte er mich mit einer lässigen Handbewegung auf, in den Schatten der Laube zu treten.

Ich setzte mich, schlug die Beine übereinander und starrte in das Gesicht von Weißer Otter. Selbst jetzt, da es vor Sorge angespannt war, war es von strahlender Schönheit. Ich wußte, daß ich mit meiner Vermutung recht hatte. Es war unvorstellbar, daß eine so reizvolle junge Frau nur zwei Freier gehabt hatte. Vermutlich hatten die Männer ihr nachgestellt, seit sie ihre erste Menstruation gehabt hatte. Ich *mußte* erfahren, wer ihre Freier gewesen waren, sonst kam ich niemals auch nur einen Schritt weiter.

»Die Sache ist nicht leicht für mich«, begann ich unbeholfen. »Ich möchte dich um Nachsicht bitten, Weißer Otter.«

Ich schaute sie an und sah zu meiner Erleichterung, daß ihr Gesicht einen offenen, besorgten Ausdruck zeigte. Cheyenne-Räuber dagegen funkelte mich zornig an. So taktvoll ich konnte, stellte ich Weißer Otter meine erste Frage.

»Ich weiß nur von zwei Freiern. Einer von ihnen ist tot. Der andere«, ich nickte mit dem Kopf in Cheyenne-Räubers Richtung, »ist hier. So schmerzlich diese Frage für dich auch sein mag, ich muß wissen, ob es noch andere Freier gab.«

Sie senkte den Kopf und verbarg das Gesicht hinter einem Vorhang aus Haar. Dann antwortete sie leise:

»Es gab viele. Bei den meisten habe ich die Namen vergessen. Es waren zum größten Teil alte Männer. Dem Schöpfer sei Dank, hat Vater auf meine Mutter gehört, als sie ihm sagte, daß diese Männer zu alt wären. Sie sagte ihm, für sein einziges Kind solle er einen jungen Mann aus guter Familie erwählen. Aus einer Familie, die ihm Ansehen und einen kräftigen Schwiegersohn bringt, auf daß er viele gesunde Enkelkinder bekommt.«

»Erzähl mir von diesen jungen Männern.«

Sie blinzelte, schaute zögernd auf Cheyenne-Räuber. Dann sagte sie mit zittriger, schwacher Stimme: »Da war zum Beispiel Großer Baum ...«

Ich setzte mich blitzschnell auf. Doch die anfängliche Bestürzung fiel von mir ab, als ich Cheyenne-Räuber kichern hörte.

»Das wußte ich schon«, sagte er.

»Wirklich?« stieß sie hervor.

»Ja. Er hat von dir geschwärmt, damals, als auch ich gerade ein Auge auf dich geworfen hatte. Aber wir haben die Sache friedlich geregelt.«

»Wie?« fragte ich verdutzt.

Sein Gesicht nahm einen beschämten Ausdruck an. Er blinzelte. Weißer Otter blickte ihn gespannt an. Ich ebenfalls.

»Wir, äh... haben gewürfelt. Drei Würfe. Wer die zwei höchsten hatte, war Sieger.«

»Was?« rief Weißer Otter.

Hastig fuhr er fort: »Großer Baum und ich sind Brüder. Wir konnten nicht um dich kämpfen. Das hätte nur zu Streitigkeiten zwischen den Familien geführt. Außerdem hatte ich ja die höheren Würfe.«

Ihr Gesicht lief vor Zorn rot an. »Hast du auch mit Jagendes Pferd um mich gewürfelt?«

Cheyenne-Räuber holte tief Luft. Auch ich war leicht schockiert. Cheyenne-Räuber faßte sich als erster. Ich sah ihm an, daß er ein hitziges Streitgespräch vom Zaun brechen wollte. Weißer Otter blickte zufrieden drein und schien nur darauf zu warten, sich mit ihm anlegen zu können. Doch ich hatte nicht die Zeit, höflich den langatmigen Streit zweier Liebender abzuwarten, und kam den beiden zuvor.

»Bitte! Weißer Otter, erzähl mir von Jagendes Pferd.«

Die beiden entspannten sich und richteten widerwillig ihre Aufmerksamkeit erneut auf mich. Cheyenne-Räuber hielt seine Zunge und sein Temperament im Zaum, als Weißer Otter sich mir anvertraute.

»Mein Vater, Der-Büffel-treibt, hielt ihn für geeignet. Doch er war ein bißchen verwirrt, weil der Verwandte, der für Jagendes Pferd den Antrag überbrachte, nicht so schmeichlerisch war, wie man es von einem Mann erwartet, der für einen Freier spricht. Aber er war ein mächtiger und hochgeachteter Krieger; deshalb war mein Vater begeistert von der Aussicht, der Verwandte dieses Mannes zu werden. Dann erschien Weißer Bär als Brautwerber für Cheyenne-Räuber. Das hat meinen Vater noch mehr in Begeisterung versetzt. Plötzlich war Jagendes Pferd kein Thema mehr für ihn. Er redete nur noch von Cheyenne-Räuber. Als wir uns kennenlernten, hat Vater alles getan, unser Verhältnis zu fördern. Und er war sehr großzügig, was unser Beisammensein anging.«

Cheyenne-Räuber nahm ihre Hand und drückte sie leicht. Sie schaute ihn an und lächelte schüchtern, wobei eine leichte Röte ihre Wangen überzog. Offensichtlich dachte sie daran, wie intim ihr Verhältnis geworden war. Ganz ähnlich wie bei mir und Heulender Wind. Zu große Freiheiten, und heißblütige Pärchen benehmen sich unanständig. Besonders, wenn sie in einer Mondnacht in einem einsamen Waldstück sind. Ich spürte, wie Hitze in mir aufstieg und mein Blut in Wallung geriet, und gab mir alle Mühe, die erotischen Erinnerungen zu vertreiben.

»Wir lebten wie Mann und Frau«, sagte Weißer Otter, und ihre Stimme bekam einen trotzigen Beiklang. »Alles war vereinbart. Wir sollten am Sonnentanzfest heiraten. Nur der Brautpreis mußte noch ausgehandelt werden. Aber dann erschien Vogel-der-tritt und sprach als Brautwerber für Wandelnder Kojote. Mein Vater war ... verwirrt und besorgt.«

Ein längeres Schweigen setzte ein. Cheyenne-Räuber und Weißer Otter dachten offenbar an die darauffolgenden Ereignisse, während ich lange und eingehend über das Dilemma von Der-Büffel-treibt nachdachte. Es war ihm sicher leichtgefallen, Cheyenne-Räuber dem ersten Freier, Jagendes Pferd, vorzuziehen. Gewiß, Jagendes Pferd war ebenso ein Verwandter von Vogel-der-tritt, wie Wandelnder Kojote es gewesen war. Doch gemeinsam mit Steht-auf-dem-Hügel hatte Jagendes Pferd Schmach über Vogel-der-tritt gebracht, als sie damals die Bisons auseinandergetrieben hatten. Deshalb hatte

Vogel-der-tritt sich geweigert, als Brautwerber für Jagendes Pferd mit Der-Büffel-treibt zu sprechen. Und mehr brauchte Der-Büffel-treibt nicht zu wissen, um zu erkennen, daß eine Heirat seiner Tochter mit Jagendes Pferd ihm nicht von selbst zum Vertrauten von Vogel-der-tritt machen würde und daß deshalb auch nichts von dessen Ruhm und Ansehen auf ihn überstrahlte.

Doch Weißer Bär hatte als Brautwerber für Cheyenne-Räuber gesprochen und dadurch die anfängliche Begeisterung von Der-Büffel-treibt ausgelöst. Da der Neffe von Weißer Bär seine Tochter umwarb, war Der-Büffel-treibt sich mit jedem Tag bedeutender vorgekommen. Alles war perfekt. Bis Vogel-der-tritt – stets bemüht, Weißer Bär eins auszuwischen – erschienen war und für seinen eigenen Neffen geworben hatte. Plötzlich fand sich ein sehr eingeschüchterter Der-Büffel-treibt mitten in einer Dauerfehde und dem Machtkampf zweier mächtiger Klans wieder. Für welchen Häuptling er sich entschied – der andere würde gekränkt reagieren, vielleicht sogar sein Feind werden. Egal, wen seine Tochter heiratete, Der-Büffel-treibt würde Angehöriger der mittleren Schicht bleiben. Er konnte es sich nicht leisten, sich einen Onde zum Feind zu machen.

Ich schaute Weißer Otter wieder an, die mir noch eine letzte Frage beantworten mußte: »Kannst du dich an den Namen des Mannes erinnern, der als Brautwerber für Jagendes Pferd bei deinem Vater gewesen ist?«

»Ja. Ich kenne ihn mein Leben lang. Als ich ein Kind war, hat er mir immer Geschenke gemacht. Doch als ich vom Kind zur Frau reifte, habe ich ihn nicht mehr so oft gesehen. Jetzt, wo ich darüber nachdenke ... ich habe ihn erst wieder gesehen, als er als Brautwerber für Jagendes Pferd bei meinem Vater war.«

»Wie heißt er?« fragte ich drängend.

»Der-den-Wolf-hört.«

»Und er hat dir Geschenke gemacht?«

Weißer Otter zuckte die Achseln. »Er hat allen Kindern Geschenke gemacht. Es ist seine Art. Ich war für ihn nur eins von vielen Kindern.«

Ich mußte daran denken, wie ich mit Der-den-Wolf-hört durch das Dorf von Vogel-der-tritt geschlendert war. Damals waren ihm viele Kinder hinterhergelaufen. Er war freundlich zu ihnen gewesen, und die Kinder schienen ihn zu bewundern. Kinder sind nicht leicht zu beeindrucken, und sie achten einen Mensch gering, der sie häufig beschenkt; es macht die Kinder nur gierig auf weitere Geschenke. Doch bei den Kindern, die Der-den-Wolf-hört gefolgt waren, war es ganz anders gewesen. Sie hatten ehrlich seine Aufmerksamkeit erregen wollen, denn sie liebten diesen Mann aufrichtig – und er liebte sie. Für einen so verschlossenen, in sich gekehrten Menschen wie Der-den-Wolf-hört war das außergewöhnlich; unter seiner stillen Oberfläche schienen ungeahnte Tiefen zu schlummern. Plötzlich fiel mir mein Gespräch mit Großer Baum wieder ein, und seine schroffe Ermahnung, Der-den-Wolf-hört selbst zu fragen, wenn ich etwas über ihn erfahren wollte.

Ich sprang auf, versicherte Weißer Otter und Cheyenne-Räuber, daß sie sich keine Sorgen machen müßten – alles würde gut –, und ging. In schnellem Tempo ritt ich zum Dorf von Vogel-der-tritt, von der Gewißheit erfüllt, daß das Geheimnis dort seinen Anfang genommen hatte und auch dort enden würde.

Im Dorf von Vogel-der-tritt herrschte eine andere Stimmung als zuvor, eine Atmosphäre der Bedrohlichkeit, die mich überfiel wie ein Eissturm, als ich die Wigwams entlangschritt, mein Pferd am Zügel. Auf die Gesichter der Menschen, an denen ich vorüberkam, legte sich bei meinem Anblick ein zorniger

Ausdruck. Sie ließen ihre Arbeit stehen und liegen und folgten mir. Wut schlug mir aus der ständig wachsenden Menge entgegen, die mir dicht auf den Fersen blieb. Ein Krieger, der vor dem Häuptlingszelt von Vogel-der-tritt stand, erblickte mich und mein zorniges Gefolge und verschwand rasch im Innern des Wigwams. Als ich mich dem Zelt näherte, traten Vogel-der-tritt und eine Gruppe von Männern heraus. Vogel-der-tritt schien über mein Erscheinen ganz und gar nicht erfreut zu sein.

»Du bist hier nicht mehr willkommen«, sagte er mit verkniffenem Mund und starrte mich durchdringend an. »Ich weiß, wer du bist, und ich weiß auch, weshalb du beim ersten Mal hierhergekommen bist. Als Spitzel für Weißer Bär!«

Die Menge schloß sich dicht um mich herum. Ich konnte es nicht fassen, als ich in der Gruppe von Männern, die bei Vogel-der-tritt standen, das überheblich grinsende Gesicht von Großer Bogen sah. Wut packte mich. Großer Bogen mußte Vogel-der-tritt die Wahrheit über mich erzählt haben. Jetzt wußte Vogel-der-tritt von meiner bevorstehenden Hochzeit mit Heulender Wind; er wußte, daß ich bereits als Verwandter von Weißer Bär wie auch als Mitglied seines Klans betrachtet wurde. Ich konnte nicht leugnen, daß ich ein Spitzel war.

»Ich kann dich nur um Vergebung bitten«, sagte ich mit so fester Stimme, wie ich konnte. »Ich wollte die Wahrheit aufdecken. Ich kenne dein Herz, Vogel-der-tritt, und ich kenne deine Sorgen. Laß mich dir helfen, so gut ich es vermag.«

»Genug!« rief Vogel-der-tritt und wedelte mit beiden Armen. »Ich will kein Wort mehr von dir hören, du Schlange, die Weißer Bär sich als Haustier hält! Du wirst mein Dorf verlassen. Sofort! Und ich warne dich. Sollte ich dein Gesicht hier noch einmal sehen, werde ich dich töten.«

Wie auf ein unsichtbares Zeichen galoppierte eine Gruppe von sechs berittenen Kriegern auf mich zu. Sie packten mich und setzten mich unsanft auf mein Pferd. Dann nahmen sie die Zügel des Tieres und führten es in der Dorfmitte herum. Ich krallte mich an der Mähne des Pferdes fest, während Kinder mit Stöcken auf meine Beine einschlugen. Frauen kreischten, riefen obszöne Bemerkungen über meine Ahnen und stießen tödliche Beleidigungen gegen meine Mutter aus. Schließlich wurde ich auf diese demütigende Weise zum Dorfrand geführt, wo ein Mann einem der Kinder den Stock aus der Hand riß, den Schwanz meines Pferdes hob und ihm einen Schlag aufs Hinterteil versetzte, daß es in wildem Galopp lospreschte. Hämisches Gelächter folgte mir, als ich mich auf dem Pferderücken zu halten versuchte, so gut ich konnte. Niemand brauchte mir zu sagen, daß Vogel-der-tritt mich von seinen Frauen töten lassen würde, sollte ich die Dreistigkeit besitzen, noch einmal in dieses Dorf zu kommen – ein grauenhaftes Schicksal, das feindlichen Kriegern widerfuhr, die als zu gering betrachtet wurden, sie würdevoll in den Tod zu schicken.

Dank der schwatzhaften Zunge des selbstsüchtigen Großer Bogen war ich als Spitzel für Weißer Bär unbrauchbar geworden. Ich war der Verzweiflung nahe. Erst hatte Der-Büffel-treibt Bunter Schild zu sich zurückgeholt und mir untersagt, ihr zu nahe zu kommen, und nun hatte Großer Bogen dafür gesorgt, daß ich von den Verwandten von Vogel-der-tritt kein Wort mehr erfuhr. Bis zum Tag der Verhandlung gegen Cheyenne-Räuber konnte ich jetzt nichts anderes mehr tun, als meinen verletzten Stolz zu pflegen und nachzudenken. Aber in meinem neuen Heimatdorf würde ich keine Gelegenheit zum ungestörten Nachdenken haben. Weißer Bär würde mich als Versager beschimpfen, und Heulender Wind würde hinter mir her sein, daß ich ihr die Häute für den Bau unseres neuen Wigwams beschaffte. Und da war da noch der besorgte Vater meines letzten Patienten, der nicht zögern würde, mir

Tag und Nacht mit seinen Sorgen um das Bein seines Sohnes in den Ohren zu liegen. Ich brauchte einen Platz fern von all dem Trubel. Ich mußte allein sein.

Verstohlen ritt ich in die entgegengesetzte Richtung, fort von all den Dörfern, und hielt mich am halbmondförmig gebogenen Ufer des kleinen Flusses am Regenberg. Während des Rittes zermarterte ich mir das Hirn über all die Unwägbarkeiten, bewegte meine Gedanken in die eine Richtung, dann in die andere. Ich war so stark konzentriert, daß ich keinen Gedanken an meine gefährliche Situation verschwendete. Schließlich war ich ganz allein und fernab von der Sicherheit meines Heimatdorfes.

Ich wurde in die Wirklichkeit zurückgerissen, als ich den Hufschlag von zwei Pferden hörte, die direkt hinter mir galoppierten und rasch näherkamen. Ich zügelte mein Pferd und blickte über die Schulter. Eisige Furcht durchrieselte mich, als ich erkannte, daß die Reiter aus dem Dorf von Vogel-der-tritt kamen. Seine Krieger waren offenbar noch nicht fertig damit, mir eine Lektion zu erteilen. Vielleicht wollten sie mich fürchterlich verprügeln und mich zu Fuß ins Dorf von Weißer Bär schicken.

In dem Augenblick, als ich meinem Pferd in die Seiten trat, wurden Schüsse abgefeuert. Als eine Kugel ganz dicht in meiner Nähe in den Stamm eines Baumes schlug, so daß ich von Holzsplittern überschüttet wurde, erkannte ich, daß die Krieger es nicht bei einer Abreibung belassen wollten. Entsetzt schlug ich meinem Pferd die Zügel an den Hals, und das arme, erschöpfte Tier galoppierte los, so schnell es konnte, schaffte es aber nur, mich aus der Reichweite der Gewehre zu halten. Wieder ritt ich in die falsche Richtung.

Ich hatte zuvor schon an kleineren Scharmützeln teilgenommen, hatte mich aber nie durch waghalsigen Heldenmut ausgezeichnet, sondern wußte viel mehr über die Vorteile eines Rückzugs. Deshalb trat ich auch hastig den Rückzug an. Kugeln sirrten an mir vorbei, als ich dahinpreschte. Ich versuchte, mich in Deckung von Bäumen zu halten, um kein leichtes Ziel abzugeben. Meine Nerven und mein Rücken waren bis zum Zerreißen gespannt. Ich rechnete jede Sekunde damit, von einer Kugel getroffen zu werden. Diese Angst war schrecklicher, als man sich vorstellen kann.

Die Reiter holten auf; die Hufschläge wurden immer lauter. Ich hatte keine Möglichkeit, Widerstand zu leisten, selbst wenn ich mich zum Kampf hätte stellen wollen, zum Sterben bereit, wie es sich für einen tapferen Kiowa gehörte. Ich hatte nichts, nicht einmal ein Messer; denn ich war völlig unbewaffnet ins Dorf von Vogel-der-tritt geritten. Ein Freund, der das Dorf eines anderen Freundes besucht, brauchte keine Waffen. Und selbst wenn ich ein Gewehr besessen hätte – ich hätte mich nicht zum Kampf gestellt. Ich wollte nicht sterben, wie es sich für einen tapferen Kiowa gehört. Ich wollte leben, wollte der Mann von Heulender Wind und der Vater von Lieblingssohn sein. Dies alles für die zweifelhafte Ehre fortzuwerfen, wie ein tapferer Kiowa zu sterben, war mir die Sache nicht wert. Plötzlich tauchte zu meinem Entsetzen der große Fluß vor mir auf, der Washita, so daß mir bald darauf kaum mehr Ausweichmöglichkeiten blieben. Immerhin blieb mir dadurch auch keine Zeit, noch mehr Angst zu bekommen, als ich ohnehin schon hatte.

Selbst für einen guten Schützen ist der Kopf ein schwer zu treffendes Ziel. Besonders, wenn er auf und ab hüpft wie der meine, weil ich in wildem Galopp ritt und nie ein eleganter Reiter gewesen war. Doch meine jämmerlichen Reitkünste bewahrten mich wahrscheinlich davor, das Hirn aus dem Schädel geschossen zu bekommen, als eine Kugel über eines meiner Ohren hinwegsirrte und meinen Kopf streifte. Mein Rücken hatte weniger Glück. Eine zweite Kugel traf und blieb in meiner linken Schulter stecken. Schrecklicher Schmerz durchfuhr mich, und ich spürte das heftige Bluten der Wunde. Ich wurde von blinder Angst gepackt. Bleierne Schwäche überkam mich. Dennoch analysierte ich, meiner beinahe krankhaften Gewohnheit entsprechend, mit den Augen eines Heilers die neue Erfahrung, wie es eigentlich ist, von einer Kugel getroffen zu werden – auch noch, als ich seitlich vom galoppierenden Pferd kippte.

Als sie mich erreichten, war ich immer noch bei Bewußtsein. Ich sah nur ihre Füße aus meinen leicht geschlitzten Augen, als ich bäuchlings am Boden lag, völlig regungslos, mit angehaltenem Atem, und den Toten spielte. Doch ich lauschte. Nur sagten sie leider nichts. Als meine Lungen genug davon hatten, keine Luft mehr zu bekommen, schützte mein Gehirn sich selbst.

Ich wurde bewußtlos.

Das Aufwachen war eine langwierige, schmerzhafte Angelegenheit. Mir dröhnte der Schädel, die Schulter brannte, und ich spürte ein schweres Gewicht auf mir lasten, das mir sämtliche Knochen des Rückgrats zu brechen drohte. Als ich die Augen aufschlug, wurden sie von Dunkelheit begrüßt, die von winzigen Lichtflecken durchsetzt war. Ich lag da und konzentrierte mich auf das schwache Licht. In diesem Moment ging mir auf, daß ich unter einem Haufen Felsstücke lag. Meine Angreifer waren auf meine Täuschung hereingefallen und hatten mich, im Glauben, ich sei tot, liegen lassen. Um ihr Verbrechen zu vertuschen, hatten sie allerdings die Steine auf mich gehäuft.

Ich war so schwach wie ein frisch geborenes Junges und verströmte den seltsam nach Kupfer riechenden, stechenden Gestank von getrocknetem Blut. Lange Zeit lag ich da, sammelte meine Kräfte und versuchte, meinen rasenden Puls zu beruhigen und einen klaren Kopf zu bekommen. Dann machte ich mich daran, mich aus dem Grab zu schieben. Nunmehr von der lähmenden Angst befreit, spürte ich jeden Muskel, jeden Knochen schmerzen, als ich bis zur Erschöpfung daran arbeitete, mich aus meinem Grab zu befreien. Schließlich kroch ich von dem Steinhaufen weg und blieb ausgepumpt und keuchend liegen. Ich betastete die Seite meines Kopfes, die von der Kugel gestreift worden war. Die Wunde fühlte sich hart an, gebacken mit getrocknetem Blut. Die Wunde am Rücken konnte ich nicht mit den Händen erreichen; ich spürte aber, daß sie gespannt war, als ich vorsichtig die Schulter drehte. Auch diese Wunde war verschorft, als ich – der Schöpfer weiß wie lange – bewußtlos und völlig regungslos unter dem Steinhaufen gelegen hatte.

Gut. Wenn ich jetzt vorsichtig war und darauf achtete, daß der Schorf nicht aufbrach, würde ich wenigstens nicht verbluten. Ich verscheuchte den Gedanken, daß die Kugel, die noch im Körper steckte, die Wunde zum Eitern brachte. Um den Mordversuch zu überleben, brauchte ich Hilfe. Ganz vorsichtig stand ich auf. Dann ging ich los.

Jeder Schritt kostete mich Überwindung. Wegen des sengenden Schmerzes in meinem Kopf konnte ich keinen klaren Gedanken fassen. Ich handelte rein instinktiv, als ich in Richtung Fluß taumelte. Dann lag das Wasser unter mir. Mein Durst war wie eine grauenhafte Folter, und nur die steile Uferböschung lag zwischen mir und meinem Verlangen nach Wasser. Ich stand am Rande der Klippe und versuchte zu überlegen, wie ich hinunterklettern konnte. Meine schwankenden Beine nahmen mir die Entscheidung ab. Ich fiel. Der Sturz tat meinem ohnehin benommenen Kopf und der Wunde im Rükken gar nicht gut. Es schien endlos lange zu dauern, als ich die Böschung hinunterkugelte und dann bis ans Flußufer rollte. Ich war dumm genug, wieder aufstehen zu wollen, was aber einen neuerlichen Sturz zur Folge hatte, diesmal mit dem Gesicht voran ins Wasser.

Ich drehte mich wie ein übermütiger Otter herum und hustete das Flußwasser aus, das ich geschluckt hatte. Dann atmete ich tief durch und ließ mich in die sanfte Kühle des Wassers sinken. Träge trieb ich auf dem Rücken dahin und scherte mich vor Wohlbehagen gar nicht darum, daß ich vom Ufer fortgetragen wurde. Es war einfach zu schön, nicht mehr fliehen und kämpfen zu müssen. Die Lider wurden mir schwer, als ich beobachtete, wie die weißen Wolken über den tiefblauen Himmel trieben und dabei ihre Gestalt veränderten, während die Strömung des Flusses mich erfaßte.

Tränen traten mir in die Augen, als ich Heulender Wind Lebewohl sagte und sie im stillen um Vergebung bat, daß ich sie zur Witwe machte, noch bevor wir förmlich verheiratet waren. Ihr Bild erfüllte meinen Geist. Zuerst war sie wütend und beschimpfte mich, daß ich die Frechheit besessen hatte zu sterben, wo ich doch wußte, wie sehr mein Tod ihr zu schaffen machte. Dann weinte sie und rief meinen Namen. Mein Inneres war plötzlich von einer solchen Trauer erfüllt, daß es mir schier das Herz brach. Ich ergab mich dem Tod und tat mir selbst schrecklich leid. Nach einem kurzen, aber farbenprächtigen Sonnenuntergang wurde der Himmel rasch dunkler; einer nach dem anderen erstrahlten die Sterne. Es ist wundervoll, sich dahintreiben zu lassen und zu beobachten, wie die Sterne zum Leben erwachen. Ich kann es nur beschreiben, indem ich es mit dem Beobachten von Blumen vergleiche, die langsam knospen und dann vor den Augen des Betrachters aufblühen. Es ist herrlich, so etwas zu beobachten, wenn man sich dem Tod ergibt. Es bereitet einen auf die Ewigkeit vor, in die man bald übergehen wird. Weil meine Ohren unter Wasser waren, konnte ich die Bewegungen der Strömung und meine eigenen von Todessehnsucht getragenen Wünsche vernehmen.

Bis eine Stimme mich störte. Eine Männerstimme. Eine, die

ich ziemlich gut gekannt hatte, die aber irgendwie ... anders klang. Dann erkannte ich die Stimme. Sie gehörte Kleine Klippe. Doch es war nicht seine Altmännerstimme. Es war seine Stimme, als er noch jung und voller Leben gewesen war.

»Nimm dich zusammen. Heute ist nicht dein Todestag. Gib deinem Herzen einen Stoß. Sei stark. Du wirst noch gebraucht.«

»Aber ich sterbe«, sagte ich kläglich zu der Stimme, die mir aus dem Innern meines Kopfes zurief.

»Andere haben Schlimmeres überstanden, als du jetzt ertragen mußt, und sie hatten keine so wichtige Aufgaben zu erfüllen wie du. Bist du schwächer als sie? Ich sage es dir noch einmal, nimm dich zusammen.«

»Wie, Vater? Wie soll ich das hier überstehen?«

»Bleib wach, du Dummkopf.«

Es war der schlimmste Befehl, den sein Geist mir hatte geben können. Ich sehnte mich schmerzhaft nach Vergessen. Ich hatte mich mit dem Tod abgefunden, hatte ihn bereits als vertrauten Liebhaber betrachtet, der mich mit einem einzigen zärtlichen Kuß zu trösten vermochte. Nun nahm Kleine Klippe mir dieses wundervolle Bild fort. Er zerriß es und verdarb mir meine letzten Augenblicke. Haß und Wut auf den alten Oberhäuptling stiegen in mir auf. Eine so wilde Wut, daß mir die Probleme von Cheyenne-Räuber unbedeutend erschienen. Und die Bedrohung für das Volk der Kiowas? Interessiert mich nicht mehr, sagte ich mir. Große Völker kommen, große Völker gehen. Was macht da ein Volk mehr oder weniger im gewaltigen Kreislauf der Ewigkeit schon aus? Weshalb so verbissen darum kämpfen, ein Volk vor dem Zerfall zu bewahren, wo es doch gar nicht darauf ankam, ob man es einfach geschehen ließ oder nicht?

Und Heulender Wind. Mein Liebling Heulender Wind. Sie

würde einem anderen Mann begegnen. Einem Mann, der ihrer würdiger war als ich. Ich war glücklich, sie gehabt zu haben, wenn es auch nur für sehr kurze Zeit gewesen war. Doch der Befehl von Kleine Klippe nährte den winzigen Funken in meinem Innern, der mich gemahnte, am Leben festhalten, an Heulender Wind, an meinem Volk. Dieser Funke flammte auf, und das Feuer hielt mich gegen meinen Willen wach, als ich an Bäumen vorübertrieb, die beide Ufer säumten. Als wollten auch sie mich an das Leben gemahnen, ließen Cottonwoods ihre Samen auf mich niederrieseln. Die flaumigen, wolligen Büschel schwammen auf der Wasseroberfläche, trieben um mich herum und leuchteten in reinem Weiß wie Millionen Blumenblätter. Gemeinsam wurden wir von der Strömung an ein unbekanntes Ufer getragen, zu neuem Leben.

Mir gingen viele Dinge durch den Kopf. Ich dachte an die Zeit vor zwei Jahren, als viele Klans unseres Volkes zusammen im Palo Duro Canyon überwintert hatten. Kit Carson hatte eine Armee durch tiefen Schnee in dieses Tal geführt. Kleine Klippe, der mit den alten Männern im äußeren Lager wohnte, war von den Soldaten als erster angegriffen worden. Doch die alten Männer, von denen die meisten blind waren, hatten tapfer gekämpft und Carson so lange aufgehalten, daß Kleine Klippe sich auf sein Pferd schwingen und in der schneidenden Kälte so schnell davonreiten konnte, daß seine Lungen bluteten. Als Kleine Klippe das Hauptlager erreichte und von dem Angriff berichtete, war auch das Tier von seinem eigenen schaumigen Blut bedeckt, das ihm aus dem Maul gespritzt war. Dann ließ der rüstige alte Mann sich ein frisches Pferd geben und führte den Gegenangriff, vertrieb Kit Carson und die anderen Eindringlinge aus dem Canyon und schlug Carsons flüchtendes Heer in Stücke. Auch ich kämpfte in dieser Schlacht mit. Ich hatte keine Angst. Ich war nur halb verrückt vor Wut gewesen, daß unser Winterlager attackiert worden war. Als ich mich nun daran erinnerte, stieg wieder heißer Zorn in mir auf, und diesen Zorn hielt ich am Leben, als das Ufer Meile um Meile an mir vorüberzog, als würde es sich bewegen und nicht ich.

Als die Erinnerung an den Überfall Kit Carsons verblaßte, schweiften meine Gedanken zu den Ereignissen, die sich im vergangenen Jahr zugetragen hatten, als ein Mann mit Namen Leavenworth zu uns gekommen war. Er sagte, der Krieg zwischen den Blaujacken und den Graujacken sei bald vorüber und daß die Blaujacken siegen würden. Er sagte, daß es besser für uns wäre, unseren Frieden mit den Blaujacken zu machen, und daß wir sie lieber auf unser Land zurückkehren lassen sollten, wenn wir keinen Ärger wollten. Weißer Bär lachte nur über Leavenworthes Worte. Er sagte dem Mann ins Gesicht, daß das Fort, das den Graujacken gehörte (Fort Cobb), niedergebrannt worden sei und daß die Graujacken zurück nach Texas geflüchtet wären. Er brüstete sich damit, daß er geholfen habe, sämtliche Comanchen und andere Indianer zu befreien, die um das Fort der Graujacken herum gelebt hätten. Bis auf die Cherokees, die Chickasaws und die Wichitas. Diese Indianer wollten nicht frei sein. Sie wollten Farmer sein. Was für Indianer waren das, die nicht frei sein wollten? Weißer Bär konnte ihre Einstellung nicht verstehen. Er gab die Schuld dem weißen Mann. Er sagte, alle weißen Männer seien bestechlich. Sie hätten brave, friedliche Indianer ins Verderben getrieben, erklärte Weißer Bär, und falls die Blaujacken versuchen würden, in unserem Land Forts zu errichten, würde er sie niederbrennen und die Blaujacken genauso vertreiben, wie er die Graujacken vertrieben hatte.

Kleine Klippe jedoch dachte sorgfältig über Leavenworthes warnende Worte nach. So sorgfältig, daß seine nachdenkliche Stille bei seinem kampfeslustigen Unterhäuptling verdutztes

Schweigen hervorrief. Als Kleine Klippe am Ende des Tages Leavenworthes Papier unterschrieb, war niemand erstaunter als Weißer Bär. Und seit Kleine Klippe sein Zeichen unter dieses Papier gesetzt hatte, war eine nicht abreißende Flut von Blaujacken in unser Land geströmt.

Bis jetzt hatten sie uns in Ruhe gelassen. Sie waren zu sehr damit beschäftigt, ein altes, aufgegebenes Fort im Süden neu zu bemannen (Fort Arbuckle) und es als Stützpunkt auszubauen, während sie unweit der Wichita-Berge ein neues Fort errichteten (Fort Sill). Ich fragte mich müßig, was nun mit diesem Fort geschehen würde, da Kleine Klippe tot war und den Weißen Bären nicht mehr zügeln konnte, der nach wie vor entschlossen war, die Forts niederzubrennen und die Soldaten zu vertreiben. Da ich nun ein Mitglied seines Klans war, würde Weißer Bär von mir erwarten, mich an den Kämpfen gegen die Weißen zu beteiligen. Ich stöhnte, als ich daran dachte, und prallte genau in diesem Moment mit dem Hinterkopf gegen den Stamm eines umgestürzten Baumes, der längs im Wasser lag. Ich wußte, daß dieser Zusammenstoß ein Zeichen war, daß mein Dahintreiben ein Ende gefunden hatte. Ich war dort angekommen, wo immer ich hatte ankommen sollen.

Ich ließ mir viel Zeit und hielt mich an dem Baumstamm fest, als ich mich im Wasser aufrichtete und den Kopf über der Oberfläche hielt. Ich achtete darauf, mich nicht mit den Beinen in den Ästen zu verheddern, als ich mich am Stamm entlang zum Flußrand hangelte. Als ich mein Ziel erreichte, zog ich mich auf das schlammige, von Steinen durchsetzte Ufer und blieb auf dem Bauch liegen. Nach so vielen Stunden wundervollen Dahintreibens fühlte ich mich seltsam schwer. Ich fragte mich noch, wo ich mich befand und ob ich die Kraft aufbringen konnte, die vielen Meilen bis zu meinem Dorf zurückzulaufen. Dann versank ich in tiefen Schlaf.

Stimmen weckten mich. Der erste Anblick, der mich in meiner Benommenheit begrüßte, waren ein dämmeriger Himmel und ein Gesicht. Ein Gesicht, so schwarz wie ein Schatten. Und das Haar! Dick und kurz und ... gekräuselt. Ich hatte nie zuvor einen schwarzen Menschen gesehen. Meine Schläfrigkeit verwandelte sich in grelles Entsetzen. Der schwarze Mann hielt mich in den Armen und betrachtete mich genauso gebannt, wie ich ihn. Als er erkannte, daß er einen lebenden Kiowa in Armen hielt, und ich erkannte, daß ich mir das alles nicht bloß einbildete, fingen wir gleichzeitig laut zu schreien an. Das schwarze Gesicht verschwand blitzartig, und über meine schrillen Schreie tiefsten Entsetzens hinweg rief der schwarze Mann irgend etwas in der *ame-a-can* (amerikanischen) Sprache. Eine Sprache, die ich nicht beherrschte.

Den weißen Männern, denen ich zuvor an verschiedenen Handelsstationen begegnet war und mit denen ich zu sprechen gewagt hatte, waren von uns Kiowas nicht als *richtige* Weiße betrachtet worden. In unseren Augen waren sie Indianer, denn sie waren gekleidet wie wir, heirateten indianische Frauen und beherrschten unsere Sprachen. Das war auch nur recht so; schließlich lebten sie in *unserem* Land. Erst später kamen diese anderen weißen Männer zu uns, die dieses wirre *ame-a-can* sprachen und verlangten, daß wir lernten, es zu verstehen. Doch es war keine Melodie in dieser Sprache, und es war immer noch *unser* Land. Weshalb sollten wir uns da die Mühe machen, diese Sprache zu erlernen? Diese zweite Gruppe weißer Männer mußte mit Hilfe von Dolmetschern zu uns sprechen. Nun aber, in diesen entscheidenden Augenblikken, da kein Dolmetscher zugegen war, ärgerte ich mich über meine Überheblichkeit, denn ich verstand kein Wort von dem, was um mich herum gesprochen wurde. Deshalb wurden mir die Einzelheiten meiner Rettung erst später bekannt.

»Er lebt, Captain!«

Captain Mac saß auf seinem Pferd und kaute verärgert auf einem Zigarrenstummel. Captain Mac war Weißer, der befehlshabende Offizier einer Schwadron der Zehnten Kavallerie, einer Einheit, die größtenteils aus ehemaligen Sklaven bestand. »Verdammt«, fluchte er. »Warum hab' immer *ich* so ein Pech?«

Einen verwundeten Kiowa zu finden und ihm nicht zu helfen, wäre ein schwerer Verstoß gegen die Vorschriften den Leavenworth-Vertrages gewesen. Und einen großen Krieg gegen Kiowas konnten die Blaujacken sich nicht leisten. Captain Mac wußte, daß es besser war, mir zu helfen, ob es ihm gefiel oder nicht. Er mochte mich nicht, ließ seine Männer aber trotzdem einen Schleppschlitten bauen und mich darauflegen. Als sie mich dann nach Fort Sill brachten, verlor ich immer wieder das Bewußtsein.

Ich kann mich nicht mehr erinnern, wie ich ins Fort hineingekommen bin. Ich weiß nur noch, daß ich aufwachte und einen jungen Mann sah, der sich über mich beugte. Seine Besorgnis um mein Wohlergehen schien aufrichtig zu sein, und für einen weißen Mann sah er bemerkenswert gut aus. Von den dichten dunklen Brauen abgesehen, die sich über der Nasenwurzel trafen, war sein Gesicht haarlos. Sein Kopfhaar war sehr dunkel und beinahe so lockig wie das Haar des schwarzen Mannes. Er betrachtete mich aus braunen Augen, die so rund waren wie die von Heulender Wind. Seine Nase war vollkommen gerade, sein Mund groß und fest. Als er lächelte, zeigte er sehr weiße, ebenmäßige Zähne. Zum Glück sprach er ein bißchen Kiowa. Er hörte sich wie ein Kind an. Doch meine Erleichterung darüber, daß er sich mit mir verständigen konnte – und mochte es in der Redeweise eines kleinen Jungen sein –, war zu groß, als daß ich mich deshalb über ihn geärgert hätte.

Er legte die Hand auf die Brust, genau in die Mitte seines strahlend weißen Hemdes, und sagte: »Ich Harrison O'Kelly.«

Er sagte es viele Male und forderte mich auf, es zu wiederholen. Aber wir Kiowas können diese seltsamen, zungenbrecherischen Laute nicht hervorbringen. Ich habe es nie gelernt, auch wenn ich diese Laute später verstehen konnte. Mehr als *Haw-wee-sun* brachte ich nicht zustande. Oder einfach Hawwy. Während all der Jahre, die ich ihn kannte, gab er sich damit zufrieden; also war es wohl in Ordnung. Aber er sagte mir nie, welche Eigenschaft oder welches Ding Haw-wee-sun eigentlich war. Und ich habe ihn nie gefragt; denn das wären schlechte Manieren gewesen. Ich mußte warten, bis er es mir von selbst sagte. Er tat es nicht. Ich kann daraus nur schließen, daß Haw-wee-sun etwas sehr Ungewöhnliches oder etwas schrecklich Peinliches war; denn nie lernte ich einen anderen weißen Mann kennen, der so genannt wurde.

Auf Kiowa sagte er: »Ich Heiler.« Doch er sagte mir nicht, welchem Heilerbund er angehörte. Wenngleich ich noch ziemlich wirr im Kopf war, entging mir dies nicht, und ich machte mir Sorgen, daß er Eulen-Heiler sein könnte. Ich brauchte mehr als nur Gebete und Aderlasse. Die Kugel mußte aus meinem Rücken. Da ich selbst nicht herankam, sagte ich ihm, so geduldig ich konnte, daß *er* die Kugel entfernen mußte.

»Kugel schon raus«, sagte er.

Er war Bison-Heiler! Erleichtert schloß ich die Augen und schlief wieder ein.

Als ich erwachte, war ich so schwach, daß ich nicht einmal wußte, welchen Tag wir hatten. Ich hoffte, daß es immer noch der vierte Tag war; sollte es Tag fünf oder sechs sein, war alles vorüber. Dann wurden Cheyenne-Räuber und Weißer Otter verbannt, das Volk würde auseinanderbrechen, sobald Weißer Bär Vogel-der-tritt den Krieg erklärte, und meine liebliche Heulender Wind und unser kleiner Sohn würden mitten in die Auseinandersetzungen geraten. Von Furcht gepackt, setzte ich mich ruckartig im Bett auf.

Meine plötzliche Bewegung erschreckte Hawwy. Es muß ihm wirklich Angst eingejagt haben, mit einem hellwachen, wirr dreinblickenden Kiowa in einem abgeschlossenen Raum zu sein.

»Wie viele Tage habe ich geschlafen?« rief ich.

Hawwy legte den Kopf schief und schaute mich verständnislos an. Das Erschrecken wich aus seinem Gesicht und wurde langsam von Verwirrung und Besorgnis verdrängt. Noch immer von Furcht erfüllt, wiederholte ich meine Frage langsamer und in der Kleinkinder-Sprache, die er hoffentlich verstand.

»Tage? Wie viele ich geschlafen?«

Er blinzelte und verzog die Lippen, als er die Frage zu begreifen versuchte. Dann dämmerte es ihm. Er sah höchst selbstzufrieden aus, als er antwortete: »Ein Tag.«

Ich stieß den Atem aus, von dem ich gar nicht wußte, daß ich ihn angehalten hatte. Es war also noch Zeit genug. Wenn es mir irgendwie gelang, diesen einen weißen Mann außer Gefecht zu setzen und mir dann ein Pferd zu stehlen, konnte ich es bis nach Hause schaffen, bevor das Leben von Cheyenne-Räuber und mein Leben unwiderruflich zerstört wurden.

»Ich jetzt gehen«, sagte ich, strampelte die dünne Decke von meinen Beinen und schwang sie über die Bettkante. Dann stand ich auf, schwankte und kippte nach vorn. Hawwy fing mich gerade noch auf und hielt mich in den Armen. Das Zimmer drehte sich um mich, und mit jeder Drehung kam mir der Magen hoch. Verzweiflung packte mich. Ich diesem Zustand konnte ich unmöglich kämpfen, nicht mal gegen diesen einen weißen Mann, und mein genialer Plan, ein Pferd zu stehlen, war lächerlich. Meine einzige Hoffnung war Hawwy. Doch der Gedanke, den Versuch zu unternehmen, angesichts seines beschränkten Wortschatzes mit ihm reden, war noch entmutigender als die Aussicht, durchs Fort zu schleichen und nach einem Pferd Ausschau zu halten.

»Brauche Mann zu reden.«

Er hob eine seiner buschigen Augenbrauen. Er hatte mich nicht verstanden. Schwitzend versuchte ich es noch einmal.

»Brauche Mann zu sprechen. Mann zu sprechen für dich und mich.«

»Ah!« rief er. »Einen Dolmetscher!«

Seine Stimme bohrte sich wie ein Speer in meinen pochenden Schädel.

»Ja, sofort«, sagte er auf Ame-a-can. Doch ich verstand ihn, denn er nickte heftig mit seinem lockigen Kopf. Dann wechselte er wieder zu seinem Kiowa-Kauderwelsch über. »Du ausruhen. Ich zurückkommen.«

Ich versuchte, nicht zu kichern, als er mich wieder aufs Bett legte. Nachdem Hawwy es mir so bequem gemacht hatte, wie er konnte, stürmte er aus dem Zimmer. Ich hörte, wie er mit jemandem sprach, der vor der Tür stand.

Wieder sammelte ich meine Kräfte und versuchte, mich Stückchen für Stückchen im Bett aufzusetzen. Das Zimmer drehte sich immer noch wild um mich herum, doch ich blieb sitzen und atmete tief durch, bis die Drehungen langsamer und erträglich wurden. Dann stand ich auf, wieder Stück für Stück. Die Arme nach vorn ausgestreckt, taumelte ich zur Wand, die aus Baumstämmen bestand, die mit Mörtel verputzt waren. Ich ließ mich dagegenfallen und die Wand mein Gewicht tragen, während ich frische Kräfte sammelte. Dann arbeitete ich mich in winzigen, qualvollen Etappen zum Fenster vor. Als ich es erreichte, entdeckte ich ein höchst wundersames Ding.

Da war irgendein Hindernis. Ein Brett, das so klar und durchsichtig war, das es unsichtbar erschien. Das Fenster war in gleich große Vierecke aufgeteilt, und in jedem dieser Vierecke war eines dieser unsichtbaren Bretter. Durch die kleinen Vierecke konnte ich die Welt draußen sehen. Meine Hand berührte eines der durchsichtigen Bretter. Es fühlte sich kühl und glatt an. Der Himmel auf der anderen Seite des Brettes war fast völlig bewölkt; nur da und dort zeigten sich blaue Flecken. Eine Brise bewegte die Äste der Bäume, die nur wenige Schritte von Hawwys kleinem Haus entfernt standen. Wie seltsam. Ich sah, daß Wind wehte, konnte ihn aber nicht spüren, weil er das Brett natürlich nicht zu durchdringen vermochte. Ich war eingesperrt, so daß die liebliche Brise nicht mit meinem Haar spielen oder meine schweißfeuchte Haut trocknen konnte. Doch ich brauchte den Wind. Ich brauchte ihn dringend. Mir war so schlecht, daß ich wieder das Bewußtsein zu verlieren drohte. Ich ballte die Faust und schmetterte sie in eines der Vierecke, gegen das dünne unsichtbare Brett.

Es war nicht so leicht zu zerschlagen, wie ich erwartet hatte. Das Brett machte großen Lärm, als es zersplitterte, und seine gezackten Ränder zerschnitten mir die Hand und den Arm. Als ich Hand und Arm zurückzog, wehte der Wind ins Zimmer und fuhr über mich hinweg. Ich genoß meinen hart verdienten Lohn, stand einfach da, an die Wand gelehnt, und beobachtete, wie das Blut von meiner Hand und meinem Arm auf die Holzbretter des Bodens tropfte, als Hawwy hereingestürzt kam.

»Ach, du lieber Gott!« rief er.

Ein müdes Lächeln legte sich auf meine Lippen, als er mich erreichte. Ich blickte in sein entsetztes Gesicht, kicherte und sagte: »Ich habe dich verstanden. Du hast ein Gebet gesprochen.«

»Was?«

Ein anderer Mann, auf den ich mich nicht mehr konzentrieren konnte, murmelte irgend etwas Unverständliches. Hawwy antwortete ihm. Dann sprach der zweite Mann zu mir, und seine Worte drangen in nahezu perfektem Kiowa in mein umnebeltes Hirn.

»Er sagt ja. Er hat gebetet. Für dich.«

»Oh nein«, hörte ich mich wimmern. »Er ist ein Eulen-Heiler.«

Der Mann murmelte wieder irgend etwas, und Hawwy lachte.

10.

Ich war klar genug bei Verstand, um mich hartnäckig zu weigern, mich wieder ins Bett zu legen. Das Liegen schwächte mich nur noch mehr, und ich hatte nicht die Zeit, das alles noch einmal hinter mich zu bringen. Deshalb ließ Hawwy mich auf einer Art Arbeitstisch Platz nehmen, um die Wunden an meinen Arm und dem Handrücken zu nähen, die von dem unsichtbaren Fenster stammten. An Hawwy gab es vieles zu bewundern, aber das Nähen von Wunden gehörte nicht dazu.

Die Verbände, die er benutzte, waren noch das Beste. Einen trug ich um den Kopf, einen anderen quer über die Brust, fest um die Rippen gewickelt. Die Verbände waren aus einem weißen Stoff, wie ich ihn nie zuvor gesehen hatte. Sie waren sehr leicht und äußerst bequem. Dann waren da noch die vielen funkelnden Heiler-Werkzeuge, die Hawwy griffbereit auf einen kleineren Tisch gelegt hatte, der neben ihm stand. Diese Werkzeuge sahen allesamt sehr sauber aus, waren von unterschiedlicher Gestalt und konnten vorzüglich zum Schneiden und Sondieren benutzt werden. Während Hawwy arbeitete, fragte ich mich, wie ich einige der Werkzeuge stehlen konnte, ohne daß er es bemerkte, oder was ich ihm wohl dafür eintauschen mußte, falls ich sie nicht stehlen konnte. Das einzige von Wert, das ich beim mir hatte, war mein Wissen, und danach zu urteilen, wie Hawwy meine Wunden vernähte, brauchte er dringend Lehrstunden bei mir.

Zum Beispiel benutze Hawwy einen schwarzen Faden und eine gebogene Nadel zum Nähen. Beides war schlecht. Die seltsam geformte Nadel ließ sich nicht richtig führen, so daß die Stiche schlampig waren. Sie würden Narben hinterlassen. Das Schlimmste aber war der Faden aus Stoff. Er mußte wieder entfernt werden, wenn die Wunden sich geschlossen hatten, so daß der Patient – ich – unnötige Schmerzen ertragen mußte. Ein dünner Faden aus Darm löst sich von selbst; man braucht ihn nicht herauszuziehen. Wenn eine mit Darmfaden vernähte Wunde verheilt ist, fallen die Fäden einfach heraus. Hawwy benutzte auch keinen Bisontalg, um die Wunde geschmeidig zu halten und vor Entzündungen zu schützen, sondern eine klare Flüssigkeit, die einen scharfen Geruch verströmte und noch schärfer brannte, als er sie auftrug. Ich schrie, als er meine Wunden mit dem Zeug tränkte. Es stach und brannte, als hätten Wespen mich angefallen, und der Schmerz schien nicht enden zu wollen.

Hawwy mußte noch viel lernen, wollte er jemals ein vernünftiger Heiler werden.

Und dann geschah das Allerverrückteste. Mir riß der Geduldsfaden. Ich brüllte Hawwy an, als der schwarze Mann mit einem Tablett voll *fester* Nahrung ins Zimmer kam, Hawwy mir das Tablett anbot und tatsächlich von mir erwartete, daß ich aß! Selbst der schlechteste Heiler weiß, daß für einen Patienten, der viel Blut verloren hat, feste Nahrung schädlich ist. Ich redete so schnell auf den Dolmetscher ein, daß er mir kaum folgen konnte. Schließlich aber verstand er und übersetzte es für Hawwy.

»Er will Brühe aus Leber und Knochenmark, sagte der Dolmetscher. Und falls wir jemals von Zwiebeln gehört haben, sollen wir sie in die Brühe tun und kochen. Er sagt, er ist Heiler und daß er weiß, wovon er spricht. Und er meint, daß Sie noch sehr jung sind. Deshalb will er Ihnen Ihre vielen Fehler verzeihen. Aber Sie sollen ihm mit dem Alkohol vom Leibe bleiben. Außerdem möchte er wissen, in welchem Gefäß Bisontalg ist. Damit will er seine Wunden dann selbst säubern.«

»Bisontalg?«

»Bisontalg, Sir. Er möchte welchen.«

»Ich habe aber keinen ... Talg ...«

»Das würde ich ihm lieber nicht sagen. Lieutenant. Ich habe den Eindruck, er hält Sie ohnehin für einen ziemlich schlechten Arzt.«

Hawwy drehte den Kopf und schaute mich verwirrt an. Der Dolmetscher rief ihm zu: »Lieutenant! Schauen Sie nur mich an, und nicken Sie, als wären Sie einverstanden, ihm den Talg zu besorgen.«

Hawwy tat, wie ihm geheißen, und der Dolmetscher redete lange Zeit zu ihm. Hawwy blickte mich nicht wieder an, sondern starrte auf den Dolmetscher und nickte so heftig mit dem Kopf, daß ich Angst hatte, sein Hirn würde in seinem Schädel umherschwappen. Schließlich wandte er sich an den schwarzen Soldaten, der mit dem Tablett dastand, und sagte mit zusammengepreßten Zähnen und einem verzerrten Lächeln: »Corporal? Gehen Sie bitte in die Küche, und holen Sie unserem Gast eine große Schüssel Rinderbrühe. Mit Zwiebeln.«

Die Brühe war dünn, und die großen Zwiebelstücke, die darin schwammen, waren frisch und nicht in der Brühe gekocht, wie es hätte sein müssen. Um mir wenigstens die heilsame Wirkung der Zwiebeln zunutze zu machen, mußte ich sie kauen. Als Hawwy mir dann die Hand und den Arm verband, wurde mir klar, daß er keinen Talg hatte, um meine Wunde sauber und geschmeidig zu halten. Weiße Männer! Sie sind so rückständig, wissen so wenig von der Heilkunst und dem Kochen, daß ich mich gar nicht erst über ihre Schwächen ausließ, als ich mich an den Dolmetscher wandte.

Sein Name war Jenkins. Er war ein ungepflegter Mann mit zotteligem braunem Haar und kurzem Bart, der nach Körperausdünstungen stank. Doch er sprach ziemlich gut Kiowa, und meine Lage war nicht dazu angetan, herablassend zu sein. Ich sprach mit Jenkins und beeindruckte ihn mit der Erklärung, daß ein großer Krieg ausbrechen würde, falls Weißer Bär nicht sofort darüber informiert wurde, wo ich mich aufhielt und daß ich in Sicherheit sei. Natürlich meinte ich mit »großer Krieg« den drohenden Krieg unter den Kiowas; aber das schien Jenkins nicht richtig begriffen zu haben. Irrtümlicherweise ging er davon aus, daß ich einen Krieg zwischen den Kiowas und den Blaujacken meinte und daß die Kiowas diesen Krieg führen wollten, weil ich ein so bedeutender Mann war. Ich versuchte zweimal, es Jenkins richtig zu erklären. Beide Male verstand er mich nicht, sondern wandte sich entsetzt an Hawwy.

»Ich muß zu seinem Dorf, Lieutenant! Er sagt, ich soll mich am besten sofort auf den Weg machen. Der alte Satanta wird auf den Kriegspfad gehen, wenn er nicht schnellstens erfährt, was mit unserem Jungen hier los ist.«

»Was wird denn geschehen, wenn Satanta auf den Kriegspfad geht?«

»Dann müssen wir alle dran glauben! Dann gibt's ein Massaker, schlimmer als in Dallas. Und alles wegen dem Burschen hier, den der Captain ins Fort geschleppt hat. Mit dem alten Satanta sollte man keine Spielchen treiben, Sir. Der Bursche, den Sie da gerade so schön verarztet haben, ist der Spitzenmann unter den jungen Kriegern in Satantas Stamm.«

»Sind Sie sicher?«

»Er hat's selbst gesagt. Und wenn er's gesagt hat, können Sie Ihr ganzes Geld darauf verwetten. Bei so 'ner großen Sache lügt kein Kiowa.«

Lieutenant O'Kelly fuhr sich mit der Hand über die Stirn, auf der nun Sorgenfalten lagen. Mit einem Zittern in der Stimme sagte er: »Wenn Sie losreiten, Mr. Jenkins, seien Sie bitte so nett und verdoppeln die Wachen am Lazarett.«

Jenkins stand auf. »Geht klar. Und paar Wachen im Innern des Lazaretts könnten auch nichts schaden.«

»Wie Sie es für richtig halten, Mr. Jenkins. Sie sind unser Fachmann für die Eingeborenen.«

Als Jenkins gehen wollte, brach ich in Panik aus. »Willst du zu Weißer Bär?« rief ich ihm nach.

»Ja. So schnell ich reiten kann.«

»Erzähl ihm alles, was ich dir gesagt habe. Es ist sehr wichtig.«

»Mach ich. Ich versprech's.«

Das Warten dauerte ewig. Es wurde dadurch noch schlimmer, daß Hawwy sich plötzlich als ein nicht mehr so zugänglicher Gastgeber erwies. Er packte all die Heiler-Werkzeuge zusammen, über die ich mit ihm hatte reden wollen, verschloß sie in einem Schrank und steckte sich den Schlüssel in die Tasche. Dann kamen zwei schwarze Soldaten ins Zimmer. Beide trugen die neuen Gewehre, von denen Weißer Bär immer sprach. Es waren Waffen, bei denen man sich das umständliche Nachladen sparen konnte. Weißer Bär besaß viele Gewehre. Er hatte sie beim Überfall auf einen Wagenzug der Graujacken gestohlen. Die Graujacken wollten die Waffen an die Caddos liefern, die sie dann gegen uns Kiowas eingesetzt hätten. Das war das Ziel der Graujacken. Da sie gegen die Blaujacken Krieg führten, besaßen die Grauen nicht mehr die Kraft, Texas vor unseren Raubzügen zu schützen, und hatten die Caddos dafür gewonnen, diese Aufgabe an ihrer Stelle zu übernehmen.

Doch Weißer Bär bekam die Gewehre als erster in die Hände. Dann führte er einen großen Krieg gegen die Caddos und bestrafte sie für ihren Verrat. Anschließend drang er nach Texas vor und bestrafte die Graujacken, indem er texanische

Gewehre gegen sie einsetzte. Lange Zeit war Weißer Bär mit diesen Waffen zufrieden. Bis er die neuen sah. Die Blaujakken-Soldaten, die Leavenworth begleitet hatten, trugen diese neuen Gewehre und gaben Kleine Klippe sogar eine große, angeberische Vorstellung, um ihm die neue Macht von Vater Washington vor Augen zu führen. Es war sehr beeindrukkend.

Leavenworth nannte die neuen Gewehre *e-pee-tas* (Repetiergewehre). Er sagte, sie seien als die entscheidende Waffe erfunden worden, um den Krieg der Blaujacken gegen die Graujacken zu beenden. Die Grauen besaßen keine *e-pee-tas* und gaben auf, weil die neuen Waffen zu schnell und zu genau feuerten. Diese neuen Gewehre waren mit der Grund dafür gewesen, daß Kleine Klippe das Papier von Leavenworth unterschrieben hatte.

Ich ging einfach zu einem der Soldaten und blieb ganz dicht vor ihm stehen. Ich war auf diesen schwarzen Mann genauso neugierig wie auf das Repetiergewehr, das er mit beiden Händen fest an die Brust gedrückt hielt. Sein Körper spannte sich, und er hielt das Gewehr noch fester. Er versuchte, mich nicht anzuschauen; seine Blicke huschten umher wie aufgeschreckte Elritzen. Bäche von Schweiß brachen ihm aus und schimmerten auf seiner schwarzen Haut. Ein Winkel seine Mundes mit den dicken Lippen zuckte nervös. Der schwarze Mann roch anders als Hawwy. Und Hawwy roch anders als ich. Komisch. Drei verschiedene Arten Mensch, drei verschiedene Gerüche. Auch die Wimpern des schwarzen Mannes waren faszinierend. Die Härchen waren kurz und nach oben gebogen. Doch mein größtes Interesse galt dem Haar auf seinem Kopf. Es war sehr schwarz. So schwarz, daß die Sonnenstrahlen, die durchs Fenster fielen, die Farbe kein bißchen veränderten. Anders als bei meinem Haar, das in der Sonne einen blausilbernen Schimmer bekam, oder als bei Hawwys Haar, das einen roten Farbton annahm. Und diese Haarkringel, die unter der Mütze des Soldaten hervorlugten! Sie schrien geradezu danach, daß ich sie anfaßte. Als ich die Hand ausstreckte, zuckte der verängstigte Soldat zurück, und bevor ich mich versah, drückte er mir die Mündung seines Repetiergewehres an die Brust.

»Private Washington!« brüllte Lieutenant O'Kelly. »Nehmen Sie die Waffe herunter.«

»Aber er will mir ins Haar packen, Sir!«

»Er hat kein Messer, Private. Sie werden Ihren Skalp behalten.«

»Bitte, Lieutenant«, wimmerte der schwarze Mann mit seltsam hoher Stimme. »Bitte machen Sie, daß er weggeht.«

Nicht nur die Reaktion des schwarzen Mannes erstaunte mich, auch sein Name. *Washington.* War das der Mann, den die Blaujacken stets als Drohung gegen uns benutzt hatten? Der Große Vater Washington, der böse auf uns gewesen war, weil wir Wagenzüge überfallen hatten, die nach Santa Fe unterwegs waren? Der wütend auf uns gewesen war, weil wir den Texanern so arg zugesetzt hatten? War Vater Washington bloß ein schwitzender schwarzer Mann, der nun ein Gewehr auf mich richtete? Doch weil die Mündung mir schmerzhaft gegen die Brust drückte, war ich vorsichtig, stand so still wie der Pfahl eines Wigwams und hielt die Hände bis in Kopfhöhe erhoben. Hawwy tippte mir auf die Schulter, und ich bewegte die Augäpfel in seine Richtung.

»Du ihm Angst machen«, sagte Hawwy mit ruhiger Stimme.

»Vater Washington?« Ich lachte. »Er hat das Gewehr, und ich mache ihm Angst?« Meine Worte kamen zu schnell und zu flüssig, als daß Hawwy mir hätte folgen können.

»Du ihm Angst machen«, wiederholte er. »Tay-bodal hinsetzen.«

Angesichts seiner Aufforderung kam ich mir wie ein widerspenstiger Dorfköter vor, hatte aber keine andere Wahl, als Hawwy gehorsam auf den Fersen zu folgen. Bedrückt setzte ich mich, und Hawwy und ich starrten uns an. Meine Hilflosigkeit trieb mich schier in den Wahnsinn. Es gab so vieles, das ich ihm sagen wollte. So vieles, das ich ihn fragen wollte. Doch die Barriere zwischen uns war genauso wie das seltsame Brett im Fenster: durchsichtig, doch mit den Händen zu tasten, und jeder Versuch, dieses Hindernis zu durchbrechen, war gefährlich. Hinzu kam die Sorge, wie Weißer Bär reagierte, wenn Jenkins in sein Dorf geritten kam. Ich konnte nur beten, daß Weißer Bär wenigstens die Höflichkeit besaß, den Mann bis zu Ende anzuhören, bevor er ihn erschoß.

Die stickige Luft, die von zu vielen Menschen geatmet wurde, machte mir zu schaffen. Mir drehte sich wieder der Kopf, und ich war sehr durstig. Irgendwie gelang es mir, Hawwy beides verständlich zu machen. Das eine Problem löste er, indem er mir einen Becher kaltes Wasser reichte. Um auch das zweite zu lösen, mußte er länger nachdenken. Da er offenbar auch das Bedürfnis nach frischer Luft hatte, half er mir aufzustehen und gab Vater Washington einen Befehl, worauf dieser die Tür für uns aufriß. Dann führte Hawwy mich nach draußen auf die überdachte Veranda.

Für jemanden, der noch nie in einem Schaukelstuhl gesessen hat, ist er ein beängstigendes Ding. Zuerst glaubte ich, mein benommener Kopf würde mir etwas vorgaukeln, als ich vor- und zurückschwang. Als ich erkannte, daß es der Stuhl war, schrie ich auf und versuchte voller Panik, mit wild rudernden Armen und Beinen, herauszuspringen. Doch bevor ich Hawwys Nähten an meinen Wunden Schaden zufügen konnte, sprang er auf, drückte mich in den Stuhl zurück und redete langsam und beruhigend auf mich ein. Da er Ame-a-can sprach und ich folglich keine Ahnung hatte, was er sagte, mußte ich mich ausschließlich auf seinen ruhigen Tonfall und seine Gesten verlassen. Als Hawwy sicher war, daß ich nicht noch einmal durchdrehte, setzte er sich wieder in seinen eigenen Stuhl und schaukelte mit zufriedenem Grinsen vor und zurück, vor und zurück. Mir drehte sich der Magen um, wenn ich ihn nur beobachtete. Ich hielt die Arme auf die breiten Armlehnen gepreßt, deren Enden ich so fest umkrampfte, daß die Handknöchel weiß hervortraten, und drückte die Füße kräftig auf den Bretterboden der überdachten Veranda. Die ganze Zeit über, die Hawwy und ich auf der Veranda verbrachten, saß ich stocksteif da und genoß nur den Schatten, die kühle Brise und den Blick auf das heranwachsende Fort Sill.

Weil das Fort erst im Entstehen war, gab es noch nicht allzuviel zu sehen. Es gab eine Sägemühle, die Holzbretter zur Errichtung der geplanten Gebäude schnitt. Die bis dahin einzigen festen Bauwerke waren das Lazarett, die große Feldküche, der Schuppen für den Schmied und das Büro des Kommandanten. Alle Männer wohnten in weißen Zelten aus Segeltuch; die der Offiziere waren groß und schön, während die gemeinen Soldaten in kleinen Zweimannzelten wohnten. Alle diese Zelte waren in perfekten geraden Reihen aufgestellt. Das Fort lag auf einer Ebene; es gab keine Hügel, keine schützenden Mauern. Weißer Bär hätte Fort Sill mit Leichtigkeit niederbrennen können. Kein Wunder also, daß die bloße Erwähnung seines Namens den Dolmetscher in helle Aufregung versetzt hatte.

Das Fort war noch nicht zu verteidigen. Ich staunte, denn ich konnte die Gefahr nicht sehen, die Kleine Klippe dazu getrieben hatte, zum Wohle unseres Volkes ein friedliches Zusammenleben mit den Weißen anzustreben. Aus dem, was *ich* sah, konnte ich nur schließen, daß wir mit dem *weißen* Mann gar keinen Friedensvertrag abgeschlossen hatten. Statt dessen hatten wir irrtümlicherweise mit *schwarzen* Männern Frieden geschlossen; denn hier waren die Schwarzen den weißen Offizieren zahlenmäßig mindestens zwanzig zu eins überlegen. Weißer Bär würde das sehr schnell herausfinden; da kannte ich ihn gut genug. Und jeder irrtümlich abgeschlossene Vertrag war ungültig. Wenn die Probleme, die Weißer Bär zur Zeit zu schaffen machten, erst einmal bereinigt waren und wenn man ihn zum neuen Oberhäuptling gewählt hatte, würde er diese wenigen Weißen töten und den Schwarzen befehlen, ihm alle ihre Waffen und Pferde zu geben und zu verschwinden. Nur zu Ehren von Kleine Klippe, der den betrügerischen Vertrag Leavenworthes unterschrieben hatte, würde Weißer Bär den schwarzen Männern aus Großzügigkeit das Leben schenken. Aber nur einmal.

Aus den Augenwinkeln schaute ich Hawwy an. Der Gedanke, daß Weißer Bär auch ihn töten würde, erfüllte mein Herz mit Trauer. Hawwy war ein noch sehr junger Mann. Doch man konnte Weißer Bär nicht die Schuld daran geben, wenn er Hawwy tötete. Die Schuld lag bei Leavenworth, der Kleine Klippe mit seinem Vertrag getäuscht hatte. Denn Leavenworth hatte verschwiegen, daß das Land, das Kleine Klippe ihm zugestanden hatte, für schwarze Männer vorgesehen war. Leavenworth hatte aber nur von weißen Männern gesprochen. Er war ein Lügner. Sein Vertrag war eine Lüge. Selbst Einsamer Wolf und Vogel-der-tritt würden mit Weißer Bär darin übereinstimmen. Der arme, unschuldige Hawwy. Er konnte mir nur leid tun. Und weil er ein junger Mann war, der nicht mehr lange zu leben hatte, entschied ich mich, ihm keine allzu großen Schwierigkeiten zu machen. Wie unfähig er sich als Heiler auch erwiesen hatte – ich beschloß, ihn nicht in Verlegenheit zu bringen, indem ich ihn mit der Nase auf seine Fehler und Irrtümer stieß. Ein Mann sollte stolz in den Tod gehen. Außerdem fühlte ich mich zusehends besser. Was

Hawwy mir auch noch antun mochte – ich wußte, ich würde bald stark genug sein, daß ich überlebte.

Nachdem ich noch einige Zeit wie erstarrt in dem schrecklichen Stuhl gesessen hatte, wurde ich müde. Hawwy half mir zurück ins Haus, und ich legte mich dankbar aufs Bett. Dann schickte Hawwy Vater Washington und den anderen schwarzen Mann fort. In schläfrigem Staunen beobachtete ich, wie Hawwy das Fenster nach oben schob. Eine frische Brise wehte ins kleine Zimmer und reinigte die Luft. Hawwy legte mir eine dünne Decke über, und bevor ich in Schlaf versank, faßte ich einen weiteren Entschluß: Um Hawwy seine Freundlichkeiten wiedergutzumachen, beschloß ich, nicht da zu sein, wenn Weißer Bär ihn tötete.

Als ich viel später erwachte, war das Zimmer in weiches, sanftes Licht getaucht. Das Licht stammte aus einer seltsamen Quelle. In einem sonderbaren Ding, das aus dem gleichen durchsichtigen Holz bestand wie das Brett im Fenster, brannte eine winzige Flamme, nur war das Holz zu einem Gefäß geformt, das wie eine dralle Frau mit dickem Hintern aussah. Im Innern dieses Gefäßes befand sich eine trübe Flüssigkeit, welche die kleine Flamme zu nähren schien. Ich lag da, betrachtete fasziniert das winzige Flämmchen und fragte mich, wie ich das Ding stehlen konnte, weil es ein schönes Geschenk für Heulender Wind wäre. Ich stellte mir die Begeisterung auf ihrem Gesicht vor, wenn ich es ihr gab, und ich dachte an die lustvollen Freuden der Belohnung, die ich dann von ihr bekam.

Hawwy schlief. Er lag zusammengerollt auf einem Bett neben dem meinen. Als ich mich bewegte, schlug er die Augen auf, und dann lagen wir da und schauten uns an.

»Durst«, krächzte ich.

Pflichtbewußt stand Hawwy auf, kam mit einem Becher Wasser an mein Bett und hielt meinen Kopf im Nacken gestützt, bis ich den letzten Tropfen getrunken hatte. Dann legten wir beide uns wieder hin. Hawwy schlummerte ein, während ich wach lag, von Sorgen geplagt.

Diese Sorgen waren nur zu berechtigt. Jenkins war mit einer Eskorte von einem Dutzend schwarzer Kavalleristen zu Weißer Bär geritten. In dessen Dorf – fünfundzwanzig Meilen von dem Fort entfernt, in dem ich mich erholte – hatte ihr Erscheinen für größtes Aufsehen gesorgt. Die schwarzen Männer bekamen es am schlimmsten zu spüren. Von neugierigen Kiowas umringt, hatten Dutzende von Händen diese armen Burschen an ihrem eigenartigen Haar gezerrt und an ihrer Haut gekratzt, um festzustellen, ob man die schwarze Farbe herunterbekam. In ihrer Not hatten die Reitersoldaten Jenkins angefleht, aus dem Dorf zu verschwinden oder in Notwehr auf die Kiowas schießen zu dürfen. Jenkins untersagte den Schwarzen das Schießen, konnte sie aber auch nicht vor der Meute bewahren. Er war zu sehr damit beschäftigt, dem wütenden und beleidigten Weißen Bären sein unerwünschtes Auftauchen im Dorf zu erklären. Hätte Himmelsläufer nicht eingegriffen, hätte Weißer Bär Jenkins auf der Stelle getötet. Nur Himmelsläufers wegen hörte Weißer Bär sich an, was Jenkins zu sagen hatte. Dann wurden der Dolmetscher und seine entsetzte und leicht gebeutelte Begleitmannschaft unter strengste Bewachung genommen, während Weißer Bär seine benachbarten Häuptlinge zusammenrufen ließ, darunter Vogel-der-tritt. Diese Häuptlinge berieten sich über Jenkins' Botschaft und stritten die ganze Nacht darüber.

»Das ändert nichts«, erklärte Vogel-der-tritt hartnäckig. »Morgen findet die Verhandlung gegen Cheyenne-Räuber statt.«

»Du Dummkopf!« rief Weißer Bär. »Tay-bodal hat den

Beweis für die Unschuld meines Neffen. Deshalb wollten deine Spitzel ihn töten.«

»Ich habe nichts damit zu tun, daß man auf ihn geschossen hat«, fauchte Vogel-der-tritt zurück. »Ich weiß auch nichts von einem Beweis, den Tay-bodal für oder gegen Cheyenne-Räuber vorbringen kann. Und ich habe ganz bestimmt niemanden hinter ihm hergeschickt!«

»Warum hat der Überfall dann in der Nähe deines Dorfes stattgefunden?«

»Er hat nicht in der Nähe meines Dorfes stattgefunden. Ich habe keine Schüsse gehört.«

»Du Lügner!«

»Nenne mich nie wieder einen Lügner!«

»Bitte!« rief Einsamer Wolf. »Das führt uns nicht weiter.«

»Einsamer Wolf hat recht«, sagte Sitzender Bär. »Diese Streitigkeiten unter Brüdern sind eine Schande. Wir müssen die Tatsachen in aller Ruhe betrachten. Erstens.« Er hob einen Zeigefinger. »Ein für uns nützlicher Mann wurde angeschossen und befindet sich in der Hand der Weißen. Das allein ist Grund genug, diesen Mann zurückzuholen. Zweitens.« Ein zweiter Finger gesellte sich zum ersten. »Falls es stimmt, was Weißer Bär behauptet – daß Tay-bodal Informationen hat, die bei der Verhandlung gegen Cheyenne-Räuber von Bedeutung sind –, müssen wir uns anhören, was Tay-bodal zu sagen hat. Aus diesen beiden wichtigen Gründen hat Tay-bodals Wohlergehen erst einmal Vorrang. Die Verhandlung muß verschoben werden. Also, laßt uns jetzt über diese beiden Dinge abstimmen.«

Er senkte die Hände und blickte schweigend in die Runde. Die anderen verstummten und dachten über seine Worte nach. Als Sitzender Bär der Meinung war, daß die aufgeheizte Stimmung sich so weit abgekühlt hätte, daß die Versammelten eine unvoreingenommene Entscheidung treffen konnten, rief er zur Stimmabgabe auf.

»Wer dafür ist, erst einmal Tay-bodal zu retten, hebe die Hand.«

Hätte ich zuschauen können, wäre ich sehr stolz über das Abstimmungsergebnis gewesen. Alle Hände gingen nach oben.

»Wer dafür ist, die Verhandlung gegen Cheyenne-Räuber zu verschieben, bis Tay-bodal für ihn aussagen kann, hebe die Hand.«

Diesmal fiel das Ergebnis weniger schmeichelhaft aus. Um genau zu sein, es ging gerade noch mal gut. Aber es *ging* gut, und die Verhandlung wurde verschoben. Cheyenne-Räuber wurden einige zusätzliche Tage der Muße zugestanden, die er in den Armen seiner Geliebten verbringen konnte.

Meiner eigenen Geliebten ging es nicht so gut, denn ich hatte mich anschießen und von den Weißen gefangennehmen lassen. Als Weißer Bär aus der Ratsversammlung auftauchte, fiel Heulender Wind wie eine Raubkatze über ihn her. Sie bestand darauf, an meiner Rettung teilnehmen zu dürfen. Weißer Bär verweigerte es ihr. Das war eine dumme Entscheidung für einen Häuptling, und Heulender Wind schrie es ihm auch mit sich überschlagender Stimme ins Gesicht. Um sich vor der völligen Demütigung zu bewahren, wies Weißer Bär sie darauf hin, daß es sich für eine alleinstehende Frau nicht gehöre, mit so vielen Männern zu reiten. Es würde ihrem Ruf schaden, erklärte Weißer Bär, ganz allein mit einer Armee von Kriegern zu ziehen. Heulender Wind erwiderte hitzig, daß sie von anderen Frauen begleitet werde.

»Wir gehen nicht Beeren sammeln!« donnerte Weißer Bär. »Wir machen einen Kriegszug, um Tay-bodal zu retten.«

»Gut. Dann gib mir und den anderen Frauen Gewehre.«

»Mit einer Meute bewaffneter Frauen unterwegs zu sein ist gefährlicher, als ins Fort der Weißen zu reiten!«

»Dann werden wir uns eben selbst bewaffnen und euch Männern folgen.«

Das verschlug Weißer Bär die Sprache. Mit offenem Mund stand er da, während sich vor seinem geistigen Auge ein Bild formte. Das Bild, wie er zu meiner Rettung herbeigaloppierte: schwerbewaffnete weiße Kavalleristen vor sich, gefährliche bewaffnete Kiowa-Frauen hinter sich. Falls eins der Gewehre in der Hand einer Frau zufällig losging, würden die kampfbereiten Soldaten dies als Angriff betrachten und das Feuer eröffnen. Die Frauen würden zurückschießen. Und er, Weißer Bär, würde sich mit seinen Kriegern hilflos zwischen den zwei wild drauflosfeuernden Gruppen befinden. Weißer Bär gab sich geschlagen. Die Frauen durften mit. Aber keine durfte ein Gewehr tragen! Oder irgendwelches Gepäck.

Letzteres wurde von den Frauen mit schweigender Verachtung gestraft. Wie konnte ein Mann von ihnen erwarten, daß sie eine so weite Reise ohne die notwendige Kleidung zum Wechseln unternahmen? Ohne Haarbürsten und Handspiegel? Ohne Seife, Duftwasser und ein bißchen Schmuck, um sich schön zu machen, bevor sie das Fort erreichten? Erwartete Weißer Bär ernsthaft, daß die Frauen seines Klans sich den Weißen als Horde ungepflegter wilder Weiber präsentierte? Und was war mit dem Essen? Männer mochten sich ja mit Stücken getrocknetem Fleisch und einem Lederbeutel voll Trinkwasser zufriedengeben, aber Frauen stellten gehobenere Ansprüche. Als Weißer Bär nach ein paar Stunden Schlaf gähnend aus seinem Wigwam zum Vorschein kam, wurde er von einem Anblick wachgerüttelt, der ihn wie eine kräftige Ohrfeige ins entgeisterte Gesicht traf.

»Du kannst doch nicht die Mulis nehmen!« donnerte er.

»Doch, können wir«, sagte Heulender Wind mit einem Beiklang von Herablassung. »Schließlich sind wir Frauen zu fünf. Und es hat uns große Opfer gekostet, uns beim Gepäck auf das Nötigste zu beschränken. Mehr als diese drei Mulis brauchen wir nicht.«

»Ihr bekommt nicht *ein* Muli!«

»Warum nicht?«

»Weil ich sie der Armee gestohlen habe. Die Weißen werden sie zurückverlangen. Ich schätze Tay-bodal zwar sehr, aber drei gute Mulis ist er nicht wert.«

Heulender Wind und ihre Kohorte beachteten ihn gar nicht, sondern packten weitere Bündel auf die bereits schwer beladenen Maultiere.

»Wenn dir deine kostbaren Mulis so viel bedeuten, werden wir sie außer Sichtweite der Festung anbinden. Die Soldaten werden sie nicht zu sehen bekommen. Und jetzt hör endlich auf zu schreien, und wecke die Männer. Wir Frauen sind reisefertig.«

Das alles wurde mir Wochen später Wort für Wort von Himmelsläufer erzählt. Auch, daß die Reise zwischen Fort Sill und dem Regenberg, die üblicherweise nur einen Tag dauert, den Weißen Bären und seine Krieger anderthalb mühselige Tage kostete, weil sie die Frauen mit den Mulis im Schlepptau hatten.

Am nächsten Morgen fühlte ich mich kräftig genug, wieder richtige Nahrung zu mir zu nehmen. Die Brühe, die ich zu den Mahlzeiten bekommen hatte, war scheußlich gewesen. Ich war froh, sie nicht mehr hinunterwürgen zu müssen, und war nun gespannt darauf, was die weißen Männer so aßen. Das Frühstück war seltsam, aber gut. Es gab Pfannkuchen, wie Hawwy sie nannte. Dazu Kaffee. Soviel Kaffee, wie ich wollte. Aber wie ich schon sagte, war ich nie ein großer Kaffeetrinker; deshalb trank ich nur eine Tasse, und auch die nur aus Höflichkeit. Mittags und abends gab es das gleiche: Fleisch und Bohnen, mit mehr Bohnen als Fleisch, und in einer Art gepfeffertem Fleischsaft gekocht. Das Ganze wurde dann mit Reis gegessen. Es war eigenartig, daß die weißen Männer Reis genauso aßen wie die Caddos. Das beste war das Maisbrot. Es war fast so wie das Maisbrot der Wichitas. Ich aß sehr viel davon. Und trank Milch von der Kuh. Sie schmeckte gut. Sehr mild.

Im Fort gab es drei Dolmetscher. Jenkins war der oberste Dolmetscher und Chefscout in einer Person. Er sprach Kiowa, Cheyenne und Arapaho, und jeder dieser Sprachen beherrschte er ziemlich gut. Der zweite Dolmetscher konnte nur Cheyenne, und der dritte war ein junger Texaner namens William Dilly, der fließend Comanche sprach. Ich selbst spreche sehr gut Comanche, dazu einigermaßen Navajo und genug Cheyenne, um mich verständlich zu machen. Ich habe nie versucht, Arapaho zu lernen. Ich war stets der Meinung, daß die Arapahos ihre Sprache mit Absicht so kompliziert machen. Jedesmal wenn ich mit einem Arapaho sprechen mußte, benutzte ich die Hände; denn nicht einmal die Arapahos konnten ein traditionelles Handzeichen *noch* komplizierter machen.

Von den drei Dolmetschern konnte ich Billy am besten leiden. Mit ihm war leicht auszukommen, und er schien mich wirklich zu mögen. Die beiden anderen waren zwar auch ziemlich freundlich, blieben in meinem Beisein aber stets wachsam, beinahe so, als würden sie damit rechnen, daß ich sie angriff. Billy erzählte mir oft Geschichten und brachte mich zum Lachen. Wir aßen zusammen auf der Veranda, und da ich mich weigerte, mich in einen der Stühle zu setzen, die sich bewegten, setzte Billy sich zu mir auf den Bretterboden. Das zeigte mir, daß er ein sehr rücksichtsvoller Mensch war, und in meiner Kultur hatten wir vor jedem, der sich als rücksichtsvoll erwies, stets Achtung.

Billy war ein hochgewachsener, schlanker junger Mann mit langer gekrümmter Nase und dünnen Lippen. Er trug stets einen formlosen schwarzen Hut, den er sich so tief über den

Kopf zog, daß ich nur Nase und Lippen sehen konnte, wenn er mir das Gesicht zuwandte. So, wie Billy sein Gesicht in den Schatten verbarg, ließ mich deutlich erkennen, daß er es nicht gern hatte, angeschaut zu werden. Und weil er mir gegenüber so rücksichtsvoll war, erwiderte ich seine Freundlichkeit, indem ich ihm niemals direkt ins Gesicht blickte. Doch jedesmal, wenn er sich abwandte, betrachtete ich ihn genau.

Sein Haar war lang und dunkelbraun und fiel ihm bis auf die Schultern. Er trug eine weiße Hose, deren Aufschläge er in seine Lederstiefel steckte, so daß man die kunstvollen, von Hand gepunzten Verzierungen auf diesen teuren Stiefeln sehen konnte. Dazu trug er jeden Tag dasselbe ausgebleichte karierte Hemd. Doch wirklich stolz war er nur auf ein Kleidungsstück: seinen grauen Mantel aus Segeltuch, der ihm bis zu den Füßen reichte und den er immer offen trug, die Seiten nach hinten geschlagen, so daß sein Revolver im Halfter an der Hüfte deutlich zu sehen war, wenn er durchs Fort schlenderte. Er sah gefährlich aus, und mir fiel auf, daß die Soldaten seine Gesellschaft mieden und rasch aus dem Weg gingen, wenn er sich näherte. Seltsam, daß sie einen der ihren so behandelten. Ich fragte mich, ob Billy ein Außenseiter war.

Doch was er auch war, ich mochte ihn. Er war lustig, besonders, wenn er redete. Da er ein Weißer war, waren sein Mund, die Zunge und die Kehle nicht dazu geschaffen, deutlich zu sprechen. Es ärgerte mich immer ein bißchen, wenn er bei unseren Gesprächen Worte in Ame-a-can einstreute. Seine Handzeichen jedoch waren perfekt, und wenn er mit mir redete, benutzte er die Hände genau so, wie es bei unserem Volk üblich war. Deshalb beobachtete ich seine Hände ganz genau, wenn er sprach. Und weil ich ihn mochte, sagte ich ihm im Vertrauen, daß womöglich großer Ärger bevorstand und daß es vielleicht besser für ihn wäre, zurück nach Texas zu reiten.

»Nee. Ich bin Waise. Ich hab' den Busen von Mutter Texas knochentrocken gesaugt. Außerdem braucht mich die Armee, um mit den Comanchen droben am Anadarko zu sprechen. Dafür krieg' ich mein Geld bar auf die Hand. Ich lasse es drauf ankommen und bleib' hier im Gebiet von euch Kiowas. Ihr seid nicht so schlimm wie die Comanchen. Ihr seid richtig höfliche Leute. Wenn die Rothäute mir mal ans Leder wollen, dann sollen's wenigstens welche sein, die Achtung vor 'nem Mann haben.«

»Danke, Billy.«

»Keine Ursache, Fleisch.«

Billy nannte mich *Fleisch,* nachdem ich ihm auf Comanche erklärt hatte, daß mein Name, Tay-bodal, auf Kiowa »Fleischträger« bedeutete. Daß Billy meinen Namen abkürzte, nahm ich ihm nicht übel. Es war eine der Eigenheiten, die ihn auszeichneten.

In der Nacht nach dem Abendessen spielten all die fremden und seltsamen Speisen in meinen Därmen verrückt, und ich ließ kräftig Luft ab. Hawwy ebenfalls. Nach einiger Zeit stank die Luft im Heiler-Haus so sehr, daß Hawwy das Fenster öffnete, selbst auf die Gefahr hin, daß ich flüchtete. Aber wir brauchten Luft zum Atmen. Dann lagen wir in den Betten und kicherten über unsere dröhnenden Fürze, bis wir schließlich einschliefen. Am nächsten Morgen gab es wieder Pfannkuchen und Kaffee. Ich aß schnell, weil Hawwy mir versprochen hatte, daß ich ein Bad nehmen könne, bevor er mir neue Verbände anlegte. Außerdem beklagte ich mich wegen meiner Zähne.

Wir Kiowas waren immer schon sehr bedacht auf Körperpflege gewesen. Wir badeten zwei-, manchmal dreimal am Tag und nahmen auch gern Schwitzbäder, um den Körper zu reinigen. Doch ganz besonderen Wert legten wir auf die Zahnpflege. Dazu benutzten wir Salz, das wir über jeden Zahn und das Zahnfleisch rieben. Ich machte Hawwy, der die Zeichensprache schon ziemlich gut beherrschte, das Zeichen für »Zähne säubern«. Er verstand und machte mir ein wunderschönes Geschenk. Meine erste Zahnbürste. Sie war aus Holz, mit winzigen Borsten daran. Doch das Pulver, das die Weißen zum Zähneputzen benutzten, war nicht so gut. Es schmeckte zwar ganz ordentlich, aber die Zähne bekam ich damit nicht richtig sauber.

Splitternackt stand ich hinter dem Heiler-Haus und schüttete mir Eimer mit warmem Wasser über den Kopf, um mir den Seifenschaum von der Haut zu spülen, wodurch ich die Aufmerksamkeit einer Gruppe schwarzer Männer erregte, die mich begafften. Hätte ich gewußt, was ihre Brüder im Dorf von Weißer Bär ertragen mußten, hätte ich nicht so verärgert auf ihr Starren reagiert. Bei mir versuchte schließlich keiner, meine Haut abzukratzen oder mir Haarbüschel auszureißen. Doch es machte mich nervös, daß die Schwarzen mich beobachteten und sich dabei unterhielten, während ich nackt dastand. Als Billy es bemerkte, schickte er die Schwarzen rasch fort. Nachdem ich angezogen war, kümmerte Hawwy sich um mich. Mit vollem Magen, sauberem Körper und frischen Verbänden, die meine Wunden schützten, kam ich mir fast wie neugeboren vor.

Hawwy, Billy und ich gelangten zu der Ansicht, daß es ein zu schöner Tag war, um im Heiler-Haus zu hocken, also setzten wir uns auf die schattige Veranda. Billy und ich kauerten uns mit gekreuzten Beinen nebeneinander auf den Bretterboden, während Hawwy sich in den nächsten Stuhl setzte. Dann ließen wir es uns gutgehen und unterhielten uns stundenlang. Billy war eine unschätzbare Hilfe, wenn ich mit Hawwy redete.

»Ein Glück, daß deine Wunden sich schon geschlossen hatten, als du ins Wasser gestiegen bist«, ließ Hawwy mich durch Billy wissen. »Wärst du mit den frischen Wunden ins Wasser gegangen, wärst du verblutet, denn Wasser läßt das Blut schneller durch die Adern fließen. Deshalb sollten Frauen, die ihre Monatsblutung haben, erst dann baden, wenn die Menstruation zu Ende ist.«

Ich schaute Hawwy lange Zeit an. Was er gesagt hatte, war faszinierend, aber schwer zu glauben. Wenn Kiowa-Frauen ihre Monatsblutung haben, hält sie das nicht vom Baden ab. Und nie war den Frauen dabei etwas passiert. Für sie galten nur die Einschränkungen, daß sie sich den Männer fernhalten mußten, bis ihre Menstruation vorüber war, und daß sie in dieser Zeit nur Fleisch essen durften, das durchgebraten oder gar gekocht war. Denn Blut im Fleisch war gefährlich für sie. Und das Wasser *brauchten* sie, denn es säuberte sie und machte es erträglich, weiterhin mit den anderen Frauen im Frauenwigwam zu wohnen. Der Gedanke an einen Wigwam voller Frauen, die tagelang nicht gebadet hatten, ließ mich schaudern. Was für eine scheußliche Vorstellung.

»Und dann hattest du noch einmal Glück«, fuhr Hawwy fort, wobei Billy für mich übersetzte, »daß keine Würmer in deine Wunden gelangt sind, als du im Wasser warst.«

»Nein, nein!« rief ich, denn ich konnte mir seinen Unsinn nicht mehr anhören. »Maden sind nützlich. Sie fressen das schwärende Fleisch und sorgen dafür, daß sich das Blut nicht vergiftet. Ich benutze sie oft zum Heilen.«

Nachdem Billy übersetzt hatte, verstummte Hawwy und betrachtete mich lange Zeit, wobei er in einem dieser Stühle, mit denen ich nichts mehr zu tun haben wollte, vor- und zurückschaukelte. Schaukelstühle waren schlecht für meinen Magen und meinen Kopf. Auf dem festen Boden der Veranda zu sitzen war unvergleichlich besser. Doch als ich Hawwy beobachtete, wie er vor- und zurückschaukelte, wurde mir schon davon übel, so daß ich den Blick abwandte. Ich war ein bißchen traurig, daß er mir die Sache mit den Maden genausowenig glaubte wie ich ihm die Geschichte mit dem Wasser. Um das peinliche Schweigen zu beenden, änderte Hawwy das Thema und redete über eine andere Sache.

»Die Kugel, die in deiner Schulter steckte, hat den Knochen zwar berührt, ist aber nicht eingedrungen. Ich konnte sie dicht unter der verschorften Wunde spüren. Dann habe ich die Wunde ohne Schwierigkeiten aufgeschnitten. Du hast großes Glück gehabt.«

»Diese Werkzeuge, die du benutzt«, fragte ich zögernd, »woher hast du sie?«

»Von der medizinischen Hochschule.«

»Was ist das? Kann ich auch dort hingehen und irgend etwas gegen solche Werkzeuge eintauschen?«

»Nein.« Er lachte. »Diese Schule ist in Boston. Das ist weit weg von hier. Aber ich kann dir zwei Werkzeuge geben.«

»Wirklich?«

»Ja«, sagte er lächelnd. »Ein Heiler-Kollege wie du sollte gut ausgestattet sein.«

Hawwy erhob sich, und Billy und ich sprangen auf. Wir gingen in das kleine Heiler-Haus, und ich ließ mir Zeit, als mir Hawwy – mit Billys Hilfe als Dolmetscher – den Verwendungszweck seiner vielen Werkzeuge erklärte. Es war nicht leicht für mich, mir zwei von denen auszusuchen, die Hawwy mir zeigte. Schließlich entschied ich mich für ein scharfes Messer und eine winzige Sonde, die wie ein Löffel geformt war. Hawwy freute sich so sehr über meine kluge Wahl, daß er mir noch drei zu Bällen aufgerollte Stücke von dem Verbandsstoff sowie jede Menge von den viereckigen Polstern gab, die unter den Verband gesteckt wurden. Dann reichte er mir eine kleine Ledertasche, in der ich meine wertvollen Schätze verstaute. Hawwy war ein netter Mann. Als ich die Ledertasche zuschnürte, beschloß ich, Weißer Bär nicht zu gestatten, Hawwy zu töten. Dieser weiße Mann hatte mir kostbare Dinge geschenkt, und ich wollte ihm dafür sein Leben schenken. Dann waren wir quitt.

Billy stand am Fenster und schaute wie in Trance hindurch. Plötzlich rief er Hawwy irgend etwas auf Ame-a-can zu.

»In drei Teufels Namen! Satanta ist hier! Und er hat 'ne ganze Armee und 'ne Truppe Weiber dabei!«

Hawwy stürzte zum Fenster, und ich rannte mit ihm. Wir stießen mit den Köpfen zusammen, als wir alle zugleich aus dem einzigen kleinen Fenster hinausschauen wollten, und prallten mit den Nasen gegen das unsichtbare Brett. Ich konnte es nicht fassen, als ich sie sah. Doch mein Herz pochte wild vor Liebe und Stolz. Sie war so schön! Und es gab nur einen Grund, daß sie diesen weiten Weg auf sich genommen hatte.

Mich.

»Meine Frau!« rief ich mit vor Aufregung schriller Stimme. »Da ist meine Frau! Heulender Wind!«

»Welche ist es?« fragte Billy.

Ich versuchte, auf sie zu zeigen, und ich hätte beinahe wieder die Hand durch das gefährliche Brett gestoßen. »Ich will nach draußen! Sie soll wissen, daß es mir gutgeht.«

Billy übersetzte Hawwy hastig, was ich hervorsprudelte, doch Hawwy hörte nur mit halbem Ohr zu. Er starrte gebannt auf die eindrucksvolle Prozession.

»Mein Gott, sie sind prachtvoll«, stieß er hervor.

»Ja!« rief Billy. »Die Kiowas sind die Besten der Besten. So wild wie Mustangs und so edel wie Könige. Man kann stolz darauf sein, wenn man die Ehre hat, von 'nem Kiowa den Skalp von der Rübe geschnitten zu bekommen.«

Ich wollte nichts als nach draußen. Grob zerrte ich Billy am Arm und wiederholte meine inbrünstige Bitte. In dem Augenblick, da Billy meine Worte übersetzt hatte, warfen wir drei uns herum und wühlten, schubsten und stießen uns auf dem Weg zur Tür, weil jeder als erster das Heiler-Haus verlassen wollte. Es mußte ein komisches Bild gewesen sein, als wir gleichzeitig versuchten, uns durch die Tür zu quetschen.

Wäre ich nicht so versessen darauf gewesen, zu Heulender Wind zu kommen und ihr zu zeigen, daß es mir gutging, hätte ich mich gesitteter aufgeführt. Ich hätte ruhig abgewartet, bis der Befehlshaber des Forts und seine Offiziere ihre wichtigen Gäste mit Willkommensreden begrüßt hätten. Doch wenn Heulender Wind im Spiel ist, gibt es für mich kein Halten mehr. Ich konnte nicht abwarten, bis all die Reden gehalten waren. Ich wedelte mit den Armen über dem Kopf und rief aus vollem Halse. Weißer Bär und die anderen beachteten meinen unziemlichen Auftritt gar nicht. Mit düsteren Mienen stiegen sie von den Pferden und traten vor, um den Kommandanten mit dem üblichen Händeschütteln zu begrüßen. Heulender Wind trat ihrem Pferd in die Seiten und galoppierte auf das Heiler-Haus zu, gefolgt von den anderen Frauen. Ich stürmte die drei Treppenstufen hinunter und traf in dem Moment mit Heulender Wind zusammen, als sie sich vom Pferd schwang.

Sie flog so wild in meine Arme, daß sie mich beinahe zu Boden gerissen hätte. Ich packte sie, drückte sie fest an mich, hob sie in die Höhe und wirbelte sie im Kreis herum, wobei sie weinte, daß ihre Tränen mir den Hals hinunterliefen.

»Ich dachte, du wärst tot«, schluchzte sie mir ins Ohr. »Ich hatte solche Angst. Und ... und als die Soldaten kamen ...«

»Ich wäre fast gestorben«, sagte ich dramatisch. »Aber ich habe den Tod niedergerungen, weil ich dich nicht verlassen konnte.«

Sie zappelte, so daß ich sie auf den Boden stellen mußte. Dann funkelte sie mich an und wischte sich mit dem Handrükken die Tränen aus dem Gesicht. »Mach das nicht noch einmal! Niemals! Tu das nie wieder! Da beschließt man nach langem Überlegen, einen friedlichen Mann zu heiraten – einen Heiler und keinen Krieger –, und was tut dieser Kerl? Dieser Heiler, auf den ich so stolz bin? Er macht sich aus dem Staub und läßt sich um ein Haar erschießen.«

»Geliebte …«

»Wage es nicht, mich zu unterbrechen, wenn ich dich beschimpfe!« Ihr Augen wurden groß; denn in diesem Moment entdeckte sie die Verbände – den kleineren um meinen Kopf und den größeren, der meine Brust und die Rippen bedeckte. Beide Hände flogen empor zu ihrem Gesicht und legten sich auf den vor Entsetzen aufgerissenen Mund und den größten Teil der Nase. Hinter den Händen rief sie: »Wie oft bist du getroffen worden?«

»Zweimal.«

Die Knie wurden ihr weich, und ich konnte sie gerade noch auffangen. Seltsamerweise schaffte ich es diesmal kaum, ihr Gewicht zu halten, was mir Augenblicke zuvor noch so leichtgefallen war. Hawwy und Billy halfen mir, sie über die Veranda ins Heiler-Haus zu tragen, die aufgeregt schnatternden Frauen im Schlepptau. Wir legten sie auf mein ordentlich gemachtes Bett; dann holte Hawwy ein kleines Fläschchen aus seinem Medizinschrank. Er hielt es Heulender Wind unter die Nase. Ein Atemzug, und sie war wieder hellwach. Ich war tief besorgt um sie und verbrachte die nächsten Minuten damit, sie immer wieder zu umarmen und sie mit Küssen zu bedecken und ihr zu versichern, daß wir beide ja noch am Leben und wieder zusammen wären. Ich war so beschäftigt, daß ich gar nicht merkte, wie Hawwy mit offenem Mund eine der Frauen anstarrte. Hawwys Blick war auf Aller Liebling gerichtet, die sechzehnjährige Nichte von Weißer Bär und Blutsschwester von Cheyenne-Räuber.

Wir nennen diesen Blick den Donnerschlag; denn das trifft es am besten. Es ist, als wenn einen der Blitz trifft und der Donner den Körper durchschüttelt, so daß man wie betäubt dasteht und der Verstand für alle Eindrücke tot ist, nur nicht für ein lächelndes weibliches Gesicht. Als ich den Blick schließlich von Heulender Wind nahm, auf Hawwy richtete und seinen Gesichtsausdruck sah und als ich bemerkte, wie Aller Liebling verschämt die Augen niederschlug und schüchtern ihren lieblichen Kopf senkte, da wußte ich, daß mein neuer Freund in tödlicher Gefahr schwebte. Wenn Weißer Bär erfuhr, daß ein weißer Mann seine Nichte *so* anschaute, würde er ihn töten – komme, was da wolle. Und selbst wenn es ich irgendwie schaffen sollte, Weißer Bär zurückzuhalten, würde nicht mehr genug von mir übrig sein, um Cheyenne-Räuber zu bremsen, auf Hawwy loszugehen. In den Sekunden, die nun vorüberzogen, verfluchte ich mich selbst, daß ich in der Nacht nicht durchs offene Fenster geflüchtet war. Ich war kräftig genug gewesen, weit genug vom Fort wegzukommen, um Weißer Bär auf halber Strecke zu treffen. Dann wäre er gar nicht erst ins Fort gekommen. Und Aller Liebling auch nicht. Hawwy hätte sie nie zu Gesicht bekommen. Wieder fluchte ich lautlos, als ich die beiden beobachtete, wobei ich ganz genau wußte, was da vor sich ging. Ich hätte es wissen müssen; denn genau das gleiche war ja mir selbst passiert, als ich Heulender Wind das erste Mal gesehen hatte, wie sie in dem kleinen Fluß stand. Daß Hawwy der Donnerschlag getroffen hatte, machte alles noch schlimmer, als es ohnehin schon war. Was sich zwischen Aller Liebling und Hawwy anbahnte, konnte ich jetzt so gut gebrauchen wie ein weiteres Kugelloch.

Aller Liebling war durch Zufall an ihren Namen gekommen. Von Geburt an war sie das meistumhegte und am zärtlichsten umsorgte weibliche Wesen, das unserem Volk jemals geboren wurde. Sie war ein wunderschönes Baby gewesen und ein bildhübsches Kind. Nun war sie voll erblüht und das weibliche Gegenstück ihres älteren Bruders. Aller Liebling war atemberaubend. Bei Hawwy war ihr das buchstäblich gelungen: Während er sie anstarrte, holte er gar keine Luft mehr, so daß seine Lippen schon blau anliefen. Ich ließ Heulender Wind liegen, stürzte zu Hawwy und schlug ihm kräftig auf den Rücken.

Alle Frauen – auch Heulender Wind – kicherten und glucksten, als Hawwy tief und keuchend Luft holte und dann husten mußte, weil er sich verschluckt hatte. Ich fand das gar nicht lustig. Hawwy veranstaltete ein gefährliches Spektakel. Ich schlug weiter auf seinen Rücken ein und rief dabei Heulender Wind zu: »Schaff Aller Liebling hier raus.«

Heulender Wind kugelte sich vor Lachen und besaß die Dreistigkeit, mir zu antworten: »Warum?«

Mein lodernder Blick ließ ihr Lachen abrupt verstummen. Und als sie mich unsicher anschaute (sie hatte mich noch nie wütend gesehen, nur bis über beide Ohren verliebt und sehr, sehr nachsichtig), brachen die anderen Frauen in wildes Gelächter aus.

»Du weißt, warum«, sagte ich heiser. »Nimm sie, und bring sie von dieser Blaujacke fort.«

Heulender Wind schwang sich eilig vom Bett, packte den Arm von Aller Liebling und versuchte, sie zur Tür zu zerren. Aller Liebling scharrte mit den Füßen auf dem Boden und jammerte: »Aber ich mag ihn auch! Er ist hübsch.«

Als die anderen Frauen Heulender Wind halfen, Aller Liebling hinauszubefördern, bekam ich es mit Hawwy zu tun. Er war sehr stark, und er wollte nicht, daß Aller Liebling aus seinem Heiler-Haus gezerrt wurde. Billy, der das Geschehen fassungslos beobachtet hatte, riß sich zusammen und half mir, Hawwy festzuhalten.

»Warum muß sie gehen?« brüllte Hawwy, als die Frauen Aller Liebling aus der Tür schleiften. »Kann sie nicht noch ein bißchen bleiben? Ich hole ihr etwas zu trinken!« rief er. »Sie muß vor Durst umkommen! Ich hole ihr Wasser!«

Hawwys Hartnäckigkeit stand seiner Kraft in nichts nach. Als Billy und ich ihn endlich auf das Feldbett gesetzt hatten, erklärte Billy ihm wieder und wieder, daß Aller Liebling die Lieblingsnichte von Weißer Bär sei. Daß es ihm gar nicht gefallen würde, wenn er sah, daß Hawwy ein Auge auf sie geworfen habe. Daß es Weißer Bär *ganz und gar nicht* gefallen würde.

Worauf Hawwy nur sagte: »Bud-da-mich!« (Buttermilch)

Offensichtlich wurden im steinummauerten Wasserbrunnen mehrere Eimer Bud-da-mich gekühlt, die als kostbarer Leckerbissen betrachtet wurden. Und Hawwy hegte die Hoffnung, sich Aller Liebling mit Bud-da-mich ködern zu können. Deshalb war er wild entschlossen, ihr welche zu geben. Mit Billys Hilfe ließ ich Hawwy mitteilen, daß ich seine Idee für sehr dumm hielt. Daß er so etwas auf keinen Fall tun dürfe. Daß nur ein Mann, der ein Mädchen heiraten wolle, diesem Mädchen Geschenke machen dürfe.

Worauf Hawwy sagte: »Geschenke machen? Das habe ich ja vor! Ich werde Aller Liebling heiraten.«

»Wenn du auch nur versuchst, um die Hand von Aller Liebling anzuhalten, wird Weißer Bär dich umbringen.«

»Dann sterbe ich als glücklicher Mann. Aber ich *werde* sie heiraten.« Mit strahlendem jungenhaftem Grinsen schaute Hawwy zu mir auf und sagte glückselig: »Ist sie nicht die schönste Frau auf der ganzen Welt?«

Während Billy mir getreu übersetzte, schloß ich die Augen und stöhnte.

Warum war ich nicht geflüchtet?

11.

Hawwy«, sagte ich streng. Er schaute zu mir empor; dann blickte er erwartungsvoll auf Billy. Dieser war wie ein fremdsprachiges Echo, das meine Worte auf Ame-a-can wiederholte, wobei seine Stimme die meine fast übertönte. Während er Billy aufmerksam lauschte, schaute Hawwy wieder mich an.

»Hawwy, Kiowa-Frauen sind nicht gut für weiße Männer. Du mußt dir Aller Liebling aus dem Kopf schlagen. Du wüßtest nicht, wie man mit einer Kiowa-Frau umgehen muß. Diese Frauen sind unabhängig und dickköpfig und daran gewöhnt, ihren eigenen Weg zu gehen. Weiße Männer brauchen sanftmütige Frauen. Frauen, die fügsam und gehorsam sind.«

Ich sagte Hawwy die Wahrheit. Ich hatte genug gefangene weiße Frauen gesehen, um es zu wissen. Die weißen Frauen waren keine starken Geschöpfe. Die ganze Zeit weinten sie, schrien vor Verzweiflung und flehten um Gnade. Offenbar waren diese Frauen es gewöhnt, drangsaliert zu werden. Eine Kiowa-Frau würde sich unter gar keinen Umständen so verhalten. Ängstliche, unterwürfige weiße Frauen erwiesen sich als nutzlos für uns; ihr einziger Wert bestand darin, daß wir sie von ihren Verwandten freikaufen ließen. Weißer Bär brachte das ganz schön etwas ein; denn weiße Frauen waren leicht zu fangen und mehr wert als die Pferde und Mulis, die Weißer Bär regelmäßig der Armee stahl, um sie dann an die Soldaten zurückzuverkaufen. Die einzigen weißen weiblichen Wesen, die wir Kiowas behielten, waren Mädchen, die wir als kleine Kinder oder Säuglinge stahlen und die dann nach Kiowa-Art in Adoptivfamilien großgezogen wurden. Wenn diese Mädchen zu Frauen wurden, besaßen sie zuviel Stolz und Mut, als daß sie zu ihrem eigenen Volk zurückgekehrt wären. Statt dessen heirateten sie Kiowa-Männer und erhielten die vollen Rechte als Angehörige des Volkes. Rechte, die sie bei den Weißen niemals bekommen hätten.

Nie werde ich den entsetzten Ausdruck auf Leavenworthes Gesicht vergessen, als in der Ratsversammlung über seinen Vertrag abgestimmt wurde. Leavenworth konnte es nicht fassen, daß auch unsere Frauen Stimmrecht besaßen. Er sagte damals, sein Vertrag sei *Männersache*. Kleine Klippe verbesserte ihn freundlich, indem er erklärte, daß so etwas Sache des *Volkes* sei. Und Kiowa-Frauen waren und sind vollwertige und geachtete Angehörige unseres Volkes und werden es immer sein. Leavenworth war es als Weißer gewöhnt, daß Frauen bloß ein gehorsamspflichtiger Besitz der Männer waren. Darin lag ein gewaltiger Unterschied zwischen unseren beiden Kulturen, und dies war auch der Grund dafür, daß Hawwy Aller Liebling unmöglich heiraten konnte, selbst wenn Weißer Bär aus irgendeinem Grund eine Ausnahme gemacht und ihrer Ehe zugestimmt hätte. Hawwy hätte Aller Liebling niemals in dem Maße beherrschen können, wie er es als Weißer von seiner Frau erwartete.

Und was Aller Liebling betraf: Sie war eine verzogene und eigensinnige junge Frau. Für sie war Hawwy nur so lange interessant, wie er etwas Verbotenes und deshalb Aufregendes darstellte. Sobald man ihn als ihren Mann akzeptiert und in den Klan aufgenommen hätte, wären die Erregung und Neugier verflogen, was Hawwys Fremdartigkeit betraf, und Aller Liebling wäre seiner überdrüssig geworden und hätte ihn sitzenlassen. So etwas war schon passiert, und ich schäme mich, wenn ich nur daran denke. Der erste Fall dieser Art ereignete sich, als ich noch Mitglied des Hirtenbundes und ungefähr fünfzehn Jahre alt war. Eine unserer jungen Frauen wurde bei einem Raubzug verschleppt, nachdem Cheyenne den Familienklan der Frau angriffen hatten. Alle glaubten, sie würde für immer verschwunden bleiben, denn sie war eine sehr hübsche junge Frau, die ganz bestimmt von einem Cheyenne geheiratet wurde. Doch zwei Sommer später kam sie nach Hause – nicht mit einem Cheyenne verheiratet, sondern mit einem weißen Mann. Einem weißen Händler. Wir konnten seinen Ame-a-can-Namen (Charlie) nicht richtig aussprechen, wegen dieses komischen rollenden Lautes; deshalb nannten wir ihn *Taslie.*

Taslie hatte das Mädchen im Tauschhandel von den Cheyenne erworben und dann geheiratet. Er hatte sie sehr gern, und als sie sagte, daß sie nach Hause wolle, erfüllte er ihr diesen Wunsch. Was nicht ganz ungefährlich für Taslie war, wie ich hinzufügen möchte. Damals töteten die Kiowas nämlich noch jeden Weißen, der das Pech hatte, auf ihrem Land entdeckt zu werden. Doch das Mädchen liebte Taslie, und er liebte sie. Und weil Taslie sie vor den Cheyenne gerettet und sein Leben aufs Spiel gesetzt hatte, um sie zurück zu ihrem Volk zu bringen, wäre es ein bißchen ... unhöflich gewesen, ihn zu töten. Also blieb Taslie jahrelang bei uns und wurde Mitglied des Klans. Taslie hatte mit seiner Frau drei Kinder, und alles war friedlich. Dann aber brannte die Frau mit einem Kiowa-Krieger durch und ließ Taslie und die Kinder im Stich. Die Frau blieb beim Klan dieses Kriegers und ließ uns ausrichten, daß sie nicht eher nach Hause käme, ›bis dieser weiße Mann verschwunden ist‹. Sie wäre es leid, die Frau eines Weißen zu sein, weil der arme alte Taslie langweilig sei. Die Frau wies ihre Mutter an, die Kinder zu sich zu nehmen und sich bis zu ihrer möglichen Rückkehr um sie zu kümmern.

Ohne Kiowa-Frau war Taslie kein Kiowa mehr, sondern ein Eindringling. Taslie brach es das Herz, doch er sah die bittere Wahrheit ein und tat das einzig Richtige: Er verließ uns. Ich weiß nicht, was aus ihm geworden ist. Wir haben nie wieder von ihm gehört. Seine Kinder wuchsen auf, ohne sich an ihn erinnern zu können. Doch als ich nun an diesen armen, braven Taslie denken mußte, stieg der verzweifelte Wunsch in mir auf, Hawwy vor dem gleichen Schicksal zu bewahren. Ich redete und redete und versuchte Hawwy klarzumachen, daß ihm der schlimmste Schmerz von Aller Liebling selbst zugefügt würde, selbst wenn alles gutginge und der Klan sich mit einer Heirat einverstanden erklärte.

Hawwy wollte nicht auf mich hören.

»Nein, Tay-bodal«, sagte er voller Entschlossenheit. »Natürlich weißt du mehr über die Gewohnheiten deines Volkes als ich, aber du hast nicht gesehen, wie sie mich angeschaut hat! Ich weiß, daß sie mich genauso liebt, wie ich sie liebe. Sie würde mir niemals weh tun, so wie auch ihr niemals weh tun würde.«

So redete nur ein wahres Opfer des Donnerschlages. Da ich selbst ein solches Opfer war, wußte ich, daß es sinnlos war, noch länger auf Hawwy einzureden. Ich würde ja auch nicht zuhören, wenn jemand irgend etwas Schlechtes über Heulender Wind sagte. Wie konnte ich da von Hawwy erwarten, daß er *mir* zuhörte, wenn ich Aller Liebling als für ihn ungeeignet bezeichnete? Ich schaute Billy an, meinen einzigen wahren Verbündeten in diesem zusätzlichen Kampf, in den ich plötzlich verwickelt war.

»Du weißt, wie schlimm diese Sache ist, nicht wahr?«

»Ja«, antwortete Billy ernst.

»Du mußt mir helfen, Hawwy von dem Mädchen fernzuhalten. Ich muß mich um andere Dinge kümmern, und junge Verliebte sind gerissen. Man muß sie die ganze Zeit im Auge behalten. Ich kann nicht auf die beiden achtgeben, ohne die Aufmerksamkeit von Weißer Bär zu erregen. Deshalb mußt du dich um Hawwy kümmern, Billy. Meine Frau wird auf

Aller Liebling aufpassen. Sie und Hawwy kommen vielleicht über ihre Vernarrtheit hinweg, wenn wir Glück haben.«

»Aber du glaubst nicht daran.«

»Nein«, sagte ich und schüttelte traurig den Kopf. »Gegen den Donnerschlag anzukämpfen ist so, als würde man versuchen, einen Präriebrand mit den nackten Füßen auszutreten. Als Lohn für deine Bemühungen holst du dir nur verbrannte Füße und behältst dein Leben lang Narben.«

Hawwy und Billy begleiteten mich zur Ratsversammlung. Der dramatischen Wirkung wegen stützte ich mich auf Hawwys Schultern und schlurfte mit schweren Schritten dahin. Dieser Auftritt – dazu die vielen Verbände – erregte bei meinen Brüdern vielleicht das Mitleid, das ich mir erhoffte. Wäre ich auf meinen gesunden Beinen herangeflitzt, wie ich gekonnt hätte, wären alle sehr wütend auf mich gewesen, weil ich nicht aus dem Fort geflüchtet war – was ich hätte tun sollen, wie ich nun erkannte, nur leider zu spät.

Weißer Bär und seine Begleitung von dreißig Männern saßen mit übereinandergeschlagenen Beinen im Schatten von Bäumen. Der Kommandant des Forts, Colonel Edmund Wilkins, stand an der Spitze seiner Offiziere und sprach zu den Kiowas, wobei ein Dolmetscher übersetzte, den wir alle schon lange Zeit kannten: How-ace (Horace) Jones. Er war ein kleiner Kerl Mitte Fünfzig, der nicht in Lederhosen gekleidet war wie die anderen Scouts und Dolmetscher, sonders stets die feinen Anzüge des weißen Mannes mit Weste und weiße Hemden trug. Er hatte einen Bart, der ihm bis auf die Brust reichte und den er aus Gewohnheit streichelte wie ein Kuscheltier. Obwohl Jones ein Trunkenbold war, hielt er große Stücke auf sich.

Jones war für alle Dolmetscher der Armee zuständig; deshalb war er stets von Fort zu Fort unterwegs. Sobald irgend etwas Wichtiges im Gange war, was das Verhältnis zwischen der Armee und den Stämmen betraf, war Jones zur Stelle, stolzierte wie ein wichtiger Mann umher und redete mit schroffer Stimme zu den Kriegern, als wäre er ihr Vater und sie seine fehlgeleiteten Kinder. Jones kam nur damit durch, weil er stets dafür sorgte, daß er von bewaffneten Soldaten umgeben war. Seit der Demütigung, die ihm im Laden der Shirley-Brüder widerfahren war, achtete er besonders darauf. Damals hatte man Jones allein erwischt. Er hatte keinen einzigen Soldaten dabeigehabt, als er von den Shirleys illegalen Whisky kaufte.

Jones hatte an jenem Tag sogar noch Glück; denn es waren Taumelnder Bär – ein Vetter von Vogel-der-tritt – und seine Krieger gewesen, die in den Laden der Shirleys gekommen waren. Taumelnder Bär und seine Männer stellten keine Bedrohung für Jones dar, was dieser aber nicht wußte, als er sich ohne seine übliche Bewachung von einem großen Kriegertrupp Kiowas umringt sah. Vor Angst pinkelte Jones sich in die Hose. Natürlich erzählte Taumelnder Bär allen und jedem davon. Seit diesem Vorfall grinsten Jones' Zuhörer, wenn er mit seiner herrischen Stimme zu ihnen redete. Einige gingen sogar so weit, das Handzeichen für ›Pinkeln‹ zu machen oder für ein Messer, das jemandem über die Kehle gezogen wird. Und jedesmal tat Jones so, als würde er es nicht sehen, und redete mit seiner lauten Stimme weiter. Aber er sah es. Und da er lieber ein lebender durstiger Mann war als ein toter betrunkener, wurde er nie wieder dabei erwischt, wie er illegalen Whisky kaufte, was einen ungünstigen Einfluß auf seine Trinkgewohnheiten hatte und dafür sorgte, daß er noch strenger zu den Kiowas redete als zuvor, wann immer sich die Gelegenheit bot. Als ich eintraf, schimpfte Jones gerade vor aller Ohren über Weißer Bär. Ich ärgerte mich über mich selbst. Schließlich hatte *ich* Jones einen Grund dafür geliefert, daß er wieder den großen Mann spielen und herrisch zu unseren Häuptlingen reden konnte.

Daß Jones bei der Ratsversammlung zugegen war, schwächte auch Jenkins' Stellung. Daß Jenkins sein Leben aufs Spiel gesetzt hatte, um die Ratsversammlung überhaupt möglich zu machen, zählte für Jones überhaupt nicht. Jenkins mußte sich schweigend im Hintergrund halten, während Jones sich eitel aufplusterte. Der Colonel sagte ein paar Worte; dann übersetzte Jones sie, redete lange Zeit und fügte seinen Ausführungen seine völlig bedeutungslosen Meinungen und verschleierte Drohungen hinzu. Der kleine Mann war absolut unerträglich. Am besten, man tötete ihn. Und falls der wilde Ausdruck auf vielen Kiowa-Gesichtern ihre Stimmung widerspiegelte, dann waren die meisten nur zu gern bereit, diesem ungehobelten Mann seinen schlummernden Todeswunsch zu erfüllen.

Unruhig verlagerte Weißer Bär sein Gewicht auf den Hakken. Es verlangte ihn sichtlich nach einem Kampf. Seine Angriffslust war zum Teil auf das grauenhafte Abenteuer zurückzuführen, zwei Tage lang mit meckernden Frauen gereist zu sein. Doch zum größten Teil lag es an Jones' spitzer Zunge. Als Weißer Bär in meine Richtung schaute, waren seine Züge angespannt, die Augen zu Schlitzen verengt, sein Mund ein schmaler Strich. Ich machte mich noch schlaffer, hängte mich noch schwerer an Hawwys Schulter und zitterte absichtlich in den Knien, während Hawwy sich mühte, mich in den hinteren Reihen zu Boden zu setzen, inmitten der gemeinen Krieger.

Hawwy wußte, daß ich meine Schwäche nur vortäuschte, doch er beteiligte sich nur zu gern an dem Schwindel. Wenn ich einen schwächlichen Eindruck machte, würden die Kiowas im Fort bleiben. Und wegen Aller Liebling wollte Hawwy, daß die Kiowas blieben. Billy übersetzte, als Hawwy glücklich und überschwenglich auf mich einredete und sich darüber ausließ, daß die Kiowas als Gäste der Armee ein ordentliches Lager bräuchten. Er gestikulierte mit einem Arm und erklärte, daß er zu dem langen Blockhaus gehen wolle, das er *Vorratslager* nannte, um dafür zu sorgen, daß die Kiowas darin wohnen konnten. Liebend gern wollte er sich persönlich um das Wohlergehen der Frauen kümmern, und *Vorratslager* konnte angeblich alles bieten, was das zarte Frauenherz begehrte.

Als Hawwy mir das alles sagte, strahlte er selig. Er ließ sich viel zu deutlich anmerken, daß er Aller Liebling Geschenke machen wollte. Viele Geschenke. Und noch deutlicher war zu erkennen, daß ich ihn nicht davon abhalten konnte. Hawwy war wie ein blinder, tauber und dummer Bursche, der fröhlich ins Verderben tanzte. Da er wild entschlossen war, zu *Vorratslager* zu gehen, konnte ich ihn nicht zurückhalten. Doch ich konnte ihm wenigstens ein paar Steine in den Weg legen und sein hirnloses Unterfangen erschweren.

»Billy«, sagte ich besorgt und mit wachsamer Stimme. »Sieh zu, daß die anderen Frauen genau dasselbe bekommen, was Hawwy Aller Liebling gibt. Du darfst nicht zulassen, daß er sie bevorzugt. Erzähle meiner Frau alles, was Hawwy gesagt hat. Sie wird dann schon wissen, was sie tun muß.«

Billy rannte Hawwy hinterher. Die Rockschöße seines langen Mantels aus Segeltuch flatterten. Vielleicht wußte Billy, daß es eine unschätzbare Ehre war, von einem Kiowa getötet zu werden, doch er hatte nicht die Absicht, sich diese Ehre zuteil werden zu lassen. Er würde Hawwys Schatten sein. Ich hoffte inständig, daß Billy verhindern konnte, daß ein liebestoller junger Offizier einen größeren Krieg vom Zaun brach, auf den die Armee gar nicht vorbereitet war. Aber ich hatte keine andere Wahl, als auf Billy zu setzen. Jetzt, da ich auf der Ratsversammlung erschienen war, mußte ich bleiben. Außerdem schaute Weißer Bär immer wieder über die Schulter auf mich. Doch dann und wann schweifte sein Blick an mir vorbei. Er schaute jemanden an, der weiter links von mir saß, nickte, und blickte wieder nach vorn. Neugierig beugte ich mich vor und schaute zu dem Mann, mit dem Weißer Bär hin und wieder kurze, stumme Blicke tauschte. Ich erlebte den Schock meines Lebens.

Himmelsläufer war gekleidet wie ein Ausgestoßener. Sämtliche Häuptlinge trugen ihre prächtigsten Sachen und hatten die Abzeichen angelegt, die ihren Rang und die Zugehörigkeit zu den verschiedenen Bünden erkennen ließen. Himmelsläufer trug lediglich einen zerlumpten Lendenschurz und Mokassins, deren Sohlen beinahe durchgelaufen waren. Und daß er inmitten der gemeinen Krieger saß, war noch verwunderlicher als sein Aufzug. Himmelsläufer war ein Eulen-Heiler, ein Onde, und ein Kriegshäuptling. Er gehörte nicht zum Fußvolk. Als er meine Blicke spürte, schaute er in meine Richtung, sah in meine erstaunten Augen und blickte dann schnell weg, als er hätte er mich nicht erkannt. Ich beugte mich wieder zurück. Meine Gedanken überschlugen sich, als ich mich bestürzt fragte, was Himmelsläufers schäbiges Erscheinungsbild zu bedeuten hatte und weshalb er sich inmitten der gemeinen Krieger befand, die in Rang und Ansehen weit unter ihm standen.

Schließlich verstummte Jones. Nun war es an Weißer Bär, seine Rede zu halten. Er stand auf und winkte Jenkins mit dem Zeigefinger, sich neben ihn zu stellen und seine Rede zu übersetzen. Weißer Bär kannte den Dolmetscher und wußte, daß er ein Mann war, der Mut besaß und nicht viele Worte machte. Jones, der neben dem Colonel stand, wurde knallrot im Gesicht, doch er konnte nichts tun. Jones' Schimpfkanonade hatte Weißer Bär bis aufs Blut gereizt, und ausnahmsweise war Jones klug genug zu erkennen, daß ein einziges weiteres

Wort ihn in so große Schwierigkeiten brachte, daß ihm auch seine Wächter nichts mehr nützen würden.

Unser *Redner der Ebenen* war an diesem Tag gut in Form, doch ich hörte nur wenig von dem, was Weißer Bär sagte, nachdem er seine Häuptlinge und Unterhäuptlinge vorgestellt hatte; denn kaum hatte ich den Namen Großer Bogen vernommen, wirbelten meine Gedanken wieder wild durcheinander, kaum daß mein Hirn sich von dem Schock über Himmelsläufers schmachvolles Äußeres und sein seltsam unterwürfiges Verhalten erholt hatte. Und dann stieg flammende Wut in mir auf.

Wie konnte Großer Bogen es wagen, hier zu sein! Er hatte mich und Weißer Bär an Vogel-der-tritt verraten. Er war der Grund dafür gewesen, daß man auf mich geschossen hatte. Um ein Haar wäre ich getötet worden! Je länger ich darüber nachdachte, desto zorniger wurde ich. Mir kam plötzlich der Gedanke, daß Himmelsläufer wegen Großer Bogen degradiert worden war. Natürlich! Deshalb saß Himmelsläufer bei dieser Ratsversammlung in den hintersten Reihen. Deshalb hatte er das Gesicht aus Scham zur Seite gedreht, als ich ihn angeschaut hatte. Wegen Großer Bogen war Himmelsläufer zu einem Niemand geworden, sogar inmitten von Männern, die weit unter ihm standen.

Meine Gedanken schweiften in eine andere Richtung. Ich dachte an den unsterblich verliebten Hawwy und die schrecklichen Folgen, die seine Liebe haben konnte. In einem Anflug von heißem Haß gab ich Großer Bogen auch daran die Schuld. Alle Vernunft fiel von mir ab. Es kam mir beinahe so vor, daß *alles,* was seit der Morgendämmerung des ersten Tages der Menschheitsgeschichte schiefgegangen war, irgendwie die Schuld von Großer Bogen war. Während Weißer Bär seine Rede hielt, loderten der Zorn und der Haß so wild in mir empor, daß ich am liebsten aufgestanden wäre und Großer

Bogen in den Rücken geschossen hätte, hätte ich eine Waffe gehabt. Doch ich hatte keine Waffe, nur meine flammende Wut. Ich war dermaßen von Sinnen, daß ich mir sagte, Weißer Bär könne als Häuptling nichts taugen, wenn er so verrückt war, einer Schlange wie Großer Bogen zu trauen. Dann war er zu dumm, ein Häuptling zu sein. Besonders *mein* Häuptling. Dann würde ich lieber mit Vogel-der-tritt Frieden schließen. Oder noch besser, mich auf die Seite von Einsamer Wolf schlagen. Gleich jetzt. Denn Einsamer Wolf war bereits hier, Vogel-der-tritt dagegen nicht. Also legte ich mir ausgeklügelte Pläne zurecht, an Einsamer Wolf heranzutreten, ihm meine Dienste anzubieten und ihm gleichzeitig das Versprechen zu entlocken, Heulender Wind und mich in seinen Klan aufzunehmen. Dann wären wir beide in Sicherheit. Und dann würde ich mich frohen Herzens von Weißer Bär lossagen und ihn seiner Doppelzüngigkeit und seiner unglaublichen Dummheit überlassen. Jeder Mann, der einen so prachtvollen, wertvollen Bruder wie Himmelsläufer fallenließ, hatte es verdient, sein Leben lang Sklave von Vogel-der-tritt zu sein. Um Cheyenne-Räuber und Weißer Otter war es zwar sehr schade, doch ich war viel zu wütend, um traurig darüber zu sein. *Sie sind jung,* sagte ich mir und verdrängte die beiden aus meinen Gedanken. *Irgendwie werden sie überleben.*

Ich war immer noch in dieser gereizten Stimmung, als Vogel-der-tritt und seine Krieger heranritten und die Ratsversammlung in wilden Aufruhr stürzten. Ich saß da und kicherte boshaft, als Weißer Bär, Einsamer Wolf und Vogel-der-tritt einen sehr hitzigen Krieg der Worte entfachten und den Colonel schockierten. Je lauter sie sich gegenseitig anbrüllten, desto zufriedener wurde ich. Ja, ich hoffte in meiner Wut sogar, daß es hier und jetzt zu einem handfesten Stammeskrieg käme. Ich wollte töten. Am liebsten Großer Bogen. Anschließend Weißer Bär.

Es war einfach nicht mein Tag. Mein Inneres war in Aufruhr, und zum erstenmal in meinem friedlichen Leben brannte ich auf Kampf und Tod. Doch was taten die drei Hitzköpfe plötzlich? Sie hatten die Frechheit, sich zu beruhigen und Waffenruhe auszurufen! Ich schäumte vor Wut und mahlte mit den Zähnen, als die Häuptlinge einander die Hände schüttelten. Und dann nahmen Einsamer Wolf und Vogel-der-tritt großmütig Platz und lenkten die Aufmerksamkeit des verwirrten, leidgeprüften Colonels wieder auf Weißer Bär.

Ich hatte endgültig die Nase voll. Falls einer dieser drei Dummköpfe zum neuen Oberhäuptling gewählt wurde, wollte ich kein Kiowa mehr sein. Vielleicht war es das beste, sich Heulender Wind zu schnappen und mit ihr, Cheyenne-Räuber und Weißer Otter zu verschwinden. Vielleicht kamen auch Himmelsläufer und seine Familie mit, und wir gründeten einen neuen Klan. Die Idee gefiel mir so gut, daß ich aufstand und davonging, ohne auch nur im geringsten zu humpeln oder zu schwanken, wie auf dem Weg hierher. Weißer Bär *sollte* sehen, daß ich in Wahrheit fast schon wieder gesund war.

Er sah es. Und stockte mitten im Satz, als er mich mit festen Schritten davongehen sah. Mit einem Mal hatte er vergessen, was er sagen wollte. Er starrte mir nach, wie alle anderen auch. Ich spürte seine verwunderten Blicke im Rücken. Ich fühlte, wie sein Zorn sich auf mich richtete, als ich mich entfernte. Ich kümmerte mich nicht darum. Ich wollte zu Heulender Wind. Jetzt spielte es keine Rolle mehr, daß Weißer Bär sie mir noch nicht förmlich zur Frau gegeben hatte. Ich würde sie mir einfach nehmen, sie und unseren Sohn, und verschwinden, und dann würden wir uns so weit von Weißer Bär und all seinen Nöten entfernen wie nur möglich. Ich wußte bereits, wohin wir gehen konnten: zu Quanah, dem Comanchenhäuptling. Es mochte Heulender Wind nicht gefallen, ihr zukünftiges Leben als Comanchin führen zu müssen, aber sie würde sich daran gewöhnen. Ich war halb verrückt vor Wut und Enttäuschung und redete mir ein, ich würde sie so fest lieben, daß sie einfach *alles* auf sich nahm, um bei mir sein zu können. Sogar, Comanchin zu werden.

Schließlich setzte Weißer Bär in unbeholfenem Stammeln seine Rede fort, während ich in zornigem Schweigen davonging. Himmelsläufer erhob sich und folgte mir unauffällig. Es war ihm zu verdanken, daß Heulender Wind und ich niemals Comanchen wurden.

Himmelsläufer brauchte lange, um mich zu finden. Da ich seit drei Tagen im Fort war, kannte ich mich dort schon ziemlich gut aus. Für Himmelsläufer dagegen war alles fremd, so daß er unauffällig herumschleichen mußte, was für einen hochgewachsenen, hageren Kiowa in einem armseligen Lendenschurz nicht ganz einfach war. Im Vergleich zu den wohlgenährten, gut gekleideten schwarzen Kavalleristen sah Himmelsläufer wie ein halbverhungerter indianischer Bettler aus. Während er im Fort herumschnüffelte, ließ ich meine Wut an Hawwy aus.

Ich erinnerte mich, daß er die Kiowas in der Nähe eines Gebäudes unweit seines kleines Heiler-Hauses unterbringen wollte. Dort fand ich ihn dann auch, zusammen mit Billy, einigen schwarzen Soldaten und sämtlichen Kiowa-Frauen. Hawwy hatte aus dem Gebäude, diesem *Vorratslager*, zwei Offizierszelte holen lassen, die er, Billy und vier schwarze Soldaten nun aufstellten, während die Frauen in einem Halbkreis auf dem Boden hockten, aßen und den Männern bei der Arbeit zuschauten. Es gehörte sich nicht, daß Männer ein Lager errichteten; aber das konnte Hawwy ja nicht wissen. Ebensowenig, daß er sich so schrecklich zum Narren machte. Billy aber wußte es, und deshalb war er fast so wütend wie ich. Als Billy mich aus dem Augenwinkel erblickte, ließ er den Zeltpfosten los, den einer der schwarzen Reitersoldaten mit einem Hammer in die Erde trieb, kam auf mich zugerannt und fuchtelte mit den Armen.

»Ich konnte ihn nicht daran hindern!« rief Billy. »Ich kann nichts dafür!«

Als er mich erreichte, blieb er keuchend vor mir stehen und gestikulierte wild.

»Ich hab' ihm gesagt, daß ich den Frauen erkläre, wie man die Zelte aufstellt, aber er wollte mir nicht zuhören. Er wollte alles selbst machen, wollte das Mädchen beeindrucken. Das ist ihm gelungen. Sie hält ihn jetzt für einen Trottel. Glück für dich, Pech für mich. Denn alle Frauen halten auch *mich* für einen Trottel.«

Billys beklagenswerte Lage nahm mir einiges von meinem Zorn. Er tat mir leid, doch zugleich war ich erleichtert, daß Hawwy sich vor Aller Liebling zum Narren gemacht hatte. Nicht, daß es mir um Aller Liebling oder Weißer Bär gegangen wäre. Es ging mir allein um Hawwy. Falls seine Dummheit zur Folge hatte, daß er in den Augen seiner Angebeteten an Faszination verlor und dadurch vor dem Zorn von Weißer Bär verschont blieb, konnte ich nur hoffen, daß er noch eine Million weitere Dummheiten beging.

»Schon gut, Billy«, sagte ich und spürte, wie mein heißer Kopf sich ein wenig abkühlte. Ich stemmte die Hände in die Hüften und blickte auf den Boden zwischen meinen Füßen. »Was hat Hawwy sonst noch getan?«

»Er hat den Frauen Süßigkeiten gegeben«, schnaubte Billy. »Und Decken, damit sie weich sitzen können. Es war genau so, wie du gesagt hast. Hawwy wollte eigentlich nur Aller Liebling mit diesen Sachen verwöhnen, aber ich hab' dafür gesorgt, daß auch die anderen Frauen Süßigkeiten und Dekken bekamen. Dann hat Hawwy die Zelte holen lassen. Und Betten, und noch mehr Decken. Als die Frauen ihm helfen wollten, die Zelte aufzubauen, hat Hawwy einen Riesenwirbel veranstaltet und gesagt, die Frauen sollten sich hinsetzen und ausruhen. Sie durften nicht mal Feuerholz sammeln. Er hat zwei Kavalleristen losgeschickt.«

Ich seufzte tief, aber voller Erleichterung. Hawwy hatte sich selbst eine tiefe Grube gegraben. Aller Liebling hielt ihn jetzt bestimmt für einen hoffnungslosen Trottel und würde ihn deshalb zurückweisen.

Die Frauen kamen zu mir und Billy. Heulender Wind kuschelte sich an mich. Ich legte ihr meinen gesunden Arm um die Schultern – und dann verflog meine Erleichterung schlagartig, als alle Frauen gleichzeitig auf mich einredeten.

»Siehst du, was dieser weiße Soldat für uns tut?«

»Wärt ihr doch auch so nett zu uns!«

»Verwöhnen alle weißen Männer ihre Frauen so?«

»Er hat uns sogar verboten, irgend etwas zu tragen!«

»Stell dir vor, diese Zelte haben *zwei* Zimmer.«

»Er hat gesagt, daß wir einen *Ku-chen* bekommen. Was ist ein *Ku-chen?«*

Heulender Wind hüpfte auf und ab, und ihr Gesicht war so strahlend wie das eines glücklichen jungen Mädchens.

»Er hat uns zu einer großen langen Hütte geführt. Sie ist voller wunderschöner Dinge. Wir brauchten nur auf irgendwas zu zeigen, schon hat er es uns geschenkt! Ich habe einen neuen Eimer aus Eisen. Er hat ihn mir einfach so gegeben. Ich wollte meine Halskette dafür eintauschen, aber er hat sie nicht angenommen. Jetzt habe ich die Halskette *und* den Eimer.

»Frau-die-Webt hat er zwei Messer geschenkt, und Die-Krieg-führt eine große Rolle blauen Stoff. Sitzt Allein hat er einen großen Beutel Kaffee gegeben. Aller Liebling hat eine riesige Schachtel aus dünnem Eisen bekommen, voller Süßigkeiten, die sie mit uns geteilt hat. Die Süßigkeiten haben wir aufgegessen, aber Aller Liebling behält ja die Eisenschachtel. Sie ist wunderschön, mit vielen Bildern darauf.«

Mit einem verzweifelten Seufzer sagte ich: »Das hat euch gefallen, stimmt's?«

»Ja!« Sie strahlte. »Es war herrlich. Wir alle haben den weißen Soldaten sehr gern. Wie lange bleiben wir hier? Hat mein Vetter Weißer Bär es schon gesagt?«

»Er ... er spricht noch mit dem Häuptling des Forts. Ich ... ich hatte noch keine Gelegenheit, mit ihm zu reden.«

»Hoffentlich bleiben wir noch lange hier. Ich glaube, dieser Soldat wird uns jeden Tag Geschenke machen. Das macht ihm Spaß.« Sie nickte ernst. »Er ist sehr großzügig.«

Ich warf einen verstohlenen Blick auf Aller Liebling. Sie schaute über die Schulter auf Hawwy, der zu uns kam, und ihr Gesicht strahlte vor Stolz. Sie wurde noch stolzer, als er sich neben sie stellte. Aller Liebling senkte den Kopf und schlug die Augen nieder, wie es sich für eine anständige Frau gehörte. Dabei verlagerte sie das Gewicht von einem Fuß auf den anderen und lächelte ein geheimnisvolles Lächeln, während Hawwy zu mir redete.

Ich muß zugeben, daß er blendend aussah. Ohne Hut schimmerte sein gewelltes Haar, und die roten Tupfer darin leuchteten wie winzige Feuer, was vom glänzenden Schweiß noch hervorgehoben wurde. Um Aller Liebling mit seinem männlichen Körper zu beeindrucken, hatte er sein Hemd weit aufgeknöpft, so daß sein dunkelbraunes, pelziges Brusthaar zu sehen war. Die langen Ärmel des Hemdes hatte er bis über die Ellbogen hochgekrempelt. Seine Arme waren so behaart wie seine Brust, und immer wieder warf Aller Liebling verstohlene Blicke darauf. Ich wagte nicht einmal daran zu denken, was in ihrem hübschen jungfräulichen Köpfchen vor sich ging. Auf jeden Fall war ihr Verlangen, von Hawwys Armen gehalten zu werden, deutlich genug zu erkennen. Sie rückte noch näher an Hawwy heran und genoß den kühlen Schatten, den sein Körper warf.

Hawwys Hände ruhten in den schmalen Hüften. Seine buschigen Brauen verzogen sich leicht, als er in der Sonne blinzelte, während er zu Billy sprach, der mir Hawwys Worte dann übersetzte. Als er redete, schweifte sein Blick immer wieder zu Aller Liebling hinüber.

»Ich habe diesen Platz ausgewählt, weil er bequemer für deine Frau ist.«

Ich schnaubte und erwiderte: »Ich nehme an, deine Wahl hat nichts damit zu tun, daß Aller Liebling dann in deiner Nähe ist.«

Billy übersetzte. Meine Häme prallte an Hawwy ab; er redete einfach weiter.

»Du mußt immer noch im *Lazarett* unter meiner Obhut bleiben, Tay-bodal. In dieser Hitze solltest du nicht so lange draußen herumlaufen. Du bist ein kranker Mann.«

Billy übersetzte in der Comanchensprache, unterstützt von Handzeichen. Doch alle Frauen konnten unserem Gespräch mühelos folgen. Heulender Wind horchte auf. Und weil sie mich zu sehr liebte, fuhr sie mich an: »Du mußt sofort in dieses *La-za-et!* Tu, was er sagt. Weiße Heiler sind sehr mächtig. Er würde niemals die Unwahrheit sagen und riskieren, daß er seine Gabe verliert.« Sie packte meinen Arm und zerrte daran. »Du brauchst dich um nichts zu sorgen, mein Schatz. Wir werden an diesem Ort bleiben, bis du wieder ganz gesund bist, und wenn es noch so lange dauert.«

Die schnatternden Frauen zerrten mich mit vereinten Kräften in Richtung Heiler-Haus.

»Billy!« rief ich.

»Ich bin gleich hinter dir, Fleisch.«

Ganz allein im Heiler-Haus, wäre ich in schwarze Verzweiflung verfallen, doch Heulender Wind war bei mir. Wir waren so lange nicht ungestört beisammen gewesen, daß es mir wie eine Ewigkeit vorkam. Sie legte sich zu mir aufs Bett. Ich beugte mich über sie, suchte hungrig ihren Mund und genoß den süßen Geschmack ihrer Lippen und das erregende Gefühl, ihren Körper zu spüren.

»*Psst!*«

Ich hob den Kopf und schaute auf sie hinunter. Sie packte mein Haar und zerrte meinen Mund wieder auf den ihren.

»*Pssssst!*«

Ich löste mich von Heulender Wind und blickte über die Schulter besorgt zum halb hochgezogenen Fenster. Himmelsläufer schlängelte sich durch die Fensteröffnung wie ein geschmeidiger Otter. Da Heulender Wind und ich in kompromittierender Stellung auf dem Bett lagen, brüllte ich Himmelsläufer wütend an, während Heulender Wind vor Empörung kreischte. Kichernd kehrte Himmelsläufer uns den Rükken zu und interessierte sich plötzlich sehr für die unsichtbaren Bretter im Fenster.

»Was sind das für Dinger?«

»Zauberbretter«, sagte ich knurrig, löste mich von Heulender Wind, stieg aus dem Bett und ging zu ihm. Dann standen wir Seite an Seite da, den Rücken meinem Bett zugekehrt. Augenblicke später wurde die Tür des Heiler-Hauses geöffnet und geschlossen. Heulender Wind war verschwunden. Himmelsläufers unpassendes Eindringen ließ wieder Zorn in mir aufsteigen.

»Was willst du?« schrie ich ihn an und übersah geflissentlich seine erhobene Hand, die mich gemahnte, leiser zu sprechen.

In verschwörerischem Tonfall sagte er: »Ich muß mit dir reden.«

»Ich glaube aber nicht, daß *ich* mit dir reden will.«

Er blickte mich unsicher an. Bis jetzt war er guter Laune gewesen, doch die Verärgerung in meiner Stimme und meine zornige Miene verwirrten ihn. Jetzt war er ehrlich verwundert.

»Was ist mit dir los?«

»Was mit mir los ist?« rief ich. »Wie kannst du mir überhaupt noch ins Gesicht sehen, wo du so tief in Ungnade gefallen bist?«

»Warum sagst du so etwas? Und, bitte, sprich nicht so laut. Ich will nicht, daß diese Blaujacke mich findet.«

Ich winkte heftig ab. »Hawwy? Er soll auf mich aufpassen und mich pflegen. Von ihm hast du nichts zu befürchten. Er würde dich gar nicht erst bemerken. Hawwy ist viel zu sehr damit beschäftigt, einen Narren aus sich zu machen.«

»Wirklich? Wie?«

»Das ist nicht wichtig«, sagte ich schroff. »Aber *du* bist wichtig.«

»Tay-bodal«, erwiderte er mit einer Gelassenheit, die einen in den Wahnsinn treiben konnte. »Außer dem Schuß an den Kopf macht dir noch etwas zu schaffen, wie mir scheint. Sag mir, was es ist.«

»Du!« sagte ich. »Sieh dich doch an. Weißt du eigentlich, wie du aussiehst?«

»Ja.«

Meine Augen weiteten sich vor Erstaunen. »Wirklich? Und es macht dir gar nichts aus, daß Weißer Bär dich so demütigt?«

»Weißer Bär hat mich nicht gedemütigt. Wie kommst du darauf?«

Ich wedelte mit den Armen wie ein Vogel, der sich in die Lüfte schwingen will, als ich mich umdrehte und durchs Zimmer ging. »Dann sag mir, welcher Onde sich der Schande aussetzt, in der Kleidung eines Bettlers an einer wichtigen Ratsversammlung teilzunehmen, wenn ihm sein Rang nicht von einem höherstehenden Häuptling aberkannt wurde?«

Zum ersten Mal hob er die Stimme. »Das will ich dir sagen! Ein Onde, der von seinen Feinden nicht als Onde erkannt werden will. Ein Onde, der seinem Bruder besser dienen kann, indem er als ein zusätzliches Paar Ohren und Augen an der Ratsversammlung teilnimmt.«

Ich blieb stehen und starrte ihn offenen Mundes an. Er kam zu mir, und seine Stimme war wieder ruhig und leise.

»Ich habe das immer schon für ihn getan. Habe mich im Hintergrund gehalten, ihm ins Ohr geflüstert. Weißer Bär ist ein guter Redner, doch manchmal kann er seine Zunge nicht im Zaum halten. Dann greife ich ein, flüstere ihm zu. Heute hatte ich die Aufgabe, die Soldaten zu beobachten, als er seine Rede hielt. Ich sollte in ihren Gesichtern und, falls möglich, in ihren Gedanken lesen.«

»Und? Hast du etwas herausgefunden?«

»Ja«, sagte er und holte tief Luft. »An ihren Mienen konnte ich lesen, daß sie sehr unruhig waren. Und ihren Gedanken konnte ich ein Wort entnehmen. *Schä-man* (Sherman). Hast du sie je über ein Schä-man reden hören?«

»Nein.«

»Nun ja, was immer ein Schä-man sein mag, die Soldaten warten darauf. Der Häuptling des Forts kann es kaum erwarten, daß der Schä-man kommt. Dieser Häuptling denkt nicht in Bildern, sondern in seiner eigenen Sprache. Doch seine Gedanken sind sehr deutlich. Wenn der Schä-man erst hier ist, wird der Häuptling des Forts nicht mehr so unruhig sein.«

»Ein Shä-man muß ein neues und noch gefährlicheres Gewehr sein.«

Himmelsläufer stülpte die Lippen ein und schwieg lange Zeit nachdenklich. »Es könnte auch sein, daß es eine gefährliche Person ist. Als der Häuptling der Weißen im Geiste das Wort ›Shä-man‹ sagte, hatte er ein Bild vor Augen.«

»Welches?«

»Feuer. Ein Feuer, das bis hinauf zum Himmel brannte.«

Furcht kroch durch mein Inneres, sammelte sich und wurde zu einem dicken, eisigen Knoten.

Himmelsläufer setzte sich auf mein Bett. Er wechselte so abrupt das Thema, daß er mich aus meinen düsteren Gedanken riß.

»Und jetzt sag mir, warum du dir solche Sorgen um Aller Liebling und diesen Hawwy machst.«

Ich wandte den Blick ab und starrte auf die gegenüberliegende Wand des Zimmers, während Himmelsläufer geduldig auf meine Antwort wartete. Daß ich zu den Unglücklichen zähle, die nichts gegen die unheimlichen Fähigkeiten eines Eulen-Heilers ausrichten können, ist der Hauptgrund dafür, daß ich Seher stets gehaßt und gemieden habe. Nun hatte ich einen neuen besten Freund, und er war einer der fähigsten Seher, die es gab.

Meine Freude war unermeßlich.

12.

»Weder Aller Liebling noch Hawwy sind jetzt wichtig«, rief ich. »Ich will wissen, was Großer Bogen hier tut. Warum ist er auf einmal so freundlich zu Weißer Bär?«

»Die zwei sind immer schon Freunde gewesen«, sagte Himmelsläufer ruhig.

Die Flammen des Zorns, die in meinem Innern loderten, waren so heiß wie ein Feuersturm, der in einem trockenen Sommer einen Wald verschlingt. Himmelsläufer beobachtete erstaunt, wie ich meine Wanderung durchs Zimmer wieder aufnahm und ihn dabei erneut mit lauter Stimme anschrie.

»Wie kann Weißer Bär mit einem Mann befreundet sein, der seinen Bruder so sehr verachtet?«

Himmelsläufer wies mit dem Finger auf seine Brust und fragte: »Welchen Bruder? Mich?«

»Ja, dich!« brüllte ich ihm ins verdutzte Gesicht.

Himmelsläufer lachte. Ich stand starr wie ein Fels da, als sein Lachen lauter und so heftig wurde, daß er sich die Seiten hielt. Meine Wut zerriß wie mürber Stoff, und ich kam mir plötzlich nackt vor. Verzweifelt versuchte ich, die Fetzen meines Zorns zu nähen und Himmelsläufer mit einem Rest von Würde gegenüberzutreten, als sein Gelächter schließlich verebbte.

»Er haßt mich nicht als Mann«, sagte er keuchend. »Er haßt mich als Eulen-Heiler.«

»Und da gibt es einen Unterschied?«

»Natürlich.« Mit dem Handrücken rieb Himmelsläufer sich die Tränen aus den Augen. »Oh, Tay-bodal. Für einen klugen Mann kannst du manchmal so dumm wie ein Baumstumpf sein.«

Er zog laut die Nase hoch, räusperte sich und sprach in dem ihm eigenen sachlichen Tonfall, der mir manchmal so auf die Nerven ging.

»Als Mann und gleichrangigen Kriegshäuptling achtet Großer Bogen mich. Es ist nur eine Sache des Glaubens, daß wir ... verschieden sind. Ich glaube fest an das Unsichtbare und die Geisterwelt, er dagegen nicht. Was Großer Bogen nicht schmecken, berühren oder töten kann, existiert für ihn nicht. Für ihn ist ein toter Mann nicht mehr als ein toter Hund. Er glaubt nicht an eine andere Welt, in die die Seele eines Toten eingeht. Für ihn gibt es keine leitenden Geister.

»Du mußt immer daran denken, Tay-bodal, daß der Schöpfer jedem von uns das Geschenk des freien Willens gemacht hat. Wenn ein Mann an das eine glauben will und an das andere nicht, ist es allein seine Entscheidung. Und das Recht, diese Entscheidung zu treffen, gibt ihm der Große Geist. Es ist nicht an mir, Großer Bogen seiner Ansichten wegen zu verurteilen – so wie es ihm nicht zusteht, mich meines Glaubens wegen zu verurteilen. Deshalb haben Großer Bogen und ich einen Waffenstillstand geschlossen. Wann immer ich meine Kunst ausübe, hält er den Mund. Ich wiederum versuche nie, ihn zu meinen Ansichten zu bekehren. Wir haben Jahre gebraucht, um zu diesem Abkommen zu gelangen. Bitte, zerstöre es jetzt nicht durch deine blinde Ergebenheit und Treue zu mir. Glaub mir, ich kann auf mich selbst aufpassen, wenn es um Großer Bogen geht.«

Doch so leicht ließ ich mich nicht beirren. Wieder loderte der schwelende Zorn in mir auf. »Ach ja?« rief ich erregt. »Gut für dich! Aber was ist mit Weißer Bär? Wie würde er darüber denken, wenn er wüßte, daß Großer Bogen ihn an Vogel-dertritt verraten hat?«

Ich verspürte Genugtuung, als Himmelsläufers selbstgefällige Miene schwand und er mich entgeistert anstarrte.

»Das ist eine sehr schwere Beschuldigung«, murmelte er.

»Das sollte sie auch sein! Der Verrat von Großer Bogen war nämlich auch der Grund dafür, daß auf mich geschossen wurde.«

Himmelsläufer erhob sich vom Bett. Sein Gesicht war bleich, seine Schultern herabgesunken, niedergedrückt von Gewicht meiner Anschuldigungen. »Ich glaube, das alles solltest du Weißer Bär persönlich sagen«, erklärte er mit leiser Stimme. »In seinem Beisein.«

»Mit Vergnügen.«

Himmelsläufer und ich verließen das Heiler-Haus. Wir brauchten nicht weit zu gehen, um Großer Bogen und Weißer Bär ausfindig zu machen. Die Gespräche mit dem Häuptling des Forts waren zu Ende; inzwischen war der weiße Häuptling damit beschäftigt, die Vorbereitungen für das abendliche Festmahl zu überwachen, das er uns versprochen hatte. Weil es jetzt nichts mehr zu tun gab, waren die Kiowas allesamt zu dem kleinen Lagerplatz geschlendert, den Hawwy errichtet hatte. Dort trafen sie die fünf Frauen an, die den Kriegern überglücklich ihre Unterkünfte zeigten. Heulender Wind führte Weißer Bär, Großer Bogen, Einsamer Wolf und Vogelder-tritt durch eines der beiden großen Zelte, die Hawwy und seine Soldaten so mühsam aufgestellt hatten. Ich konnte jedes Wort hören, als Heulender Wind den Häuptlingen mit aufgeregt schnatternder Stimme alles erklärte.

»... und seht nur, hier! In diesem kleinen Raum werden drei von uns Frauen schlafen! Und in dem Zimmer da vorn wird gegessen!«

Die Gruppe kam wieder aus dem Zelt hervor. Heulender Wind plapperte immer noch munter drauflos und erklärte den Männern alles und jedes.

»Und diese Klappe da oben ist das Schönste«, sagte sie und

meinte damit das Sonnensegel, das von zwei Pfählen aus Metall gestützt wurde und unter dem nun alle standen. Die Männer blickten staunend zur dicken wasserdichten Zeltplane hinauf, die sich dicht über ihren Köpfen befand. »Es ist wie eine Laube, die an den Wigwam angebaut ist. Eine kluge Erfindung, nicht wahr? Wir können stets im kühlen Schatten sitzen, ohne daß wir von unserem schönen Heim fortgehen müssen.«

»Hat er euch diese beiden Zelte geschenkt?« wollte Einsamer Wolf wissen.

»Ja.«

Vogel-der-tritt beugte sich vor und fragte: »Welchen beiden Frauen?«

Diese Frage brachte Heulender Wind schlagartig zum Schweigen. Stumm stand sie da und blickte verdutzt drein. Es gab fünf Frauen, aber nur zwei Zelte. Aller Liebling und ihre Kusine standen im Schatten des Sonnensegels am zweiten Zelt. Als Aller Liebling die Frage hörte, blickte sie ihre Kusine boshaft an: eine stumme Warnung an das jüngere Mädchen, nicht einmal daran zu *denken,* Anspruch auf das Zelt zu erheben. Das Mädchen, nicht minder entschlossen als ihre Kusine, starrte ebenso giftig zurück.

Die beiden anderen Frauen standen ein Stück vom ersten Zelt entfernt, durch das Heulender Wind die Besichtigungstour gemacht hatte. Eine Sekunde nachdem Vogel-der-tritt seine verhängnisvolle Frage gestellt hatte, begannen die beiden Frauen, sich wüst zu beschimpfen. Es war offensichtlich, daß jede der fünf Frauen eines der beiden Zelte für sich beanspruchte. Drei von ihnen mußten zurückstecken, aber das ging nicht ohne Kampf ab.

Die guten Absichten Hawwys, mit denen er Aller Liebling hatte beeindrucken wollen, wurden nun zum Verhängnis, wie nicht anders zu erwarten. Es tat mir nur leid, daß er nicht hier war und das Chaos miterleben konnte. Ich hätte den Dingen einfach ihren Lauf gelassen, hätte nichts gesagt und zugelassen, daß die geballte Wut der Frauen sich auf Hawwy richtete. Das hätte ihm wenigstens den unermeßlichen Kummer erspart, der ihm in den kommenden Jahren bevorstand. Andererseits wollte ich meinen neuen Freund davor bewahren, in den Augen dieser Männer – die wußten, wie man eine ganze Schar von Frauen versorgen mußte, ohne daß es Streit gab – schlecht dazustehen. Ich wußte nur zu gut, daß die Häuptlinge Hawwy als Dummkopf betrachteten, da er nur zwei Zelte an fünf Frauen verschenkt hatte, die nun wie die Verrückten aufeinander losgingen. Die Männer wichen zurück und ergaben sich traurig dem unabänderlichen Schicksal, daß die Frauen die Sache auskämpfen würden. Jeder, sogar Vogel-der-tritt, schien froh zu sein, als ich dazwischenging.

»Die Zelte sind keine Geschenke!« rief ich. »Genausowenig wie das Heiler-Haus, in dem ich geschlafen habe, als Geschenk für mich gedacht war! Die Zelte sind bloß geliehen. Wenn wir das Fort verlassen, will der weiße Krieger sein Haus zurückhaben, und die Soldaten werden diese Zelte abbrechen und fortbringen, um irgendwann selbst darin zu wohnen.«

»Aber der weiße Krieger hat gesagt, daß es unsere Zelte sind!« protestierte Heulender Wind.

»Es sind eure Zelte, solange ihr *hier* seid«, erwiderte ich und blickte sie streng an. »Weiße Männer sprechen andersherum. Als der weiße Krieger sagte, daß die Zelte für euch sind, wußte er nicht, wie es sich in euren Ohren anhört. Aber das Wichtigste ist, daß diese Zelte längst nicht so haltbar sind wie unsere. Sie würden nicht mal einen Winter überstehen, und sie könnten auch die Kälte nicht fernhalten. Für uns taugen diese Zelte nichts. Hab deinen Spaß daran, solange wir hier sind, aber schlag dir den Gedanken aus dem Kopf, die Zelte mitzunehmen. Außerdem würde ich dich niemals heiraten, wenn ich in einem solchen Ding mit dir wohnen müßte.«

Heulender Wind verzog das Gesicht und bedachte mich mit einem haßerfüllten Blick, als die anderen Männer und Frauen in Gelächter ausbrachen. Sie flitzte ins Zelt und klatschte die Plane hinter sich zu. Ich wußte, daß sie sich nun wüste Beschimpfungen ausdachte, die sie mir später an den Kopf werfen konnte.

Himmelsläufer, der sich wegen meiner Anschuldigungen gegen Großer Bogen Sorgen machte, hatte sich der Auseinandersetzung ferngehalten. Als Heulender Wind schmollend im Zelt blieb und nicht mehr zum Vorschein kam, verloren die anderen Frauen ihre Streitlust und machten sich gemeinsam daran, das Holz zu entfachen, das die Soldaten zwischen den Zelten aufgeschichtet hatten. Als die Frauen dann Kaffee kochten, setzten sich die Männer und warteten auf das heiße Getränk. Himmelsläufer stieß Weißer Bär und Großer Bogen an und wies mit dem Kopf auf die Veranda des Heiler-Hauses. Dann nickte er mir zu, und wir vier schlenderten zu dem kleinen Haus hinüber. Als Einsamer Wolf und Vogel-der-tritt uns davongehen sahen, sprangen sie auf und folgten uns.

Ich wollte die zwei nicht dabeihaben, doch weder Himmelsläufer noch Weißer Bär erhoben Einwände, als Einsamer Wolf und Vogel-der-tritt die Stufen hinaufstiegen und sich zu uns auf die Veranda gesellten; also hüllte auch ich mich in Schweigen. Wir setzten uns im Kreis nieder. Dann schwiegen wir lange Zeit – so lange, daß meine Nerven angespannt und dünn wurden. Endlich eröffnete Himmelsläufer das Gespräch.

»Dieser Mann«, erklärte er und meinte mich, »hat etwas Wichtiges zu sagen.«

»Ich habe ihm auch die eine oder andere wichtige Sache zu sagen«, schnaufte Weißer Bär. Er schaute mir fest in die

Augen, nagelte mich mit Blicken förmlich fest. »Was hast du dir dabei gedacht, in die Ratsversammlung gehumpelt zu kommen und den Mitleiderregenden und Geschundenen zu spielen? Und dann mitten in meinem Gespräch mit dem weißen Häuptling einfach aufzustehen und davonzugehen? Hast du auf heiligem Boden gesessen, daß du so schnell wieder laufen konntest? Ist dir eine wundersame Heilung widerfahren? Und warst du so überwältigt von diesem Wunder, daß du dich vergessen hast? Ist dir nicht klar, daß du mich vor einem weißen Mann beschämt hast?«

»Nein.«

Weißer Bär fuchtelte wild mit den Armen. »Was glaubst du *dann,* was du getan hast? Du hast mich rasend gemacht!«

»Das wollte ich ja.«

»Was?« brüllte Weißer Bär mit hoher, ungläubiger Stimme. Himmelsläufer legte die Hand auf seinen fleischigen Arm. Weißer Bär schüttelte sie unwillig ab. Bevor der Sturm aus seinem Innern hervorbrechen konnte, sprang ich auf und ging meinerseits zum Angriff über.

»Ich hatte allen Grund, wütend auf dich zu sein!« rief ich.

Weißer Bär riß die Augen auf. Sein Unterkiefer klappte herab. Er war dermaßen erstaunt über meinen Ausbruch, daß es ihm die Sprache verschlug. Ich streckte den Arm aus, wies damit wie mit einem Speer auf das Herz von Großer Bogen und setzte den Angriff fort.

»*Zweimal* habe ich mit ansehen müssen, wie du einen Mann herzlich empfangen hast, der ein jämmerlicher Verräter ist!«

Um mich herum erhob sich Stimmengemurmel. Weißer Bär starrte mich immer noch mit glasigen Augen an. Das Gesicht von Großer Bogen lief vor Zorn dunkel an, doch ich war zu wütend, als daß ich mich vor ihm gefürchtet hätte.

»Frag ihn, wohin er geritten ist, nachdem er dein Dorf verlassen hat. Nachdem er wie ein Bruder mit dir gegessen hat!«

Die Blicke von Weißer Bär schweiften zu Großer Bogen hinüber, wanderten dann langsam wieder zurück zu mir. Er stellte Großer Bogen keine Fragen, sondern wartete darauf, daß ich ihm Antworten lieferte – was ich nur zu gern tat.

»Ich werde dir sagen, wohin Großer Bogen geritten ist. Geradewegs zu Vogel-der-tritt, dem er gesagt hat, daß ich dein Spitzel bin! Kurz darauf kam ich ins Dorf von Vogel-der-tritt. Ich wollte zwei seiner Verwandten fragen, was sie mit den Schwierigkeiten zu tun haben, in denen Cheyenne-Räuber steckt. Du kennst diese beiden Verwandten, Weißer Bär. Es sind Jagendes Pferd und Steht-auf-dem-Hügel. Als Vogel-der-tritt mich beschimpfte, bedrohte und schließlich aus seinem Dorf verjagte, stand Großer Bogen bei ihm und grinste mich spöttisch an. Auf dem Rückritt zu deinem Dorf wurde ich dann von zwei Reitern verfolgt. Am Fluß kam ich nicht mehr schnell genug voran und wurde von ihnen angeschossen. Meine Verfolger hielten mich für tot und bedeckten mich mit Felsbrocken.«

Um mich herum redeten aufgeregte Stimmen durcheinander, als ich schwer atmend dastand und Großer Bogen mit vernichtendem Blick anstarrte. Ich sah voller Genugtuung, wie sein Zorn verrauchte. Weniger erfreulich war, daß sein Gesicht einen Ausdruck tiefer Versunkenheit annahm. Und daß er sich nicht heftig verteidigte, nahm meinen Worten viel von ihrer Glaubwürdigkeit, ließ sie beinahe wie ein spannendes Lügenmärchen erscheinen. Und dann fragte er mit dermaßen verwunderter Stimme, daß sich alle Blicke auf ihn richteten: »Und was ist dann geschehen?«

Sogar ich wurde für einen Moment aus der Fassung gebracht. Dann riß ich mich zusammen und rief: »Interessiert dich das überhaupt?«

»Ja«, antwortete er, und seine Stimme klang vollkommen unschuldig. »Es interessiert mich sehr.«

Ich zitterte am ganzen Leib vor Wut. Doch ein Teil meines Zornes war nun auf Himmelsläufer gerichtet; denn er saß mit leicht geneigtem Kopf da und kämpfte sichtlich gegen ein Lächeln an.

»Dann will ich es dir sagen«, wandte ich mich an Großer Bogen, und meine Stimme triefte vor Verachtung. »Ich konnte mich aus dem Steinhaufen herauswühlen und habe mich zum Fluß geschleppt. Dort bin ich dann ins Wasser gefallen und die ganze Nacht hindurch auf dem Rücken in der Strömung getrieben.«

Da ich wußte, daß Großer Bogen nicht an Geister glaubte, machte es mir ganz besondere Freude, von meiner Vision zu erzählen, in der Kleine Klippe zu mir gesprochen, mich zum Weiterkämpfen aufgefordert und mir gesagt hatte, daß die Stunde meines Todes noch nicht gekommen sei. Großer Bogen verzog das Gesicht und zeigte den anderen damit deutlich, daß er mir kein Wort glaubte und daß ihn dieser Teil meiner Geschichte nicht im mindesten interessierte. Er horchte erst wieder auf, als ich erzählte, wie die Soldaten mich gefunden hatten, wie sehr ich erschrocken war, als das Gesicht des schwarzen Mannes über mir erschien, und wie die Soldaten mich zum Fort gebracht und dort gefangengehalten hatten.

»Und jetzt«, rief ich, »bist du hier, Großer Bogen. Ich weiß warum! Du bist gekommen, weil du wußtest, daß ich die Wahrheit über dich erzählen würde.«

»Das stimmt nicht.«

Ich konnte es nicht fassen, daß er die Dreistigkeit besaß, eine so offensichtliche Wahrheit zu leugnen.

»O doch! Du sprichst mit zwei Zungen, Großer Bogen. Mit der einen sprichst du zu Weißer Bär, mit der anderen zu Vogel-der-tritt.«

»Ha!« Großer Bogen lachte. »Jetzt habe ich dich, *Geschichtenerzähler*. Mein Leben lang hatte ich nur einen Mund, eine Zunge. Ich habe mich nie davor gefürchtet, offen und ehrlich meine Meinung zu sagen, egal, wen ich dadurch beleidigt habe. Alle, die mich kennen, werden es dir bestätigen. Aber da es dir Freude zu machen scheint, in Unwissenheit zu schwelgen und dir aufregende Geschichten über mich auszudenken, muß ich dir wohl die Wahrheit erzählen, und mag sie noch so peinlich für dich sein.

»Ja, ich war im Dorf von Vogel-der-tritt, wie du berichtet hast. Doch ich war nur deshalb dort, weil Einsamer Wolf mich drängte, ihn zu begleiten. *Er* war es, der mit Vogel-der-tritt sprach. Ich selbst habe kein Wort gesagt, als Einsamer Wolf sich mit Vogel-der-tritt beraten hat – wie zuvor mit Weißer Bär.

»Ich saß neben Einsamer Wolf, ohne ein einziges Mal den Mund aufzutun. Du kannst mir also glauben, daß ich Vogel-der-tritt kein Wort über dich gesagt habe. Weißer Bär konnte mir sein Geheimnis ruhig anvertrauen, daß du Nachforschungen anstellst, um Cheyenne-Räuber zu retten, der ein guter Freund von mir ist. Niemals würde ich sein Leben aufs Spiel setzen. Abgesehen davon bedeutest du armseliger kleiner Wicht mir gar nichts. Magst du dir in deinem aufgeblasenen Stolz noch so verrückte Geschichten ausdenken – die Märchen, die sich mindere Männer einfallen lassen, interessieren mich nicht!«

Ein Gefühl der Scham spülte wie eine Flutwelle über mich hinweg. Großer Bogen hatte mich spüren lassen, daß er im Rang weit über mir stand, und er hatte mich wie einen Käfer zertreten. Ich schluckte schwer und brachte krächzend hervor: »Warum hast du dann neben Vogel-der-tritt gestanden und gegrinst, als er mich aus seinem Dorf jagte?«

»Weil du so verängstigt ausgesehen hast. Es war so komisch, daß ich lachen mußte.«

»Wenn *du* Vogel-der-tritt nicht gesagt hast, daß ich für Weißer Bär herumgehorcht habe, wer hat es ihm dann gesagt?« fragte ich mühsam beherrscht.

Vogel-der-tritt hob eine Hand, und alle Blicke richteten sich auf ihn. Mit leiser, ruhiger Stimme sagte er: »Vielleicht kann ich die Antwort darauf geben.«

»Wer war es?« rief Weißer Bär mit Donnerstimme. *»Wer?«*

»Steht-auf-dem-Hügel. Er sagte mir, er habe erfahren, daß Tay-bodal ein Spitzel von Der-den-Wolf-hört ist.«

»Schon wieder dieser Kerl!« brüllte Weißer Bär. »Steht-auf-dem-Hügel ist der schlimmste Unruhestifter, den ich je gekannt habe. Der zweitschlimmste ist sein Vetter Jagendes Pferd.« Weißer Bär warf mir einen raschen Blick zu. Ich war in Gedanken versunken; mein Verstand arbeitete mit einer Schnelligkeit, wie ich es nie zuvor erlebt hatte.

»Du sagtest, zwei Reiter hätten dich verfolgt«, vernahm ich die Stimme von Weißer Bär.

Mit einem Teil meines Verstandes hörte ich, was er sagte, aber meine Gedanken arbeiteten schneller als ein Tornado. Doch der Wirbelsturm in meinem Hirn zerfetzte nicht alles, was ihm in den Weg geriet, sondern riß es in die Höhe und ließ es mit einem hörbaren Aufprall an der richtigen Stelle zu Boden fallen.

Wieder drang die Stimme von Weißer Bär in meine Gedanken. »Die beiden Reiter, die auf dich geschossen haben, waren Jagendes Pferd und Steht-auf-dem-Hügel.«

Ich winkte heftig ab, als mir mit einem Schlag alles klar wurde. Ich blickte Vogel-der-tritt an und fragte: »Hat Steht-auf-dem-Hügel dich hierher ins Fort begleitet?«

Vogel-der-tritt nickte. »Ja.«

Ich fuhr mir mit der Hand über den Mund. Mein Herz schlug rasend schnell, als ich sagte: »Dann bitte ich dich um Erlaubnis, ihn befragen zu dürfen.«

Vogel-der-tritt schaute mich unverwandt an, als er darüber nachdachte. Nach langem Schweigen sagte er: »Ich erlaube es dir unter der Bedingung, daß ich deine Fragen hören darf – und seine Antworten.«

»Einverstanden.«

Weißer Bär machte eine ungeduldige Bewegung, doch Himmelsläufers Hand hielt ihn zurück. Vogel-der-tritt erhob sich, trat an den Rand der Veranda, rief einen seiner Krieger zu sich und befahl ihm, Steht-auf-dem-Hügel zu holen.

Steht-auf-dem-Hügel sah sehr ängstlich aus. Er war nur ein paar Schritte von mir entfernt, als ich in die Mitte des Kreises trat, den die sitzenden Häuptlinge bildeten. Er schaute mich mit flehenden Blicken an, die ich jedoch nicht beachtete.

Mit kalter Stimme fragte ich ihn: »Ist Der-den-Wolf-hört ein Hwame?«

Weißer Bär schlug sich auf die Schenkel und rief: »Hast du den Verstand verloren?«

Himmelsläufers Gesicht wurde bleich. Er schaute erst mich an; dann richtete er einen fragenden Blick auf Steht-auf-dem-Hügel. Der junge Mann schwitzte heftig.

»Antworte!« rief ich.

»Er ist ... kein Hwame.«

»Also hast du mich belogen.«

»J ... ja.«

Es gibt zwei Arten von Lügen. Die eine dient dazu, etwas zu gewinnen, die andere dient zum Schutz. Steht-auf-dem-Hügel hatte nichts zu gewinnen.

»Dann sag mir, wann du Wandelnder Kojote das letzte Mal lebend gesehen hast.«

Er wollte nicht antworten. Sein Körper wurde von Weinkrämpfen geschüttelt. Schließlich bekam ich Mitleid, trat zu ihm und nahm ihn in die Arme. »Wann?« fragte ich dicht an seinem Ohr.

Mit schluchzender Flüsterstimme antwortete er: »Kurz bevor er starb. Ich habe mit ihm gesprochen. Ich habe ihm eine Botschaft überbracht. Aber ich war nicht der einzige. Jagendes Pferd hat auch mit ihm gesprochen. Er . . .«

»Schon gut«, unterbrach ich ihn und nahm sein tränennasses Gesicht in beide Hände. »Jetzt ist alles gut.«

Ich schickte den niedergeschlagenen jungen Mann fort.

Weißer Bär sprang wutentbrannt auf. »Er kennt den Namen des wirklichen Mörders, und du läßt ihn einfach laufen?«

Nicht einmal der Zorn von Weißer Bär war stark genug, den unsichtbaren Griff zu lösen, den Himmelsläufer um meinen Geist gelegt hatte. Während Weißer Bär tobte, starrten Himmelsläufer und ich uns unverwandt an. Seine Blicke schienen sich in mein Hirn zu bohren; ich hatte das Gefühl, meine Stirn würde schmelzen, so daß Himmelsläufers Gedanken ungehindert bis in die dunkelsten Winkel meines Verstandes vordringen konnten. Es war ein unglaublich intensives, intimes, beinahe erotisches Gefühl, so, als würde ein sehr liebeserfahrener Mann eine ängstliche Jungfrau in dem Moment, da er in sie eindrang, mit zärtlichen Worten beruhigen.

Ich hatte Himmelsläufers Kraft nichts entgegenzusetzen. Der Druck in meinem Kopf wurde stärker. Bilder aus meinem Leben jagten an meinem geistigen Auge vorüber. Ich sah mich als Knabe, als Halbwüchsigen, als Mann. Ich war wieder bei Wandelnder Kojote und untersuchte seinen Leichnam. Augenblicke später befand ich mich bei Der-den-Wolf-hört und sah wieder seinen narbigen Rücken. Zum Schluß ritt ich um mein Leben. Dann lag ich auf der Erde und schaute auf die Füße meiner Angreifer. Ich war in der Vergangenheit gefangen und mir dennoch verschwommen der Gegenwart bewußt. Diesen Teil meines Hirns ließ Himmelsläufer unangetastet, so daß ich genau wußte, wo ich mich befand, und noch immer die seltsam gedämpfte Stimme von Weißer Bär hören konnte.

Hatte der Häuptling der Weißen die gleichen Empfindungen gehabt, als Himmelsläufer in seinen Geist eingedrungen war? So *mußte* es gewesen sein. Bestimmt hatte der weiße Mann geglaubt, die Hitze würde ihm einen Streich spielen, würde ihm Trugbilder vorgaukeln; denn als Weißer konnte er unmöglich wissen, was ihm tatsächlich widerfahren war. Im Unterschied zu mir. Doch mein Wissen machte Himmelsläufers Eindringen in meinen Geist noch erschreckender; denn es gab Dinge in meinem Leben, die ich stets für mich behalten hatte und nun verzweifelt zu verbergen suchte. Doch ich konnte es nicht. Ich war hilflos in Himmelsläufers schwarzen, bodenlosen Augen gefangen. Sein Gesicht war immer noch bleich, als er sich schließlich behutsam aus meinem Geist zurückzog.

Die Stimme von Weißer Bär drang wieder laut und deutlich auf mich ein. Doch er sprach nicht mehr zu mir, sondern schrie Vogel-der-tritt an.

»Ich habe dir mehr als einmal gesagt, daß Jagendes Pferd und Steht-auf-dem-Hügel, diese beiden Taugenichtse, für unsere Feindschaft verantwortlich sind! Es ist alles ihre Schuld! Habe ich recht, Tay-bodal?«

Antworte.

Ich kann nicht.

Doch, du kannst.

»Nein«, brachte ich mit matter Stimme hervor.

Als ich sprach, zerriß ich die letzten dünnen Fäden des unsichtbaren Bandes zwischen mir und Himmelsläufer, so daß er sich hastig aus meinem Verstand zurückzog. Es war ein Gefühl, als hätte ich einen wuchtigen Schlag an den Kopf bekommen. Als Himmelsläufer plötzlich aus meinem Geist verschwunden war, fühlte ich mich schrecklich allein. Ich holte tief Luft und keuchte und hustete genauso wie am Fluß, als ich auf dem Rücken ins Wasser gerollt war. Damals war ich dem Tod durch Ertrinken nur um Haaresbreite entkommen. Diesmal war jemand in mein ureigenes Ich eingedrungen, in meinen Geist, und hatte ihn buchstäblich geplündert. Würde man mich fragen, welches Erlebnis schlimmer war – ich fürchte, ich wüßte die Antwort nicht. Als Überlebender beider Torturen bin ich der Überzeugung, daß es kaum einen Unterschied gibt.

Himmelsläufer wußte natürlich, daß ich körperlich und geistig völlig erschöpft war; deshalb war er sofort zur Stelle, als meine Beine nachgaben, und hielt mich fest, bevor ich zu Boden stürzen konnte. Einsamer Wolf sprang auf, eilte ebenfalls zu mir und hielt mich von der anderen Seite.

»Er ist sehr schwach«, sagte Himmelsläufer. »Die Ratsversammlung war zuviel für ihn.« Dem zutiefst verwunderten Weißen Bären rief er zu: »Du solltest lieber diesen weißen Heiler rufen lassen. Wenn wir das Fort morgen verlassen wollen, braucht Tay-bodal alle Medizin, die dieser Heiler zu bieten hat.«

Weißer Bär stand auf und kam zu mir. Er blickte auf mich hinunter, als ich schlaff zwischen Himmelsläufer und Einsamer Wolf hing. »Du weißt, wer den Neffen von Vogel-der-tritt ermordet hat, nicht wahr?«

Mein verschwommener Blick richtete sich auf das besorgte Gesicht von Vogel-der-tritt, das über die Schulter von Weißer Bär spähte. Ich war dermaßen schwach, daß ich nur ein bestätigendes Kopfnicken zustande brachte.

»Dann sag es uns!« brüllte Weißer Bär.

»Nein«, hörte ich Himmelsläufer antworten. »Jetzt ist nicht die rechte Zeit. Cheyenne-Räuber wurde öffentlich angeklagt. Also hat er auch das Recht, öffentlich freigesprochen zu werden.«

Der Mund von Weißer Bär bewegte sich, als wollte er widersprechen. Dann aber verzog er das Gesicht, stieß ein verächtliches Schnauben aus und verließ die Veranda.

Im Innern des Heiler-Hauses legten Himmelsläufer und Einsamer Wolf mich aufs Bett. Himmelsläufer zog sich einen Stuhl heran und setzte sich neben mich. Einsamer Wolf sagte irgend etwas zu mir, das ich nicht verstand, und ging. Als ich den Kopf drehte, um ihn bequem auf das Kissen zu betten, sog ich durch die zusammengepreßten Zähne scharf den Atem ein. Wenn der Geist vergewaltigt wird, sind fürchterliche Kopfschmerzen die Folge. Himmelsläufer legte mir beruhigend die Hand auf die Stirn und schaute mit einem schwachen, traurigen Lächeln auf mich hinunter. Wir brauchten uns jetzt nicht mehr mit gesprochenen Worten zu verständigen. Was soll man einem Menschen auch sagen, der *alles* über einen weiß? Das Gute und das Schlechte? Deshalb war ich so erschöpft und... erschüttert. Himmelsläufer war wie der Blitz durch alle meine Erinnerungen gezuckt. Er war mit mir und meinem Vater in der Adlergrube gewesen; er hatte den tiefen Schmerz mit mir geteilt, den ich nach dem Tod meiner Eltern erleiden mußte, die unerträgliche Trauer, als meine liebe, kleine erste Frau gestorben war; er hatte die Tiefe meiner neuen Liebe für Heulender Wind empfunden; er hatte meine Sorge um Aller Liebling und Hawwy gespürt... und nun kannte er genausogut wie ich das Gesicht des Mörders von Wandelnder Kojote.

Das abendliche Festmahl war üppig, die Teilnehmer lärmend. Himmelsläufer und ich nahmen nicht an der Feier teil, doch man brachte uns das Essen auf Tabletts, und wir konnten alles hören, was sich draußen vor dem Heiler-Haus abspielte. Wegen meines Rückfalls war Heulender Wind nicht mehr wütend auf mich. Sie brachte ein zweites Tablett und sah gleichermaßen stolz und aufgeregt aus.

»Das ist Ku-chen«, sagte sie, als sie mir Schokoladenkuchen in den Mund stopfte. Wenn sie etwas Neues gelernt hatte, war Heulender Wind immer schon sehr stolz und ein bißchen aufdringlich gewesen. Was den Ku-chen betraf, war sie sogar sehr aufdringlich. Ich war gerade dabei, mich ein wenig zu erholen, und sie erstickte mich beinahe mit dem süßen Zeug, indem sie mir immer neue Stücke in den Mund stopfte, so daß ich mit dem Kauen und Schlucken kaum nachkam.

»Bring ihn nicht um«, schimpfte Himmelsläufer.

»Er muß schnell essen, bevor mein Vetter hereinkommt und die Reste haben will.«

Habt ihr jemals versucht, zu protestieren, wenn ihr den Mund voll Kuchen habt? Versucht es gar nicht erst. Je mehr dumpfe Laute ich von mir gab, als ich zu reden versuchte, desto mehr Kuchen stopfte sie mir in den Mund. Und meine Angst vor dem Erstickungstod wuchs, als ich sah, daß Himmelsläufer sich genüßlich über sein Stück Kuchen hermachte und plötzlich völlig vergessen zu haben schien, daß ein nach Atem ringender Mann auf dem Bett lag.

»Du hast recht«, sagte Himmelsläufer zwischen zwei Bissen zu Heulender Wind. »Dieser Ku-chen würde Weißer Bär so gierig machen, daß er nicht genug bekommen könnte.«

»Er schlingt jetzt schon wie ein Wolf«, murrte Heulender Wind. »Man könnte fast glauben, der Mann hätte nie im Leben etwas Vernünftiges zu essen bekommen. Ich hatte gehofft, es bleibt genug Kuchen übrig, daß ich etwas für meine Schwestern mitnehmen kann, aber Weißer Bär hat alle Hoffnungen zunichte gemacht.«

»Vielleicht gibt Hawwy uns noch mehr von diesem Kuchen«, erwiderte Himmelsläufer.

Die Erwähnung von Hawwys Namen gab mir plötzlich die Kraft, mich gegen die liebevoll gemeinte Fütterung durch Heulender Wind zu wehren. Ich riß ihre Hand zur Seite und setzte mich auf, schluckend und hustend zugleich. Als ich die Luftröhre frei hatte, krächzte ich Himmelsläufer zu: »Hawwy hat uns schon genug gegeben.«

Heulender Wind zog einen Schmollmund; dann sagte sie: »Es würde ihm nichts ausmachen. Er macht uns gern Geschenke. Es macht ihn glücklich.«

»Es macht ihn glücklich, Aller Liebling zu beschenken!« rief ich. »Nur der Not gehorchend, bekommt ihr anderen auch etwas. Wenn Aller Liebling nicht hier wäre und Hawwy schöne Augen machen würde, hättet ihr gar nichts bekommen.«

Als Strafe für meinen unerhörten Appell an die Vernunft aß Heulender Wind das Stück von meinem Kuchen, das noch übriggeblieben war. Und als Himmelsläufer in die gleiche Kerbe hieb, grinste sie vor Genugtuung.

»Hawwy ist ein guter Mann«, sagte Himmelsläufer. »Und manche Dinge können nun mal nicht verhindert werden.«

Da war es also. Sein letztes Wort, was Hawwys zukünftiges Schicksal betraf. Also konnte ich bei meinem Versuch, das Unvermeidliche abzuwenden, von Himmelsläufer keine Hilfe erwarten. Mit einem tiefen Seufzer ließ ich mich aufs Bett zurückfallen. Himmelsläufer nahm den Blick von mir und schaute zum offenen Fenster, blickte fasziniert auf irgend etwas, das sich dort draußen im Dunkeln abspielte, während ich flach auf dem Rücken lag und mir auf der Suche nach einer Möglichkeit, Hawwys Schicksal doch noch abzuwenden, das Hirn zermarterte. Heulender Wind beschäftigte sich derweil damit, die Kuchenkrümel von ihrer Handfläche zu picken und sie sich in den Mund zu stecken. Hätte ich gewußt, daß Hawwy und Aller Liebling allein dort draußen im Dunkeln waren, hätte ich mir die mühselige Suche nach einem Ausweg für Hawwy erspart und mich statt dessen mit meiner Geliebten um meinen Anteil an den Kuchenkrümeln gestritten. Das war wenigstens ein Kampf, den ich gewinnen konnte.

Als Hawwy die Kiowa-Sprache erlernt hatte, war er in den Anfangsjahren Jones' Schüler gewesen. Daß er diese Sprache später meisterhaft beherrschte, war auf seine Geduld und unbeirrbare Entschlossenheit zurückzuführen. Ich jedenfalls habe ihm nie geholfen, sondern im Gegenteil alles versucht, seine Fortschritte zu erschweren und ihn dazu zu bewegen, Ame-a-can zu reden, damit ich seine Sprache lernte. An jenem Abend, als im Fort die Feier stattfand, konnte Hawwy nur sein klägliches Kiowa-Baby-Geplapper und ein Herz voller Liebe aufbieten. Letzteres erwies sich als seine wirksamste Waffe. Frauen lassen sich von schmachtender Bewunderung viel eher in Bann schlagen als von wohlgesetzten Phrasen. Überdies hatte Hawwy noch zwei weitere Geschenke für Aller Liebling. Geschenke, die er diesmal nur seiner Angebeteten machen konnte, nicht auch den anderen Frauen.

Er legte ihr ein goldenes Kettchen mit einem Medaillon um den Hals und sagte: »Meine Mutter.«

Aller Liebling wußte, daß Hawwy sie nicht als seine Mutter bezeichnet hatte. Nein, er hatte ihr etwas sehr Kostbares geschenkt, das einst seiner Mutter gehört hatte. Aller Liebling legte die Hand auf das Medaillon, drückte es sich fest ans Herz und verliebte sich unsterblich in Hawwy.

Himmelsläufer brummte irgend etwas, schüttelte den Kopf und wandte sich vom Fenster ab. Ich spürte, wie es mir eiskalt den Rücken herunterlief.

»Was ist?« fragte ich. »Was hast du gesehen?«

»Nichts«, antwortete er. »Es ist sehr dunkel da draußen.«

Bedächtig nahm Himmelsläufer seine vorherige Beschäftigung mit dem Stück Kuchen wieder auf. Wie ich euch schon sagte, können Eulen-Heiler niemals lügen. Aber sie können ausweichend sein. Ich wußte, daß Himmelsläufer irgend etwas vor seinem geistigen Auge gesehen hatte.

Hawwys zweites Geschenk war ein Gegenstand, dessen Bedeutung Aller Liebling zuerst noch weniger begriff, als es beim Amulett der Fall gewesen war. Hawwy gab ihr eine Taschenuhr mit goldenem Gehäuse. Er hielt sie an das Ohr von Aller Liebling. Als sie das Ticken hörte, stieß sie einen leisen Schrei des Erstaunens aus.

»Es lebt!« rief sie und wollte sich ängstlich von dem Ding in seiner Hand entfernen.

Hawwy nahm sie in den Arm, hielt sie fest und lächelte sie an, um ihr die Furcht zu nehmen.

»Vater.«

Gehorsam zwang Aller Liebling sich zur Ruhe und nahm widerstrebend die Uhr entgegen, als Hawwy ihre Finger darum legte. »Vater«, sagte Hawwy noch einmal; dann wechselte er zu Ame-a-can über. »Die Uhr war ein Geschenk von meinem Vater, kurz bevor ich hierher in dieses Land kam. Eines Tages werden wir die Uhr unserem Sohn geben.«

»Vater?«

»Genau!« rief er. »Ganz genau, mein kleiner Schatz.«

Er hob sie hoch, drückte sie an sich und küßte sie. Wahrscheinlich wäre er nicht so überschwenglich gewesen, hätte er gewußt, daß Aller Liebling die Uhr drei Tage später ihrem Vater zum Geschenk machte. Und daß seine neue, moderne Acht-Tage-Uhr mit Aufziehwerk dem Vater seiner Geliebten mit ihrem leisen Ticken Furcht einjagte. So große Furcht, daß er das Gehäuse aufklappte, Glas und Zifferblatt zerschmetterte, die Triebfeder für immer zum Stillstand brachte und das goldene Gehäuse anschließend mit Kräutern vollstopfte, um böse Geister abzuwehren.

13.

Ein paar Minuten nachdem Hawwy und Aller Liebling aus ihrem Versteck hervorgekommen waren und sich getrennt hatten, entdeckte Billy den jungen Offizier. Hawwy stand unschuldig im Hintergrund und beobachtete zusammen mit ein paar Soldaten mehrere junge Kiowas beim Tanz. Vorgeblich diente dieser Tanz dazu, sich bei den Gastgebern für das Essen zu bedanken, doch in Wahrheit wollten die Krieger vor den Blaujacken angeben. Die jungen Kiowas bekamen die Quittung, als die schwarzen Männer in die Hände zu klatschen anfingen und zwei von ihnen zu tanzen begannen. Auch Heulender Wind schaute sich diesen Tanz an. Den Geschichten nach zu urteilen, die sie mir den ganzen nächsten Tag erzählte, waren die schwarzen Männer beeindruckende Tänzer.

Nachdem er Hawwy entdeckt hatte, verließ Billy den Tanzplatz und berichtete mir freudig, daß alles in Ordnung sei. Himmelsläufer und ich hörten Billy zu, ohne ihm zu widersprechen. Billy war so zufrieden mit sich selbst, daß es ein Verbrechen gewesen wäre, ihn zu beschimpfen und ihm zu sagen, was für einen großen Fehler er in Wahrheit begangen hatte. Ohnedies war es ebensogut mein Fehler. Niemand kann das Unabwendbare abwenden. Als ich Billy lauschte und mir seine wiederholten Versicherungen anhörte, er könne dafür sorgen, daß Hawwy und Aller Liebling nicht zusammenkamen, fand ich mich traurig mit dem Unausweichlichen ab.

Kurz darauf verließen mich Himmelsläufer und Billy. Ich blieb nur ein paar Minuten allein. Als die Feier endete, kam Hawwy fröhlich summend zu mir ins Zimmer. Er summte, als er sich auszog; er summte, als er die Flamme ausblies, die im

Innern der Lampe brannte, der ich den Namen »Frau mit dikkem Hintern« gegeben hatte; er summte, als er sich aufs Bett legte, er summte sich sogar in den Schlaf. Er war ein glücklicher Mann. Ein Dummkopf durch und durch, aber trotzdem glücklich. Dann wurde das Summen von Schnarchen verdrängt. Ich lag mit offenen Augen da und betrachtete das schwache silberne Licht der Sichel des abnehmenden Mondes, das durchs offene Fenster ins Zimmer fiel und von einer Brise getragen zu werden schien, die so sanft war wie das glückliche Seufzen eines Liebenden. Während ich Hawwys Schnarchen lauschte, ließ ich im Geiste seine Hand los. In meiner lebhaften Vorstellungskraft sah ich, wie unsere Hände sich langsam voneinander lösten, wobei die Fingerspitzen im letzten Augenblick verharrten, zögerten. Ich hätte seine Hand noch einmal ergreifen können. Als sein Freund hätte ich es tun sollen, doch ich tat es nicht. Hawwy fiel und verschwand im Strudel einer stürmischen Zukunft, die er sich lieber hätte ersparen sollen.

Die Schwärze der Nacht wich dem tristen Schiefergrau des heraufziehenden Morgens. Ich erwachte. Müde bis auf die Knochen lag ich im Bett und betrachtete die wenigen verblassenden Sterne, die ich durchs Fenster sehen konnte. Die vollkommen unbewegten Bäume ragten wie riesige tintenschwarze Geister in den trüben Himmel. Ich lauschte den Geräuschen, die mich aus meinem leichten Schlaf geweckt hatten. Es waren leise, kaum wahrnehmbare Laute murmelnder Stimmen und das gedämpfte Hufestampfen, als Pferde zu leichtem Schritt angetrieben wurden. Die Kiowas, die draußen vor dem Heiler-Haus ihr Lager aufgeschlagen hatten, verließen das Fort.

Es war ein leiser Aufbruch. Wenn die Besatzung des Forts erwachte, würden die Kiowas schon fort sein. In unseren

Augen war ein solches Fortgehen weder ungehobelt noch unhöflich. Es entsprach einfach unserem Verhalten. Nur wenn ein Trupp auf Raubzug ging und die jungen Männer, die daran teilnahmen, vielleicht nie wieder heimkehrten, gab es bei uns Kiowas einen großen Abschied mit Kriegsschreien, Tränen, Küssen und Umarmungen. Doch wenn eine Gruppe bloß davonreitet, einfach weiterzieht, gibt es kaum ein Winken und niemals einen Blick zurück. Und weil der Kommandant des Forts vernünftige und erfahrene Ratgeber hatte, wußte er das und blieb im Bett.

Ich wollte, daß auch Hawwy im Bett blieb; deshalb nahm ich die Tasche mit den Heiler-Werkzeugen, die er mir geschenkt hatte, und schlüpfte leise aus dem Haus. Die Flucht wäre mir perfekt gelungen, hätte Billy nicht schlafend auf der Veranda des Heiler-Hauses gesessen. Ich hatte keine Ahnung, daß er dort hockte, bis ich auf ihn trat. Er erwachte mit einem gellenden Schrei, schleuderte seine dünne Decke zur Seite und setzte sich ruckartig auf. Da die Sonne noch unter dem Horizont schlummerte, war Billy für meine verschlafenen Augen nicht mehr als ein Schatten, der sich bewegte.

»Fleisch! Du bist mir auf die Hand getreten.«

»Was tust du hier draußen?«

»Ich hab' hier mein Lager aufgeschlagen. Wollte, daß wir uns auf Wiedersehen sagen können.«

»Oh.«

Für einen Moment stand ich schweigend da und fühlte mich schrecklich unbehaglich. Billy behandelte mich wie einen Lieblingsverwandten, und ich wußte nicht, wie ich darauf reagieren sollte. Ich brauchte viele Dinge in meinem Leben, aber ein weißer Bruder zählte nicht dazu. Außerdem wollte ich Hawwy nicht wecken. Aber der hatte Billys Schrei gehört und war längst wach. Durch die Ritzen in der geschlossenen Tür sah ich das sanfte Licht, als Hawwy die Kohlenlampe entzündete. Zwei Herzschläge später erschien er auf der Veranda und knöpfte sich hastig die Hose zu. Billy sprang auf die gestiefelten Füße.

»Was ist los?« fragte Hawwy mürrisch.

»Die Kiowas ziehen ab, Sir«, erwiderte Billy.

»Jetzt?«

»Jawohl, Sir.«

»Aber es ist dunkel.«

»Kiowas können im Dunkeln sehr gut sehen, Lieutenant. Sie sollten sie nicht stören. Die finden sogar in 'ner mondlosen Nacht 'nen Trampelpfad.«

Hawwys bedrohliche Silhouette wurde vom samtigen ockerfarbenen Licht hervorgehoben, das durch die offene Tür fiel. In diesem Licht veränderte sich sein beinahe ätherisch schönes Gesicht: Die Schatten ließen die Linien um seinen Mund tiefer erscheinen, und seine Augen wurden schmal, so daß sie halbmondförmigen Löchern ähnelten, die in seinen Schädel gebohrt waren. Ich konnte deutlich spüren, daß er plötzlich hellwach und zornig war und unsere zarten freundschaftlichen Bande mit einem Mal vergessen hatte. Er stand da und beschuldigte mich stumm, ein falscher Freund zu sein. Offenbar betrachtete er den Aufbruch der Kiowas in der frühen Dämmerung als eine heimtückische Verschwörung mit dem Ziel, Aller Liebling klammheimlich fortzuschaffen. Diese Gedanken und Gefühle jedenfalls sprachen aus seiner steinernen Miene, als er von der Veranda stürmte, ohne ein Wort zu sagen. Ich folgte Hawwy, und Billy folgte mir.

Weißer Bär wußte natürlich von der Blume der verbotenen Liebe, die ihren Duft direkt vor seiner Nase verströmte, und er war verständlicherweise erzürnt, als Hawwy herbeigerannt kam und nach Aller Liebling rief. Und so furchteinflößend Cheyenne-Räuber sein konnte, ihr Bruder, so entschlossen konnte Aller Liebling sein, die nun zu Hawwy stürmte, sich leidenschaftlich in seine Arme warf und sich den Gefühlen des Augenblicks hingab. Himmelsläufer und Einsamer Wolf packten Weißer Bär, der auf die beiden losgehen wollte. Sie vermochten ihn zwar festzuhalten, doch gegen sein Geschrei konnten sie nichts ausrichten.

»Aller Liebling! Geh von dieser Blaujacke weg! Auf der Stelle!«

Bevor Aller Liebling ihrem Onkel gehorchen konnte, zog Hawwy sie an sich und küßte sie vor aller Augen auf den Mund. Weißer Bär schwankte. Ob der Dreistigkeit Hawwys und der Schamlosigkeit von Aller Liebling war er wie vom Donner gerührt. Augenblicke später – Hawwy und Aller Liebling umarmten und küßten sich noch immer – hatte Weißer Bär sich aus dem Griff von Einsamer Wolf und Himmelsläufer losgerissen, packte seine einschüssige Flinte und versuchte, auf Hawwy anzulegen. Wieder sprangen Einsamer Wolf und Himmelsläufer auf ihn los, zerrten an seinen Armen und versuchten, ihn am genauen Zielen zu hindern.

»Ich werde ihn töten!«

»Nicht hier«, flehte Einsamer Wolf.

»Hör mir zu!« bettelte Himmelsläufer.

»Laßt mich los!«

Weißer Bär wehrte sich und versuchte, das Gewehr unter Kontrolle zu bringen, wobei der Lauf hin und her schwenkte, zuerst gefährlich nach unten auf die Füße seiner Widersacher gerichtet war und dann harmlos empor zum Himmel schwang.

»Er hat sich einen schönen Morgen zum Sterben ausgesucht«, brüllte Weißer Bär, »und ich werde ihm dabei helfen.«

»Hör endlich auf!« rief Himmelsläufer verzweifelt. »Du wirst auch Aller Liebling töten!«

»Wunderbar! Dann können die beiden sich bis in alle Ewigkeit küssen.«

Zwei Arme legten sich um mich. Ich schaute über die Schulter und sah Heulender Wind. Ihr schönes Gesicht zuckte, und ihre großen runden Augen schwammen in Tränen.

»Tu doch was«, jammerte sie.

»Ich kann nichts tun. Das liegt nicht in meiner Macht. Hawwy würde nicht auf mich hören, und Aller Liebling benimmt sich schamlos. Was Weißer Bär auch mit den beiden anstellt – sie haben es nicht anders verdient.«

Von plötzlichem Zorn erfüllt, machte Heulender Wind sich unsanft von mir los und blieb auf Armeslänge entfernt stehen. Sie starrte mich kampflustig an. Ich wußte, daß ich lieber gar nicht erst versuchen sollte, sie an mich zu ziehen. Also stand ich bloß da, erwiderte ihren flammenden Blick und versuchte ihr ohne Worte zu verstehen zu geben, daß ich der Herr im Hause war. Doch tief im Innern wußte ich, daß ich schon verloren hatte. Wenn es um ein Liebesverhältnis geht, hat männliche Logik nicht viel zu bestellen. Frauen sehen nur das Romantische. Und die verbotene Liebschaft, die sich vor unser aller Augen abspielte, war viel zu romantisch, um sie von so etwas Kühlem wie der Vernunft zerstören zu lassen.

Zwischen den zusammengepreßten Zähnen zischte Heulender Wind mir zu: »Wenn mein Vetter Hawwy erschießt, dann erschieße ich dich.«

Ich trug noch immer die Verbände, die ich dem Mordanschlag zu verdanken hatte. Es war ein jammervoller Anblick, wirklich, doch Heulender Wind war blind wie ein Telegrafenmast, was mich und meine Verbände betraf. All ihr tränenreiches Mitleid, ihr Entsetzen, daß ich dem Tod so nahe gewesen war, ihre Sorge um meine Genesung – das alles war mit einem Schlag zu Pulver zermahlen und wurde wie ein Staubteufel davongewirbelt. Angeschossen zu werden ist eine schrecklich schmerzhafte Erfahrung. Schon die bloße Drohung von Heulender Wind, daß noch einmal auf mich geschossen würde, versetzte mich in Panik. Ich brauchte nur eine Sekunde, um nach dem Helden in meinem Innern zu suchen und festzustellen, daß er nicht zu Hause war. Deshalb tat ich, was jeder andere Feigling an meiner Stelle auch getan hätte. Ich gab mich geschlagen.

Nur mit dem Wissen bewaffnet, daß ich mehr Angst vor meiner Frau als vor ihrem mächtigen Vetter hatte, ließ ich Heulender Wind stehen und eilte zum Schauplatz der Auseinandersetzung. Als ich an Hawwy vorüberkam, nahm dieser gerade Abwehrhaltung ein, stellte sich vor Aller Liebling und schützte sie mit seinem Körper. Der Lauf des Gewehrs von Weißer Bär war nun nicht mehr gen Himmel gerichtet, sondern auf Hawwy. Der Zorn hatte seine Kraft verdoppelt, so daß Einsamer Wolf und Himmelsläufer nicht mit ihm fertig wurden. Trotz ihrer Bemühungen zielte die Mündung der Waffe auf Hawwys Brust und beschrieb dabei einen kleinen, schwankenden Kreis. Der Finger von Weißer Bär lag bereits am Abzug. Ich fragte mich, ob Heulender Wind um mich weinen würde, als ich mich mit Todesverachtung zwischen Weißer Bär und seinem Ziel aufstellte.

Seine Augen waren Feuerstürme aus Haß und flammender Wut. »Geh aus dem Weg, Tay-bodal!«

»Du darfst ihn nicht erschießen.«

»Doch, darf ich.«

»Er hat nichts Böses getan!« rief ich mit schriller Stimme.

Ich fiel vor Erleichterung beinahe in Ohnmacht, als es Himmelsläufer endlich gelang, Weißer Bär das Gewehr aus den Händen zu reißen. »Hör auf Tay-bodal«, rief Himmelsläufer. »Und höre auf mich.«

Weißer Bär atmete immer noch schwer, doch sein Zorn verrauchte allmählich. Er nahm den haßerfüllten Blick von mir und richtete ihn auf Himmelsläufer.

»Ich schäme mich!« stieß er hervor. »Ich schäme mich für diesen Tag.«

»Dafür hast du keinen Grund«, entgegnete Himmelsläufer mit ruhiger Stimme. »Diese junge Blaujacke ist ein ehrenhafter Mann. Ich habe in sein Herz geschaut, in seinen Gedanken gelesen. Ich finde, er ist viel zu schade für deine Nichte.«

Weißer Bär zuckte zusammen, als hätte Himmelsläufer ihm zwischen die Beine getreten. Doch er fing sich rasch und widersprach seinem Widersacher hitzig.

»Aller Liebling ist das schönste Mädchen unseres Volkes! Und sie ist nicht nur schön, sondern still, zart und tugendsam!«

»Ist sie nicht«, erwiderte Himmelsläufer. »Sie ist ein ungezügeltes junges Weibsstück. Und es gibt nur zwei Menschen auf der Welt, die diese Wahrheit nicht erkennen wollen. Du und Hawwy.«

»Das ist eine Lüge!« donnerte Weißer Bär.

»Wirklich?« Himmelsläufer kicherte. »Sieht man einmal davon ab, daß ich gar nicht lügen kann – überleg doch mal, wie viele Heiratsangebote dir wegen Aller Liebling schon überbracht wurden. Und sie ist schon weit über das heiratsfähige Alter hinaus. Die Wahrheit ist, daß kein Krieger unseres Volkes den Mut hat, sie zu heiraten, weil alle wissen, wie anspruchsvoll sie ist. Und welcher Mann, der bei gesundem Verstand ist, will eine Frau heiraten, die er nie und nimmer zufriedenstellen kann? Es gibt nur eine einzige vergleichbare Frau, und das ist Heulender Wind.«

Hinter mir stieß meine Liebste ein schrilles Quietschen aus, während ich mich in meiner Meinung bestätigt sah und ein leichtes Lächeln wagte. Weder Himmelsläufer noch Weißer Bär bemerkten es. »Weißt du noch, wie lange es gedauert hat, Heulender Wind das erste Mal zu verheiraten?« fuhr Himmelsläufer fort. »Und beim zweiten Mal war es nicht leichter.

Du hast lange warten müssen, bis jemand wie Tay-bodal erschienen ist. Und er kann immer noch seine Meinung ändern.«

Kaum eine Sekunde war vergangen, da stand Heulender Wind neben mir, nahm meine Hand und blickte halb fragend, halb flehend zu mir empor.

»Das würdest du nicht tun, nicht wahr?« fragte sie. Ihre Stimme klang leise und unsicher, so daß ihre Worte kaum zu hören waren.

»Dann drohe mir nie wieder, auf mich zu schießen, sonst suche ich mir eine andere!« fuhr ich sie an. Als ich einen Mann kichern hörte, blickte ich verdutzt auf und sah einen widerwillig lächelnden Weißen Bären. Himmelsläufer war sichtlich erleichtert, daß ich seine Worte bestätigt hatte, ohne es eigentlich gewollt zu haben.

»Siehst du, was ich meine?« sagte er zu Weißer Bär. »Du hast den Frauen deines Klans immer zu große Freiheiten gelassen. Es gibt nicht viele Männer, die den Mut haben, sich solchen Frauen zu widersetzen. Und Aller Liebling ist die schlimmste von allen. Nur ein Mann, der kein Wort von dem versteht, was sie sagt, ist der geeignete Gatte für sie.« Himmelsläufer wies auf Hawwy, ohne den Blick von Weißer Bär zu nehmen. »Und dieser Mann steht dort, in all seiner gesegneten Unwissenheit. Wenn du ihn erschießt, mußt du selbst für den Rest deines Lebens die Verantwortung für Aller Liebling tragen. Läßt du Hawwy am Leben, ist dieses Problem gelöst. Überdies hättest du ein Paar zusätzliche Ohren im Lager der Weißen.«

»Da hat er recht«, sagte Einsamer Wolf.

»Schweigt! Alle!« donnerte Weißer Bär. »Ich muß nachdenken.«

Es war ein langes und mühsames Nachdenken. Ich drückte die Hand von Heulender Wind, damit sie wußte, daß alles in

Ordnung war – daß *mit uns* alles in Ordnung war und daß ich sie liebte, mochte Himmelsläufer noch so schlimme Dinge über sie gesagt haben. Doch während ich meinen Schatz beruhigte, starrte ich verwundert auf Himmelsläufer. Ich war nicht deshalb verwundert, weil er eine gefährliche Situation so elegant entschärft hatte, sondern weil er mit schrecklicher Deutlichkeit klargemacht hatte, daß er Aller Liebling nicht leiden konnte. Das war um so verwunderlicher, als Himmelsläufer alle Frauen liebte – so, wie alle Frauen ihn liebten. Doch aus irgendeinem Grund stand eine unsichtbare Mauer zwischen ihm und Aller Liebling.

Was Weißer Bär betraf, waren Himmelsläufers Worte nicht auf fruchtbaren Boden gefallen. Als Weißer Bär lange genug nachgedacht hatte, stapfte er drohend auf Hawwy zu. Ich rief über die Schulter nach Billy. Er versuchte krampfhaft, so zu tun, als würde er mich nicht hören. Ich rief noch einmal, und endlich kam er mit zögernden Schritten nach vorn, blieb aber ein Stück entfernt stehen und hielt sich in respektvollem Abstand von Weißer Bär und Hawwy. Verständlicherweise wollte er nicht zwischen den Gegnern stehen, wenn zuerst böse Worte und dann Fäuste flogen. Doch Hawwy wich und wankte nicht, und das ehrte ihn. Nase an Nase stand er Weißer Bär gegenüber und hielt dessen frostigem Blick stand, das Kinn trotzig vorgereckt, die Lippen zu einem dünnen Strich zusammengepreßt. Ohne den Blick von Hawwy zu nehmen, rief Weißer Bär Billy zu: »Sag dieser Blaujacke, daß ich ihn nicht mag. Er ist nicht gut genug für meine Nichte. Ich will nicht, daß er mein Verwandter wird.«

Billy übersetzte, wobei er schrecklich stotterte. Dann richtete Hawwy das Wort an Billy.

»Sag ihm, es ist mir gleich, was er denkt. Egal, was er sagt, ich werde Aller Liebling zur Frau nehmen. Wenn es sein muß, mit Waffengewalt.«

»Lieutenant ...« Billy zitterte. »Wissen Sie eigentlich, wen Sie da vor sich haben?«

»Ja.«

»Tja, ich auch, und deshalb werd' ich Satanta nicht übersetzen, was Sie gerade gesagt haben.«

»Tu es!« brüllte Hawwy Weißer Bär ins Gesicht.

Billys Worten konnte ich entnehmen, daß er etwas ganz anderes übersetzte. Er log, daß sich die Balken bogen.

»Der Häuptling der Blaujacken möchte wissen, wie hoch der Brautpreis ist. Er sagt, er wird dir jeden Preis bezahlen.«

»Vierzig Pferde, zwanzig Mulis!« rief Weißer Bär Hawwy ins Gesicht. »Und zwölf von den neuen Gewehren. Und fünf Schachteln Munition. Für jedes Gewehr.«

»Einverstanden«, sagte Billy, ohne sich die Mühe zu machen, Hawwys Antwort abzuwarten.

Ein zufriedener Ausdruck legte sich auf das Gesicht des Weißen Bären. Verdutzt schaute Hawwy zu Billy hinüber.

»Was ist passiert?«

»Sie haben soeben eine Braut bekommen, Lieutenant.«

»Ehr ... ehrlich?«

»Ja. Aber bis zur Hochzeit dürfte noch einige Zeit vergehen. Wir werden ein Weilchen brauchen, die notwendigen Sachen zu beschaffen. Der Brautpreis für 'ne echte Kiowa-Prinzessin ist verdammt hoch.«

»Wie hoch er auch sein mag, ich werde ihn bezahlen.«

»Genau das hab' ich dem alten Satanta gesagt. Tja, dann sollten Sie ihm jetzt lieber die Hand schütteln, bevor er sich's anders überlegt.«

Weißer Bär stieß ein rumpelndes Lachen aus, als Hawwy sich seine Hand schnappte und sie wie einen Pumpenschwengel schüttelte, wobei er auf Ame-a-can so schnell drauflosplapperte, wie ein Bach dahinhuscht, der nach der Schneeschmelze Hochwasser führt.

Die Krise war überstanden, die Erregung abgeklungen, und das erste Morgenlicht erstrahlte, als die Kiowas sich wieder daranmachten, die Vorbereitungen für ihren Abzug zu beenden. Niemand achtete mehr auf Hawwy, als er Aller Liebling umarmte und küßte. Als sie sich glückstrahlend von ihm löste, fiel mir auf, daß sie ein bißchen anders behandelt wurde als zuvor. Niemand war grob oder unhöflich zu ihr, doch es gab auch keinen, der sich für sie freute oder sie beglückwünschte, wie es bei einer frisch verlobten Frau normalerweise der Fall hätte sein müssen. Aller Liebling hatte eine unsichtbare Grenze überschritten, war aber zu glücklich, als daß sie es bemerkt hätte: Sie gehörte nicht mehr zu uns. Weißer Bär schwang sich auf sein Pferd, ritt als erster davon und brachte auf diese Weise sowohl körperlichen als auch geistigen Abstand zwischen sich und seine Lieblingsnichte. Er betrachtete Aller Liebling nun als Verräterin an ihrer eigenen Rasse, da sie sich hinter seinem Rücken verschworen und sich für eine Blaujacke als Ehemann entschieden hatte. Aller Liebling hatte sich zu einer der ihren gemacht... zu einer Weißen. Sobald der Brautpreis entrichtet war und Weißer Bär seine Nichte wie versprochen übergeben hatte, würde er ihren Namen nicht mehr aussprechen. Für ihn war Aller Liebling tot. Jeder wußte es – nur die Braut nicht.

Als auch Heulender Wind erkannte, wie ernst die Dinge waren, die sich ergeben hatten, raunte sie mir aus den Mundwinkeln sorgenvoll zu: »Ich ... ich glaube, es war keine gute Idee, daß du dich in diese Sache eingemischt hast. Von nun an solltest du dich heraushalten. Überlaß Himmelsläufer die Angelegenheit. Ihm kann Weißer Bär niemals böse sein. Aber auf dich wäre er böse, wenn er erfährt, wie sehr du Hawwy geholfen hast.«

»Ich habe Hawwy nicht geholfen«, erwiderte ich zornig. »Ich habe alles versucht, ihn von dem Gedanken abzubringen, Aller Liebling zu heiraten.«

»Oh, das ist gut.« Sie strahlte mich an. »Bleib einfach bei dieser Geschichte, und dir kann nichts geschehen. Dann brauchen wir uns nur noch Sorgen darum zu machen, daß Weißer Bär böse auf *mich* ist. Schließlich habe ich Aller Liebling aufgefordert, diesem Rettungstrupp beizutreten, der dir helfen sollte.«

»Mein Schatz«, sagte ich mit mühsam beherrschter Wut, »manchmal könnte ich dich ...«

Sie brachte mich mit einem Kuß zum Schweigen. Ich hatte gerade Geschmack daran gefunden, als sie sich von mir löste.

»Oh nein!«

»Was ist denn jetzt schon wieder?« rief ich, der Verzweiflung nahe.

»Die dummen Maultiere von Weißer Bär! Er wollte nicht, daß die Soldaten sie sehen; deshalb habe ich sie versteckt. Ich ... ich kann mich aber nicht mehr genau erinnern, wo. Wenn du mir nicht hilfst, die Mulis zu finden, wird Weißer Bär uns nie verzeihen. Dann wird er uns die Schuld geben, daß er seine Maultiere und seine Nichte verloren hat.«

Auch die anderen Frauen hatten das Fehlen der Maultiere bemerkt. Ihre stolzen Pferde bockten protestierend, daß sie wie Packtiere behandelt wurden. Die anderen Krieger hielten es wie Weißer Bär; sie beachteten die Zwangslage der Frauen gar nicht und verließen in hellen Scharen das Fort. Binnen weniger Augenblicke waren ich, Hawwy und Billy die einzigen Männer, die im Lager zurückgeblieben waren. Einen verwundeten Mann mit einer Gruppe einsamer, hilfloser Frauen allein zu lassen, kann schwerlich als tapfere »Rettungstat« bezeichnet werden, und es überraschte mich nicht, daß dieses Unternehmen niemals in das lange Verzeichnis der strahlenden Heldentaten Weißer Bärs aufgenommen wurde.

Hawwy dagegen war hellauf begeistert. Denn daß er mir

wieder einmal aus der Patsche helfen mußte, verschaffte ihm eine weitere Gelegenheit, mit Aller Liebling zusammenzusein. Aller Liebling war nicht minder glücklich, noch eine Weile bei ihrem Verlobten bleiben zu können. Die beiden nahmen es gar nicht zur Kenntnis, daß wir anderen um sie herumwieselten und die Sachen zusammenpackten. Dies wiederum erregte den Zorn der drei anderen Frauen. Frisch verlobt oder nicht – Aller Liebling hätte beim Packen helfen müssen. Die Frauen waren so erbost, daß sie Aller Liebling beschimpften und erklärten, keine Hand mehr zu rühren und sich nicht mehr die Finger schmutzig zu machen. Das Ergebnis waren lautes Geschrei und Gekeife und die Tatsache, daß ich nun ganz allein packen mußte. Erleichterung durchflutete mich, als ich Billy erblickte, der mit vier Maultieren ins verwüstete Lager kam. Ich ließ die Tasche fallen, die ich gerade in Händen hielt, und rannte zu ihm.

Billy reichte mir die Führungsseile und erklärte schlicht: »Diese Mulis sind Teil des Brautpreises. Würdest du dafür sorgen, daß Weißer Bär sie bekommt ... bitte?«

»Hast du Hawwy schon gesagt, wieviel er Weißer Bär eigentlich schuldet?«

»Nein.«

»Wirst du es ihm sagen?«

»Nein. Ich selbst werde Weißer Bär die Mulis und Pferde beschaffen – nach und nach. Es ist besser, den Lieutenant aus dieser Sache herauszuhalten. Weißer Bär die Pferde und Mulis zu geben würde Hawwy nicht allzuviel ausmachen, aber wenn er von den Gewehren erfährt ... das würde ihn verrückt machen.«

»Wie willst du die Sachen denn zu Weißer Bär schaffen?«

Billy blickte mich verwundert an. »Ich bringe sie einfach zu dir, und du bringst sie dann ...«

»Nein, kommt gar nicht in Frage!« schimpfte ich. »Ich bin

mit dieser Sache fertig. Ich habe nichts mehr damit zu tun. Du mußt mit Himmelsläufer zusammenarbeiten. Ihm wirst du die Sachen geben.«

»Moment mal!« rief Billy. »Ist Himmelsläufer dieser lange dünne Kerl, der die Leute so ansieht, als könnte er in sie hineinschauen?«

»Genau der.«

»Dann vergiß es. Ich geh' nicht mal in seine Nähe, Fleisch. Er macht mir angst. Vielleicht, ich glaube, daß er mit der Welt der Geister reden kann.«

Erstaunt über seine letzte Bemerkung, schaute ich Billy genau an und prägte mir seinen Anblick ein. Wie immer hatte er seinen Hut tief über den Kopf gezogen; dazu trug er seinen langen Mantel, den Revolver an der Hüfte und die gepunzten Stiefel, auf die er so stolz war. Er sah genau so aus, wie man sich einen weißen Mann vorstellte, und sein Akzent war so verräterisch wie der jedes anderen weißen Mannes. Doch gerade hatte er einen schweren Fehler gemacht und seine Tarnung preisgegeben. Der Satzbau und die Erwähnung der »Welt der Geister« hatten ihn verraten. Wenngleich ich damals das Ame-a-can noch nicht beherrschte, kannte ich diese Sprache gut genug, um zu wissen, daß kein Weißer einen Satz mit »Vielleicht, ich glaube...« beginnen würde. Das war typisch indianisch. Indem er unbedacht ein Sprachmuster benutzt hatte, das in allen Indianern tief verwurzelt ist, hatte Billy seinen ersten und einzigen Ausrutscher gemacht.

Mit einer schnellen Handbewegung schlug ich ihm den Hut vom Kopf. Billy war dermaßen verblüfft, daß er sich nicht einmal rührte. Und ich war zutiefst erstaunt darüber, was ich zu sehen bekam. So standen wir beide lange Zeit da und starrten einander an.

Schließlich fragte ich leise: »Zu welchem Stamm gehörst du, Billy?«

Seine Kiefernmuskeln arbeiteten. Er wandte sich von mir ab, hob den Hut auf, stülpte ihn über und zog ihn sich tief über den Kopf, so daß der Schatten der Krempe wieder seine hohen Wangenknochen und die dunklen Augen verbarg.

»Kein Stamm«, sagte er betrübt. »Mein Vater war Indianer ... ich kenne ihn nicht. Er hat meine weiße Mutter vergewaltigt. Als ich ein Baby war, konnte sie meine Herkunft noch verleugnen, doch als ich größer wurde, hat sie mich in ein Waisenhaus gegeben. Sie sagte den Leuten, sie hätte mich auf der Straße gefunden. Sie hat gefragt, ob man mich im Heim behalten würde, bis meine Eltern kämen. Ich habe jedes Wort verstanden, das Mutter sagte. Ich stand bloß da und hielt ihre Hand. Ich wußte, daß nie jemand kommen und mich abholen würde. Daß meine eigene Mutter mich weggab. Und ich wußte, warum. Weil ich immer mehr meinem Vater ähnelte, so daß es Mutter zu sehr schmerzte, mich anzuschauen. Als ich alt genug war, aus dem Heim entlassen zu werden, kaufte ich mir diesen Hut. Niemand sollte mich mehr anschauen können. Nicht einmal ich selbst.«

Ich war von einer schrecklichen Trauer erfüllt. Wie viele Männer wie Billy, fragte ich mich beklommen, mag es wohl geben? Diese kleinen Verlorenen, unsere eigenen kostbaren Kinder, geboren aus Gewalt und dazu verdammt, in den Schatten zu lauern, die zwei ganz verschiedene Welten trennten. Jetzt wurde mir klar, weshalb Billy mein Volk so sehr bewunderte. Weshalb er es als Ehre betrachtet hätte, von einem der unseren getötet zu werden.

»Dein Vater war ... Kiowa.«

»Kein Stamm!« rief er so laut, daß alle zu uns herüberschauten. Billy senkte die Stimme zu einem heiseren Flüstern. »Ich bin ein Halbblut. Keiner will mich.«

»Du irrst dich«, sagte ich mit ruhiger Stimme, schwang mich auf eins der Maultiere und schaute auf Billy hinunter, der zornig und verlegen zugleich mit dem Stiefel im Sand scharrte. So sanft ich es vermochte, sagte ich: »Wenn du es leid bist, den weißen Mann zu spielen, kennst du ja den Weg nach Hause. Und dein Bruder Tay-bodal wird dich willkommen heißen.«

Ich zerrte an den Führleinen und ritt zu den Frauen hinüber.

Gegen Mittag fanden wir die versteckten Maultiere. Ein Krieger wartete bei ihnen: Jagendes Pferd. Ich fand es seltsam und verdächtig, daß er sich bei den Tieren aufhielt. Offenbar spürte er mein Mißtrauen; denn er machte einen verunsicherten Eindruck, als er mir half, einige Packen auf die Mulis umzuladen.

»Ich ... ich wollte nur wissen, ob du« – er zuckte die Schultern – »verletzt bist.«

»Ich werd's überleben«, sagte ich knapp.

»Wie schlimm ist deine Kopfwunde?«

Mit dieser Frage raubte er mir den letzten kläglichen Rest guter Laune. Ich fuhr zu ihm herum und hielt ihm eine kräftige Standpauke.

»Mein Kopf – danke der Nachfrage – arbeitet sehr gut. Meine Erinnerungen sind klar und deutlich, und mein Denkvermögen ist nicht beeinträchtigt. Du kannst gewissen Mitgliedern deines Klans sagen, daß ich sehr gut darauf vorbereitet bin, mich bei der Verhandlung für Cheyenne-Räuber einzusetzen. Falls du keinen Wert darauf legst, mir weitere dreiste Lügen vorzusetzen, gebe ich dir den dringenden Rat, auf der Stelle zu verschwinden und dich so weit von mir fernzuhalten, wie du nur kannst.«

Immerhin besaß Jagendes Pferd noch so viel Würde, beschämt dreinzuschauen. Dann ging er fort von mir, blieb noch einmal stehen und drehte sich um. »Ich hatte meine Gründe.«

»Gründe für eine Tat, vor der man weiß, daß sie unrecht ist, sind keine Entschuldigung. Wenn du das begreifst, kannst du vielleicht noch ein weiser alter Mann werden. Aber nur, wenn du dich nicht in meiner Nähe herumtreibst.«

Für einen Moment betrachteten seine unruhigen Augen mein Gesicht; er versuchte zu lächeln, gab ein zaghaftes Lachen von sich, schwang sich auf sein Pferd und ritt davon.

Die Frauen und ich nahmen ein rasches Mahl zu uns und machten uns auf den Heimweg. Wir kamen gut voran und gelangten mitten in der Nacht ans Ziel. Niemand begrüßte uns; niemand schien sich für die faszinierenden Geschichten zu interessieren, die wir über das Fort und die Soldaten zu berichten hatten; niemand kam, als wir die Pferde auf die Weide führten und die Maultiere von ihren Lasten befreiten. Heulender Wind arbeitete schweigend an meiner Seite. Wir wußten beide, daß Aller Liebling der Grund für den kühlen Empfang war. Fassungslose Verwandte, die nicht wußten, was sie sagen sollten, oder die sich vor Weißer Bär fürchteten, hielten es für besser, in ihren Wigwams zu bleiben.

Aller Liebling war sich des Unbehagens nicht bewußt, das sie uns bereitete. Mit lauter Stimme plapperte sie drauflos, was den heimlichen Lauschern nur recht sein konnte. Sie erzählte, was ihr reicher Blaujacken-Verlobter ihr alles schenken würde und daß sie für den Rest ihres Lebens nur auf irgendeine kostbare Sache zu zeigen brauchte, und schon würde ihr Mann sie ihr kaufen. Doch ich wußte, daß bloß der Mut der Verzweiflung aus ihr sprach. Ihr war längst klargeworden, welche tiefgreifenden Folgen es für sie haben würde, wenn sie Hawwy heiratete. Mit aller Kraft wollte sie sich selbst davon überzeugen, daß ein Leben als Frau einer Blaujacke etwas Beneidenswertes war. Heulender Wind ärgerte sich dermaßen über Aller Liebling, daß sie die rechte Hand immer wieder zur Faust ballte. Am liebsten hätte sie dem Mädchen einen Schlag auf den Mund verpaßt, der einfach nicht stillstehen wollte.

Flüsternd schimpfte sie über Aller Liebling und endete mit den Worten: »Ich kann heute nacht nicht bei ihr schlafen. Ich glaube, ich würde ihr etwas antun.«

»Dann schlaf bei mir«, flüsterte ich zurück.

»Unmöglich! Mein Vetter würde mich umbringen.«

Wir standen hinter einem der grasenden Mulis, vom Körper des Tieres versteckt. Ich nahm Heulender Wind in die Arme und küßte sie auf den Scheitel.

»Weißer Bär muß sich mit so vielen Problemen herumschlagen, daß er wahrscheinlich gar nicht merken würde, wenn wir Hand in Hand und splitternackt mitten durchs Dorf zu meinem Wigwam rennen.«

Sie lachte leise, aber so herzhaft, daß ihr ganzer Körper geschüttelt wurde. Ich hielt sie an mich gedrückt und genoß ihre Fröhlichkeit. Um die Gunst des Augenblicks zu nutzen, drängte ich sie: »Schlaf mit mir. Bitte! Ich möchte dich so gern in meinem Bett haben, dich in den Armen halten, daß es mein Inneres zerreißt.«

»Nur wenn du mir versprichst, mich vor Anbruch der Dämmerung zu wecken.«

»Ich schwöre es bei meinem Leben.«

Ich hatte jahrelang allein geschlafen, so daß meine Erinnerungen daran verblaßt waren, wie es ist, zum erstenmal die Nacht mit einer Frau zu verbringen. Einer Frau, die man liebt. Einer Frau, die man mit seinen Fähigkeiten beeindrucken will. Man muß sich um viele Dinge sorgen, wenn man beeindruckend erscheinen möchte, und meine Hauptsorge in dieser Nacht galt den vielen Bohnen, die ich im Fort gegessen hatte. Bohnen haben die unangenehme Eigenschaft, Blähungen hervorzurufen, die sich lautstark lösen. So lag ich auf der Seite, während Heulender Wind sich an meine Brust kuschelte, und kniff die Gesäßbacken so fest zusammen, daß mir der Schweiß in Strömen über den Körper lief.

Erst als Heulender Wind eingeschlafen war, entspannte ich mich und gab mich ebenfalls dem süßen Schlummer hin. Was die Luft in meinen Därmen im Schlaf anstellte, war schließlich nicht meine Schuld. Es kam mir so vor, als wären erst Augenblicke verstrichen, als ich mit einem lauten Schnarcher erwachte. Ich bekam keine Luft mehr und stellte fest, daß Heulender Wind mir fest die Nase zuhielt. In dem Licht, das durch die Rauchabzugsöffnung und die Ritzen zwischen den Nähten der Lederhäute fiel, aus denen die Wände des Wigwams bestanden, konnte ich ihr zorniges Gesicht deutlich erkennen.

»Du schnarchst!« flüsterte sie empört.

Ich zog ihre Hand von meiner Nase weg. »Nein, tu' ich nicht!« erwiderte ich zornig. »Ich weiß, daß ich so ruhig schlafe wie ein Toter.«

»Dann weiß ich nicht, welchen Toten du meinst. Ich jedenfalls habe noch nie von einem Toten gehört, der so laut atmen kann, daß die Wände eines Wigwams zittern. Ich kam mir vor, als würde ich mitten in einem Tornado stecken.«

Mein Stolz war tödlich verwundet, und ich setzte mich auf. »Wie spät ist es?« fragte ich mürrisch.

»Es ist Morgen. Und du hast mich *nicht* geweckt, wie du's bei deinem Leben geschworen hast. Jetzt sitze ich der Falle.«

Morgen! Ich hatte verschlafen. Wahrscheinlich warteten schon alle auf mich. Besonders Cheyenne-Räuber. »Mach dich nützlich« rief ich.

Es war sehr wichtig, daß ich so gut wie möglich aussah. Ich ließ das Geschimpfe von Heulender Wind über mich ergehen, als sie mich zurechtmachte; denn ohne sie hätte ich mein Ziel nicht erreicht. Sie half mir, den Verband um meine Schulter zu wechseln, streifte mir das Hemd aus weichem Leder über, das den Verband bedeckte, half mir in einen sauberen Lendenschurz und zog mir meine besten Hosen an. Als ich in meine Mokassins schlüpfte, kämmte Heulender Wind mir das Haar und fettete es ein, so daß es einen schimmernden Glanz bekam. Eine Frau ist eine unschätzbare Kostbarkeit. Dank Heulender Wind sah ich so gut aus wie schon lange nicht mehr. Und weil ich so gut aussah, strotzte ich vor Zuversicht, als ich zum Wigwam von Weißer Bär ging. Ich mußte zuversichtlich sein. Ich hätte ein ganzes Meer aus Zuversicht gebrauchen können. Denn ich machte mich auf den Weg, um mich dem schwierigsten Tag meines Lebens zu stellen.

Im Häuptlingszelt von Weißer Bär drängten sich schweigende Männer. Ich schlug die Eingangsplane zurück, rief meinen Namen ins Innere und wartete auf die Aufforderung, in den Wigwam zu kommen. Als ich hereingerufen wurde und mich duckte, um einzutreten, schaute nur Weißer Bär mich an. Alle anderen, auch Himmelsläufer, hielten den Blick gesenkt. Diese Männer zählten auf mich, und die Zweifel, die sie nun, in letzter Minute, an meinen Fähigkeiten hegten, waren so greifbar wie die Wände des Wigwams.

»Du kommst spät«, tadelte Weißer Bär mich mit grollender Stimme.

»Ich habe verschlafen.«

»Typisch«, sagte er herablassend. Dann stand er auf, und alle anderen erhoben sich mit ihm. Ich trat zurück, als die Männer schweigend an mir vorübergingen und den Wigwam verließen.

Ich hatte das zermürbende Gefühl, all das schon einmal erlebt zu haben. Diese Ratsversammlung war genau so wie diejenige, die – wie mir schien – vor einer Ewigkeit am Regenberg stattgefunden hatte. Diesmal aber saß ich nicht in den hinteren Reihen, im grellen Sonnenlicht hinter den Jungen, sondern im dunklen Schatten bei den Häuptlingen, zwischen Weißer Bär und Einsamer Wolf. Cheyenne-Räuber wurde genauso vorgeführt wie damals, mit einem Balken über den Schultern, an den seine Hände gefesselt waren. Diesmal aber wehrte er sich nicht. An diesem Tag stand er stolz und hoch aufgerichtet da. Seine Blicke blieben auf mich gehaftet, als er in die Mitte der Versammlung geführt wurde, über die sich plötzliche Stille senkte.

Es ist eine schreckliche Verantwortung, die einzige Hoffnung für einen guten und aufrechten Mann zu sein. Ich ging im Geiste noch einmal alles durch, was ich in Erfahrung gebracht hatte, und versuchte, Fehler in meiner Theorie zu finden – was Vogel-der-tritt jetzt mit Sicherheit ebenfalls versuchte. Deshalb griff ich in diesen letzten Augenblicken meine Theorie genau so an, wie Vogel-der-tritt sie vermutlich angreifen würde. Mein Zittern ließ trotzdem nicht nach – auch nicht, als ich zu der Ansicht gelangte, daß die Theorie allen Angriffen standhalten konnte. Daß meine Beweise stichhaltig waren. Denn diese Theorie würde fast ebenso viele Leben zerstören, wie sie rettete. Und ich konnte nichts anderes tun, als die Wahrheit zu sagen.

Eulen-Mann erhob sich. Der Augenblick, meine Wahrheiten zu verkünden, war gekommen. Das Herz schlug mir heftig in der Brust; mein Hirn war in dumpfer Benommenheit gefangen, und meine Ohren vermochten die Worte nicht aufzunehmen, die Eulen-Mann sprach. Dann beantwortete neben mir Weißer Bär eine Frage, die Eulen-Mann gestellt hatte, wie ich vermutete.

»Tay-bodal spricht für mich und für meinen Neffen.«

Nachdem er dies gesagt hatte, drehte Weißer Bär den Kopf

in meine Richtung; der Blick aus seinen Augen, die zu Schlitzen verengt waren, richtete sich auf mich. Tage zuvor war mir dieser schreckliche Moment noch so erschienen, als würde er Jahre in der Ferne liegen. Es überfiel mich wie eine schreckliche Überraschung, daß es nun plötzlich soweit war. Mein Magen verkrampfte sich schmerzhaft. Meine Hände waren schweißfeucht und zitterten. Mir war übel. Als ich nach vorn trat, hatte ich Angst, mir könnten vor Schwäche die Beine nachgeben. Schließlich blieb ich vor Eulen-Mann stehen, den Rücken der wartenden Versammlung zugekehrt. Der würdevolle alte Mann legte mir beruhigend die Hand auf die bebende Schulter und redete mit so leiser Stimme zu mir, daß nur ich sie hören konnte.

»Sprich die Wahrheit, so, wie du sie kennst. Mach dich bereit. Hab keine Furcht.«

Er nahm die Hand von meiner Schulter und trat zurück. Während hinter mir die Spannung wuchs, warf ich einen raschen Blick auf Cheyenne-Räuber. Er schaute mich an und lächelte schwach. Das leichte Zittern seiner Lippen verriet seine Unsicherheit.

Ich holte tief Luft, atmete aus und drehte mich um.

14.

Meine Aufgabe war schwierig«, begann ich schlicht. Und als ich weiterredete, fiel alle Unsicherheit von mir ab, nach und nach, wie die goldenen Blätter, wenn sie sanft und lautlos zu Boden schweben, sich langsam drehen und unter der Krone eines herbstlichen Baumes liegenbleiben.

»Erlaubt mir, auf den Anfang zurückzukommen.« Selbst in meinen eigenen Ohren hörte meine Stimme sich fest und klar an. »Ich möchte mit dem Tag beginnen, als Bunter Schild, die Zweitfrau von Der-Büffel-treibt, die Hosen zeigte, die Weißer Otter belasteten. Wie ihr alle wißt, hat Bunter Schild großen Wirbel gemacht und im ganzen Dorf verkündet, sie habe die Hosen unter dem Bett von Weißer Otter gefunden und daß sie Wandelnder Kojote gehörten, dem Neffen von Vogel-der-tritt. Bunter Schild hat gelogen. Sie hatte die Hosen gar nicht gefunden. Jemand hatte sie ihr gegeben.«

Vogel-der-tritt wollte aufbrausen, doch ich blickte ihn durchdringend an und erstickte seinen Zornesausbruch. »Nein, dein Neffe war es nicht. Ich bin mir zwar nicht sicher, aber ich habe den Eindruck, Wandelnder Kojote wußte vorher gar nichts von der ganzen Sache, und ich glaube auch nicht, daß er auf irgendeine Weise an der Verschwörung gegen Weißer Otter beteiligt war. Ich glaube vielmehr, daß er genauso wie alle anderen erstaunt war über die Anschuldigungen, die Bunter Schild vorbrachte. Aber du, Vogel-der-tritt, weißt tief im Herzen, daß Wandelnder Kojote ein Mann war, der sich keine Gelegenheit entgehen ließ. Er war selbstsüchtig und nicht gerade für seine Ehrenhaftigkeit bekannt. Doch seine Verfehlungen waren meist nicht so schlimm, so daß du zu seinen Lebzeiten nicht allzu zornig auf ihn warst. Meist konntest du die Fehltritte deines Neffen mit einem Handschlag oder ein paar Geschenken friedlich aus der Welt schaffen. Diesmal aber ging es um eine große Sache. Diesmal ging es um die Frau, die dein Neffe um jeden Preis haben wollte. Als Weißer Otter beschuldigt wurde, seine Geliebte gewesen zu sein, lag es in seiner Macht, ihren Namen reinzuwaschen. Doch hätte er es getan, hätte er sie wahrscheinlich für immer aufgeben müssen.

»Als er in der Menge stand und darüber nachdachte, war er gewiß sehr stolz und fühlte sich geschmeichelt, als Liebhaber von Weißer Otter zu gelten. Du weißt, wie gern junge Männer prahlen. Das Problem ist allerdings, daß es großen Ärger bringen kann, sich damit zu brüsten, der Liebhaber einer tugendhaften Frau aus geachteter Familie zu sein. In diesem Fall aber hatte dein Neffe das Glück, daß Bunter Schild ihm diese Prahlerei abnahm. Die anderen jungen Männer haben deinen Neffen betrachtet und sich gesagt: ›Was für ein Glück dieser Bursche doch hat.‹ Das erfüllte ihn mit Stolz. Doch bei einem Mann, der es mit seinem Gewissen nicht allzu genau nimmt, kann Stolz gefährlich sein. Wandelnder Kojote wurde durch diesen Stolz noch selbstsüchtiger als zuvor. Die Ehre hätte von ihm verlangt, in aller Öffentlichkeit zu erklären, daß jemand die Hosen gestohlen hatte und daß er nie im Leben im Wigwam von Weißer Otter gewesen war. Doch er beschloß, den Mund zu halten.

»Das Traurigste daran ist, daß er am Leben geblieben wäre, hätte er die Wahrheit gesagt, und daß unserem Volk all dieser Jammer erspart geblieben wäre. Aber Wandelnder Kojote war nicht fähig, über den Augenblick hinaus in die Zukunft zu denken. Und ganz gewiß war er kein Mann, der zu Mitgefühl neigte, wenn jemand in Not war. Nicht einmal dann, wenn dieser Jemand die Frau war, die er angeblich geliebt hat und die er heiraten wollte.«

Ich nahm den Blick von Vogel-der-tritt und richtete ihn auf Der-Büffel-treibt. »Aber auch der Vater von Weißer Otter ließ sich durch die Tränen und die Unschuldsbeteuerungen seiner Tochter nicht bewegen. Dabei wußte er viel besser als Wandelnder Kojote, daß Weißer Otter die Wahrheit sagte! Denn er selbst hatte die Hosen gestohlen und seiner Zweitfrau, Bunter Schild, genau erklärt, was sie damit tun und später behaupten sollte!«

Ein lautes Raunen ging durch die Versammlung. Cheyenne-Räuber schrie auf und versuchte, sich auf Der-Büffel-treibt zu stürzen, doch die Wächter eilten vor und hielten ihn fest. Weißer Bär brüllte aus Leibeskräften und protestierte über die unsanfte Behandlung seines Neffen. Der-Büffel-treibt sprang auf und schrie mich über das Gebrüll von Weißer Bär hinweg an, daß ich ein Lügner sei. Eulen-Mann, stets auf Sitte und Anstand bedacht, machte dem Tumult ein Ende. Gelassen wedelte er mit seinem Federfächer, worauf mehrere junge Krieger auf sein Zeichen losstürzten und Der-Büffel-treibt in dichtem Kreis umringten, um zu verhindern, daß er die Versammlung verließ oder – schlimmer noch – mich angriff. Nachdem wieder Ruhe eingekehrt war, erhielt ich die Erlaubnis, fortzufahren.

»Was war nun der Beweggrund für Der-Büffel-treibt, diesen Beweis gegen die eigene Tochter vorzutäuschen? Die Erklärung ist einfach. Zuerst wurde Weißer Otter von Cheyenne-Räuber umworben, was Der-Büffel-treibt mit Stolz und Zufriedenheit erfüllte. Die Heirat seiner Tochter mit Cheyenne-Räuber hätte die Verschmelzung seiner Familie mit einem mächtigen Klan bedeutet. Als Verwandter von Weißer Bär hätte Der-Büffel-treibt die Möglichkeit gehabt, zum Onde aufzusteigen – und diese Ehre zu erlangen war schon immer sein sehnlichster Wunsch. Er wünschte es sich so sehr, daß er den beiden Liebenden ungewöhnlich große Freiheiten erlaubte. Mit seinem Einverständnis waren sie schon vor der Hochzeit oft ohne Aufsicht zusammen.

Dann aber kam Vogel-der-tritt als Brautwerber für seinen Neffen, und auch Wandelnder Kojote selbst erschien bei Der-Büffel-treibt. Daraufhin versuchte Weißer Bär, seinen alten Rivalen zu übertrumpfen, wie er es seit Jahren tut, wenn Vogel-der-tritt ihn auszustechen droht. Weißer Bär und Vogel-der-tritt ertränkten den ratlosen, hilflosen Der-Büffel-treibt buchstäblich in Geschenken und überhäuften ihn mit Gesten der Freundschaft. Er wurde zwischen den beiden Rivalen hin und her gerissen. Bald war er nur noch ein unbedeutender kleiner Mann, der im Mittelpunkt des seit langer Zeit andauernden Streits zwischen zwei Männern stand, die zu den mächtigsten unseres Volkes zählen. Stellt euch die verzweifelte Lage vor, in der er sich befand! Sobald er sich für einen der Gegner entschied, machte er sich den anderen zum schrecklichen Feind.

Wie seine Mutter selbst erklärte, ist Der-Büffel-treibt kein besonders kluger Mann. Doch was er nun tat, war nicht nur verabscheuungswürdig – es war auch unglaublich dumm. An irgendeinen Gegenstand, der Cheyenne-Räuber gehörte, kam Der-Büffel-treibt nicht heran; denn wie wir alle wissen, ist Cheyenne-Räuber ein gefährlicher Krieger und ein sehr wachsamer Mann, dem man so leicht nichts fortnehmen kann. Es hätte schon einen Aufstand gegeben, wäre Cheyenne-Räuber auch nur eine Bürste abhanden gekommen. Vor allem aber hätte *er* niemals tatenlos zugeschaut, wenn irgendein Gegenstand, der ihm gehört, als Beweisstück gegen die Frau verwendet würde, die er liebte.

Beim Neffen von Vogel-der-tritt dagegen sah die Sache ganz anders aus. Er war als schlampig und nachlässig bekannt. *Ihm* etwas zu stehlen war ganz einfach. Bei ihm herrschte ein solches Durcheinander, daß er es wahrscheinlich gar nicht bemerkt hat, als ihm an dem schicksalhaften Tag die Hosen gestohlen wurden. Außerdem konnte Der-Büffel-treibt bei ihm darauf zählen, daß er bei jedem Betrug, jeder Lüge den Mund hielt, sofern er einen Vorteil davon hatte.

Normalerweise hätte das Ergebnis dieser Täuschung so aussehen müssen, daß Der-Büffel-treibt seine Tochter ihrem vermeintlichen Geliebten – Wandelnder Kojote – zur Frau geben mußte. Denn wie hätte Weißer Bär *ihm* zum Vorwurf machen können, daß ein verliebtes junges Paar sich von der Leidenschaft hinreißen ließ? Das konnte er nicht. Doch weil Der-Büffel-treibt nicht der Klügste ist, hat er nicht mehr an die vielen einsamen Spaziergänge gedacht, die er seiner Tochter zuvor mit Cheyenne-Räuber erlaubt hatte. Es kam ihm gar nicht in den Sinn, daß die beiden sich längst schon verliebt hatten! Und er hat auch nicht bedacht, was für ein Mann Cheyenne-Räuber ist. Ich kann nicht begreifen, daß Der-Büffel-treibt ernsthaft damit rechnete, Cheyenne-Räuber würde Weißer Otter kampflos einem anderen überlassen. Für Cheyenne-Räuber ist dieses Mädchen das Kostbarste auf der Welt. Aber das hat Der-Büffel-treibt eben *nicht* bedacht – ebensowenig wie die Folgen, die seine Täuschung nach sich zog.

Ich bin überzeugt davon, daß Der-Büffel-treibt nie auf den Gedanken kam, daß seine Intrige einen Krieg innerhalb des Stammes auslösen könnte. Wahrscheinlich ist ihm in seiner Dummheit nicht einmal klargeworden, daß er seine Zweitfrau über seine geliebte Erstfrau erhob, indem er die Hilfe von Bunter Schild in Anspruch nahm.

»Doch der Name seiner Erstfrau zeigt deutlich, was Der-Büffel-treibt für sie empfindet: Sitzt-neben-ihm. Ein Name, der seine tiefe Liebe zu dieser Frau erkennen läßt. Ein Name, der zeigt, daß er sie stets bei sich haben möchte. Erst nach dem Vorfall erkannte Der-Büffel-treibt, daß er nicht nur Schande über seine Tochter gebracht hatte – er hatte auch das Schicksal von Sitzt-neben-ihm besiegelt. Als ihm schließlich klar wurde, daß seine Erstfrau nie mehr als gute Mutter und ehrenhafte Frau betrachtet werden konnte, geriet er vor Zorn fast außer sich. Bunter Schild aber hat die ganze Zeit gewußt, wie alles kommen mußte. Das ungeschickte Komplott ihres Mannes verschaffte ihr endlich die Gelegenheit, Sitzt-neben-ihm als Erstfrau zu verdrängen und deren Platz einzunehmen. Deshalb war Bunter Schild nur zu gern bereit, sich am jämmerlichen Plan ihres Mannes zu beteiligen. Erst als Der-Büffel-treibt alle seine Fehler deutlich wurden, erkannte er, was er seiner Erstfrau angetan hatte. Doch nun saß er in der Falle. Wie über das Schicksal von Weißer Otter auch entschieden werden mochte – er hatte Sitzt-neben-ihm für immer verloren. Deshalb versuchte er, sie zu vergessen, aus seinem Gedächtnis zu streichen. Er brachte sie in einem abgelegenen Wigwam unter, änderte ihren Namen und schob alle Schuld ihr zu. Doch es schmerzte ihn so sehr, Sitzt-neben-ihm verloren zu haben, daß er selbst eine Zeitlang fortgehen mußte. Und das tat er – unter dem Vorwand, auf die Jagd zu gehen. Doch in Wahrheit versteckte er sich vor seiner Zweitfrau, die ihn nun in der Hand hatte, und er weinte vor Kummer, daß er seine Erstfrau seinen Plänen geopfert hatte.

Doch wie ich schon sagte, bestand sein größter Fehler darin, Cheyenne-Räuber falsch eingeschätzt zu haben. Der-Büffel-treibt ging davon aus, daß Chenneye-Räuber die jämmerliche Lüge mit den Hosen glauben und nichts gegen die Anschuldigungen unternehmen würde, die man gegen Weißer Otter erhob. Diese schreckliche Fehleinschätzung war der Hauptgrund dafür, daß der ganze Plan in sich zusammenfiel. Cheyenne-Räuber sorgte dafür, daß die Heirat nicht zustande kam. Am Tag der Hochzeit verhinderte er, daß der Vater die Braut übergab, indem er Wandelnder Kojote beschimpfte und zu Boden schlug. Diese Herausforderung an seine Männlichkeit machte es für Wandelnder Kojote unmöglich, seinen Anspruch auf Weißer Otter aufrechtzuerhalten. Erst mußte seine Ehre als Krieger wiederhergestellt werden. Cheyenne-Räuber dagegen hatte nicht die Absicht, wegen so etwas Zeit zu verschwenden. Seine Herausforderung an Wandelnder Kojote verschaffte ihm die Gelegenheit, die Entführung von Weißer Otter in die Wege zu leiten. Und genau damit war er beschäftigt, als sein verhaßter Rivale ermordet wurde!«

Ich hielt inne, holte tief Luft und bemerkte erst jetzt, wie sehr ich meine Zuhörer in Bann gezogen hatte. Alle hatten sich vorgebeugt, die Arme auf die überkreuzten Beine gestützt, und lauschten neugierig. Aller Augen verfolgten jede meiner Bewegungen. Ich atmete langsam aus, lauschte. Kein Vogelgesang, kein Summen von Insekten waren zu hören. Die Atmosphäre war so unnatürlich still, daß das Gähnen eines Regenwurms sich wie ein Donnergrollen angehört hätte. Ich räusperte mich und begann, auf und ab zu gehen, als ich fortfuhr.

»In den Tagen, als ich meine Nachforschungen anstellte, ergab sich ein weiteres Problem für mich. Oberflächlich betrachtet, war es unbedeutend, eher ärgerlich als bedrohlich. Dennoch war diese Sache rätselhaft. Zwei Krieger haben mich vor dieses Problem gestellt: Steht-auf-dem-Hügel und Jagendes Pferd. Ich kannte diese beiden jungen Männer nicht. Unser Volk ist so groß, daß ich nie zuvor von ihnen gehört hatte. Doch später erfuhr ich, daß die beiden als Störenfriede bekannt sind. Was Jagendes Pferd anging, konnte ich es glauben. Er war nie freundlich, sondern trat mir als ungehobelter, zorniger junger Mann gegenüber. Steht-auf-dem-Hügel war das genaue Gegenteil. Und ich habe schon früh erfahren, daß er Wandelnder Kojote kein bißchen nachtrauerte. Bei unserem ersten Gespräch äußerte er sogar seine Besorgnis darüber, Wandelnder Kojote könne wieder zum Leben erwachen.

Am Tag der Beerdigung sah ich die beiden wieder. An diesem Morgen regnete es heftig, und nach der Beisetzung von Wandelnder Kojote verbrachte ich zwei angenehme Stunden im Schutz des Wigwams von Der-den-Wolf-hört. Als ich ihn verließ, traf ich wieder auf Jagendes Pferd und Steht-auf-dem-Hügel. Jagendes Pferd beachtete mich nicht, doch Steht-auf-dem-Hügel nahm mich beiseite und erzählte mir etwas, das mich tagelang vor ein Rätsel stellte.«

Ich blieb stehen und ließ den Blick über meine gebannte Zuhörerschaft schweifen. »Steht-auf-dem-Hügel beging einen Fehler. Er konnte nicht wissen, daß Der-den-Wolf-hört mich kurze Zeit vorher in ein Geheimnis eingeweiht hatte, das sein ganzes Leben bestimmt hatte. Steht-auf-dem-Hügel aber belog mich dreist und behauptete, Der-den-Wolf-hört sei ein Hwame.«

Ich wartete ruhig ab, bis die empörten und verwunderten Rufe und das erregte Gemurmel verklungen waren. Während ich wartete und den Blick über die Menge schweifen ließ, entdeckte ich Der-den-Wolf-hört. Er lächelte traurig und nickte. Ich gab ihm mit Handzeichen zu verstehen: »Es tut mir leid.« Seine Antwort war ein resigniertes Schulterzucken. Die Wahrheit, dachte ich voller Bedauern, kann mitunter eine kaltherzige Bestie sein. Ich wandte mich wieder der Versammlung zu und fuhr fort.

»Es gibt zwei Arten von Lügen«, sagte ich. »Die eine dient dazu, irgend etwas zu gewinnen, die andere dient zum Schutz. Die Lüge, die Steht-auf-dem-Hügel mir erzählte, sollte zum Schutz vom Der-den-Wolf-hört dienen. Aber warum? Die Antwort auf diese Frage kam von Der-den-Wolf-hört selbst und von Sitzt-neben-ihm.«

Wieder betrachtete ich meine Zuhörer. Wie Kinder, die gebannt einem Geschichtenerzähler lauschten, hatten sie sich um das Feuer herum niedergelassen. Ich wußte, es würde sie nicht enttäuschen, was ich ihnen als nächstes zu sagen hatte.

»Die Geschichte liegt lange Zeit zurück, als Der-den-Wolf-hört noch den Namen Weißer Lehm trug und ein junger Mann war, der sich in ein schönes junges Mädchen verliebt hatte, das ich kenne und von dem ich weiß, daß sie seine Liebe erwiderte.« Mein Blick richtete sich wieder auf Der-den-Wolf-hört. »Sie liebt ihn immer noch.« Seine Züge spannten sich, und er senkte den Kopf. »Der Vater des Mädchens war furchtbar grausam zu Weißer Lehm und versuchte, ihn zu töten. Dieser schreckliche alte Mann konnte zwar nicht den Körper von Weißer Lehm töten, doch er tötete sein Herz, als er seine Tochter Der-Büffel-treibt zur Frau gab. Danach änderte Weißer Lehm seinen Namen und versuchte mehrmals, Selbstmord zu begehen, indem er an einem Raubzug nach dem anderen teilnahm und überaus tapfer, aber leichtsinnig kämpfte, weil er den Tod suchte. Doch zu seiner Enttäuschung fand er nicht den Tod, sondern erwarb sich großen Ruhm und Reichtum.

»Nun werdet ihr euch gewiß fragen, weshalb ein solcher Mann sterben wollte. Weshalb er sich nicht einfach eine andere Frau erwählte und sich ein schönes Leben machte. Genau diese Fragen ließen mich nicht mehr los; denn ich wußte ja, daß Der-den-Wolf-hört kein Hwame ist, daß Steht-auf-dem-Hügel mich also belogen hatte. Obwohl ich zugeben muß, daß diese Frage auch mich selbst eine Zeitlang beschäftigt hat. Denn oberflächlich betrachtet, hätte Der-den-Wolf-hört tatsächlich ein Hwame sein können. Er war ein Mann ohne Frau, ein reicher Mann, der sich auf beinahe lächerliche Weise kleidete. Hinzu kam die Art und Weise, wie er stets ... Kinder verhätschelte.«

Ich schnippte mit den Fingern, worauf alle Anwesenden zusammenzuckten, als wären sie plötzlich aus einem Trancezustand gerissen worden.

»Das war es! Kinder. *Das* war der Grund dafür, daß Der-den-Wolf-hört so lange Zeit den Tod gesucht hatte. *Das* war für ihn so unerträglich. Kinder. Genauer gesagt, *ein* Kind. Ein kleines Mädchen, das er fast jeden Tag sah, über viele Jahre hinweg, ohne es wagen zu können, sich dem Kind zu nähern, um keine ungebührliche Aufmerksamkeit auf das Mädchen zu lenken ... und auf sich selbst. Ein kleines Mädchen, mit dem er nur sprechen konnte, wenn es sich in Gesellschaft der anderen Kinder befand. Deshalb legte Der-den-Wolf-hört so großen Wert darauf, sich bei den Kindern beliebt zu machen, besonders bei den Spielgefährtinnen des Mädchens. Und wie machte er sich bei den Kinder beliebt? Wie erregte er deren Aufmerksamkeit? Ganz einfach. Indem er ihnen Geschenke machte und durch seine ausgefallene Kleidung. Diese Verbindung war für die Kinder unwiderstehlich. Deshalb scharten sie sich stets um ihn – und das wiederum ermöglichte es Der-den-Wolf-hört, dem einen Mädchen nahe zu sein, auf das es ihm ankam. Seine Tochter. Weißer Otter.«

Ich hörte ein dumpfes Geräusch, fuhr herum und sah, daß Cheyenne-Räuber mit gespreizten Beinen am Boden saß. Die Vergangenheit hätte sich beinahe wiederholt, und die Wucht dieser Erkenntnis hatte Cheyenne-Räuber von den Beinen gerissen: Auch Weißer Otter trug ein Kind von ihm, und auch er hätte dieses Kind nie anrühren dürfen, wäre sie die Frau von Wandelnder Kojote geworden. Cheyenne-Räuber starrte mich benommen an. In seinen Augen spiegelte sich Entsetzen. Ich wußte, daß er zu begreifen versuchte, wie knapp er dem gleichen Schicksal entronnen war, das Der-den-Wolf-hört erlitten hatte. Leider hatte ich nicht die Zeit, ihn zu trösten, denn Der-Büffel-treibt war in wilder Wut aufgesprungen, wies anklagend auf Der-den-Wolf-hört und rief: »Dann hat *er* Wandelnder Kojote ermordet! *Er* hat das alles getan, um seine Bastardtochter zu schützen und sich an mir zu rächen!«

»Nein.« Ich schaute Der-Büffel-treibt mit kaltem Blick an. »Er hat niemanden ermordet.«

Die Stimme des Arapaho-Heilers hallte aus ferner Vergangenheit durch mein Inneres. *Nur brutale Schinder töten Menschen durch Erwürgen.* Er hatte damals recht gehabt, und er hatte auch diesmal recht.

»Als die Leiche von den Frauen entdeckt wurde, wußte Der-den-Wolf-hört bereits, daß Wandelnder Kojote tot war. Genauso, wie er den wahren Mörder kannte! Doch er war so tief in seinem eigenen dunklen Geheimnis gefangen, daß er es nicht zu verkünden wagte. Doch er wußte, daß *ich* es allen sagen konnte. Deshalb hat er mir einen Teil seines Geheimnisses anvertraut und hat mir seine Liebe zu Sitzt-neben-ihm gestanden. Aber dieses Geständnis hätte er mir ja gar nicht machen müssen! Es sei denn, er wollte mich auf die Fährte des wahren Mörders führen. Und das hat er zweimal getan. *Zweimal* hat er mich direkt zum Mörder geschickt. Zu dir, Der-Büffel-treibt.«

Jeder Tropfen Blut wich aus dem wutverzerrten Gesicht von Der-Büffel-treibt. »Das . . . das ist nicht wahr!«

»Doch. Und ebenso wahr ist, daß du und deine Frau Bunter Schild den Mordversuch auf mich unternommen habt. Eure Beweggründe sind offensichtlich. Ich habe Bunter Schild gerettet, als deine Mutter sie brutal mißhandelte. Doch bevor ich mit ihr fortgeritten bin – und bevor ich ihr das Versprechen abnahm, mir die ganze Wahrheit über die gestohlenen Hosen und die Beschuldigungen gegen Weißer Otter zu erzählen –, hat deine Mutter etwas Interessantes gesagt. Sie sagte, daß Sitzt-neben-ihm und Weißer Otter gar nichts mit dir zu tun hätten! Da wußte ich, daß Weißer Otter nicht deine leibliche Tochter war. Nun mußte ich nur noch von Bunter Schild die Wahrheit über die Hosen hören und herausfinden, ob auch sie die Wahrheit über Weißer Otter wußte. Doch Bunter Schild überlistete mich. Sie täuschte eine Ohnmacht vor und verhinderte, daß ich sie befragen konnte. Als sie im Dorf von Sitzender Bär war, ließ sie dir von einigen Jungen, denen sie heimlich irgendwelche Geschenke machte, die Nachricht überbringen, wo sie sich aufhielt. Und dann bist du schnellstens dorthin gekommen.

Ich kenne Bunter Schild kaum, aber eins weiß ich: Sie ist sehr gerissen. Sie wußte, daß ich bereits ahnte, wer ihr die Hosen gegeben hatte. Es lag ja auf der Hand. Man braucht keinen scharfen Verstand, um sich denken zu können, wer die Macht besaß, Bunter Schild zu dieser Tat zu bewegen – eine Tat, die ja Bunter Schild selbst Vorteile brachte, so daß sie den Betreffenden schützen würde. Und der Mann, den sie schützte, warst du. Als du ins Dorf von Sitzender Bär gekommen bist, hat Bunter Schild keine Zeit verloren und dir sofort gesagt, daß ich gefährlich sei. Und dann ist sie mit dir geritten, als du mich verfolgt und die Schüsse auf mich abgefeuert hast. Du hattest schon so viele schwere Fehler begangen, daß Bunter Schild dir nicht einmal mehr zugetraut hat, mich allein töten zu können!«

»Du kannst nichts voll alledem beweisen!« brüllte Der-Büffel-treibt.

Du elender Dummkopf, dachte ich verächtlich.

Mit einer herrischen Handbewegung schickte ich die nun überflüssigen Wächter von Cheyenne-Räuber fort und winkte ihnen, mir zu folgen. Dann marschierte ich geradewegs auf Der-Büffel-treibt zu. Die Wächter, die bereits um ihn herumstanden, verharrten an Ort und Stelle. Als ich ihn erreichte, war er klug genug, keine Gegenwehr zu leisten, als ich seinen Arm packte, den Ärmel seines Sommerhemds nach oben schob und genau das erblickte, was ich zu sehen erwartet hatte. Eine Reihe tiefer, roter Furchen, welche die Fingernägel des Wandelnden Kojoten auf dem Oberarm von Der-Büffel-treibt hinterlassen hatten. Der Sterbende hatte seinem Mörder den Arm von der Schulter bis zu den Ellbogen zerkratzt, und die Wunden heilten nur schlecht. Sie waren entzündet und rot angeschwollen. Der-Büffel-treibt hatte nicht die Hilfe eines Heilers in Anspruch genommen, obwohl sich vermutlich kein Heiler nach dem Ursprung der Wunden erkundigt hätte, auch wenn es ihm vielleicht seltsam erschienen wäre, wie ein Mann sich die Kratzwunden an diesem Teil des Armes zugezogen hatte. Doch für einen Heiler ist Vertraulichkeit eines der höchsten Gebote. Dennoch hatte Der-Büffel-treibt nicht das Risiko eingehen wollen, daß ein Heiler seine Verletzungen zu sehen bekam. Nicht, bevor Cheyenne-Räuber schuldig gesprochen und in die Verbannung geschickt worden war.

»Hier ist der Beweis«, sagte ich Der-Büffel-treibt ins Gesicht. »Genau so habe ich mir den Ablauf vorgestellt – unterbrich mich, sollte ich mich irren. Zwei Männer haben Wandelnder Kojote die Nachricht überbringen lassen, daß er sich mit ihnen treffen soll. Der eine Mann warst du. Der andere war Der-den-Wolf-hört, der wirkliche Vater von Weißer Otter. Ihr wußtet beide, daß ihr abwechselnd mit Wandelnder Kojote gesprochen habt. Der-den-Wolf-hört wußte bestimmt, wer du warst; doch seine Identität wurde dir nie enthüllt. Als du sicher warst, daß man dich nicht als Mörder von Wandelnder Kojote entlarven kann, wolltest du herausfinden, wer dieser zweite Mann war, selbst um den Preis, daß du Sitzt-neben-ihm verprügeln mußt, um sie zu zwingen, dir den Namen zu sagen. Und dann hättest du auch Der-den-Wolf-hört ermordet.

Kommen wir wieder auf Steht-auf-dem-Hügel zurück – und auf die Notwendigkeit, seinen liebsten Verwandten durch eine Lüge zu schützen. Ich weiß, daß Steht-auf-dem-Hügel von allen Männer seiner Familie – ja, von allen Männern unseres Volkes – nur Der-den-Wolf-hört wie einen Helden verehrt. Wenn ein Mann einen anderen so sehr bewundert, kann man davon ausgehen, daß er alles über seinen Helden weiß.«

»*Alles*«, sagte ich mit Nachdruck. Nicht, damit Der-Büffel-treibt meine Darlegungen besser verstehen konnte. Er war ohnehin zu sehr damit beschäftigt, sich das Hirn darüber zu zermartern, wie er sich retten konnte. Nein, ich sprach zur Ratsversammlung. Dann wandte ich mich wieder Der-Büffel-treibt zu, wenngleich er sich alle Mühe gab, mich nicht zu beachten.

»Steht-auf-dem-Hügel wußte, wer der wirkliche Vater von Weißer Otter ist. Er wußte überdies, daß diese Tatsache verdreht und als mögliches Mordmotiv gegen Der-den-Wolf-hört verwendet werden konnte. Höchstwahrscheinlich hielt er Der-den-Wolf-hört sogar für den Mörder von Wandelnder Kojote. Deshalb kam Steht-auf-dem-Hügel zu mir – einem Mann, dem Der-den-Wolf-hört bereits die Wahrheit anvertraut hatte – und erzählte mir die Lüge, daß Der-den-Wolf-hört ein Hwame sei. Diese Lüge war aus Verzweiflung geboren. Steht-auf-dem-Hügel erzählte sie mir nur, weil er wußte, daß ich ein Spitzel war. Er hielt sich für klug und glaubte, mich erfolgreich getäuscht zu haben, indem er Der-den-Wolf-hört als einen Mann hingestellt hatte, der sich nichts aus Frauen macht.

»Denkt daran, daß Steht-auf-dem-Hügel die ganze Zeit der Meinung war, Der-den-Wolf-hört sei der Mörder von Wandelnder Kojote, und deshalb die ganze Zeit versuchte, den Verdacht von ihm abzulenken. Steht-auf-dem-Hügel glaubte, Der-den-Wolf-hört habe den Mord begangen, um seine Tochter vor der Heirat mit einem hinterhältigen Nichtsnutz zu bewahren. Er war sicher, daß es so und nicht anders gewesen ist; denn er wußte, daß Der-den-Wolf-hört ein Treffen mit Wandelnder Kojote vereinbart hatte. Steht-auf-dem-Hügel wußte es deshalb, weil er zwischen den beiden Männern die Botschaften ausgetauscht hat, sich zu treffen.«

Ich drehte mich so weit um, daß ich das erbleichende Gesicht von Steht-auf-dem-Hügel sehen konnte. »Das hast du selbst mir gesagt.«

Er wischte sich die Tränen aus den Augen und dem Gesicht und erwiderte mit brüchiger Stimme: »Ja. Ja, das stimmt.«

»Und als du das erste Mal mit mir gesprochen hast, hattest du weniger Angst vor Geistern als davor, daß dein ermordeter Verwandter von den Toten zurückkehren und verkünden könnte, daß Der-den-Wolf-hört sein Angreifer war.«

Steht-auf-dem-Hügel wandte den Blick ab.

Ich drehte mich wieder zu Der-Büffel-treibt um, der noch immer verzweifelt darüber nachdachte, wie er seine Haut retten konnte.

»Steht-auf-dem Hügel und Der-den-Wolf-hört verachteten Wandelnder Kojote gleichermaßen. Als dieser tot aufgefunden wurde, war es verständlich, daß Steht-auf-dem-Hügel seinen liebsten Verwandten, Der-den-Wolf-hört, für den Mörder hielt, denn er wußte ja nicht, daß der Ermordete sich zuvor mit *dir* getroffen hatte. Aber Der-den-Wolf-hört hat es gewußt. Doch er konnte seinen Verdacht unmöglich beweisen, ohne alles noch schlimmer zu machen. Das mußte *ich* für ihn tun, und deshalb vertraute er sich mir an. Ich bin ein guter Zuhörer und ein ehrlicher Mann, aber ich war ein vollkommen Fremder für ihn. Und eine so schmerzliche, so persönliche Wahrheit wie die unglückliche Liebe zu einer Frau vertraut man einem völlig Fremden nicht an – es sei denn, man hat tiefere Beweggründe, wie Der-den-Wolf-hört. Er kannte die Wahrheit über mich. Er wußte, daß ich heimlich für Cheyenne-Räuber arbeite.

Doch Der-den-Wolf-hört machte sich Sorgen darüber, daß ich mehr im Dorf von Vogel-der-tritt ein und aus ging, als meine Aufmerksamkeit auf dich zu richten. Wie ich schon sagte, hat er mich zweimal auf deine Fährte gesetzt. Hätte er es ein drittes Mal getan, wäre er selbst mir verdächtig erschienen. Und hätte er gewußt, wie nahe ich der Wahrheit war und daß ich kurz davorstand, das Rätsel um die Hosen zu lösen, hätte er mich in Ruhe gelassen, und du hättest niemals die Gelegenheit bekommen, mich zu verfolgen und mich niederzuschießen. Aber er wußte es nicht. Er sah nur, daß ich unnötigerweise in seinem Dorf ein und aus ritt. Doch er wollte, daß ich all meine Aufmerksamkeit auf dich richte. Deshalb ließ er seinen getreuen Bewunderer Steht-auf-dem-Hügel zu sich kommen und trug ihm auf, mich bei Vogel-der-tritt als Spitzel bloßzustellen. Er wußte, wie zornig Vogel-der-tritt darauf reagieren würde, und er konnte sich denken, was geschehen würde – und so geschah es dann auch. Vogel-der-tritt untersagte mir, sein Dorf zu betreten, und mir blieb keine Wahl, als in dein Dorf zurückzukehren. Der-den-Wolf-hört rechnete damit, daß du dumm genug wärst, dich über kurz oder lang selbst zu verraten. Das Problem war nur: Der-den-Wolf-hört wußte nicht, daß du wegen Bunter Schild, die plötzlich Ansprüche stellte, in Panik geraten warst. Außerdem hatte er deine Gefährlichkeit unterschätzt – bis er die Nachricht erhielt, daß du auf mich geschossen hast. Als er davon erfuhr, bekam er es selbst ein wenig mit der Angst zu tun; deshalb schickte er Vogel-der-tritt zum Fort. Es ging ihm nicht darum, daß Vogel-der-tritt an irgendwelchen Beratungen teilnahm, die zwischen unseren Häuptlingen und den Häuptlingen des Forts stattfanden – nein, er wollte unbedingt wissen, ob es mir gutging. Er machte sich so große Sorgen um mich, daß er sich mir unwissentlich zum dritten und letzten Mal offenbarte. Um sich unauffällig über meinen Gesundheitszustand zu informieren, schickte er den einzigen Mann zu mir, von dem ich wußte, daß er ein Lügner war: Jagendes Pferd.«

Ich schüttelte mißbilligend den Kopf, als ich wieder Der-den-Wolf-hört anschaute. »Das war nicht besonders klug.«

Er lächelte breit und ungeniert. »Tut mir leid.«

Ich stieß ein freudloses Lachen aus. »Nein, es tut dir nicht leid.«

Ich wandte mich wieder Der-Büffel-treibt zu und sagte: »Daß du Wandelnder Kojote getötet hast, war keine Absicht, nicht wahr?«

Es war traurig, wie er sich auf diesen schwachen Hoffnungsschimmer stürzte. Als er meine Frage hörte, betrachtete er sie offenbar als eine Gelegenheit, das Unentschuldbare zu entschuldigen. Er war wie ein riesiger Wels, der nach einem winzigen Köder schnappt, der dicht über der Wasseroberfläche an einem Haken zappelt.

»Das stimmt! Dieser kleine, heimtückische Hund! Er hatte seine Meinung geändert. Er sagte, er wolle Weißer Otter nicht mehr. Er sagte, sie wäre seiner nicht würdig und er wolle nichts mehr mit ihr zu tun haben. Er sagte, sie wäre ein verderbtes Weibsstück und eine ...« Seine Worte verebbten.

Was Wandelnder Kojote gesagt hatte, mußte Der-Büffel-treibt schwerer getroffen haben. Ein einziges Kind zu haben, ein wunderschönes Mädchen, das der ganze Stolz des Vaters ist, und dann zu erfahren – vermutlich auf kalte, gefühllose Weise, wie es die Art von Wandelnder Kojote gewesen war –, daß es nicht das eigene Kind ist, mußte schrecklich für ihn gewesen sein. Doch wie herzlos Wandelnder Kojote sich auch verhalten haben mochte, es änderte nichts daran, daß Der-Büffel-treibt bereit, ja begierig darauf gewesen war, dieses Kind zu opfern: zuerst auf dem Altar des Ansehens, dann auf dem Altar der Zweckdienlichkeit. Die Gefühle von Weißer Otter waren Der-Büffel-treibt stets gleichgültig gewesen.

»Hast du versucht, von Wandelnder Kojote zu erfahren, wer der wirkliche Vater von Weißer Otter ist?«

Der-Büffel-treibt schaute zu Boden und nickte. In seiner Stimme lag ein reumütiger Beiklang.

»Ja. Aber er wollte es mir nicht sagen. Er sagte nur, daß ich nicht mehr wichtig für ihn sei. Daß nur ihr richtiger Vater wichtig für ihn sei. Daß ihr *richtiger* Vater ihm eine große Pferdeherde geben wolle und daß er als Gegenleistung nur die Ansprüche auf Weißer Otter aufgeben müsse. Und das wollte er nur zu gern tun, selbst wenn ihr richtiger Vater ihm dafür nur ein einziges Pferd geben würde. Er beschimpfte Weißer Otter wieder. Dann beschimpfte er Chenneye-Räuber. Als er zu lachen anfing und auch mich beschimpfte und verkündete, er wolle allen erzählen, was für ein Dummkopf ich jahrelang gewesen sei, habe ich ...«

»Hast du ihn bei der Kehle gepackt und ihn zum Schweigen gebracht.«

Der-Büffel-treibt nickte heftig und weinte. Die Tränen strömten ihm übers Gesicht. Ich empfand Abscheu und wandte mich von ihm ab. Seine Tränen rührten mich nicht; sie überzeugten mich nicht einmal davon, daß er aufrichtig bedauerte, was er Böses getan hatte. Ich wußte, daß er nur *eines* aufrichtig bedauerte: daß es ihm nicht gelungen war, mich zu töten.

Ich verdrängte die Gedanken an Der-Büffel-treibt und wandte mich der Frage zu, wie Wandelnder Kojote herausgefunden hatte, wer der wirkliche Vater von Weißer Otter war. Mit Sicherheit hatte er erst in den letzten Stunden seines Lebens davon erfahren. Hätte er es vorher schon gewußt, hätte er sich dieses Wissen längst zunutze gemacht und Druck auf Der-den-Wolf-hört ausgeübt. Erst am Tag seines Todes hatte er beschlossen, Der-den-Wolf-hört zu erpressen; deshalb war er so begierig darauf gewesen, den für ihn nun unbedeutenden Der-Büffel-treibt loszuwerden. Wandelnder Kojote hätte das Geheimnis von Der-den-Wolf-hört bewahrt – für einen lebenslangen Preis.

Die Antwort auf diese letzte bohrende Frage durchfuhr mich wie ein Blitz, als ich das vor Nervosität schwitzende

Gesicht von Jagendes Pferd sah. Unruhig trat er von einem Fuß auf den anderen. Er sah aus wie ein Mann, der sich am liebsten in Luft aufgelöst hätte.

»Jagendes Pferd«, rief ich. »Du bösartige, giftige kleine Kröte! Ich hoffe, dein Anblick bleibt mir in Zukunft erspart. Du warst es, der Wandelnder Kojote erzählt hat, wer der wirkliche Vater von Weißer Otter ist. Weil du ein freundschaftliches Verhältnis zu Steht-auf-dem-Hügel hast, hat dieser dir vertraut und den Fehler begangen, dir das Geheimnis von Der-den-Wolf-hört anzuvertrauen. Du hast das Geheimnis so lange bewahrt, wie es den Anschein hatte, daß dein ermordeter Vetter Weißer Otter heiraten würde.

»Aber Wandelnder Kojote war nicht nur verschlagen und selbstsüchtig, er war überdies ein Feigling. Er wollte die Herausforderung Cheyenne-Räubers nicht annehmen. Er fürchtete sich sogar davor und suchte nach einem Vorwand, Weißer Otter zurückweisen zu können. Es war ihm egal, daß dadurch schreckliche Schande über sie gebracht wurde. Er hatte schon einmal ein Mädchen in Schande gestürzt, so daß sie davonlief und eine Cheyenne wurde. Der Unterschied war nur, daß er bei diesen anderen Mädchen nicht öffentlich den Anspruch erhoben hatte, ihr Mann zu werden; deshalb hatte es keine Auswirkungen, als er damals seine Meinung änderte und beschloß, das Mädchen nicht zu heiraten. Bei Weißer Otter jedoch hatte er seinen Anspruch in aller Öffentlichkeit erhoben. *Sie* konnte er nicht so einfach fallenlassen und so tun, als wäre nichts gewesen, wie bei den anderen Mädchen. Nein, um Weißer Otter loszuwerden und der Herausforderung Cheyenne-Räubers aus dem Weg zu gehen, brauchte er einen triftigen Grund, den er ihrem betrübten Vater vorweisen konnte. Und diesen Grund hast du ihm geliefert.

Du hast Der-den-Wolf-hört nie wie einen Bruder geliebt. Du hast nur seinen Reichtum geliebt, hast seinen Mut und sein Ansehen bewundert und dich in seinem Ruhm gesonnt. Doch es genügte dir nicht, daß er dich immer wieder aus den Schwierigkeiten befreit hat, in die du durch Dummheit und Übermut geraten warst. Du wolltest haben, was er hatte. Du wolltest *alles* – all seinen Reichtum. Und dann hast du die Möglichkeit gesehen, dieses Ziel durch deinen nicht minder gierigen Vetter zu erreichen; denn du wußtest, daß Der-den-Wolf-hört alles tun würde, um seine Tochter zu schützen. Daß er Wandelnder Kojote die Pferdeherde versprochen hatte, war erst der Anfang. Hätte Der-Büffel-treibt deinen Partner nicht getötet, hättet ihr beide Der-den-Wolf-hört bis aufs letzte Hemd geplündert.«

Jagendes Pferd gab seine Schuld zu. Er sprang auf und rannte davon. Männer schüttelten die Fäuste und riefen dem Fliehenden Beschimpfungen nach. Die Häuptlinge würde Jagendes Pferd nicht verbannen; er entging dieser Strafe durch Flucht. Doch in den Augen der Kiowas war er tot – eine Unperson, mit der niemand mehr sprechen würde, die niemand mehr lieben würde. Nie wieder.

Als Sitzender Bär sich an die Versammlung wandte, um für die Häuptlinge zu sprechen, war sein Gesicht wie aus Stein gemeißelt.

»Ich glaube, wir haben genug gehört. Tay-bodal hat bewiesen, daß Cheyenne-Räuber unschuldig ist. Nehmt ihm die Fesseln ab.«

Himmelsläufer und Weißer Bär eilten nach vorn, schnitten die Stricke durch, halfen Cheyenne-Räuber auf die Beine, klopften ihm den Staub aus den Kleidern und umarmten ihn abwechselnd.

»Was Der-Büffel-treibt angeht«, sagte Sitzender Bär mit dumpfer, ausdrucksloser Stimme, »hat er die härteste Strafe verdient. Er hat einen Mann getötet, einen Mordversuch an Tay-bodal begangen und versucht, einen Unschuldigen zu belasten. Ihr alle wißt, welche Strafe einen Kiowa erwartet, der einen anderen Kiowa getötet hat. Die Verbannung. Die gleiche Strafe, die Der-Büffel-treibt so gern Cheyenne-Räuber zukommen lassen wollte – für einen Mord, den er selbst begangen hat. Deshalb höre mich an, Der-Büffel-treibt, dessen Name ich soeben zum letzten Mal in meinem Leben ausgesprochen habe.

Du und deine schändliche zweite Frau, Bunter Schild, werdet aus dem Stamm verstoßen. Euch wird alles genommen, was ihr besitzt – Kleidung, Pferde, Waffen. Alle diese Dinge werden fortgegeben. Euer Wigwam wird niedergebrannt. Nackt und in Schande schicken wir dich und deine Frau fort. Ob ihr lebt oder sterbt, soll uns nicht mehr kümmern. Deine Erstfrau, Sitzt-neben-ihm, wird von dir geschieden. Ich gebe sie hiermit ihrem rechtmäßigen Gatten zur Frau, Der-den-Wolf-hört.«

Hinter mir erklang ein triumphierender Schrei. Ich drehte den Kopf ein kleines Stück zur Seite und sah aus dem Augenwinkel, wie Der-den-Wolf-hört aufsprang. Er stieß einen weiteren Freudenschrei aus, legte den Kopf weit in den Nacken und reckte die Arme empor, die Hände zu Fäusten geballt. Dann lachte er wie ein betrunkener Narr. Der-Büffel-treibt wehrte sich, als er davongezerrt wurde; er weinte und flehte um die Gnade, die er anderen nicht gewährt hatte. Als er an Der-den-Wolf-hört vorüberkam, spuckte dieser ihm ins Gesicht. Dann drehte Der-den-Wolf-hört sich um und schaute mich an, und in seinem Blick lag alle Dankbarkeit, die er mir geben konnte, während er von einer Flut von Kriegern umspült wurde, die ihm auf die Schultern klopften und ihm Glück wünschten.

Letztendlich war die Wahrheit gar nicht so schrecklich gewesen. Sie hatte dafür gesorgt, daß der Mörder entlarvt und zwei untadelige Männer von aller Schuld befreit worden waren. Ich war glücklich, daß es Cheyenne-Räuber gutging und daß er, seine Frau und das Kind nun in Sicherheit waren. Doch für Der-den-Wolf-hört freute ich mich so sehr, daß ich hätte weinen können. Für ihn waren die Jahre des Leidens vorüber. Die Frau, die er so lange geliebt hatte, war endlich die seine. Die Tochter, die er hatte verleugnen müssen, gehörte wieder ihm. Wieviel schöner wäre dies alles für ihn gewesen, hätte ich ihm sagen können, daß er überdies Großvater wurde. Daß das kleine Mädchen – seine Tochter –, das ihm so nah und doch so fern gewesen war, ihm im nächsten Frühling das eigene Kind in die Arme legen würde. Ich betete stumm, daß dann auch sein letzter Schmerz getilgt sein möge. Der-den-Wolf-hört war ein guter Mann. Kinder und Hunde kann man nicht täuschen, dachte ich und kicherte leise in mich hinein, als ich daran dachte, wie ich neben Der-den-Wolf-hört durchs Dorf gegangen war und mich verwundert gefragt hatte, weshalb er von einer Meute begeisterter Kinder und Hunde verfolgt worden war.

»Das war ein ruhiger Tag«, sagte Himmelsläufer, der neben mir schlenderte.

Ich schaute über die Schulter zur Ratsversammlung. Sie war der ersten ganz ähnlich – und dennoch vollkommen anders. Wieder versammelten Männer sich zu dichten Gruppen; die meisten Krieger scharten sich um Cheyenne-Räuber und Weißer Bär.

Die Macht besaß noch immer verführerische Anziehungskraft. Die Macht zu besitzen oder mit dem mächtigsten Klan verbündet zu sein. Wie seltsam, daß manche Menschen dies höher einschätzten als das eigene Leben oder sogar – wie im Fall von Der-Büffel-treibt – das Leben anderer. Ich jedenfalls war wieder ein Niemand, nachdem ich nun meine Aufgabe erfüllt hatte. Weißer Bär und Cheyenne-Räuber waren die

Männer der Stunde. Hätte Himmelsläufer es gewollt, hätte auch er sich im Ruhm sonnen können. Doch er war ein seltsamer Mann. Er trug seine Macht und seinen Einfluß wie ein Paar bequeme alte Mokassins, die er ohne Bedenken auszog, wenn er es für angenehmer hielt, barfuß zu gehen.

»Ich habe mir Sorgen gemacht, daß es dir nicht gelingen könnte, die Wahrheit zu beweisen«, sagte er. »Du hast mich nicht auf die Lücken hingewiesen.«

Ich blieb stehen, schaute ihn an und rief ihm ins Gesicht: »Willst du damit sagen, daß es in meinem Hirn eine Stelle gibt, die du *nicht* erforscht hast?«

»Ja«, erwiderte er lachend und berührte die Seite meines Kopfes spielerisch mit zwei Fingern. »Die Stelle, an der die Kugel dich gestreift hat. Dort ist nur ein großes leeres Loch in deinem Schädel.«

Ich schlug seine Hand zur Seite. »Sehr witzig«, brummte ich und ging weiter.

»Geh nicht so schnell«, beklagte er sich. »Ich möchte dich etwas fragen.«

»Dann frag.«

»Würdest du mich als deinen Schüler annehmen?«

Abrupt hielt ich inne und starrte ihn fassungslos an. Mit ungläubiger Stimme stieß ich hervor: »Als *was?*«

»Als deinen Schüler«, sagte er wie selbstverständlich. »Du bist ein sehr intelligenter Mann und ein hervorragender Heiler. Ich könnte viel von dir lernen.«

Ich war so durcheinander, daß ich die Nerven verlor. »Ich will keinen Schüler!« fuhr ich ihn an. »Erst recht keinen Eulen-Heiler. Ich bin glücklich – so, wie ich bin. Allein.«

»Ha! Aber du bist nicht allein. Du hast jetzt eine Frau, einen Sohn, eine Familie, einen Klan. Du wirst nie mehr allein sein. Nie wieder. Dafür werden wir schon sorgen.«

Mein Zorn verrauchte, als mir klar wurde, daß er recht hatte. Noch Minuten zuvor hatte ich mit der Wahrheit um mich geworfen wie ein rächender Geist; nun löste es einen Kampf in meinem Innern aus, selbst vor die Wahrheit gestellt zu werden. Unruhe und Besorgnis wurden zu einem gefräßigen Wurm, der an meinen lebenswichtigen Organen nagte. Frau, Familie, Brüder – all die Dinge, die ich mir in den letzten Tagen so sehr herbeigesehnt hatte, besaß ich nun. Doch damit stand ich auch vor den vielen Fallgruben, die dieses neue Leben mit sich brachte und die ich bei meiner überstürzten Suche übersehen hatte: Die lange Liste begann damit, daß ich nun für jeden meiner Schritte doppelt verantwortlich war, und endete mit dem vollständigen und bleibenden Verlust der Freiheiten, die das Junggesellenleben mit sich brachte.

Wenn ich mich in Zukunft bei den Heilern anderer Stämme herumtrieb, würden meine neuen Brüder mir nachjagen und mich nach Hause holen, sobald wir unser Dorf verlegten. Nach Hause zu einem nörgelnden Eheweib und einem Häuptling – Weißer Bär –, der mich beschimpfen würde, daß ich in die verkehrte Richtung gezogen sei (wozu ich aus Gewohnheit neigte). Plötzlich lösten alle Vorzüge des Ehelebens, das ich so sehr herbeigesehnt hatte, sich in Luft auf. Mir blieb nur die bittere Erkenntnis, daß mir in Zukunft sehr viel Ärger bevorstand.

O nein.

Als wäre ich ein Stück Glas, wie wir es in den Fenstern von Hawwys kleinem Heiler-Haus gesehen und so faszinierend gefunden hatten, sah Himmelsläufer meine Ängste, spürte meine lähmende Furcht. Er warf den Kopf in den Nacken und lachte. Ein mitfühlender Mensch war er nie gewesen.

Als ich durch die Mitte des Dorfes geführt wurde, das meiner neuen Familie gehörte, den Mitgliedern des Rassel-Klans, versuchte ich mich an ihr Gesicht zu erinnern. Doch es erschien nur ein Bild vor meinem geistigen Auge: ein makelloser Körper, der bis zu den Knien im funkelnden Wasser eines Flusses stand. Aber kein Gesicht. Dieser Teil ihres Körpers war nicht zu sehen. Und das bedeutete, daß ich eine gesichtslose Fremde heiraten würde. Dieser Gedanke erfüllte mich mit neuerlichem Entsetzen, und meine Ängste wuchsen mit jedem Schritt, der mich ihr näherbrachte.

Was war, wenn meine Gefühle Heulender Wind gegenüber nur Lust gewesen waren, aber keine Liebe? Wie konnte ich erwarten, auf einer so brüchigen, unbedeutenden Grundlage ein gemeinsames Leben aufzubauen? Und selbst, wenn es *doch* Liebe war und es uns gelang, alle Schwierigkeiten zu meistern – was war mit ihrem Sohn? Oh, noch war er ein kleiner Junge, ein süßer Kerl. Was aber war, wenn er später zu einem Mann wie Jagendes Pferd wurde? Was würde ich dann tun? Ich würde nie eine solche Wahl treffen können, wie der Vater von Jagendes Pferd sie getroffen hatte. Ich würde den Sohn von Heulender Wind niemals verstoßen können. Nicht, weil ich das nicht gewollt hätte, sondern weil ein angenommenes Kind nicht verstoßen werden durfte – mochte es sich zu einem noch so schlechten Menschen entwickeln, der noch so schwere Verbrechen beging, die dem Vater präsentiert wurden.

Das Herz schlug mir bis zum Hals, und ich war schweißgebadet. Und das in meiner besten Kleidung: Buckskins, die so weich gegerbt und so weiß gebleicht waren, daß ich sie nur zu besonderen Anlässen trug, und mit denen ich stets sehr vorsichtig umging. Doch an diesem Tag war ich zu niedergeschlagen, als daß ich auf meine Kleidung geachtet hätte. Hinter mir gingen Großer Baum und Himmelsläufer. Vor mir stand Weißer Bär vor seinem Wigwam, der in der Spätnachmittagssonne in einem gräßlichen Rot leuchtete. Dorfbewohner säumten beide Seiten des Gehwegs, über den wir schritten. Sie lächelten und winkten mir, dem Bräutigam, an seinem Hochzeitstag ermutigend zu. Ich lächelte zurück und biß dabei so fest die Zähne zusammen, daß ich sie knirschen hörte. Doch ich ging weiter, meinen Ängsten und Unsicherheiten entgegen, wobei mein Inneres danach schrie fortzulaufen.

Dann rief Weißer Bär ihren Namen, und sie erschien. Sie sah so wunderschön aus, daß mir das Herz stockte. Alle Zweifel, alle Ängste wurden mit einem Mal so unbedeutend, daß ich mir wie ein Dummkopf vorkam, auch nur einen Hauch von Zweifel verspürt zu haben.

Natürlich liebte ich sie; ich liebte sie mit jeder Faser meines Seins. Und was die Zukunft auch für uns bereithalten mochte – wir würden diese Zukunft teilen. Wieder wollte ich losrennen, diesmal aber zu Heulender Wind, um sie in die Arme zu nehmen und nie mehr loszulassen. Dieses Verlangen war mir offensichtlich anzumerken; denn Himmelsläufer legte mir eine Hand auf den Arm, um mich zurückzuhalten.

»Würde«, murmelte er.

Ich schluckte schwer, und mein Atem ging heftig. Es schien eine Ewigkeit zu dauern, bis ich zu Heulender Wind gelangte. Dann stand ich vor ihr und lächelte wie ein glückseliger Schwachsinniger. Heulender Wind schaute auf ihre Füße und errötete wie ein junges Mädchen, während Weißer Bär eine große Rede hielt. Eine seiner eindrucksvolleren Reden. Jedenfalls wurde es mir später erzählt, denn ich hörte kein Wort.

Licht durchflutete mich; ein Licht, das heller war als die Sonne, als Weißer Bär die Hand von Heulender Wind in die meine legte und uns zu Mann und Frau erklärte. Heulender Wind schaute zu mir auf. Sie lächelte, doch ihre Augen schimmerten feucht. Als ich sie in die Arme nahm, erhob sich allgemeiner Jubel. Alle freuten sich für uns. Und irgendwie hörte ich über diesen Lärm hinweg die süßen Worte der Liebe, die meine Frau mir ins Ohr flüsterte – Worte, aus der die reine, unverfälschte Heulender Wind sprach.

»Du darfst mich niemals leid werden, Tay-bodal. Wenn du auch nur daran denkst, werde ich dich schrecklich verprügeln.«

Ich neigte den Kopf auf den Rücken, als ich sie fester an mich drückte, und lachte, als ich damals erkannte, was ich heute weiß. Mit jemandem innig verbunden zu sein, den man von ganzem Herzen liebt und von dem man weiß, daß er diese Liebe erwidert, ist die einzig wahre Freiheit eines Menschen. Nur die Liebe gehört uns allen wirklich und auf Dauer. Alles andere, besonders die Macht, ist vergänglich.

ENDE

Jana Held
Die Flammenfrau
Roman, 288 Seiten
TB 27412-0
Originalausgabe

Im fernen Island, im Vulkanschloß ihrer Mutter, kommt die legendäre Brunhilde zur Welt. Eine Prophezeiung besagt, daß sie eine »Flammenfrau« werden wird, eine Magierin, die niemand erobern kann.
Der große Roman über die Frau, die Siegfried den Untergang brachte.

Bernhard Hennen
Das Nachtvolk
Roman, 272 Seiten
TB 27413-9
Originalausgabe

Unruhe am Hof zu Worms: Der Spielmann Volker von Alzey muß fliehen, weil er angeblich einer schönen Fürstin zu nahe gekommen ist. Volker gelangt ausgerechnet in die abgelegenen Sümpfe, wo ein seltsames Volk darauf wartet, daß sich die Zeiten ändern und sie mit magischen Waffen in einen neuen Krieg ziehen können.

ECON TASCHENBÜCHER ECON

ECON UNTERHALTUNG

Georgia Taylor
Hexentanz
Historischer Roman
368 Seiten
TB 27338-8
Deutsche Erstausgabe

Frankreich im 16. Jahrhundert, Hexenverbrennungen waren damals an der Tagesordnung. Die Hexe Lamia muß mit nur acht Jahren zusehen, wie ihre Mutter abgeführt und auf dem Scheiterhaufen verbrannt wird. Lamia gelingt die Flucht in die nahen Wälder, und sie schwört dem Bischof Geoffroi Rache. Stets auf der Suche nach dem Peiniger ihrer Mutter, schließt sie einen Pakt mit dem Fürsten Giles de Sades. Der Fürst, in Lamia verliebt, will ihr helfen, den teuflischen Plan auszuführen.

ECON TASCHENBÜCHER ECON

Malcolm Bosse
Im Banne der Zeit
Historischer Roman
320 Seiten
TB 27300-0

In die faszinierende Welt des Mittelalters führt Bosse diesmal den Leser, der sich dem Bann dieser Zeit nicht entziehen kann.
Am Schicksal von Anne und ihrem Bruder Niklas, die, elternlos, aus ihrer Heimat vertrieben werden und sich auf gefahrvolle Wanderschaft begeben müssen, wird die schillernde Gesellschaft der Ritter und Marodeure, der Bauern und Handwerker vergegenwärtigt. Eine Welt der wilden Lebenslust und der großen Heimsuchungen: Pest, Krieg und Gewalt – eine Welt zugleich auf der Schwelle zu einer neuen Zeit.